Jane Austen

Orgulho e Preconceito

FICHA CATALOGRÁFICA

CIP-BRASIL. CATALOGAÇÃO NA PUBLICAÇÃO
SINDICATO NACIONAL DOS EDITORES DE LIVROS, RJ

A95o

Austen, Jane
Orgulho e preconceito / Jane Austen ; tradução Georgia Vicente. - 1. ed. - Cotia [SP] : Pé da Letra, 2021
240 p. : il. ; 16x23 cm.

Tradução de: Pride and prejudice
ISBN 9788556710178

1. Romance inglês. I. Vicente, Georgia. II. Título.

18-48441 CDD: 823
CDU: 821.111-3

Meri Gleice Rodrigues de Souza - Bibliotecária CRB-7/6439

Direção de Arte
Robério Gonçalves

Diagramação
Jarbas Cristiano Cerino

Tradução
Georgia Vicente

Adaptação e revisão
Suely Paiva

Revisão Final
Cláudia Soares Cruz e Thaís Coimbra

As ilustrações desta edição (exceto a da capa e a da página 6) são do desenhista irlandês Hugh Thomson (1860-1920).

Uma publicação da Editora Pé da Letra
R. Coimbra, 560 - Jd Colibri,
Cotia - SP, 06712-410
www.editorapedaletra.com.br
Telefones: (11) 3733-0404 | 3687-7198

≈ INTRODUÇÃO ≈

O segredo de Jane Austen é a verossimilhança, isto é, cenário e fatos que retratam com fidelidade a realidade da época em que viveu.

Filha de pastor anglicano, ela nasceu e passou a infância na área rural do interior da Inglaterra, palco de Orgulho e Preconceito. À semelhança de Elizabeth Bennet, heroína deste romance, Jane também era a segunda filha de uma família numerosa e sua irmã mais velha era sua melhor amiga.

Teve oportunidade de testemunhar o comportamento da aristocracia, seus valores e a posição a que a mulher era relegada, principalmente porque a educação era privilégio de uma minoria.

Com uma vasta biblioteca à sua disposição, Jane teve amplo contato com a literatura e escreveu seu primeiro livro aos 17 anos. Aos 21 já era um sucesso.

Morreu solteira aos 41 anos. Em seu epitáfio, na catedral de Winchester, está escrito: "Ela abriu sua boca com sabedoria e em sua língua reside a lei da bondade".

Pintura a óleo, de 1875, baseada em uma aquarela pintada por sua irmã Cassandra em 1810 – autor desconhecido

JANE AUSTEN (1775 - 1817)

≈ CAPÍTULO 1 ≈

Um homem solteiro e rico precisa de uma esposa. Eis uma verdade reconhecida universalmente. Por menos que se conheçam os sentimentos ou o modo de pensar de tal homem, quando ele se fixa em determinada localidade, esta verdade está tão enraizada na mente das famílias vizinhas que ele é considerado propriedade legítima das suas filhas.

– Meu caro Sr. Bennet – disse sua mulher um dia –, sabe que Netherfield Park foi finalmente alugado?

O Sr. Bennet respondeu que não sabia.

– É o que estou lhe dizendo. A Sra. Long ainda há pouco veio aqui e me contou tudo.

O Sr. Bennet nem respondeu.

– Não lhe interessa saber quem alugou? – perguntou a mulher, impaciente.

– Se quer me contar, eu posso ouvir.

Foi mais do que suficiente para ela continuar:

– Pois saiba, meu caro, que, pelo que a Sra. Long me disse, Netherfield foi alugado por um homem muito rico do Norte da Inglaterra. Chegou na segunda-feira, numa carruagem elegante puxada por quatro cavalos para visitar o local, e ficou tão encantado que logo aceitou as condições do Sr. Morris. Vem ocupar a casa ainda antes do dia de São Miguel, e alguns de seus criados deverão chegar já no fim da próxima semana.

– Como ele se chama?

– Bingley.

– É casado ou solteiro?

– Oh! Claro que é solteiro, meu caro! Um homem solteiro e de grande fortuna, com rendimentos no valor de quatro ou cinco mil libras anuais. Que maravilhoso acontecimento para nossas filhas!

– Como assim? O que elas têm a ver com isso?

– Meu caro Sr. Bennet – comentou sua mulher –, como você é chato! Sabe muito bem que vejo a possibilidade de ele se casar com uma delas.

– É essa a intenção dele ao vir morar aqui?

– Intenção! Que disparate! Porém, é muito natural que ele se apaixone por uma delas e, exatamente por isso, você deve ir visitá-lo logo!

– Não vejo razão para isso. Pode perfeitamente ir com as meninas ou enviá-las sozinhas, o que talvez fosse preferível, pois, uma vez que você é tão bonita como elas, o Sr. Bingley poderia escolhê-la.

– Meu caro, lisonjeia-me. Fui bonita nos meus tempos, mas não tenho essa pretensão agora. Quando uma mulher se torna mãe de cinco filhas crescidas, ela tem que deixar de pensar em sua própria beleza.

– Em tais casos, é raro uma mulher ter alguma beleza em que pensar.

– Mas, meu caro, você deve visitar o Sr. Bingley assim que ele chegar.

– É coisa que não lhe garanto, aviso desde já.

– Considere ao menos o futuro de suas filhas. Pense só que bela colocação não seria para uma delas. Sir William e Lady Lucas vão dar-lhe as boas-vindas, unicamente por esta razão, pois, como sabe, não é costume deles. Você não pode deixar de ir! Você tem que ir, pois nos será impossível visitá-lo se o senhor não o fizer.

– Que exagero! Creio que o Sr. Bingley terá todo prazer em recebê-las. Vou aproveitar a oportunidade para lhe enviar, por seu intermédio, um bilhetinho em que garanto meu pleno consentimento quanto ao seu casamento com a minha filha que mais lhe agradar. Não posso, no entanto, deixar de incluir uma palavrinha em favor da minha pequena Lizzy.

– Espero que não faça tal coisa. Lizzy não é melhor que as outras. Não é nem mais bonita que Jane, nem tão alegre como Lydia, apesar de você lhe dar sempre preferência.

– Nenhuma delas é especialmente dotada, são todas tolas e ignorantes como qualquer outra jovem. Mas Lizzy tem uma vivacidade que as irmãs não têm.

– Sr. Bennet, como pode insultar assim as suas filhas? Tem prazer em me irritar. Não tem pena dos meus pobres nervos.

– Está redondamente enganada, minha querida. Tenho o maior respeito pelos seus nervos. São meus velhos amigos. Ouço falar deles há pelo menos vinte anos.

– Ah! Não sabe o que eu sofro.

– Mas espero que se restabeleça e viva o suficiente para ver chegarem muitos jovens de quatro mil libras anuais aqui na vizinhança.

– De nada nos serviria nem a chegada de vinte deles, uma vez que se recusa a visitá-los.

– Pode ter certeza, minha querida, que quando eles forem em número de vinte, os visitarei a todos.

O Sr. Bennet era um misto de petulância, sarcasmo, reserva e capricho. A convivência de vinte e três anos não era suficiente ainda para a mulher compreender o seu jeito. Por outro lado, a mentalidade dela era bem menos difícil de desvendar. Tratava-se de uma mulher de inteligência medíocre, cultura rudimentar e temperamento incerto. Quando irritada, procurava refúgio nos nervos. A principal ocupação de sua vida era casar as filhas e o seu passatempo, as visitas e os mexericos.

≈ CAPÍTULO 2 ≈

O Sr. Bennet foi um dos primeiros a visitar o Sr. Bingley. Sempre pretendeu visitá-lo, embora tivesse feito a mulher pensar que não iria. Até a noite do próprio dia da visita, ela não teve qualquer conhecimento do fato. Estava o Sr. Bennet observando sua segunda filha enfeitar um chapéu e de repente, disse:

– Espero que o Sr. Bingley goste, Lizzy.

– Não temos como saber o que agrada ou não ao Sr. Bingley – disse a mãe dela amuada –, uma vez que não podemos visitá-lo.

– Mas, mãe, esquece-se – disse Elizabeth – que nós o encontraremos em reuniões e a Sra. Long prometeu nos apresentar.

– Não tenho nenhuma certeza de que a Sra. Long faça tal coisa. Ela mesma tem duas sobrinhas. É uma mulher egoísta, hipócrita e não a tenho em grande estima.

– Nem eu – disse o Sr. Bennet – e alegra-me saber que a senhora abre mão dos seus préstimos.

A Sra. Bennet não se dignou a dar-lhe qualquer resposta. Mas, incapaz de se conter, começou a repreender uma das filhas.

– Pare essa tosse, Kitty, pelo amor de Deus! Tenha um pouco de compaixão dos meus nervos.

– Kitty não sabe tossir com discrição – disse o pai –, não tem controle da tosse.

– Não é por divertimento que eu tusso – replicou Kitty, impertinente. – Quando é o seu próximo baile, Lizzy?

– Quinze dias a contar de amanhã.

– Ah, é verdade – exclamou a mãe –, e a Sra. Long só regressa na véspera. Assim será impossível nos apresentar pois nem ela o conhece ainda.

– Nesse caso, minha querida, a vantagem será sua e poderá apresentar o Sr. Bingley à sua amiga.

– Impossível, Sr. Bennet, impossível, pois eu mesma não tenho qualquer familiaridade com ele. Que gozador que é!

– Admiro muito sua circunspecção. Um conhecimento de quinze dias é, na verdade, insuficiente. Nada de concreto se pode saber sobre um homem ao fim desses quinze dias. Mas se nós não nos arriscarmos, outros arriscarão, e afinal a Sra. Long e as sobrinhas terão sua chance. Porém, como tal gesto seria por ela considerado um ato de bondade, caso você recuse prestar-lhe esse serviço, eu mesmo me encarregarei dele.

As filhas olharam, espantadas, para o pai. A Sra. Bennet apenas disse:

– Que disparate!

– Qual o significado de exclamação tão enfática? Considera um disparate as práticas de apresentação? Não posso concordar com você sobre isso. Qual a sua opinião, Mary? Você que é jovem sensata e profunda, que lê bons livros e deles extrai ensinamentos.

Mary quis dizer algo de relevante, mas não sabia como.

– Enquanto Mary põe em ordem as suas ideias – continuou ele –, voltemos ao Sr. Bingley.

– Estou farta do Sr. Bingley! – exclamou a mulher.

– É consternado que a ouço dizer tal coisa. Mas por que não me preveniu antes? Se soubesse disso esta manhã, não teria ido visitá-lo. Uma vez que a visita está feita, não podemos agora fugir de uma certa familiaridade.

O espanto provocado foi exatamente como ele pretendeu. Apesar de, passada a primeira efusão de alegria, a Sra. Bennet declarar que dele não esperava outra coisa senão aquilo.

– Que bonito gesto o seu, Sr. Bennet. Mas eu sabia que acabaria convencendo-o. Tinha certeza de que seu amor pelas pequenas não o deixaria indiferente. Oh, que contente que eu estou! E que bela peça nos pregou, ter ido lá esta manhã e guardar segredo até agora.

– Agora, Kitty, tussa à vontade – disse o Sr. Bennet.

Dito isto, abandonou a sala, cansado dos arrebatamentos de sua mulher.

O resto do serão passou-se em conjecturas sobre quando o Sr. Bingley retribuiria a visita do Sr. Bennet e quando deveriam convidá-lo para jantar.

≈ CAPÍTULO 3 ≈

Contudo, nada do que a Sra. Bennet, ajudada por suas cinco filhas, tivesse perguntado sobre o assunto foi suficiente para obter de seu marido uma descrição satisfatória sobre a pessoa do Sr. Bingley. Elas não tiveram outro remédio senão se restringir às informações de segunda mão, fornecidas pela vizinha, Lady Lucas.

A descrição colhida por esta era altamente favorável. Sir William viera encantado com o recém-chegado. Disse que ele era bastante jovem, de boa aparência e extremamente simpático. E tencionava aparecer no próximo baile, acompanhado de um numeroso grupo de amigos. Que coisa maravilhosa!

Gostar de dançar era meio caminho andado para se apaixonar, e logo a Sra. Bennet sentiu mais vivas as esperanças no seu íntimo.

– Se uma de minhas filhas ficar instalada e feliz em Netherfield – disse a Sra. Bennet para o marido – e todas as outras igualmente bem casadas, nada mais terei a desejar na vida.

Passados poucos dias, o Sr. Bingley retribuiu a visita que lhe fora feita pelo Sr. Bennet e com ele conversou durante cerca de dez minutos em seu escritório. O jovem alimentara a esperança de ver as jovens sobre cuja beleza tanto ouvira falar, mas apenas se avistou com o pai. Elas, porém, tiveram um pouco mais de sorte, pois do alto de uma janela puderam verificar que ele envergava um paletó azul e montava um cavalo preto.

Logo em seguida lhe foi enviado um convite para jantar, e a Sra. Bennet já tinha planejados os pratos que dariam crédito aos seus dotes de boa dona de casa quando veio uma resposta que tudo transtornou. O Sr. Bingley teria que estar na capital no dia seguinte, sendo então impossível aceitar a honra de tão amável convite. A Sra. Bennet ficou bastante perturbada. Não conseguia imaginar que espécie de negócios teria ele a tratar na capital após sua chegada tão recente a Hertfordshire, e começou a recear que ele andasse num vaivém constante e não se instalasse de vez em Netherfield. Lady Lucas aliviou-a um pouco de seus receios, levando-a a supor que, talvez, ele tivesse ido a Londres para convocar o tal grupo numeroso para o baile. Em breve, se espalhou a notícia de que o Sr. Bingley traria consigo doze senhoras e sete cavalheiros. As moças se afligiram com a quantidade de mulheres, mas logo sossegaram quando souberam que, em vez de doze, ele apenas trouxera de Londres seis pessoas: suas cinco irmãs e um primo. E quando o grupo fez sua entrada no salão, eram cinco ao todo: o Sr. Bingley, suas duas irmãs, o marido da mais velha e um outro jovem.

O Sr. Bingley era um homem belo e distinto. De semblante agradável, seus modos eram delicados e simples. As irmãs eram igualmente bonitas, com um ar decididamente elegante. O cunhado, o Sr. Hurst, mal parecia um cavalheiro, mas o Sr. Darcy, o amigo, logo chamou a atenção do salão por sua altura e elegância, os traços bonitos e o porte desenvolto.

Cinco minutos após a sua entrada, correu o rumor de que ele possuía rendimentos no valor de dez mil libras anuais. Os cavalheiros o consideraram um belo tipo de homem, as senhoras declararam ser ele bem mais formoso que o Sr. Bingley, e ele foi longamente admirado. Até que seus modos deixaram transparecer certa chatice que muito afetou sua popularidade. A partir desse momento, o consideraram orgulhoso, pedante e nada divertido. Nem suas extensas propriedades em Derbyshire o impediram de ter uma expressão sinistra e desagradável e ser indigno de comparação com o amigo.

O Sr. Bingley logo tinha falado com todas as principais pessoas na sala. Alegre e animado, dançou todas as danças, lamentou o baile terminar tão cedo e falou em ele próprio realizar um em Netherfield. Tais qualidades por si só já falavam. E que contraste entre ele e seu amigo! O Sr. Darcy dançou apenas uma vez com a Sra. Hurst e outra com a Senhorita Bingley. Não quis ser apresentado a qualquer outra jovem e passou o resto da noite passeando pelo salão, conversando ocasionalmente com um ou outro do seu grupo. Seu caráter estava definido. Era o homem mais orgulhoso e desagradável do mundo, e todos esperavam que ele não mais voltasse a esse seu convívio.

Elizabeth Bennet, que a escassez de cavalheiros obrigara a permanecer sentada duas danças, teve a oportunidade, pois o Sr. Darcy se encontrava perto dela, de ouvir uma conversa entre ele e o Sr. Bingley, que por momentos abandonara a dança para se aproximar do amigo:

– Venha, Darcy – disse-lhe –, quero que venha dançar. Detesto ver você por aí sozinho. Seria melhor se dançasse.

– Você está dançando com a única jovem bonita da sala – disse o Sr. Darcy, olhando para a mais velha das irmãs Bennet.

– Oh! Ela é a criatura mais bela que eu jamais vi! Mas uma de suas irmãs está sentada precisamente atrás de você, e ela, além de muito bonita, me parece ser bastante simpática. Deixe que o meu par lhe apresente.

– Quem? – E voltando-se, olhou demoradamente para Elizabeth, até que esta, devolvendo-lhe o olhar, o fez desviar o seu, e friamente declarou: – É razoável, mas não suficientemente bonita para me tentar. Aliás, de momento, não tenho disposição para consolar as jovens que outros desdenharam. Vá você para junto do seu par e desfrute dos sorrisos dela. Não perca tempo comigo.

O Sr. Bingley seguiu o conselho do amigo e o Sr. Darcy se afastou, deixando uma impressão pouco favorável para Elizabeth.

De modo geral, a noite decorreu agradavelmente para toda a família. A Sra. Bennet viu com satisfação sua filha mais velha ser muito apreciada pelo grupo de Netherfield. O Sr. Bingley, por duas vezes, dançou com ela e as duas mulheres a cercaram de atenções.

Foi, portanto, com ótima disposição de espírito que tomaram o caminho de volta a Longbourn, a vila em que viviam e da qual eram os principais habitantes. Ao chegarem, o Sr. Bennet ainda estava acordado. Quando mergulhado na leitura de um livro, perdia a noção do tempo e naquela ocasião específica ansiava pelo relato de uma noite que causou tão grandes expectativas. Esperava, contudo, que os planos arquitetados por sua mulher em relação àquele desconhecido não fossem adiante, mas logo descobriu que a história que ouviria seria bem diferente. Mal entrou na sala, ela disse:

– Oh, meu caro! Passamos uma noite encantadora e o baile foi magnífico. Adoraria que tivesse ido. Jane foi tão admirada que nem calcula. Todos falavam nela e o próprio Sr. Bingley a achou muito atraente e dançou com ela duas vezes! Imagine, meu caro, por duas vezes dançou com a nossa Jane! E foi ela a única moça na sala a quem ele pediu uma segunda dança. Primeiro, convidou a Senhorita Lucas, o que me contrariou bastante, mas não pareceu muito animado, como é compreensível, pois ela não anima ninguém. Em contrapartida, ficou logo impressionado com Jane. Tratou imediatamente de saber quem ela era. A seguir dançou com a Senhorita King e depois com Maria Lucas. A quinta dança foi de novo com Jane e a sexta com Lizzy, e a Boulanger...

– Se ele tivesse dó de mim – exclamou o marido, impaciente –, não teria dançado nem metade do que dançou! Pelo amor de Deus, acabe com a enumeração de seus pares. Quem dera ele tivesse torcido o pé logo na primeira dança!

– Oh, meu querido, estou positivamente encantada com ele. É um rapaz tão belo! E as irmãs são encantadoras. Seus vestidos eram de uma elegância como nunca vi igual. Mas o vestido da Sra. Hurst...

E aqui foi de novo interrompida, pois o Sr. Bennet recusava-se a ouvir qualquer descrição sobre as roupas. Ela foi obrigada a procurar outro tema para a conversa e passou a relatar, com uma forte dose de azedume e algum exagero, a chocante indelicadeza do Sr. Darcy.

– Mas também lhe asseguro – acrescentou – que Lizzy nada perde por não lhe encher os olhos, pois ele é uma criatura desagradável e horrível, com quem não vale a pena gastar seu latim. Que arrogância e presunção! Não fez mais do que passear de um lado para o outro na sala, dando ares de grande importância!

≈ CAPÍTULO 4 ≈

Quando Jane e Elizabeth se viram a sós, a mais velha se abriu com a irmã e confessou que admirava o Sr. Bingley. Disse:
– Ele é exatamente como um rapaz deve ser: sensato, bem-disposto e animado. E que modos! Tão simples e revelando uma boa educação a toda prova.

– E é bonito – replicou Elizabeth – o que também é importante para qualquer rapaz que se preze.

– Fiquei lisonjeada quando veio me pedir para dançar pela segunda vez.

– Não esperava? Eu esperava por você. Mas é essa uma das diferenças entre nós. Os elogios sempre pegam você de surpresa, enquanto a mim, nunca. Bom, ele é mesmo simpático, e dou licença para gostar dele. Já gostou de tanta gente estúpida!

– Querida Lizzy!

– Oh! O que você tem é uma enorme capacidade para gostar das pessoas em geral. Nunca vê mal em ninguém. Acha todo mundo bom e agradável. Nunca na minha vida a ouvi criticar um ser humano sequer.

– É que procuro sempre não me precipitar no juízo que faço das outras pessoas, mas digo sempre o que penso.

– Isso eu sei e é o que me espanta. Que com seu bom-senso, possa ser tão cega para os defeitos e asneiras dos outros! Ser franca sem qualquer espécie de ostentação ou fim em vista – olhar para o que há de bom numa pessoa e tornar essa característica ainda melhor, sem nada dizer sobre o que ela tem de ruim, só você é capaz de fazer. Então, também gostou das irmãs dele, não? Na maneira de ser, se parecem pouco com ele.

– Tem razão, mas só no começo. Quando se inicia uma conversa, tornam-se bastante agradáveis. A Senhorita Bingley vem viver com o irmão e cuidará da casa. Se eu não estiver equivocada, vamos ter uma vizinha encantadora.

Elizabeth ouviu em silêncio, mas não ficou convencida. A atitude delas no baile não correspondia exatamente àquela que seria de se esperar de alguém que desejasse agradar. Dotada de um senso de observação mais vivo e de um temperamento menos dócil do que a irmã, além de um espírito crítico impessoal demais para se deixar arrastar por simpatias, ela sentia-se pouco disposta a acolhê-las de braços abertos.

Eram, sem dúvida, pessoas muito delicadas; demonstravam bom humor quando estavam satisfeitas, e eram agradáveis quando queriam, mas, no fundo, eram orgulhosas e presunçosas. O fato de pertencerem a uma respeitável família do Norte da Inglaterra ocorria-lhes mais frequentemente à memória do que o fato de terem enriquecido através do comércio.

O Sr. Bingley herdara bens no valor de cem mil libras de seu pai, que tencionara transformar parte delas em terras, mas não vivera o suficiente para fazê-lo. O filho comungava da mesma ideia, e algumas vezes escolhera a região, mas, encontrando-se de momento provido de uma boa casa e gozando da liberdade de fazer o que melhor lhe aprouvesse, havia quem, entre os mais familiarizados com a brandura de seu caráter, não duvidasse que ele passaria o resto dos seus dias em Netherfield, deixando a aquisição das terras ao cuidado da geração seguinte.

Suas irmãs desejavam muito que ele se tornasse logo dono de propriedades imensas. Mas, embora agora ele não passasse de um simples locatário, nem a Senhorita Bingley se fazia de rogada em presidir à sua mesa, nem a Sra. Hurst, que se casara com um homem de sociedade, mas sem fortuna, estava menos disposta a, sempre que isso lhe conviesse, considerar como sua a casa do irmão.

O Sr. Bingley atingira a maioridade não havia ainda dois anos, quando, por recomendação acidental, sentiu-se tentado a visitar a casa de Netherfield. Lá chegando, mirou a fachada, percorreu os interiores. Agradou-lhe a situação e as salas principais, ficou satisfeito com as vantagens apontadas pelo proprietário, e imediatamente se decidiu.

Entre ele e Darcy existia uma sólida amizade, apesar de seus feitios diametralmente opostos. Bingley cativava Darcy pela brandura, franqueza e docilidade de sua personalidade. Bingley tinha uma confiança inabalável na estima de Darcy, e do seu juízo tinha a mais elevada opinião. Em inteligência, Darcy superava-o. Bingley não era, de forma alguma, tolo, mas Darcy era esperto. Ele era ao mesmo tempo arrogante, retraído e difícil de contentar, e seus modos, apesar de delicados, não eram atraentes. Nesse aspecto, o amigo o superava. Bingley, onde quer que aparecesse, tinha a certeza de agradar, enquanto Darcy estava sempre ofendendo alguém.

O modo como falaram da festa no clube de Meryton era típico de cada um. Bingley nunca encontrara pessoas tão agradáveis, nem moças mais bonitas.

Todos tinham sido de uma bondade e atenção extremas com ele, e ele logo se sentiu familiarizado com toda a sala. Quanto à Senhorita Bennet, não concebia anjo mais belo. Darcy, ao contrário, apenas vira um grupo de gente de pouca beleza e elegância nula. Não sentiu o menor interesse por ninguém, ninguém lhe dispensou qualquer atenção, nem lhe trouxe qualquer satisfação. Reconheceu a beleza da Senhorita Bennet, mas achou que ela sorri demais.

A Sra. Hurst e a irmã concordaram com ele quanto a esse detalhe, não deixando, no entanto, de admirá-la e simpatizar com ela. Consideraram-na um amor de garota e não se importariam de conviver mais com ela. Diante disso, o irmão sentiu-se autorizado a pensar nela como bem entendesse.

≈ CAPÍTULO 5 ≈

A poucos passos de Longbourn vivia uma família da qual os Bennet eram particularmente íntimos. Sir William Lucas fora outrora comerciante em Meryton, onde fizera uma fortuna razoável e recebeu título de cavaleiro, graças a um discurso que apresentou para o rei quando foi prefeito. O título o impressionou demais. Perdeu o gosto pelo negócio e pela sua residência na pequena vila. Abandonou ambos e se mudou com a família para uma casa a uma milha de distância de Meryton, onde poderia entregar-se ao pleno gozo da sua importância. Livre dos negócios, ocupava-se unicamente em ser delicado com as pessoas. Mesmo maravilhado com sua nova condição, não se tornou altivo. Ao contrário, se desmanchava em atenções com todo mundo. Inofensivo, amistoso e prestativo, sua apresentação em St. James tornara-o cortês.

Lady Lucas era uma ótima pessoa, mas não era suficientemente esperta para se tornar uma vizinha preciosa para a Sra. Bennet. Tinham vários filhos. A mais velha, uma moça sensata e inteligente de vinte e sete anos de idade, era amiga íntima de Elizabeth.

Que as garotas Lucas e Bennet se reunissem para falar sobre o baile, era absolutamente indispensável. Logo na manhã seguinte, as primeiras apareceram em Longbourn para ouvir e contar.

– Começou bem a noite, Charlotte – disse a Sra. Bennet para a Senhorita Lucas. – Foi a primeira que o Sr. Bingley escolheu.

– Sim, mas tudo indica que lhe agradou mais a segunda.

– Oh, fala de Jane, suponho eu, por ele ter dançado duas vezes com ela. Com certeza pareceu um sinal de que ela lhe agradava – acredito mesmo que seja verdade. Ouvi algo a esse respeito, mas não me recordo bem, algo a ver com o Sr. Robinson.

– A senhora se refere talvez à conversa que eu ouvi entre ele e o Sr. Robinson? O Sr. Robinson lhe perguntou qual a opinião dele sobre as nossas festas em

Meryton, se não achava que havia grande número de moças bonitas no salão e qual delas ele considerava a mais bonita. Imediatamente respondeu: "Oh, a mais velha das Senhoritas Bennet, sem sombra de dúvidas. Não existem duas opiniões sobre tal assunto".

– Palavra de honra! Bom, foi bastante categórico, na verdade... Quase como se... Mas, entretanto, pode não levar a nada, sabe-se lá.

– Minhas revelações vieram mais a propósito que as suas, Eliza – disse Charlotte. – Ouvir o Sr. Darcy não é tão agradável como ao amigo, não acha? Pobre Eliza, não passar de "razoável"!

– Agradeço se não meter na cabeça de Lizzy de se sentir vexada por tal falta de tato, pois ele é uma pessoa tão desagradável que seria uma infelicidade cair nas boas graças dele. A Sra. Long me contou que ele, ontem à noite, esteve sentado ao lado dela bem uma meia hora sem nunca despregar os lábios.

– Tem certeza, mãe? Não haverá um pequeno engano? – quis saber Jane. – Posso jurar que vi o Sr. Darcy falar com ela.

– Sim, mas foi porque ela acabou por lhe perguntar se gostava de Netherfield, e ele não tinha como deixar de responder. Mas ela achou que ele ficou aborrecido por lhe dirigir a palavra.

– A Senhorita Bingley me contou – disse Jane – que ele não é de muitas falas, a não ser que se encontre no meio de gente muito íntima. Nessas ocasiões, ele torna-se extremamente agradável.

– Não acredito em nada disso, minha querida. Se ele fosse uma pessoa simpática, teria conversado com a Sra. Long. Mas eu adivinho qual a razão de sua atitude. Todos dizem que ele é um poço de orgulho e quase juraria que ele soube que a Sra. Long não tem carruagem própria e que foi ao baile numa alugada.

– Pouco me importa que ele conversasse ou não com a Sra. Long – disse a Senhorita Lucas –, mas gostaria que ele tivesse dançado com Eliza.

– Na próxima vez, Lizzy – disse-lhe a mãe –, se fosse você, não dançava com ele.

– Pode ter certeza, mãe, que nunca dançarei com ele.

– O orgulho dele – disse a Senhorita Lucas – não me indigna tanto quanto de costume, pois é justificável. Não admira que homem tão belo, de ótima família, rico e com tudo a seu favor tenha um elevado conceito de si próprio. Se é que posso me expressar assim, ele tem o direito de se sentir orgulhoso.

– Tem toda razão no que diz, e eu seria a primeira a fechar os olhos ao seu orgulho, se ele não tivesse ferido o meu – replicou Elizabeth.

– O orgulho – observou Mary, que se vangloriava da solidez de suas reflexões – é um defeito muito vulgar, creio eu. Depois de tudo o que li, estou convencida que são raros aqueles entre nós que não nutrem um sentimento de condescendência própria baseado em uma ou outra qualidade, real ou imaginária. Vaidade e orgulho são coisas diferentes. Pode-se sentir orgulho sem ser vaidoso. O orgulho diz mais respeito à opinião que temos de nós próprios, enquanto a vaidade, ao que queremos que os outros pensem de nós.

– Se eu fosse tão rico como o Sr. Darcy – exclamou o jovem Lucas, que acompanhara as irmãs –, não me importaria com meu orgulho. Teria uma matilha de cães de caça e beberia uma garrafa de vinho todos os dias.

– Dessa forma beberia muito mais do que deve – disse a Sra. Bennet. – E se eu o visse fazendo isso, lhe arrancaria a garrafa das mãos.

O rapaz protestou, ela continuou dizendo que o faria, e a discussão só acabou quando os Lucas partiram.

≈ CAPÍTULO 6 ≈

As senhoras de Longbourn em breve visitaram as de Netherfield, que logo lhes retribuíram a visita. A afabilidade da Senhorita Bennet continuava cativando tanto a Sra. Hurst como a Senhorita Bingley, que, embora rotulassem a mãe de insuportável e as irmãs mais novas como indignas de menção, expressavam seu desejo de conhecer as duas mais velhas mais intimamente. Jane ficou bem sensibilizada, mas Elizabeth decididamente não simpatizava com elas; embora a gentileza das duas com sua irmã, se servisse de consolo, tinha certo valor, já que, muito provavelmente, era inspirada pela admiração do irmão por Jane. Esse, na verdade, não escondia o quanto a admirava. E Elizabeth via, igualmente, como a irmã cedia à preferência que em seu espírito alimentara desde o primeiro dia em que o vira, e caminhava a passos largos para o amor. Contudo, era com prazer que considerava a impossibilidade de tal fato se tornar de domínio público, uma vez que Jane nunca permitiria qualquer suspeita impertinente. E isso ela disse à Senhorita Lucas.

– Talvez seja agradável para uma pessoa – replicou Charlotte – ser capaz de, em tais casos, iludir a opinião pública. Mas essa mesma reserva pode se tornar uma desvantagem. Se uma mulher é igualmente hábil em esconder sua afeição do objeto que a motiva, ela arrisca-se a perder a oportunidade de o cativar, e de pouco adiantará saber os outros na mesma ignorância. Em nove entre dez casos, seria preferível uma mulher mostrar mais afeição do que realmente sente. Bingley gosta de sua irmã, mas pode não ir mais além se ela não lhe der uma ajuda.

– Mas ela ajuda, tanto quanto sua natureza permite. Se até eu vislumbro os sentimentos que ela nutre por ele, ele é um tonto se não percebe.

– Ele não conhece tão bem como você a natureza de Jane.

– Mas se uma mulher gosta de um homem e não faz nada para esconder, ele tem de acabar descobrindo.

– Talvez isso acabe por acontecer, se ele estiver junto dela o suficiente. Ora, embora Bingley e Jane se encontrem com frequência, nunca é durante muito tempo. E como, quando se veem, é sempre no meio de muita gente, fica impossível aproveitar todos os momentos para conversarem um com o outro. Jane deveria, assim, aproveitar ao máximo a escassa meia hora em que detém a atenção dele. Quando, finalmente, estiver segura de seu amor, pode se apaixonar como bem entender.

– Tudo isso está muito certo – replicou Elizabeth – para aqueles casos em que o que prevalece é o desejo de se casar bem. Se um dia eu resolver arrumar um marido rico, ou simplesmente um marido, creio que adotarei seu sistema. Mas não é este o caso de Jane, ela não persegue um objetivo. No ponto em que as coisas estão, ela não pode sequer estar certa da natureza de seus próprios sentimentos, quanto mais de sua sensatez. Conheceu-o apenas há quinze dias. Dançou duas vezes com ele em Meryton, viu-o uma manhã na casa dele, e desde então jantou quatro vezes em sua companhia. Como pode ver, não é o suficiente para ela se familiarizar com a maneira de ser dele.

– Claro que não, do modo como você expõe as coisas. Se ela tivesse apenas jantado com ele, ela poderia apenas saber se ele tem bom apetite ou não. Mas deve lembra-se que eles passaram muitas horas juntos em quatro ocasiões.

– Sim, essas quatro noites lhes mostraram que ambos gostam mais de Vinte e Um do que de outro jogo qualquer, mas não creio que tenham servido para muita coisa mais.

– Bom – disse Charlotte –, de coração, desejo boa sorte para Jane. Se ela se casasse com ele amanhã, eu diria que as chances de ser feliz são tantas quanto seriam caso ela tivesse passado um ano avaliando o caráter dele. A felicidade no casamento é uma questão de sorte. Por mais profundo que seja o conhecimento mútuo ou a identificação entre as partes interessadas antes do enlace, em nada contribui para a felicidade. Quanto menos conhecer os defeitos daquele com quem se vai passar o resto da vida, melhor será.

– Você me diverte, Charlotte, mas nada disso tem lógica. Você mesma não agiria assim.

Ocupada em observar as atenções do Sr. Bingley com sua irmã, Elizabeth estava longe de suspeitar que ela própria se tornara objeto de certo interesse aos olhos de seu amigo. O Sr. Darcy, a princípio, fora quase relutante em admitir que ela possuía certa beleza. No baile, olhara para ela sem admiração e, na vez seguinte, olhou-a apenas para criticar. Porém, ainda mal se certificara da quase inexistência de um traço bonito naquele rosto, quando começou a achá-la especialmente inteligente pela bonita expressão de seus olhos pretos. A esta descoberta sucederam-se outras igualmente desconcertantes. Embora o olho crítico tivesse detectado mais de uma falha de simetria perfeita na forma de seu corpo, admitia que ela era uma figura graciosa e agradável. Apesar de considerar seus modos muito aquém daqueles do mundo elegante, eles cativaram-no por sua graciosidade simples. Elizabeth estava inteiramente alheia a tudo isso. Para ela, ele não passava de um homem antipático, um homem que não a achara atraente o suficiente para dançar.

Ele começou a sentir em si o desejo de conhecê-la melhor e, como primeiro passo para conversar com ela, passou a assistir às conversas dela com os outros. Tal atitude chamou a atenção de Elizabeth quando se encontravam na casa de Sir William Lucas, onde se reunia um numeroso grupo de pessoas.

– Que pretenderá o Sr. Darcy ao escutar minha conversa com o coronel Forster? – perguntou Elizabeth à Charlotte.

– Essa é uma pergunta a que só o Sr. Darcy poderá responder.

– Mas se ele tornar a fazer isso, garanto que lhe direi na cara que sei bem o que pretende. Ele tem uma maneira de olhar bastante irônica. Se eu não lhe mostrar a minha insolência, em breve ficarei aterrorizada por ele.

Como nesse preciso momento ele se dirigia para elas, embora sem mostrar qualquer intenção de abrir a boca, a Senhorita Lucas incitou a amiga a falar no assunto. Elizabeth, sentindo a provocação, se voltou para ele e lhe disse:

– Não é sua opinião, Sr. Darcy, que me expressei especialmente bem, quando há pouco atormentava o coronel Forster para organizar um baile em Meryton?

– Com grande energia, mas esse é um assunto que torna qualquer senhora enérgica.

– O senhor é severo conosco.

– Em breve será a vez de ela ser atormentada – disse a Senhorita Lucas. – Vou abrir o piano, Eliza, e sabe perfeitamente o que se segue.

– Você é uma estranha criatura na qualidade de amiga! Sempre me fazendo tocar e cantar diante de todos e de qualquer um! Se minha vaidade fosse voltada para a música, você seria inestimável, mas como não é esse o caso, preferia não me expor perante aqueles que devem estar habituados a artistas consagrados.

Contudo, como a Senhorita Lucas insistisse, ela acrescentou:

– Muito bem, se assim tem de ser, que seja. – E, olhando com um ar sério para o Sr. Darcy, continuou: – Há um velho ditado que todos nós conhecemos e que diz: "Guarda o seu fôlego para resfriar o caldo", e eu guardarei o meu para entoar minha canção.

A atuação de Elizabeth foi agradável, embora de modo algum excelente. Depois de uma canção ou duas, e antes que pudesse responder à insistência de várias pessoas para que cantasse mais, o lugar ao piano foi avidamente ocupado por sua irmã Mary, que, por ser a única na família sem grandes atrativos, se aplicara na aquisição de conhecimentos e dotes, vivendo na ânsia constante de os exibir.

Mary não tinha nem talento nem gosto. E embora a vaidade a tenha tornado aplicada, emprestara-lhe também um tal ar de superioridade e afetação nos modos que por si só prejudicariam um grau de perfeição mais elevado do que o que ela atingira. Elizabeth, que não tocava tão bem como a irmã, prendera muito mais a atenção de todos. Mary, após um longo concerto, alegremente consentiu, de forma a angariar elogios e gratidão, em tocar árias escocesas e irlandesas, a pedido das irmãs mais novas, que, com algumas das senhoritas Lucas e assistidas por dois ou três militares, formaram um pequeno grupo de dança numa das extremidades do salão.

Perto deles encontrava-se o Sr. Darcy, criticando intimamente tal modo de passar a noite, em detrimento de toda e qualquer espécie de conversa. Tão embrenhado estava em seus pensamentos que não deu pela presença junto de si de Sir William Lucas, senão quando este lhe disse:

– Que encantador divertimento este para os jovens, Sr. Darcy! Considero a dança um dos principais requintes das sociedades cultas.

– Perfeitamente de acordo, meu senhor, e tem também a vantagem de estar em voga entre as sociedades menos cultas do mundo. Qualquer selvagem sabe dançar.

Sir William apenas sorriu:

– Seu amigo dança maravilhosamente bem – continuou ele após uma pausa, ao ver Bingley juntar-se ao grupo – e não duvido que até o senhor seja um adepto de tal arte, Sr. Darcy.

– Viu-me dançar em Meryton, creio eu.

– Sim, e foi com certo prazer que o fiz. Dança com frequência em St. James?

– Nunca, meu senhor.

– Não acha que seria um ato lisonjeador para com tal local?

– É um lisonjeio que, sempre que posso, evito fazer a um local, seja ele qual for.

– Tem uma casa na capital, concluo?

O Sr. Darcy curvou-se em sinal de assentimento.

– Já tive também a intenção de me fixar na capital, pois tenho uma predileção pela alta sociedade, mas não tinha certeza que Lady Lucas se daria bem com os ares de Londres.

Fez uma pausa, na esperança de uma resposta, mas seu companheiro não estava disposto a dar. Como nesse momento Elizabeth passava por eles, ocorreu-lhe de súbito a ideia de um gesto deveras galanteador, e chamou-a:

– Querida Senhorita Eliza, por que não dança? Sr. Darcy, permita-me que lhe apresente esta jovem como um par desejável. Não se recusará a dançar, creio eu, perante tanta beleza – e, pegando na mão dela, deu-a ao Sr. Darcy, que, apesar de extremamente surpreso, fez menção de pegá-la, quando Elizabeth imediatamente a retirou e, numa certa agitação, disse para Sir William:

– Por Deus, meu caro senhor, não tenho qualquer intenção de dançar. Peço-lhe que não pense que passei por aqui apenas em busca de um par.

O Sr. Darcy, compenetrado e correto, pediu a ela que lhe desse a honra de dançar, mas em vão. Elizabeth estava decidida, e nem Sir William conseguiu persuadi-la.

– Tem uma maneira tão bonita de dançar, Senhorita Eliza, que é cruel de sua parte negar-me a felicidade de apreciá-la. Embora este cavalheiro, de modo geral, despreze tal divertimento, tenho a certeza de que ele não se oporá a entreter-nos durante uma escassa meia hora.

– O Sr. Darcy é de uma delicadeza sem limites – concluiu Elizabeth, sorrindo.

– Tem razão, mas tendo em vista o incentivo, querida Senhorita Eliza, não podemos nos admirar com sua complacência, pois o que teria ele a dizer sobre tal par?

Elizabeth lhe dirigiu um olhar malicioso e afastou-se. Sua resistência não feriu o cavalheiro. E ele estava pensando nela quando foi abordado pela Senhorita Bingley.

– Penso que adivinho qual o assunto de meditação tão profunda.

– Creio que não.

– Estava pensando que insuportável seria ter de passar mais uma noite assim, com tal gente e, na verdade, estou plenamente de acordo com o senhor. Nunca me senti tão aborrecida! A insipidez, e não obstante a algazarra; a nulidade, e não obstante a presunção de toda esta gente! O que eu não daria para ouvir o senhor censurá-los.

– Está redondamente enganada. Pensava em coisas bem mais agradáveis. Meditava, por exemplo, no imenso prazer que um par de lindos olhos no rosto de uma mulher bonita podem proporcionar.

A Senhorita Bingley, imediatamente fixando os olhos no rosto dele, desejou saber que senhora tinha a honra de lhe inspirar tais reflexões. O Sr. Darcy, intrépido, replicou:

– A Senhorita Elizabeth Bennet.

– A Senhorita Elizabeth Bennet! – repetiu a Senhorita Bingley. – Estou deveras espantada. Desde quando ocupa ela o lugar de favorita? E, diga-me, quando devo felicitá-lo?

– Era essa exatamente a pergunta que esperava que me fizesse. A imaginação de uma senhora é de uma rapidez fantástica. Em um instante salta de admiração para amor, e de amor para matrimônio. Sabia que me felicitaria.

– Bom, se é com tal seriedade que encara o assunto, o considerarei definitivamente arrumado. Terá, na verdade, uma sogra encantadora e, naturalmente, ela estará sempre em Pemberley com vocês.

Ele escutou-a numa indiferença total, durante todo o tempo que ela quis devotar ao assunto. Como a serenidade dele a convenceu de que nada estava perdido, a Senhorita Bingley deu livre curso à sua ironia.

≈ CAPÍTULO 7 ≈

A fortuna do Sr. Bennet consistia quase exclusivamente em uma propriedade que lhe rendia duas mil libras anuais, e que, infelizmente para suas filhas, na falta de herdeiro varão, estava nas mãos de um parente distante.

A herança de sua mulher, embora suficiente para sua situação na vida, nunca substituiria convenientemente a falta da do marido. O pai da Sra. Bennet, que havia sido advogado em Meryton, deixara-lhe quatro mil libras. Ela tinha uma irmã casada com um tal Sr. Philips, antigo secretário de seu pai, e que lhe sucedera nas funções, e um irmão estabelecido em Londres num respeitável ramo de atividade comercial.

A localidade de Longbourn ficava a apenas uma milha de Meryton, uma distância bastante adequada para as meninas, que geralmente sentiam-se tentadas a transpô-la três ou quatro vezes por semana, quer em atenção para com sua tia, como para visitar a loja de chapéus, precisamente do outro lado da rua. As duas mais jovens, Catherine e Lydia, eram as mais dadas a este gênero de atenções. Mais fúteis que suas irmãs, quando nada tinham com que se ocupar, uma ida a Meryton preenchia a manhã e fornecia-lhes conversa para o serão. Por muito pouco fértil que a região fosse em novidades, elas sempre conseguiam saber alguma através da tia. Atualmente, encontravam-se, aliás, bem supridas, tanto de novidades, como de uma alegria esfuziante, graças à chegada recente de um regimento militar. O regimento deveria permanecer em Meryton todo o inverno, e aí estabelecera seu quartel-general.

As visitas à Sra. Philips redundavam agora numa superabundância de informações das mais interessantes. Cada dia trazia algo de novo para o seu conhecimento acerca dos nomes dos oficiais militares e suas relações. Seus alojamentos já não eram segredo, e elas acabaram travando conhecimento com os próprios oficiais. O Sr. Philips visitara todos, e deste modo abriu às suas sobrinhas o caminho para uma felicidade desconhecida até então. Não falavam de outra coisa senão nos oficiais. A fortuna do Sr. Bingley, que a simples alusão animava sua mãe, nada era para Catherine e Lydia quando comparada àqueles belos uniformes.

Uma manhã, após ter escutado as efusões das filhas sobre o assunto, o Sr. Bennet, friamente, observou:

– Pelo que concluo da conversa, vocês devem ser as duas garotas mais tolas do país. De algum tempo para cá, já suspeitava disso, mas estou agora plenamente convencido.

Catherine ficou embaraçada e não respondeu, mas Lydia, com perfeita indiferença, continuou demonstrando sua admiração pelo capitão Carter e a esperança de ainda vê-lo naquele dia, pois na manhã seguinte ele partiria para Londres.

– Surpreende-me, meu caro – disse a Sra. Bennet –, pela prontidão com que chama de tolas as nossas filhas. Se eu desejasse criticar os filhos de alguém, não escolheria os meus.

– Se minhas filhas são tolas, espero sempre ser capaz de percebê-lo.

– Sim, mas acontece que elas até são todas muito espertas.

– É esse o único ponto do qual me gabo de discordar. Sempre desejei que nossas opiniões fossem as mesmas, mas devo diferir de você o bastante para considerar nossas duas filhas mais novas como muito parvas.

– Meu caro Sr. Bennet, o senhor não pode esperar que meninas como elas tenham o mesmo bom-senso dos pais. Quando atingirem a nossa idade, creio que pensarão tanto em oficiais como nós hoje em dia o fazemos. Recordo-me bem do tempo em que eu também estremecia perante um belo uniforme... E, na verdade, ainda hoje os admiro. Se um jovem e brilhante coronel, com rendimentos superiores a cinco ou seis mil libras, se interessasse por alguma das minhas filhas, não lhe diria não. Aliás, no outro dia, na casa de Sir William, achei o coronel Forster muito elegante de uniforme.

– Mãezinha – exclamou Lydia –, a tia contou que o coronel Forster e o capitão Carter já não visitam com tanta frequência a Senhorita Watson. Ultimamente, têm sido vistos na biblioteca Clarke.

A Sra. Bennet foi impedida de responder pela entrada de um criado com um bilhetinho para a Senhorita Bennet. Vinha de Netherfield e o criado aguardava uma resposta. Os olhos da Sra. Bennet brilharam de prazer e, ansiosa, implorava enquanto a filha lia:

– Então, Jane, de quem é? De que se trata? Que diz ele? Então, Jane, ande logo, conte para nós, vamos, querida.

– É da Senhorita Bingley – disse Jane, e passou a ler em voz alta:

"Minha querida amiga,
Se sua compaixão não a trouxer para jantar comigo e com Louisa, nós duas correremos o risco de nos detestarmos o resto de nossas vidas, pois um tête-à-tête de um dia inteiro entre duas mulheres nunca acaba sem uma discussão. Venha logo que puder. Meu irmão e os outros senhores jantam com os oficiais. Cordialmente, Caroline Bingley."

– Com os oficiais! – exclamou Lydia. – Espanta-me que a tia nada nos tenha dito.

– Jantam fora, que pouca sorte – disse a Sra. Bennet.

– Posso levar a carruagem? – disse Jane.

– Não, minha querida, é melhor ir a cavalo pois parece que vai chover; e então terá de passar lá a noite.

– Seria esse um bom ardil – disse Elizabeth –, se eles não se oferecerem para acompanhá-la na volta.

– Oh, mas acontece que os cavalheiros precisam da carruagem do Sr. Bingley para irem a Meryton e os Hurst não têm cavalos próprios.

– Eu preferiria ir de carruagem.

– Mas, minha querida, estou certa de que seu pai não poderá dispensar os cavalos. Eles são necessários na fazenda, não é verdade, Sr. Bennet?

– Preciso mais deles do que as vezes que os tenho ao meu dispor.

– Mas, se exatamente hoje dispuser deles – disse Elizabeth – a vontade de nossa mãe será atendida.

E assim ela acabou por conseguir do pai a confirmação de que os cavalos não estavam livres. Jane viu-se deste modo obrigada a ir a cavalo, e sua mãe acompanhou-a à porta com muitos e animados prognósticos de um mau tempo. Suas esperanças se realizaram, e ainda não havia muito que Jane os deixara, quando desabou uma chuva torrencial. As irmãs ficaram um tanto preocupadas, mas a mãe regozijava-se. A chuva continuou pela noite, sem parar. Jane não poderia regressar.

– Foi uma ótima ideia, a que eu tive, não?! – disse a Sra. Bennet mais de uma vez, como se o fato de chover só a ela se devesse.

Só na manhã seguinte, contudo, ela se inteirou do êxito completo de seu estratagema. Terminavam o café da manhã quando um criado de Netherfield chegou com o seguinte bilhetinho para Elizabeth:

"Minha querida Lizzy,

Não me sinto nada bem esta manhã, o que, suponho eu, se deve atribuir à chuva que ontem apanhei. Minhas bondosas amigas não querem ouvir-me falar em regressar à casa senão quando me sentir completamente restabelecida. Insistem também para que o Sr. Jones me examine. Por isso, não se assustem se ouvirem dizer que ele foi chamado por minha causa. Fora a garganta inflamada e dor de cabeça, nada mais há que ofereça motivos de preocupação. Sua, etc."

– Então, minha querida – disse o Sr. Bennet, quando Elizabeth terminou a leitura do bilhete –, se a sua filha tombasse gravemente doente, ou morresse até, serviria de consolação saber que tudo fora em perseguição ao Sr. Bingley, e sob as suas ordens.

– Oh! Não tenho qualquer receio de que ela morra. Não se morre de pequeninos e insignificantes resfriados. Além disso, dispensarão a ela todos os cuidados. Desde que ela fique por lá, está tudo muito bem. Gostaria de ir visitá-la, caso possa dispor da carruagem.

Elizabeth, que se sentia deveras aflita com o estado da irmã, estava ansiosa para estar com ela, mesmo na falta da carruagem e, como não montava, ir a pé era a única alternativa que se lhe oferecia.

– Que ideia a sua – exclamou a mãe –, com toda esta lama! Não poderão olhar para você quando chegar lá.

– Não é para me verem que vou lá. Jane é meu único propósito.

– Trata-se de um subterfúgio, Lizzy – disse o pai –, para que eu peça os cavalos?

– De maneira nenhuma. Não tenciono fugir à caminhada. A distância de nada vale quando se tem um motivo, e são apenas três milhas. Estarei de volta para jantar.

– Admiro a energia de sua benevolência – observou Mary –, mas todo o impulso afetivo deve ser guiado pela razão e, na minha opinião, o esforço deveria estar sempre em proporção com o que é requerido.

– Nós a acompanhamos até Meryton – disseram Catherine e Lydia.

Elizabeth concordou, e as três jovens partiram juntas.

– Se nos apressarmos – disse Lydia enquanto caminhavam –, talvez ainda possamos ver o capitão Carter antes de ele partir.

Em Meryton separaram-se: as duas mais novas tomaram a direção dos alojamentos de uma das mulheres dos oficiais e Elizabeth continuou sozinha através dos campos num passo apressado, transpondo vedações e saltando charcos com uma energia impaciente. Finalmente, achou-se à vista da casa. Tinha os pés dormentes, as meias enlameadas e o rosto afogueado pelo exercício.

Introduziram-na na saleta do café da manhã, onde todos, com exceção de Jane, se encontravam reunidos. Sua aparição surpreendeu. Que ela tivesse se aventurado a percorrer sozinha três milhas, tão cedo e com um tempo tão feio, era coisa quase inacreditável para a Sra. Hurst e para a Senhorita Bingley. Elizabeth se convenceu de que elas a desprezavam por isso. Contudo, a receberam com toda educação; e na atitude do irmão havia mais do que simples educação, havia bondade e boa disposição. O Sr. Darcy pouco disse e o Sr. Hurst não abriu a boca. Aquele dividia-se entre a admiração pelo esplendor que o exercício imprimira em sua tez e certa dúvida quanto à ocasião justificar sua vinda sozinha até tão longe. Quanto ao outro, apenas pensava em seu café da manhã.

As respostas obtidas às perguntas sobre a irmã estavam longe de satisfazê-la. A Senhorita Bennet passara mal a noite, tinha bastante febre e não se atrevera a deixar o quarto. Elizabeth pediu que a levassem logo para junto dela e Jane, que receando causar alarme ou transtorno, não disse em seu bilhetinho o quanto desejava tal visita, ficou encantada ao vê-la entrar. Não se sentia animada para grandes conversas. Quando a Senhorita Bingley as deixou sós, apenas exprimiu sua gratidão pela extraordinária bondade com que estava sendo tratada. Elizabeth, silenciosa, cercava-a de cuidados.

Terminado o café da manhã, as irmãs se juntaram a elas e Elizabeth sentiu despertar em si uma certa simpatia pelas duas, ao ver com que afeição e solicitude tratavam Jane. O boticário chegou e, tendo examinado sua paciente, declarou que ela pegara um forte resfriado. Aconselhou-a a se recolher de novo ao leito e receitou alguns medicamentos. Seu conselho foi prontamente acatado, pois os sintomas de febre aumentavam e a dor de cabeça tornara-se quase insuportável. Elizabeth não abandonou o quarto da irmã e as outras duas senhoras também pouco se ausentaram.

Quando o relógio bateu três horas, Elizabeth sentiu que devia partir e, muito a contragosto, exteriorizou sua intenção. A Senhorita Bingley ofereceu-lhe a carruagem, e ela apenas esperava um pouco mais de insistência para aceitar, quando Jane demonstrou tal inquietação por se separarem, que a

Senhorita Bingley se viu forçada a converter o oferecimento da carruagem em um convite para ficar em Netherfield o tempo que fosse preciso. Elizabeth ficou muitíssimo grata e logo aceitou o convite. Imediatamente um criado foi enviado a Longbourn para levar à família o recado e trazer algumas roupas na volta.

≈ CAPÍTULO 8 ≈

Por volta das cinco horas, as duas senhoras se retiraram para se vestir, e às seis e meia, Elizabeth foi chamada para jantar. Choveram perguntas, mas ela não pôde dar uma resposta favorável. Jane não havia melhorado. As irmãs repetiram três ou quatro vezes o quanto isso as entristecia, como era terrível um resfriado, e o quanto elas detestavam adoecer. Porém, passado esse momento, não mais voltaram a tocar no assunto, e sua indiferença por Jane quando não na presença dela restituiu a Elizabeth toda a sua antipatia original.

O irmão era o único que ela encarava com alguma complacência. Sua angústia por causa de Jane era evidente e as atenções que ele dispensava a ela própria eram bastante agradáveis. Isso a impedia de se sentir uma intrusa, como ela acreditava ser considerada por todos os outros. Só ele parecia dar pela sua presença. A Senhorita Bingley estava absorvida pelo Sr. Darcy e a irmã pouco menos que isso. O Sr. Hurst, ao lado de quem Elizabeth estava sentada, não passava de um indolente, que vivia apenas para comer, beber e jogar cartas, e que, descobrindo que ela preferia um prato simples a um bom guisado, nada mais encontrou para lhe dizer.

Terminado o jantar, Elizabeth voltou imediatamente para junto de Jane e, mal ela saiu da sala, a Senhorita Bingley começou a criticá-la. Classificou suas maneiras de rudes, um misto de orgulho e impertinência, disse que ela não tinha nem conversa, nem estilo, nem gosto, nem beleza sequer. A Sra. Hurst era da mesma opinião e acrescentou:

– Ela não tem nada que a recomende, exceto ser uma ótima andarilha. Nunca esquecerei como ela nos apareceu esta manhã. Quase parecia uma rústica.

– Tem razão, Louisa. Eu mal pude me conter. Que disparate vir assim! Qual a necessidade de desabalar por esses campos afora, apenas porque a irmã se resfriou? E o cabelo dela, que emaranhado.

– Sim, e o saiote, reparou nele? Sujo de lama até uma altura de, pelo menos, seis polegadas. Ela tentava esconder com o vestido, mas sem grande êxito.

– O retrato que nos oferece pode ser muito exato, Louisa – disse Bingley –, mas a mim pouco diz. Achei a Senhorita Elizabeth Bennet deveras encantadora quando nos apareceu na saleta, esta manhã. Quanto ao saiote enlameado, nem reparei.

– Mas estou certa de que o Sr. Darcy reparou nele, não reparou? – disse a Senhorita Bingley. – E creio que o senhor não gostaria de ver sua irmã fazer tal exibição.

– Claro que não.

– Percorrer três, quatro ou cinco milhas com lama pelos tornozelos e completamente sozinha! Que quereria ela com isso? A mim, parece revelar uma independência abominável e presunçosa, além de uma total indiferença provinciana pelo decoro.

– Revela um afeto por sua irmã digno de menção – disse o Sr. Bingley.

– Receio bem, Sr. Darcy – observou a Senhorita Bingley num sussurro –, que esta aventura tenha, de certo modo, afetado sua admiração pelos seus lindos olhos.

– De maneira nenhuma – replicou ele –, estavam, graças ao exercício, mais brilhantes do que nunca.

Seguiu-se uma pequena pausa, e a Sra. Hurst tornou:

– Tenho a maior consideração por Jane Bennet, pois ela é uma moça amorosa, e é de coração que a desejo bem instalada na vida. Contudo, com uns pais como os dela, e de relações tão insignificantes, receio que não venha a conseguir.

– Creio ter ouvido dizer que o tio delas é advogado em Meryton.

– Sim, e têm ainda um outro, que vive algures perto de Cheapside.

– É admirável – acrescentou a irmã, e ambas riram com gosto.

– Mesmo que elas tivessem tios em quantidade que enchesse todo o Cheapside – exclamou Bingley –, não seria isso que as tornaria menos encantadoras.

– Mas deve diminuir-lhes consideravelmente as probabilidades de se casarem com algum homem de destaque – replicou Darcy.

Bingley não deu qualquer resposta, mas as irmãs concordaram vivamente, gracejando durante algum tempo à custa das relações plebeias de sua querida amiga.

Foi, no entanto, com renovada ternura que se dirigiram ao quarto dela, e aí permaneceram até serem chamadas para o chá. O estado de Jane inspirava ainda sérios cuidados e Elizabeth não deixou sua cabeceira senão muito tarde, quando, vendo-a dormindo, resolveu, mais por dever que por outra coisa, descer até a sala. Quando entrou, encontrou todos à mesa de jogo e imediatamente foi convidada a se juntar a eles. Mas, receando que jogassem caro, declinou o convite e desculpando-se por causa da irmã e do pouco tempo disponível, disse preferir entreter-se com um livro. O Sr. Hurst não escondeu seu espanto.

– Diz que prefere ler a jogar? – perguntou ele. – Que coisa estranha.

– A Senhorita Elizabeth Bennet – disse a Senhorita Bingley – tem desprezo pelas cartas. Ela é uma grande leitora, e fora isso, nada lhe dá prazer.

– Não mereço nem tal louvor, nem tal censura – exclamou Elizabeth. – Não sou uma grande leitora, e são muitas as coisas que me dão prazer.

– Que é com prazer que cuida de sua irmã, tenho certeza – disse o Sr. Bingley – e espero que em breve sinta ainda mais prazer ao vê-la completamente restabelecida.

Elizabeth agradeceu e em seguida dirigiu-se a uma mesa, em cima da qual se encontravam vários livros. O Sr. Bingley imediatamente se ofereceu para buscar outros, todos os que sua biblioteca pudesse oferecer.

– E desejaria que a coleção fosse maior, tanto para benefício da Senhorita como para crédito meu, mas sou um preguiçoso e, embora não tenha muitos, tenho mais do que aqueles que algum dia chegarei a ler.

Elizabeth assegurou-lhe que se contentaria perfeitamente com os que estavam na sala.

– Espanta-me – disse a Senhorita Bingley – que meu pai tenha deixado uma coleção de livros tão pequena. Que maravilhosa biblioteca é a sua em Pemberley, Sr. Darcy!

– Não podia deixar de ser boa – replicou ele – pois ela representa o trabalho de muitas gerações.

– E, além disso, o senhor a tem aumentado bastante, pois está sempre comprando livros.

– Numa época como a nossa, não compreendo que se abandone uma biblioteca de família.

– Tenho certeza de que o senhor não descuida de nada que possa aumentar a beleza de local tão notável. Charles, quando construir sua casa, gostaria que fosse tão bonita como Pemberley.

– Quem me dera.

– Por isso o aconselho a tomar Pemberley como uma espécie de modelo. Não há na Inglaterra província mais bela que Derbyshire.

– Mas com certeza. Até compraria Pemberley, se Darcy vendesse.

– Falo apenas de possibilidades, Charles.

– Palavra de honra, Caroline, que acho mais fácil comprar Pemberley do que imitar!

Elizabeth tinha sua atenção tão presa no que se passava que se esqueceu do livro no colo. Deixou-o de lado, aproximou-se da mesa e, colocando-se entre o Sr. Bingley e a irmã mais velha, ficou observando o jogo.

– A Senhorita Darcy cresceu muito desde a primavera? – perguntou a Senhorita Bingley. – Será que ela já está mais alta do que eu?

– Penso que sim. Tem aproximadamente a altura da Senhorita Elizabeth Bennet agora, ou talvez seja ainda mais alta.

– Anseio tanto por tornar a vê-la! Nunca encontrei ninguém que me encantasse tanto. Que porte o seu, e que maneiras! E já tão prendada para a sua idade! Toca piano divinamente.

– Incrível – disse o Sr. Bingley – que as jovens tenham paciência para se tornarem tão prendadas como todas elas são.

– Todas elas prendadas! Meu caro Charles, que quer dizer?

– Sim, todas elas, creio eu. Todas pintam mesas, forram biombos e tecem bolsinhas. Não conheço nenhuma que não faça tudo isso, e tenho certeza de nunca ter ouvido falar pela primeira vez de uma jovem sem ser informado de que ela é muito prendada.

– Sua lista de dotes de alcance vulgar – disse Darcy – tem muito de verdade. A palavra é aplicada a mais de uma mulher que não a merece para além de tecer uma bolsinha ou forrar um biombo. Mas estou longe de concordar com sua apreciação das mulheres em geral. De todas as que conheço, não posso me gabar de conhecer mais de meia dúzia verdadeiramente dotada.

– Nem eu, disso tenho certeza – disse a Senhorita Bingley.

– Nesse caso – observou Elizabeth –, exige-se bastante de uma mulher para considerá-la verdadeiramente prendada.

– De fato – disse o Sr. Darcy.

– Com certeza! – exclamou sua fiel aliada. – Nenhuma poderá se considerar realmente prendada se não ultrapassar de longe a média. Uma mulher, para merecer tal qualificação, deve ter um conhecimento profundo sobre música, canto, desenho, dança e línguas modernas, e além de tudo isto, deve possuir certa forma de ser e se mover, de tom de voz, trato e expressões, ou só merecerá a qualificação em parte.

– Tudo isso ela deve possuir – acrescentou Darcy – e a tudo isso ela deve juntar ainda algo de mais substancial, que é a prática assídua da leitura para o desenvolvimento de seu espírito.

– Por isso não admira que o senhor conheça apenas seis mulheres prendadas. Chego mesmo a duvidar que conheça alguma.

– Menospreza assim tanto o seu sexo que duvide dessa possibilidade?

– Nunca encontrei tal mulher. Nunca encontrei tanta capacidade, gosto, aplicação e elegância juntas, tal como o senhor descreve.

A Sra. Hurst e a Senhorita Bingley protestaram contra a injustiça da dúvida implícita, e ambas afirmavam conhecer mais de uma mulher que correspondia à descrição. O Sr. Hurst as chamou à ordem, repreendendo-as severamente pela falta de atenção ao jogo que tinham à frente. Como a conversa encontrara assim o seu termo, Elizabeth pouco depois abandonou a sala.

– Eliza Bennet – disse a Senhorita Bingley mal a porta se fechou – é o tipo de garota que procura evidenciar-se aos olhos do sexo oposto menosprezando o seu próprio, e creio que com a maioria dos homens ela atinge seu objetivo. Contudo, na minha opinião, é um truque verdadeiramente mesquinho.

– Sem dúvida – replicou Darcy, a quem sobretudo se dirigia a observação – que existe mesquinhez em todos os truques que uma mulher usa para cativar. Tudo o que se assemelha à astúcia é desprezível.

A Senhorita Bingley não ficou suficientemente satisfeita com a resposta de modo a prosseguir no mesmo assunto.

Elizabeth veio informar que a irmã se sentia pior e que ela não poderia abandoná-la. Bingley falou em chamar com urgência o Sr. Jones, enquanto as irmãs, certas de sua incompetência provinciana, recomendaram que se requeresse a presença de um dos médicos mais eminentes da capital. Elizabeth não quis nem ouvir tais sugestões, mas concordou que logo pela manhã se convocaria o Sr. Jones caso não se registasse uma melhoria considerável no estado da irmã. Bingley ficou deveras preocupado e as irmãs assumiram seu ar mais infeliz. Elas, porém, aliviaram sua tristeza com duetos após a ceia, enquanto ele procurou o conforto nas recomendações feitas à governanta para que nada faltasse à doente e sua irmã.

≈ CAPÍTULO 9 ≈

Elizabeth passou grande parte da noite à cabeceira da irmã e de manhã pôde mandar uma resposta favorável às perguntas que, através da governanta, desde muito cedo recebeu do Sr. Bingley e àquelas feitas um pouco mais tarde pelas duas elegantes senhoras que serviam suas irmãs. Apesar das melhoras, contudo, pediu que um bilhetinho seu fosse enviado a Longbourn, em que requeria a presença de sua mãe junto de Jane, para que ela própria desse seu parecer sobre o estado da filha. O bilhete foi imediatamente expedido e o pedido atendido sem demora. A Sra. Bennet, acompanhada pelas duas filhas mais novas, chegou a Netherfield logo após o café da manhã.

Se encontrasse Jane de algum modo em perigo, a Sra. Bennet se sentiria realmente aflita, mas, uma vez tranquilizada por ver que seu estado não era alarmante, ela não nutria qualquer desejo pelo seu restabelecimento imediato, pois nessa altura sua filha teria de deixar Netherfield. Não atendeu, por esta razão, ao pedido insistente da filha para que a levassem para casa, o que, aliás, o próprio boticário, que também chegara, terminantemente desaconselhou. Após algum tempo na companhia de Jane, com o aparecimento da Senhorita Bingley e a convite desta, a mãe e as três filhas seguiram-na até a salinha junto da entrada. Bingley foi ao seu encontro, exprimindo o desejo de que a Sra. Bennet não tivesse encontrado a Senhorita Bennet pior do que esperava.

– Assim foi, meu caro senhor – respondeu a Sra. Bennet. – Ela encontra-se muito doente para ser levada daqui. O Sr. Jones é de opinião que ela não pode ainda sair de casa. Teremos de abusar um pouco mais da sua bondade.

– Levá-la daqui! – exclamou o Sr. Bingley. – Nem pensar nisso. Estou certo de que minha irmã não quererá ouvir falar em tal coisa.

– Esteja descansada, minha senhora – disse a Senhorita Bingley com uma delicada frieza –, que a Senhorita Bennet receberá todos os cuidados possíveis enquanto aqui permanecer.

A Sra. Bennet exprimiu com profusão todo o seu reconhecimento.

– E não sei o que seria dela – acrescentou – se não fossem tão bons amigos, pois ela está realmente muito doente. Sofre bastante, pobre pequena, embora com uma paciência de santa, que, aliás, não lhe é estranha, pois tem o temperamento mais doce que jamais me foi dado encontrar. É com frequência que digo às minhas outras filhas que elas nada se parecem com Jane. Que bonita sala o senhor tem, Sr. Bingley, e com uma linda vista para o jardim. Não conheço nada parecido nos arredores. Não pensará em deixar a casa de um instante para o outro, espero eu, embora a tenha alugado por pouco tempo.

– Tudo o que faço é de um instante para o outro – replicou ele – e, se resolvesse deixar Netherfield, passados cinco minutos teria provavelmente partido. Contudo, considero-me, de fato, instalado aqui.

– É exatamente o que eu supunha do senhor – disse Elizabeth.

– Começa a compreender-me, não é? – exclamou ele, voltando-se para ela.

– Oh, sim! Compreendo-o perfeitamente.

– Gostaria de poder tomar isso como um elogio, mas receio que essa minha transparência só seja de lamentar.

– É como é. Uma personalidade profunda e intrincada não é, necessariamente, mais ou menos digna de estima do que uma como a do senhor.

– Lizzy – exclamou a mãe –, lembre-se de onde está e modere a impetuosidade que lhe é permitida em casa.

– Não tinha ainda dado – prosseguiu Bingley imediatamente – que se dedicasse ao estudo de personalidades. Deve ser bastante interessante.

– Sim, e as personalidades intrincadas são as que mais divertem. Têm, pelo menos, essa vantagem.

– A província – interveio Darcy – poucos assuntos fornecerá de interesse para tal estudo. Numa comunidade provinciana uma pessoa move-se num meio restrito e invariável.

– Mas as próprias pessoas modificam-se tanto que sempre há algo de novo a se observar nelas.

– Naturalmente! – exclamou a Sra. Bennet, ofendida pelo modo como ele falara de uma comunidade provinciana. – Asseguro-lhe que a vida social na província é quase tão intensa como na capital.

Todos se entreolharam, surpresos, e Darcy, após fitá-la durante algum tempo, afastou-se em silêncio. A Sra. Bennet, que imaginava ter obtido uma grande vitória sobre ele, continuou em ar de triunfo.

– Por mim, não percebo que vantagem Londres possa ter sobre a província, além das lojas e os locais públicos. A província é de longe mais agradável, não acha, Sr. Bingley?

– Quando estou na província – replicou ele –, custa-me deixá-la; e quando na capital, acontece-me exatamente o mesmo. Têm cada uma as suas vantagens, e eu sinto-me igualmente feliz em qualquer dos lugares.

– De acordo. Isso é porque o senhor tem bom feitio. Mas aquele cavalheiro – olhando para Darcy – parecia não dar qualquer valor à província.

– Por Deus, mãe, está enganada – interveio Elizabeth, corando por sua mãe. – Não percebeu o que o Sr. Darcy disse. Ele apenas quis dizer que a variedade de pessoas na província é menor que na capital, o que terá de reconhecer como um fato.

– Com certeza, minha querida, ninguém diz o contrário, mas quanto a não haver pessoas em número nesta vizinhança, não é verdade, pois nos damos com vinte e quatro famílias, pelo menos.

Nada, a não ser o respeito por Elizabeth, permitia a Bingley manter sua serenidade. A irmã, menos delicada, olhou para o Sr. Darcy com um sorriso bem expressivo. Elizabeth, procurando dizer algo que desviasse as atenções de sua mãe, perguntou-lhe se por acaso Charlotte Lucas visitara Longbourn durante sua ausência.

– Sim, apareceu ontem com o pai. Que simpático homem é Sir William, não acha, Sr. Bingley? E que bom que ele é, tão delicado e tão simples! Tem sempre uma palavra amável para todos. É a isso que chamo ser bem-educado e quanto àqueles que se julgam muito importantes e nunca abrem a boca, não passam de uma fraude.

– Charlotte jantou com vocês?

– Não, pois precisavam dela em casa. Penso que por causa dos pastéis folhados. Em minha casa, Sr. Bingley, disponho sempre de criados competentes, minhas filhas são educadas de modo diferente. Mas cada um é juiz de si próprio, e as Senhoritas Lucas são muito boas moças, posso lhe garantir. É pena não serem bonitas! Não que eu ache Charlotte muito sem graça... Mas, bem, ela é uma amiga especial.

– Pareceu-me uma moça bastante simpática.

– Oh, claro, mas admita que é muito sem graça. A própria Lady Lucas o diz com frequência e inveja a beleza de Jane. Não gosto de gabar as minhas filhas, mas quanto a Jane, não é todos os dias que se veem moças como ela. É o que todos dizem. Não quero confiar na minha parcialidade. Quando ela tinha apenas quinze anos de idade e a levamos à casa de meu irmão Gardiner, na capital, um senhor apaixonou-se de tal modo por ela que minha cunhada achou que ele pediria a mão dela antes de regressarmos. Contudo, ele não o fez. Talvez a tenha achado jovem demais. Escreveu-lhe uns versos, bem bonitos, por sinal.

– E assim terminou o seu amor – disse Elizabeth, impaciente. – Gostaria de saber quem terá descoberto a eficácia da poesia para espantar o amor!

– Fui habituado a considerar a poesia como o alimento do amor – opinou Darcy.

– De um amor puro, vigoroso e saudável, é possível. Tudo serve de alimento ao que já vingou. Mas quando se trata de uma inclinação ligeira e efêmera, estou convencida de que um bom soneto a varre de uma vez.

Darcy limitou-se a sorrir e na pausa que se seguiu, Elizabeth tremeu com o receio de que sua mãe se expusesse de novo ao ridículo. Queria falar, mas não sabia o que dizer. Após um curto silêncio, a Sra. Bennet tornou a agradecer ao Sr. Bingley a bondade para com Jane. Pediu desculpa também do incômodo que Lizzy pudesse estar causando. O Sr. Bingley respondeu com uma delicadeza simples e obrigou a irmã a ser igualmente delicada e dizer o que a ocasião requeria. Esta desempenhou seu papel sem muita convicção, mas a Sra. Bennet deu-se por satisfeita e pouco depois pediu a carruagem. A esse sinal, uma de suas filhas mais novas adiantou-se. As duas meninas tinham passado o tempo da visita a segredarem uma com a outra e o resultado foi que a mais nova teria de lembrar ao Sr. Bingley a promessa que ele fizera à chegada, de que daria um baile em Netherfield.

Lydia era uma menina bem forte e desenvolvida para os seus quinze anos de idade. Tinha uma pele bonita e a expressão risonha, o que envaidecia sua mãe. Desde muito cedo, fora apresentada à sociedade. De temperamento natural e espontâneo, atribuía a si mesma certa importância, e a atenção que recebeu dos oficiais, graças aos esplêndidos jantares na casa do tio e a seus próprios modos, a tornaram bastante segura de si. Não era, portanto, de estranhar que ela se dirigisse ao Sr. Bingley a propósito do baile e, abruptamente, lhe lembrasse a promessa feita, acrescentando que seria vergonhoso se ele não a cumprisse. A resposta a esse repentino ataque soou deliciosamente aos ouvidos da mãe.

– Esteja tranquila, que não esqueci a promessa feita, e logo que sua irmã se restabeleça, peço-lhe o favor de indicar o dia melhor para o baile. Penso que não quererá divertir-se enquanto sua irmã está de cama.

Lydia mostrou-se satisfeita.

– Oh, claro, será muito melhor esperar que Jane esteja boa, e é natural que nessa altura o capitão Carter já tenha regressado a Meryton.

A Sra. Bennet e as filhas finalmente partiram e Elizabeth voltou para perto de Jane, deixando seu comportamento e o de sua família aos comentários das duas senhoras e do Sr. Darcy. Este último, contudo, evitou censurá-la, apesar de toda a ironia da Senhorita Bingley sobre lindos olhos.

≈ CAPÍTULO 10 ≈

O dia transcorreu de modo idêntico ao anterior. A Sra. Hurst e a Senhorita Bingley passaram parte da manhã junto da doente, que, embora lentamente, continuava melhorando. À noite, Elizabeth juntou-se ao grupo na sala de estar. Desta vez, porém, apenas o Sr. Hurst e o Sr. Bingley jogavam cartas. O Sr. Darcy escrevia e a Senhorita Bingley, sentada junto dele, observava os progressos de sua carta, repetidamente chamando a atenção dele com mensagens para sua irmã. Quanto à Sra. Hurst, assistia ao jogo dos outros dois cavalheiros.

Elizabeth pegou um pequeno trabalho de costura e entreteve-se a ouvir o que se passava entre Darcy e sua companheira. Os constantes elogios tecidos por esta, tanto à caligrafia perfeita de Darcy, quanto à uniformidade das linhas e ao comprimento da carta, e a indiferença total com que esses mesmos elogios eram recebidos, formavam um curioso diálogo, que correspondia exatamente à opinião que tinha de cada um.

– A Senhorita Darcy ficará feliz ao receber tal carta!

Ele nada respondeu.

– O senhor escreve impressionantemente rápido.

– Está enganada. Escrevo até bastante devagar.

– Quantas cartas não terá de escrever durante o ano! Cartas de negócios, também! Que tarefa odiosa não seria para mim!

– Considere-se, então, muito feliz por tal tarefa dizer respeito exclusivamente a mim.

– Por favor, diga à sua irmã como anseio tornar a vê-la.

– Já escrevi isso, e foi também a seu pedido.

– Parece-me não estar inteiramente satisfeito com sua pena. Deixe que eu a afie. Afio-as muito bem, sabe?

– Agradeço, mas prefiro eu mesmo fazer isso.

– Como consegue escrever tão regularmente?

Ele se manteve em silêncio.

– Diga à sua irmã que fiquei encantada por saber de seu progresso na harpa e, por favor, diga-lhe também que fiquei encantada com o pequeno esboço que ela fez para uma mesa, que o achei lindo e infinitamente superior ao da Senhorita Grantley.

– Acaso me daria licença para que eu guarde o seu encantamento para um outro dia, quando tornar a escrever para ela? No momento não tenho mais espaço.

– Oh! Não tem importância. Em janeiro estarei com ela. Mas escreve-lhe sempre cartas tão compridas e encantadoras, Sr. Darcy?

– Geralmente são compridas, mas se são sempre encantadoras ou não, não cabe a mim dizer.

– Na minha opinião, uma pessoa que escreve uma carta comprida com facilidade não pode escrever coisas desagradáveis.

– Tal elogio não se adapta a Darcy, Caroline – exclamou o irmão –, pois ele não escreve com facilidade. É com dificuldade que ele procura palavras de quatro sílabas. Não é verdade, Darcy?

– Minha maneira de escrever é bastante diferente da sua.

– Oh! – exclamou a Senhorita Bingley. – Charles é descuidado para escrever. Omite metade das palavras e risca o resto.

– Minhas ideias fluem com tal rapidez que não me dão tempo para as exprimir, por isso minhas cartas, às vezes, não transmitem ideia alguma aos meus correspondentes.

– Sua humildade, Sr. Bingley – interveio Elizabeth –, desarma a censura.

– Nada há de mais enganador – disse Darcy – que a aparência de humildade. Não passa, por vezes, de uma simples preguiça mental, ou então de fanfarronice.

– E qual das duas me atribui?

– Fanfarronice, pois confessa que tem orgulho de sua escrita defeituosa. Considera-a resultante da rapidez de pensamento e de um desleixo na execução que você acha louváveis, ou pelo menos altamente interessantes. Aprecia muito a faculdade de fazer qualquer coisa com rapidez sem se preocupar com a imperfeição da execução. Quando, esta manhã, disse à Sra. Bennet que caso resolvesse deixar Netherfield, em cinco minutos o faria, estava tecendo uma espécie de autoelogio. Mas o que você encontra de louvável numa precipitação que necessariamente deixará assuntos importantes de lado?

– Não – exclamou Bingley –, não relembremos à noite os disparates ditos durante a manhã. Mas juro pela minha honra que acreditei ser verdade aquilo que disse sobre mim, assim como acredito neste momento. Sendo assim, pelo menos não me declarei desnecessariamente precipitado apenas para me exibir perante as senhoras.

– Acredito na sua sinceridade, contudo, não estou de modo algum convencido de que partiria com tal celeridade. Seu comportamento dependeria do acaso tanto quanto o de qualquer outro homem, e se, já em cima do cavalo, um amigo dissesse: "Bingley, seria melhor ficar aqui até a próxima semana", você provavelmente concordaria, provavelmente não iria.

– Isso apenas prova – exclamou Elizabeth – que o Sr. Bingley não fez inteira justiça a seu próprio temperamento. O senhor agora lhe deu um destaque muito maior do que ele mesmo fez.

– Fico muito grato – disse Bingley – por você converter o que meu amigo disse num elogio à doçura do meu gênio, mas creio que está atribuindo a ele uma intenção que não tinha, pois pensaria que, em tais circunstâncias, eu deveria recusar a sugestão e partir imediatamente, como havia decidido fazer.

– Mas, nesse caso, o Sr. Darcy consideraria a precipitação de sua intenção original reparada por sua obstinação em levá-la adiante?

– Francamente, não sei. O próprio Darcy explicará melhor do que eu.

– A senhorita deseja que eu lhe apresente uma explicação para opiniões que me atribui, mas que não reconheço como minhas. Admitindo que assim fosse, a Senhorita Bennet deverá lembrar que o amigo que interpela o Sr. Bingley para que fique e adie seus planos de partida, apenas expressa um desejo, e faz o pedido sem oferecer um argumento que seja em favor da pertinência do mesmo.

– Ceder pronta e facilmente à persuasão de um amigo não é, por conseguinte, nenhum mérito, segundo o senhor.

– Ceder sem convicção também não abona em favor do entendimento dos dois.

– Quer me parecer, Sr. Darcy, que o senhor não reconhece a influência da amizade e da afeição. Uma certa estima pelo solicitador pode, com frequência, levar alguém a ceder prontamente à solicitação que lhe é feita, sem que para isso precise de argumentos que o convençam. Note que não me refiro particularmente ao exemplo que o senhor deu a respeito do Sr. Bingley. Nesse caso específico, penso que o mais aconselhável seria esperar por tal ocasião, e nessa altura discutir o comportamento do cavalheiro em causa. Mas, em situações corriqueiras entre amigos, quando um deles é solicitado pelo outro a modificar uma resolução de pouca importância, o senhor pensaria mal de uma pessoa que atendesse prontamente a esse desejo, sem esperar ser convencido com argumentos?

– Não seria aconselhável, antes de prosseguirmos no mesmo assunto, precisar tanto o grau de importância que se queira atribuir à dita solicitação, como o grau de intimidade existente entre os dois amigos?

– Mas com certeza – exclamou Bingley –, façamos isso! E sem esquecer o peso e a altura de cada um, pois na argumentação pesarão mais do que julga, Senhorita Bennet. Garanto-lhe que se o Sr. Darcy não fosse tão alto como é, não o teria em tão grande estima como tenho. Confesso não conhecer pessoa mais enfadonha que Darcy em certas ocasiões e determinados lugares, particularmente em sua própria casa num domingo de manhã em que nada tem para fazer.

O Sr. Darcy sorriu, mas Elizabeth, adivinhando nele uma certa ofensa, reprimiu o riso. A Senhorita Bingley, por sua vez, manifestou calorosamente seu ressentimento contra a afronta por ele recebida numa repreensão ao irmão pelos disparates que acabava de dizer.

– Percebo seu intento, Bingley – disse o amigo. – Não gosta de debates e quer, então, dar fim a este.

– Talvez tenha razão. O debate anda de mãos dadas com a discussão. Agradeço se aguardar até eu sair da sala. Podem então dizer tudo que quiserem a meu respeito.

– O que o senhor pede – disse Elizabeth – não representa qualquer sacrifício para mim. Quanto ao Sr. Darcy, tem a carta para acabar.

O Sr. Darcy seguiu o conselho e acabou a carta.

Uma vez tal tarefa terminada, pediu à Senhorita Bingley e a Elizabeth que lhe dessem o prazer de ouvir um pouco de música. A Senhorita Bingley dirigiu-se com vivacidade para junto do piano. Após delicadamente oferecer a vez a Elizabeth, que educadamente e veementemente recusou, sentou-se ela mesma ao instrumento.

A Sra. Hurst veio cantar com a irmã e, enquanto elas estavam assim ocupadas, Elizabeth, que folheava alguns livros de música espalhados sobre o piano, reparou na insistência com que os olhos do Sr. Darcy a procuravam.

Custava para ela admitir que pudesse constituir um objeto de admiração para tão grande homem. A ideia de que ele olhasse para ela porque ela lhe desagradava, lhe parecia mais estranha ainda. Concluiu, finalmente, que talvez ela chamasse sua atenção porque via nela, de acordo com as noções que ele tinha de decoro, algo de mais errado e repreensível que em qualquer outra pessoa presente. Tal suposição estava, porém, longe de feri-la. Não simpatizava com ele o suficiente para se preocupar com a opinião que ele pudesse formar a seu respeito.

Após ter tocado algumas canções italianas, a Senhorita Bingley mudou o ritmo para uma alegre ária escocesa; e imediatamente o Sr. Darcy se aproximou de Elizabeth e lhe disse:

– Não se sente seriamente tentada, Senhorita Bennet, a aproveitar tal oportunidade para dançar?

Ela sorriu, mas não respondeu. Ele repetiu a pergunta, um pouco espantado com seu silêncio.

– Oh! – disse ela. – Escutei sua pergunta, mas ainda não havia decidido o que lhe dizer em resposta. O senhor desejaria que eu lhe respondesse afirmativamente, de modo a ter o prazer de desprezar o meu gosto, mas deleito-me sempre em sabotar tais planos de um desdém premeditado. Resolvi, por isso, dizer-lhe que não me apetece dançar. Agora despreze-me, se tiver coragem.

– Realmente, não tenho coragem.

Elizabeth, que esperara ofendê-lo, ficou espantada com sua delicadeza, mas havia nela um misto de doçura e malícia que a impossibilitava de ofender alguém. Além disso, Darcy nunca antes se sentira tão fascinado por uma mulher. Chegava mesmo a acreditar que, não fosse a inferioridade dos parentescos dela, ele estaria no perigo iminente de se apaixonar.

A Senhorita Bingley viu, ou suspeitou, o suficiente para sentir um certo ciúme, e a sua enorme ansiedade pelo restabelecimento de sua querida amiga Jane era de certo modo reforçada pelo desejo de se ver livre de Elizabeth.

Tentava frequentemente suscitar em Darcy o desagrado por sua hóspede, falando-lhe do suposto casamento entre os dois e da felicidade que ele iria encontrar em tal aliança. Quando, no dia seguinte, os dois passeavam pelo bosque, disse:

– Espero que não deixe de dar a entender à sua sogra, assim que tal acontecimento se realizar, qual a vantagem de se manter calada. E se tiver poder para tanto, não se esqueça de tirar de suas cunhadas mais novas aquela mania de andar atrás dos oficiais. E, se me permite mencionar assunto tão delicado, faça o possível para refrear aquele pequeno detalhe, que beira a presunção e a impertinência, no comportamento de sua eleita .

– Tem mais alguma coisa a propor para minha felicidade doméstica?

– Oh, claro que sim! Reserve um lugar para os retratos de seu tio e sua tia Philips na galeria de Pemberley. Coloque-os perto de seu tio-avô, o juiz. Têm a mesma profissão, embora em linhas diferentes de atuação. Quanto a um retrato de sua Elizabeth, aconselho a não mandar pintá-lo, pois que pintor retrataria com justiça olhos tão bonitos?

– Não seria fácil captar a expressão, mas sua cor e forma, e as pestanas tão delicadas e perfeitas poderiam ser copiadas.

Neste momento encontraram-se com a Sra. Hurst e a própria Elizabeth, provenientes de um outro caminho.

– Não sabia que também tencionavam passear – disse a Senhorita Bingley, um pouco confusa, com receio de que elas tivessem escutado a conversa.

– Trataram-nos muito mal – respondeu a Sra. Hurst –, fugindo de nós e sem nos dizer que vinham passear.

E, tomando o braço que o Sr. Darcy tinha livre, deixou Elizabeth sozinha.

O caminho dava apenas para três pessoas e o Sr. Darcy, percebendo a falta de delicadeza das irmãs, imediatamente disse:

– Este caminho não é suficientemente largo para todos nós. Aconselho, por isso, tomarmos a alameda.

Elizabeth, que não se sentia tentada a continuar em tal companhia, respondeu sorridente:

– Não, não, continuem. Formam um grupo tão encantador e pitoresco, que a admissão de uma quarta pessoa apenas o iria estragar. Até logo.

E partiu alegremente, acalentando em si a esperança de dentro de um ou dois dias se encontrar de novo em sua casa. Jane melhorara tanto que nessa mesma noite tencionava deixar o quarto durante algumas horas e juntar-se ao serão.

≈ CAPÍTULO 11 ≈

Quando as senhoras se separaram após o jantar, Elizabeth subiu para junto da irmã e, certificando-se de que ela se encontrava bem agasalhada, acompanhou-a até o salão, onde foi acolhida pelas duas amigas com manifestações de grande prazer. Elizabeth nunca as vira tão amáveis como naquela hora que antecedeu a entrada dos cavalheiros. Sabiam realmente como conversar. Faziam a descrição de uma festa com exatidão, contavam uma anedota com humor e descreviam com presença de espírito as pessoas de suas relações.

Porém, mal os cavalheiros entraram, Jane deixou de ser o alvo das atenções. Os olhos da Senhorita Bingley imediatamente se fixaram em Darcy, e ele ainda não dera muitos passos quando ela encontrou algo para lhe dizer. Ele, porém, dirigiu-se diretamente à Senhorita Bennet e congratulou-a, cortês. O Sr. Hurst também a cumprimentou rapidamente e disse estar "muito contente". Mas a prolixidade e o calor estavam reservados para a saudação do Sr. Bingley, que transbordava de alegria e atenções. Passou a primeira meia hora alimentando a lareira para Jane não se ressentir da diferença de temperatura e, por sugestão dele, ela instalou-se no outro lado da lareira, de modo a estar mais longe da porta. Em seguida, ele sentou-se junto dela e praticamente não falou com mais ninguém. Elizabeth, que costurava no canto oposto da sala, assistia a tudo.

Terminado o chá, o Sr. Hurst chamou a cunhada para a mesa de jogo, mas foi em vão. O Sr. Darcy havia dito confidencialmente a ela que não se encontrava com disposição para jogar, e o Sr. Hurst em breve viu até seu pedido mais franco ser rejeitado. Ela garantiu-lhe que ninguém queria jogar. Darcy pegou um livro e a Senhorita Bingley o imitou. A Sra. Hurst estava ocupada em brincar com suas pulseiras e anéis, e, vez ou outra, interferia na conversa do irmão com a Senhorita Bennet.

A Senhorita Bingley ocupava-se em observar o progresso da leitura do Sr. Darcy e em ler seu próprio livro. Constantemente lhe fazia perguntas ou olhava para a página dele. Não conseguia, no entanto, atraí-lo para uma conversa, pois ele respondia de forma lacônica e de novo mergulhava na leitura. Por fim, praticamente exausta pelo esforço despendido em tirar algum divertimento de seu próprio livro, que ela escolhera apenas por ser o segundo volume do dele, bocejou demoradamente e disse:

– Que agradável modo de passar a noite! No fundo, não há prazer que se compare ao da leitura! Basta ver a facilidade com que uma pessoa se farta de tudo o que não seja um livro! Quando eu tiver a minha casa, vou me sentir perdida se não dispuser de uma boa biblioteca.

Ninguém lhe respondeu. Ela, então, bocejou de novo, pôs o livro de lado e passou os olhos pela sala em busca de algo que a entretivesse. Ouvindo o irmão mencionar um baile para a Senhorita Bennet, voltou-se repentinamente para ele e disse:

– Charles, você está de fato pensando em dar um baile em Netherfield? Antes de decidir, é melhor ouvir os desejos das pessoas presentes. Muito me engano ou para alguns de nós um baile representará mais um suplício do que um prazer.

– Se está falando de Darcy, ele poderá recolher-se ao seu quarto antes mesmo de o baile começar, mas o baile é coisa certa. Assim que Nicholls tiver preparado sopa branca suficiente, começarei a enviar os convites.

– Apreciaria infinitamente mais os bailes – replicou ela – se eles se realizassem de outro modo e evitassem o processo habitual, que é tão enfadonho. Seria um acontecimento muito mais racional se, em vez da dança, se priorizasse a conversa.

– Seria, sem dúvida, muito mais racional, minha querida Caroline, mas dessa forma pouco se pareceria com um baile.

A Senhorita Bingley não respondeu e, levantando-se, iniciou um pequeno passeio pela sala. Tinha uma figura elegante e sabia como pisar, mas Darcy, a quem esta manobra era destinada, continuava impassivelmente mergulhado em sua leitura. A moça fez uma tentativa derradeira para chamar atenção. Voltando-se para Elizabeth, disse:

– Senhorita Eliza Bennet, convido-a a seguir meu exemplo e dar uma volta pela sala. Acredite que é deveras reconfortante, depois de estar sentada durante tanto tempo na mesma posição.

Elizabeth ficou surpresa, mas aceitou. A Senhorita Bingley teve sucesso no verdadeiro objetivo de sua gentileza: o Sr. Darcy imediatamente levantou os olhos e inconscientemente fechou o livro. Logo foi convidado a juntar-se a elas, mas recusou, declarando ver apenas dois motivos para elas quererem passear pela sala e, em qualquer dos casos, sua presença era dispensável.

"O que quereria ele dizer? Morreria para descobrir o significado daquilo." – e perguntou a Elizabeth se ela o entendera.

– De modo nenhum – respondeu ela –, mas pode estar certa de que ele nos reprova, e a melhor maneira de o desapontar é não tocar no assunto.

A Senhorita Bingley, contudo, era incapaz de desapontar o Sr. Darcy no que quer que fosse, e insistiu em pedir uma explicação para os dois motivos por ele apontados.

– Não vejo qualquer inconveniente em explicar. As Senhoritas escolheram tal modo de passar a noite ou porque são confidentes uma da outra e têm assuntos particulares a discutir, ou porque têm a consciência de que passeando valorizam as próprias figuras. No primeiro caso, minha adesão ao convite interferiria cabalmente em seus planos. No segundo, as admirarei muito melhor permanecendo sentado perto da lareira.

– Oh, é espantoso! – exclamou a Senhorita Bingley. – Nunca ouvi nada tão detestável. Que castigo haveremos de lhe dar por ousar dizer tais coisas?

– Nada de mais fácil, desde que se sinta inclinada a isso – disse Elizabeth. – Todos nós podemos atormentar e castigar uns aos outros. Caçoe dele, ria dele. Íntima como é, deverá saber como proceder.

– Mas palavra de honra que não sei. Minha intimidade ainda não me ensinou tal coisa. Como se fosse possível caçoar de alguém tão calmo e cuja presença de espírito nunca se desarma! Sinto que por aí não levaremos a melhor. Quanto a rir, melhor não nos arriscarmos sem motivo.

– O Sr. Darcy não serve como motivo de troça! – exclamou Elizabeth. – É uma vantagem incomum, e incomum espero que continue, pois seria para mim uma perda inestimável contar entre as minhas relações mais de uma pessoa assim. Adoro uma boa risada.

– A Senhorita Bingley – interveio ele – exagerou um pouco. O mais sensato e melhor dos homens, ou antes, a mais sensata e melhor de suas ações pode ser ridicularizada pela pessoa cujo principal objetivo na vida é uma boa risada.

– Não há dúvida – replicou Elizabeth – que existem tais pessoas, mas espero não ser uma delas. Nunca ridicularizo o que é sensato e bom. A loucura, o disparate, o capricho e a incoerência, confesso que me divertem, e sempre que posso troço deles. Mas suponho que são precisamente esses os defeitos que o senhor não tem.

– Ao contrário, ninguém está livre deles. Contudo, toda a minha vida me esforcei por evitar aquelas fraquezas que, muitas vezes, expõem ao ridículo uma inteligência superior.

– Como, por exemplo, a vaidade e o orgulho.

– Sim, a vaidade é uma fraqueza. Mas o orgulho, desde que haja uma verdadeira superioridade intelectual, estará sempre sob controle.

Elizabeth escondeu um sorriso. E a Senhorita Bingley interveio:

– Terminou o exame que aplica ao Sr. Darcy, suponho eu. Qual o resultado a que chegou?

– Estou perfeitamente convencida de que o Sr. Darcy não tem qualquer defeito. Ele próprio admite isso sem rodeios.

– Não – disse Darcy –, nunca tive tal pretensão. Meus defeitos são muitos, mas nenhum de inteligência, espero. Quanto ao meu temperamento, não respondo por ele. Talvez possa ser classificado de muito pouco condescendente, com certeza muito pouco para a conveniência alheia. Meu parecer favorável, uma vez perdido, está perdido para sempre.

– Esse é mesmo um grande defeito! – concluiu Elizabeth. – O ressentimento implacável é uma mancha num caráter. Mas o senhor escolheu bem o seu defeito. Não consigo realmente rir dele. Nada tem que temer de mim.

– Creio haver em cada temperamento uma tendência particularmente má, um defeito natural, que nem a melhor educação consegue ultrapassar.

– E o seu defeito é uma propensão para odiar todas as pessoas.

– E o seu – replicou ele com um sorriso – é fazer juízo errado das pessoas, propositadamente.

– Vamos tocar um pouco – exclamou a Senhorita Bingley, cansada de uma conversa da qual ela não participava. – Louisa, não se importa que acorde o Sr. Hurst?

A irmã não opôs qualquer objeção, e o piano foi aberto.

≈ CAPÍTULO 12 ≈

Na manhã seguinte, Elizabeth, com aprovação da irmã, escreveu à mãe pedindo que mandasse a carruagem no mesmo dia. A Sra. Bennet, porém, que contava que as filhas permanecessem em Netherfield até a quinta-feira seguinte quando se completaria uma semana da estadia de Jane, não antevia com prazer sua volta prematura. A resposta não foi, por conseguinte, favorável, pelo menos aos desejos de Elizabeth, que estava impaciente para ir para casa. A Sra. Bennet mandou dizer que, possivelmente, não teriam carruagem antes de quinta-feira, e acrescentava que, caso o Sr. Bingley e a irmã insistissem para permanecerem mais tempo, ela passava muito bem sem elas. Elizabeth, contudo, estava resolvida a não permanecer lá nem mais um dia, assim como também receava que as considerassem abusadas por imporem suas presenças mais do que o tempo necessário. Incentivou Jane a pedir sem demora a carruagem emprestada ao Sr. Bingley.

Essa decisão provocou calorosos protestos, e com veemência pediram que, em atenção à doença recente de Jane, permanecessem, ao menos, mais um dia. A partida foi adiada para a manhã seguinte.

Foi consternado que o dono da casa as ouviu anunciar a partida, e por várias vezes tentou persuadir a Senhorita Bennet da imprudência, visto ela não estar completamente restabelecida. Jane, porém, mostrava-se obstinada quando sabia ter razão.

A notícia encheu o Sr. Darcy de alívio. Elizabeth permanecera já tempo suficiente em Netherfield. Ela o atraía mais do que ele desejava e a Senhorita Bingley, além de indelicada com ela, massacrava-o mais do que de costume.

Ele sabiamente decidiu ser bastante cauteloso e não demonstrar qualquer sinal de aprovação, nada que pudesse deixá-la satisfeita por estar influindo em sua felicidade. Estava consciente de que, se tal ideia tivesse sido sugerida, da atitude dele durante o último dia dependeria sua confirmação ou destruição. Firme em seu propósito, quase não lhe dirigiu a palavra durante todo o dia de sábado. Em uma das vezes em que permaneceram a sós durante meia hora, ele pegou um livro e nem sequer olhou para ela.

No domingo, após o serviço matinal, teve lugar a separação tão desejável para a maioria. A delicadeza da Senhorita Bingley com Elizabeth aumentou muito, assim como sua afeição por Jane.

Uma vez em casa, não foram muito bem acolhidas pela mãe. A Sra. Bennet ficou muito admirada com a chegada das filhas, as repreendeu pelo incômodo que causaram e as fez ver o risco que Jane correra de se resfriar de novo. O pai, porém, embora muito lacônico nas manifestações de prazer, estava deveras contente por tornar a vê-las. A conversa familiar havia perdido a animação e quase todo o sentido com a ausência de Jane e Elizabeth.

Encontraram Mary, como de costume, mergulhada no estudo da natureza humana, e a moça não perdeu tempo em enunciar uma série de observações de moralidade ultrapassada. Catherine e Lydia tinham novidades bem diferentes. Muito fora feito e muito se dissera no regimento desde a quarta-feira passada: vários oficiais tinham jantado recentemente com o tio, um soldado fora castigado e espalhara-se a notícia do casamento próximo do coronel Forster.

≈ CAPÍTULO 13 ≈

Espero, minha querida – disse o Sr. Bennet a sua mulher quando, na manhã seguinte, tomavam o desjejum –, que tenha planejado um bom jantar para hoje, pois parece que teremos um convidado.

– Que diz, meu caro? Não sei quem possa ser, ou trata-se de Charlotte Lucas? Se é o caso, creio que meus jantares são bons demais para ela, jantares que ela raramente encontra em sua casa.

– A pessoa a quem me refiro é um cavalheiro.

Os olhos da Sra. Bennet brilharam.

– Um cavalheiro! Com certeza se trata do Sr. Bingley. E você, Jane, nem nos fala nada, sua tímida!

– Não se trata do Sr. Bingley – disse-lhe o marido –, mas de uma pessoa que nunca vi na vida.

Tal afirmação provocou espanto geral, e ele viu-se rodeado pela esposa e cinco filhas, que ansiosamente o questionavam. Após ter, durante algum tempo, se divertido com a curiosidade, deu a seguinte explicação:

– Há coisa de um mês recebi esta carta, e há cerca de quinze dias tratei de respondê-la pois considerei seu assunto um pouco delicado e, como tal, requeria atenção imediata. O seu remetente é meu primo, o Sr. Collins, aquele que, quando eu desaparecer, poderá expulsá-las desta casa.

– Oh, meu caro Sr. Bennet – exclamou sua mulher –, não suporto ouvir falar tal coisa! Pelo amor de Deus, não mencione tal homem. Considero tremendamente injusto que seus bens sejam herdados por outra pessoa que não suas filhas. Se isso se passasse comigo, há muito que eu teria feito algo para mudar a situação.

Jane e Elizabeth tentaram explicar como funciona o sistema morgadio de herança. Já haviam feito isso várias vezes, mas esse assunto ultrapassava o entendimento da Sra. Bennet.

– É mesmo injusto – disse o Sr. Bennet –, mas nada impedirá o Sr. Collins de vir a herdar Longbourn. Queira, contudo, ouvir a leitura de sua carta, pois talvez a enterneça a maneira como ele se exprime.

– Não, não me enternecerei. Considero uma impertinência, uma hipocrisia ele ousar lhe escrever. Odeio a falsa amizade. Por que ele não pode continuar brigando com você, como fazia o pai dele?

– De fato, mas ele parece ter alguns escrúpulos filiais, como verá.

Hunsford, próximo de Westerham, Kent

15 de outubro
Caro Senhor,

A incompatibilidade existente entre o senhor e meu falecido e venerável pai sempre me inquietou bastante. Desde que tive a infelicidade de o perder que acalento o desejo de preencher tal abismo. Contudo, durante algum tempo minhas dúvidas me detiveram pois receei parecer aos olhos do mundo que desrespeito a memória de meu pai ao reatar as relações com aqueles de quem ele sempre discordou.

Estou agora decidido nesse sentido, pois, tendo sido ordenado em Easter, tive a felicidade de ser distinguido pelo patronato da Baronesa Lady Catherine de Bourgh, viúva de Sir Lewis de Bourgh, cuja bondade e beneficência me elegeram para reitor desta paróquia, onde farei todo o possível para me portar à altura do respeito e reconhecimento que devo a tão ilustre senhora e executar a rigor todos os ritos e cerimônias instituídas pela Igreja Anglicana. Além de tudo o mais, como clérigo que sou, sinto como meu dever promover e espalhar a bênção da paz por todas as famílias ao alcance de minha influência e, por esta razão, considero minhas presentes propostas de boa vontade altamente recomendáveis. Espero que o fato de eu ser o presumível herdeiro de Longbourn seja caridosamente ignorado pelo senhor e não o leve a rejeitar o ramo de oliveira que lhe é oferecido. Não posso deixar de sentir certo pesar por, involuntariamente, vir a prejudicar suas amáveis filhas, pelo que desde já me desculpo e lhe garanto prontificar-me a compensá-las na medida do possível. Mas o futuro o dirá. Caso não tenha objeção em receber-me em sua casa, reservo-me o prazer de os visitar na segunda-feira, 18 de novembro, por volta de quatro horas, e provavelmente abusarei de sua hospitalidade permanecendo até sábado da semana seguinte, o que para mim não terá qualquer inconveniente, visto Lady Catherine não opor obstáculo à minha ausência ocasional no domingo, desde que outro pastor me substitua no serviço dominical.

Com meus respeitosos cumprimentos para sua esposa e filhas, como amigo dedicado me subscrevo,

William Collins.

– Por volta das quatro horas, portanto, deveremos ter conosco este mensageiro da paz – disse o Sr. Bennet, dobrando a carta. – Tudo indica tratar-se, na verdade, de um jovem muito consciencioso e bem-educado; e não tenho dúvidas de que se revelará um conhecido valioso, sobretudo se a tal Lady Catherine for tão indulgente que o autorize a voltar outra vez.

– É de notar, contudo, um certo senso naquilo que ele diz a respeito das meninas. Se ele está disposto a compensá-las, não serei eu a desencorajá-lo.

– Embora não adivinhe – disse Jane – o que ele possa tencionar fazer como reparação que nos acha devida, o desejo por si só conta a seu favor.

A Elizabeth impressionara sobretudo a especial deferência dele por Lady Catherine e seu propósito generoso em batizar, casar e acompanhar à sepultura os seus paroquianos, sempre que a ocasião assim requeresse.

– Ele deve ser um excêntrico, creio eu – disse ela. – Não o entendo. É muito pomposo na maneira de escrever. E que pretenderá ele ao se desculpar por ser o presumível herdeiro? Não nos é dado supor que ele recusaria a herança, se pudesse. Será ele um homem sensato, na verdadeira acepção da palavra, pai?

– Não, minha querida, não acredito que seja. Tenho grandes expectativas de vir a achar exatamente o contrário. Sua carta denuncia um misto de subserviência e presunção, que promete muito. Estou impaciente por conhecê-lo.

– Sob o ponto de vista técnico da redação – opinou Mary –, sua carta não me parece defeituosa. A ideia do ramo de oliveira talvez não seja inteiramente nova, porém considero a expressão adequada.

Para Catherine e Lydia, tanto a carta como aquele que a escrevera não ofereciam qualquer interesse. Era praticamente impossível que o primo aparecesse de uniforme, e algumas semanas tinham passado desde o tempo em que sentiam prazer na companhia de um homem com qualquer outro traje. Quanto à mãe, a carta do Sr. Collins tivera o poder de dissipar grande parte de sua antipatia por ele e preparava-se agora para recebê-lo com uma serenidade que espantava o marido e as filhas.

O Sr. Collins chegou na hora exata por ele indicada e foi recebido amavelmente por toda a família. O Sr. Bennet pouco disse, mas as senhoras estavam dispostas a conversar, e o Sr. Collins, por seu lado, parecia não precisar de encorajamento, nem tencionar permanecer calado. De estatura elevada e pesadona, era homem dos seus vinte e cinco anos de idade. Tinha um ar grave e solene e seus modos eram muito formais. Mal se sentara, começou logo a elogiar a Sra. Bennet pelas lindas filhas. Acrescentou não duvidar dos anseios dela em vê-las todas bem casadas no seu devido tempo. O galanteio não agradou especialmente a algumas das ouvintes, mas a Sra. Bennet, que não regateava elogios, imediatamente respondeu:

– É muito amável, meu caro senhor, e do fundo do coração espero que assim seja, pois, do contrário, pouco terão de valor. Ocorrem coisas tão estranhas.

– Refere-se, talvez, ao morgadio.

– Ah, meu caro senhor, é isso mesmo. Terá de admitir que é um rude golpe para minhas filhas. Não que eu considere o senhor o culpado, pois sei que tais coisas são fruto do acaso.

– Tenho a perfeita consciência, minha senhora, da privação que representará para minhas encantadoras primas, e poderia adiantar mais sobre o assunto, mas não quero passar por atrevido ou precipitado.

Foi interrompido pelo criado chamando para o jantar, e as meninas sorriram entre si. Não eram elas os únicos objetos da admiração do Sr. Collins. A saleta de entrada, a sala de jantar e toda a mobília foram bem examinadas e elogiadas. Todo esse seu elogio teria agradavelmente impressionado a Sra. Bennet, não fosse a mortificante suposição de que ele olhava à sua volta como o futuro proprietário de tudo. O jantar, por sua vez, também foi muito elogiado, e ele pediu que lhe dissessem a qual de suas encantadoras primas se devia a excelência de tal banquete. A Sra. Bennet, com certa aspereza, explicou que dispunham de meios suficientes para terem uma boa cozinheira e que suas filhas nada tinham a ver com a cozinha. Ele imediatamente lhe pediu perdão por ter sido desagradável.

≈ CAPÍTULO 14 ≈

Durante o jantar, o Sr. Bennet pouco ou nada disse. Porém, quando os criados se retiraram, ele decidiu que era hora de conversar um pouco com seu hóspede e abordou um assunto que ele considerava do inteiro agrado do outro, fazendo-o observar a sorte que ele parecia ter tido com sua protetora. A consideração de Lady Catherine de Bourgh pelos seus desejos e o cuidado com o seu conforto pareciam notáveis. O Sr. Bennet não poderia ter escolhido tema melhor. O Sr. Collins era eloquente em seus elogios a tal senhora. O assunto revestiu-o de uma solenidade ainda maior e, com seu ar mais importante, assegurou que nunca em sua vida testemunhara tal comportamento em uma pessoa da alta sociedade, tal afabilidade e deferência como ele encontrava em Lady Catherine.

– Tudo o que nos conta é de uma correção e delicadeza sem par – disse a Sra. Bennet – e estou certa de que se trata de uma mulher encantadora. É pena hoje em dia já não se encontrarem senhoras da alta sociedade tão boas como ela. Ela vive próximo do senhor?

– O jardim em que se situa minha humilde habitação tem apenas um caminho estreito que o separa de Rosings Park, onde Sua Excelência reside.

– Parece que ouvi dizer que ela é viúva. Tem filhos?

– Apenas uma filha, a herdeira de Rosings e de uma fabulosa fortuna.

– Ah! Trata-se, então, de uma privilegiada. E que tipo de moça é? É bonita? – perguntou a Sra. Bennet, abanando a cabeça.

– É uma jovem de um encanto extremo. A própria Lady Catherine diz que, sob o ponto de vista da verdadeira beleza, a Senhorita de Bourgh é de longe superior à mais bela de seu sexo, pois existem nela aquelas feições que distinguem a jovem de nobre ascendência. É, infelizmente, de constituição débil, o que lhe tem impedido de alcançar em vários campos aquele grau de perfeição que de outro modo teria atingido sem dificuldade, segundo me informou a senhora que supervisionou sua educação e que com elas continua residindo.

– Já foi apresentada à corte? Não me recordo de ter ouvido seu nome.

– Seu estado de saúde precário impede-a, infelizmente, de permanecer na capital e, por essa razão, como textualmente disse um dia a Lady Catherine, a corte britânica se viu privada do seu mais belo adorno.

As expectativas do Sr. Bennet foram plenamente satisfeitas. Seu primo mostrava-se tão ridículo quanto ele esperava e era com deleite que o escutava, guardando simultaneamente uma expressão séria e compenetrada e, com exceção de um olhar ou outro na direção de Elizabeth, não partilhando seu prazer com ninguém.

Chegada a hora do chá, contudo, a dose já fora mais que suficiente e o Sr. Bennet teve a satisfação de conduzir seu hóspede de novo para a sala. Terminado o chá, convidou-o a ler um pouco para as senhoras. O Sr. Collins aceitou prontamente. Um livro lhe foi apresentado, porém, mal olhou para ele, recuou e desculpou-se dizendo que não era de seu hábito ler romances. Kitty olhou-o espantada e Lydia soltou uma exclamação. Outros livros lhe foram apresentados e após certa ponderação, escolheu os Sermões de Fordyce. Lydia ficou boquiaberta ao vê-lo abrir o livro e ele não tinha ainda, com uma solenidade monótona, lido três páginas quando ela o interrompeu, dizendo:

– A mãe sabe que o tio Philips tenciona despedir o Richard e que, se ele o fizer, o coronel Forster o tomará a seu serviço? A tia me contou no sábado. Tenciono ir amanhã a Meryton para saber mais pormenores e perguntar se o Sr. Denny já voltou da capital.

Lydia foi mandada calar pelas duas irmãs mais velhas, mas o Sr. Collins, muito ofendido, pôs o livro de lado e disse:

– É com frequência que tenho notado o pouco interesse despertado nas jovens por livros de uma certa seriedade, embora tenham sido escritos exclusivamente para seu benefício. Isso me espanta. Mas não quero, com isso, continuar incomodando minha jovem prima.

Em seguida, voltando-se para o Sr. Bennet, ofereceu-se como seu adversário para uma partida de gamão. O Sr. Bennet aceitou o desafio, fazendo-o notar que ele agira sensatamente ao deixar as meninas entregues à sua frivolidade. A Sra. Bennet e as filhas pediram amavelmente desculpas pela interrupção de Lydia e prometeram que tal indelicadeza não tornaria a ocorrer caso ele voltasse ao livro.

≈ CAPÍTULO 15 ≈

O Sr. Collins não era exatamente o que se poderá chamar um homem sensato, e essa deficiência da natureza pouco ou nada fora auxiliada quer pela educação, quer pela convivência social. Passou grande parte de sua vida sob a orientação de um pai letrado e avarento e, embora tivesse frequentado uma universidade, conservara apenas os laços puramente necessários, sem que tivesse sabido cultivar qualquer relação útil. A submissão com que seu pai o educou conferiu-lhe originalmente grande humildade no trato, humildade essa que era agora contrabalançada pela vaidade própria de um espírito fraco que vive isolado. Um feliz acaso recomendara-o a Lady Catherine de Bourgh para uma vaga em Hunsford; e o respeito que ele sentia pela elevada posição social de que ela desfrutava e sua veneração por ela, juntamente com uma opinião muito boa de si próprio, de sua autoridade como clérigo e de seus direitos como pastor, faziam dele uma mistura complexa de orgulho, subserviência, presunção e humildade.

Atualmente, na posse de uma boa casa e de um rendimento mais que suficiente, ele decidira se casar e, ao procurar a reconciliação com a família de Longbourn, já tinha em vista uma esposa, pois tencionava fazer a escolha entre as jovens primas, caso elas se mostrassem tão bonitas e simpáticas como delas corria a fama. Era esse o seu plano quando falava em dever uma reparação por herdar os bens do pai delas.

Na manhã seguinte, após iniciar uma conversa sobre seu presbitério que naturalmente o levou a revelar suas aspirações de encontrar em Longbourn uma esposa, a mãe das meninas, entre afáveis sorrisos e encorajamentos vagos, o colocou de sobreaviso quanto a Jane. Deu a entender que a mais velha estava já praticamente comprometida com outro.

O Sr. Collins tinha apenas de mudar de Jane para Elizabeth e ele o fez enquanto a Sra. Bennet dava um jeito na lareira. Elizabeth, que sucedia a irmã tanto em idade como em beleza, era a escolha natural.

A Sra. Bennet guardou a insinuação como um tesouro e, encantada, confiava que em breve teria duas filhas casadas. Quanto ao homem de quem na véspera não podia ouvir falar, tinha-o agora em grande estima e consideração.

A intenção de Lydia em visitar Meryton não fora esquecida, e as irmãs, com exceção de Mary, concordaram em ir também. O Sr. Collins, a pedido do Sr. Bennet, lhes serviria de companhia, pois estava ansioso por se ver livre dele e ter a biblioteca à sua inteira disposição, o que não conseguira desde o café da manhã, uma vez que o primo o seguira e lá se preparava para ficar, teoricamente ocupado com um dos maiores volumes de sua coleção, mas, na prática, interpelando-o vezes sem conta a propósito de sua casa e seu jardim em Hunsford. Tal procedimento punha o Sr. Bennet fora de si. Em sua biblioteca, tinha ele sempre garantidos o sossego e a tranquilidade e, embora preparado, como disse a Elizabeth, a enfrentar o disparate e a presunção em todos os outros cômodos da casa, habituara-se a encontrar ali o seu refúgio. Daí a sua pronta delicadeza em convidar o Sr. Collins a juntar-se às filhas em seu passeio. Collins, que mais se adaptava a uma caminhada que a grandes leituras, mostrou enorme satisfação em fechar seu volumoso livro e partir.

Mantendo-se no estilo pomposo que lhe era peculiar, entabulando uma conversa destituída de todo interesse com a qual suas primas por mera delicadeza colaboravam, chegaram finalmente a Meryton. As mais novas deixaram de lhe prestar qualquer atenção. Os olhos delas imediatamente se puseram a percorrer a rua em busca dos oficiais, e nada as faria desviar, a não ser um chapéu muito bonito ou uma musselina que constituísse novidade.

Porém, a atenção de todas elas em breve se prendeu em um jovem de aparência atraente que elas não tinham visto antes e que caminhava com um oficial no outro lado da rua. O oficial era o próprio Sr. Denny, cujo regresso de Londres Lydia viera informar-se, e que acenou ao vê-las passar. Bem impressionadas com a aparência do desconhecido, tentavam adivinhar de quem se trataria. Kitty e Lydia, decididas a descobrir, fingindo dirigir-se à loja em frente, atravessaram a rua e alcançaram a calçada oposta, exatamente na altura em que os dois cavalheiros, que tinham voltado para trás, chegavam ao mesmo local. O Sr. Denny logo pediu licença para lhes apresentar seu amigo, o Sr. Wickham, que com ele regressara na véspera da capital e que aceitara um cargo em seu regimento. Ao jovem só lhe faltava o uniforme para se tornar realmente irresistível. De inegável beleza, seus traços eram delicados, a figura garbosa e as maneiras extremamente agradáveis. Após ter sido apresentado, iniciou uma conversa pronta e fácil, que lhe era de fato natural.

Conversavam agradavelmente quando o barulho de cavalos lhes chamou a atenção para Bingley e Darcy, que, nas suas montadas, desciam a rua. Ao reconhecerem as senhoras do grupo, os dois cavaleiros imediatamente se dirigiram até elas e as cumprimentaram segundo as formas usuais. Bingley era quem falava mais, e a Senhorita Bennet, seu principal objeto. Iam a caminho de Longbourn para indagarem sobre ela. O Sr. Darcy concordou com o amigo com um aceno de cabeça e estava tentando não fixar os olhos em Elizabeth quando seu olhar subitamente se deteve no desconhecido. Elizabeth, surpreendendo as expressões de ambos ao se verem frente a frente, ficou pasmada com o efeito de tal encontro. Ambos mudaram de cor, um empalideceu e o outro corou. O Sr. Wickham, passados alguns instantes, levou a mão ao chapéu, cumprimento esse que o Sr. Darcy mal se dignou a retribuir. Que quereria dizer aquilo? Era impossível adivinhar, mas impossível também não desejar saber.

Pouco depois, o Sr. Bingley, sem parecer ter notado o que se passara, fez as despedidas e se afastou com o amigo.

O Sr. Denny e o Sr. Wickham acompanharam o grupo até a porta do Sr. Philips, e aí se despediram, apesar da insistência de Lydia para que entrassem e apesar de a própria Sra. Philips reiterar o convite.

A Sra. Philips tinha sempre grande alegria em ver as sobrinhas. Recebeu-as com um calor especial, quando sua atenção e delicadeza foram reclamadas pela pessoa do Sr. Collins, que Jane lhe apresentava. Ela acolheu-o com seu melhor bom-tom, ao qual ele retribuiu de forma mais exagerada ainda, desculpando-se pela intrusão, já que nenhum conhecimento prévio se tinha verificado entre eles, fato que ele esperava poder justificar através de seu parentesco com as jovens que acompanhava.

A Sra. Philips ficou extasiada perante tal excesso de boa educação, mas foi interrompida pelas exclamações e perguntas acerca do outro, sobre quem ela nada contou que as sobrinhas já não soubessem, apenas que o Sr. Denny o trouxera de Londres e que ele iria desempenhar o cargo de tenente no destacamento. Disse ainda ter estado a observá-lo durante a última hora enquanto ele por ali passeava, ocupação essa que Kitty e Lydia teriam de bom grado assumido para si mesmas caso o Sr. Wickham de novo surgisse. Infelizmente, ninguém mais passou por ali além de alguns oficiais que, comparados com o recém-chegado, não passavam agora de indivíduos desagradáveis e sem graça. Alguns deles jantariam com os Philips no dia seguinte, e a tia prometeu convencer o marido a visitar o Sr. Wickham e convidá-lo também. Todos concordaram e a Sra. Philips salientou que teriam, entre outros, o sempre divertido e barulhento jogo de loteria, seguido de uma ceia leve e reconfortante. A perspectiva de tais prazeres encheu o grupo de regozijo, e se despediram em boa disposição mútua. O Sr. Collins, ao abandonar a sala, mais uma vez se desfez em desculpas.

Ao chegarem em casa, o Sr. Collins fez as delícias da Sra. Bennet ao expressar sua admiração pela delicadeza e maneiras da Sra. Philips. Afirmava ele que, com exceção de Lady Catherine e de sua filha, nunca lhe fora dado deparar com mulher mais elegante, pois ela não só o recebera com a maior cortesia, como também o incluíra formalmente em seu convite para o dia seguinte, mesmo que nunca o tivesse visto antes.

≈ CAPÍTULO 16 ≈

Como nenhuma objeção veio contrariar o compromisso das jovens com a tia e todos os escrúpulos do Sr. Collins em deixar o Sr. e a Sra. Bennet por uma única noite durante sua visita foram firmemente repelidos, à hora adequada a carruagem conduziu-o com suas cinco primas a Meryton. Mal entraram, as jovens foram prontamente informadas de que o Sr. Wickham aceitara o convite do tio e já ali se encontrava.

Após todos terem se instalado, o Sr. Collins aproveitou o ensejo para olhar à sua volta e admirar tudo, mostrando-se de tal modo impressionado com as dimensões e a mobília do local que declarou poder quase imaginar que se encontrava na pequena saleta de Rosings, onde, durante o verão, a família costuma tomar o café da manhã. Essa comparação não pareceu ser, a princípio, motivo para grande satisfação. Quando a Sra. Philips foi por ele elucidada sobre o que era Rosings e quem era sua proprietária, e após ouvir a descrição de apenas uma das salas de visita de Lady Catherine e saber que só a cornija da lareira custara oitocentas libras, ela sentiu toda a força do elogio. Nessa altura, nem a comparação com o quarto da governanta a teria ofendido.

Na descrição da grandeza de Lady Catherine e de sua luxuosa mansão, com digressões ocasionais em louvor de sua humilde habitação e dos melhoramentos que lhe estavam sendo feitos, o Sr. Collins passou agradavelmente o tempo. Na Sra. Philips, encontrou uma ouvinte atenta, cuja opinião a seu respeito melhorava com o que ouvia, e a qual antegozava as delícias de uma narrativa detalhada por entre as vizinhas, mal tivesse ocasião para isso.

Os cavalheiros aproximaram-se e quando o Sr. Wickham, por sua vez, entrou na sala, Elizabeth sentiu que não era de modo algum injustificada sua admiração por ele, quer quando o avistara pela primeira vez, quer nas vezes em que, desde então, sua imagem lhe ocorreu ao pensamento. Os oficiais do destacamento formavam, em geral, um grupo bastante prestigiado de maneiras distintas, mas de todos o Sr. Wickham se distinguia por sua figura, aspecto e porte.

O Sr. Wickham foi o felizardo para quem quase todos os olhares femininos se voltaram e Elizabeth, a felizarda junto de quem ele finalmente veio se sentar. A facilidade e o modo agradável como ele iniciou a conversa, embora limitada à intempérie daquela noite e às probabilidades de uma estação chuvosa, a fizeram refletir sobre como o tema mais vulgar, insípido e estagnado poderia se tornar interessante graças à habilidade do interlocutor.

Com rivais tais como o Sr. Wickham e os oficiais na disputa das atenções das beldades presentes, o Sr. Collins parecia destinado a mergulhar na insignificância. Nada poderia esperar, mas, vez ou outra, encontrava ainda na Sra. Philips uma ouvinte caridosa e, graças à sua vigilância, era por ela abundantemente servido de café e bolo.

Quando surgiram as mesas de jogo, ele viu chegada a ocasião de lhe retribuir as atenções, acedendo de pronto em participar do jogo do uíste.

– No momento não estou bem a par do jogo – disse ele –, mas terei todo o prazer em me aperfeiçoar pois, na minha situação...

A Sra. Philips mostrou-se muito contente por ele aceitar o convite, mas não pôde esperar por mais explicações.

O Sr. Wickham não jogava o uíste, e com espontânea alegria foi acolhido na outra mesa, entre Elizabeth e Lydia. Parecia, a princípio, haver o perigo de Lydia o absorver completamente, pois era uma faladora inveterada, mas, como acontecia também de ser uma apaixonada por loteria, depressa se deixou envolver pelo interesse no jogo, ansiosa demais por fazer suas apostas e lançar palpites, o que a impedia de dedicar qualquer espécie de atenção a alguém em particular.

Consideradas as exigências normais do jogo, o Sr. Wickham encontrou assim disponibilidade suficiente para dirigir a palavra a Elizabeth, que se mostrou encantada em ouvi-lo, apesar de não ousar esperar que lhe contasse o que mais desejava ouvir, ou seja, a história das relações entre ele e o Sr. Darcy. Não se atrevia sequer a mencionar tal cavalheiro. Sua curiosidade, porém, foi inesperadamente satisfeita. O próprio Sr. Wickham abordou o assunto. Quis saber a que distância Netherfield se encontrava de Meryton e, após a resposta dela, perguntou, um pouco hesitante, desde quando o Sr. Darcy ali se encontrava.

– Há cerca de um mês – disse Elizabeth e, perante tal oportunidade, acrescentou: – Ele é dono de extensas terras em Derbyshire, creio eu.

– Sim – replicou Wickham –, suas propriedades são o que há de melhor. Dão um rendimento líquido de dez mil libras anuais. Não poderia ter encontrado pessoa mais apta do que eu para informá-la sobre o assunto, pois estive, desde a minha infância, intimamente ligado à família dele.

Elizabeth não pôde esconder sua surpresa.

– É muito natural que tal asserção a surpreenda, Senhorita Bennet, sobretudo após assistir, como provavelmente aconteceu, à frieza que presidiu nosso encontro de ontem. Tem algum conhecimento íntimo do Sr. Darcy?

– Mais do que poderia desejar – exclamou Elizabeth com ardor. – Passei quatro dias na mesma casa que ele e o acho uma pessoa bastante desagradável.

– Não posso dar minha opinião – disse Wickham – quanto a ele ser desagradável ou não. Não estou qualificado. Conheço-o há muito tempo e bem demais para pretender julgá-lo com honestidade. É impossível ser imparcial. Porém, creio que a opinião da Senhorita sobre ele causaria espanto geral e talvez não ousasse exprimi-la tão vigorosamente em qualquer outro lugar. Aqui está em família.

– Palavra de honra que não digo aqui mais do que diria em qualquer outra casa da vizinhança, exceto em Netherfield. Ele está longe de ser apreciado em Hertfordshire. Seu orgulho caiu mal entre nós. Nunca ouvirá falar bem dele.

– Não posso fingir pena – disse Wickham, após uma pequena pausa – por ele ou qualquer outro não serem mais estimados do que realmente merecem, mas com ele creio que isso não acontece com frequência. O mundo, cego perante sua fortuna e importância, ou assustado com seu ar superior e imponente, o vê apenas como ele deseja que o vejam.

– De minha parte, apesar do pouco que o conheço, considero-o um homem de gênio ruim.

Wickham apenas acenou com a cabeça. Em outra oportunidade, disse:

– Gostaria de saber se ele ainda se demorará muito tempo por estas paragens.

– Não faço a menor ideia, mas nada ouvi sobre sua partida quando estive em Netherfield. Espero que seus planos quanto ao destacamento não sejam afetados pela permanência dele na vizinhança.

– Oh, não! Não serei eu que me afastarei por causa do Sr. Darcy. Se ele deseja me evitar, ele que se afaste. Nossas relações são bastante tensas e custa-me um pouco me encontrar com ele, mas não tenho outra razão especial para evitá-lo que não possa proclamar ao mundo inteiro, ou seja, o ressentimento de uma grande injustiça e uma tristeza infinita por ele ser como é. O pai dele, o falecido Sr. Darcy, foi um dos melhores homens que jamais existiram e meu amigo mais sincero; e não há uma vez que eu me encontre com o atual Sr. Darcy que não sinta a dor pungente de milhares de recordações ternas. O comportamento dele para comigo foi verdadeiramente escandaloso, mas, no meu íntimo, creio poder perdoar-lhe tudo, exceto o fato de ele ter contrariado as esperanças e desgraçado a memória de seu pai.

Elizabeth viu aumentar seu interesse no assunto e nele pôs todo o seu coração. Contudo, a delicadeza inerente ao mesmo a impedia de continuar fazendo perguntas. O Sr. Wickham abordou, então, tópicos mais gerais, como Meryton, seus arredores e sua sociedade, mostrando-se extremamente satisfeito com tudo o que até então lhe fora dado deparar.

– Foi a perspectiva de relações sociais constantes e de uma boa sociedade – acrescentou ele – o que constituiu meu principal objetivo ao entrar para o destacamento. Sabia de antemão que se tratava de uma unidade militar com bastante prestígio e de ambiente agradável quando o meu amigo Denny me veio tentar ainda mais com a descrição do presente aquartelamento e das simpáticas atenções e excelentes relações que Meryton lhes proporcionara. A vida militar não era a que me estava destinada, mas as circunstâncias me levaram a optar por ela. Minha vocação era o sacerdócio... Para ele fui educado, e estaria agora em ótima situação, não fosse a má vontade do cavalheiro de quem há pouco falávamos.

– Sim?!

– É como lhe digo... O falecido Sr. Darcy havia me legado a sucessão na paróquia mais abastada sob seu domínio. Além de ser meu padrinho, tinha-me em grande estima. Não lhe posso descrever tamanha bondade. Era desejo seu providenciar para mim uma vida desafogada e pensava tê-lo feito, porém, quando o lugar vagou, um outro o foi ocupar.

– Meu Deus! Mas como é isso possível? – perguntou Elizabeth. – Em que se basearam para não acatar seu testamento? E por que razão o senhor não procurou uma reparação legal?

– A informalidade dos termos que redigiam o legado tirou-me qualquer esperança que pudesse advir de um processo legal. Um homem de honra nunca duvidaria da intenção implícita nele, mas o Sr. Darcy preferiu duvidar ou considerar o texto como uma mera recomendação condicional e sustentar que eu perdera o direito a ela por extravagância, imprudência; em suma, um motivo qualquer ou mesmo nada. O fato é que o lugar vagou há dois anos, bem quando atingi a idade adequada, e que ele foi confiado a outrem; assim como também é fato que eu não posso ser acusado de ter feito algo para merecer perdê-lo. Posso, por vezes, ter talvez expressado minha opinião um pouco livremente demais. Não me recordo de nada de mais grave. Mas a verdade é que somos muito diferentes um do outro, e ele me odeia.

– Mas isso é revoltante! Ele merece ser desmascarado publicamente.

– Há de chegar o dia, mas não serei eu a fazê-lo. Enquanto conservar em mim a memória de seu pai, não ousarei desafiá-lo ou expô-lo.

Elizabeth felicitou-o por tais sentimentos e considerou-o mais belo do que nunca ao ouvi-lo.

– Mas quais terão sido os motivos de tal cavalheiro? – tornou ela, após uma pausa. – O que poderia levá-lo a agir tão cruelmente?

– Uma perfeita e decidida antipatia por mim, uma antipatia que não posso senão atribuir, em parte, ao ciúme. Tivesse o falecido Sr. Darcy gostado menos de mim, talvez seu filho me suportasse melhor. Mas creio que o afeto incomum de seu pai por mim sempre o irritou desde muito cedo. Ele não era homem para suportar o tipo de competição existente entre nós, a preferência que frequentemente me era dada.

– Não pensei que o Sr. Darcy se deixasse levar a tal extremo e, embora logo de princípio não tivesse simpatizado com ele, nunca o considerei sob tão tenebroso aspecto.

Após alguns minutos de reflexão, ela continuou:

– Eu me lembro de tê-lo ouvido, um dia, em Netherfield, gabar-se da implacabilidade de seus ressentimentos, de ter um temperamento que dificilmente perdoa. É, sem dúvida, uma criatura detestável.

– Não se fie em mim – replicou Wickham –, pois estou numa posição difícil para o julgar.

Elizabeth mergulhou de novo em seus pensamentos. Após alguns instantes, exclamou:

– Tratar de tal modo o afilhado, o favorito de seu pai! – E poderia ter acrescentado: "E um jovem como o senhor, cujo aspecto diz bem de sua amabilidade", mas contentou-se com: – E, além disso, uma pessoa que provavelmente terá sido, desde a infância, seu companheiro, o que deve tê-los tornado muito próximos, como creio tê-lo anteriormente ouvido dizer.

– Passamos juntos grande parte de nossa juventude. Vivíamos na mesma casa, partilhávamos as mesmas brincadeiras e éramos objeto do mesmo amor paternal. Meu pai começou a vida exercendo a profissão que seu tio, o Sr. Philips, parece tanto honrar, mas acabou por tudo abandonar e pôr-se ao serviço do falecido Sr. Darcy, devotando todo o seu tempo à administração da Casa de Pemberley. Ocupava lugar de destaque na consideração e estima do Sr. Darcy, era seu amigo íntimo e confidente. O Sr. Darcy frequentemente expressava todo o seu reconhecimento pelos elevados serviços de meu pai e quando, pouco antes da morte de meu pai, o Sr. Darcy voluntariamente lhe prometeu olhar pelo meu futuro, estou convencido de que o fez tanto por se sentir em dívida com meu pai, como por sua afeição por mim.

– Que estranho! – exclamou Elizabeth. – É abominável! Pergunto a mim mesma se não foi o próprio orgulho do atual Sr. Darcy que o impediu de ser justo com o senhor! Na falta de motivo melhor, que todo o seu orgulho não o levasse à desonestidade, pois considero tal procedimento nada menos que desonesto.

– É admirável – replicou Wickham –, pois do orgulho parecem provir a maioria de suas ações. O orgulho tem sido, muitas vezes, seu melhor amigo e o tem aproximado mais da virtude que qualquer outro sentimento. Mas somos incompatíveis, e em seu comportamento para comigo houve impulsos mais fortes que o próprio orgulho.

– Poderá orgulho tão horrendo como o dele tê-lo, alguma vez, levado a praticar o bem?

– Sim. Tem, com frequência, o levado a ser liberal e generoso, a dar livremente seu dinheiro, a receber com imensa hospitalidade, a subsidiar seus rendeiros e a socorrer os necessitados. Tudo isso se deve atribuir a um orgulho de família, a um orgulho filial, pois ele se orgulha bastante da figura que foi seu pai. A razão mais poderosa, contudo, é não parecer estar desgraçando a família, degenerando as qualidades estimadas por todos, ou perder a influência da Casa de Pemberley. Cultiva também o orgulho fraternal, que, juntamente com alguma afeição fraterna, o torna um estimável e escrupuloso protetor de sua irmã; e tanto assim é que, mais de uma vez, terá a oportunidade de vê-lo apontado como o mais atencioso e o melhor dos irmãos.

– Que tipo de moça é a Senhorita Darcy?

Ele abanou a cabeça.

– Gostaria de poder incluí-la na categoria das pessoas amáveis. Desgosta-me profundamente falar mal de um Darcy. Mas ela assemelha-se demais ao irmão... É muito, muito orgulhosa. Era uma criança encantadora, simpática e meiga. Ao seu entretenimento devotei horas sem fim. Hoje em dia, porém, ela não me é nada. Com seus quinze ou dezesseis anos de idade, ela é indubitavelmente bonita e creio que superiormente dotada. Desde a morte do pai ela vive em Londres, na companhia de uma senhora que supervisiona sua educação.

Após numerosas pausas e tentativas várias para enveredar por outros assuntos, Elizabeth não pôde evitar voltar ao primeiro, dizendo:

– Causa-me certo espanto a intimidade dele com o Sr. Bingley! Como pode o Sr. Bingley, que é a boa disposição em pessoa e de uma simpatia sem limites, manter relações de amizade com tal homem? Como é possível adaptarem-se um ao outro? Conhece o Sr. Bingley?

– Não, nunca antes ouvira falar dele.

– É um homem encantador, de temperamento afável e meigo. Ele não deve conhecer a verdadeira natureza do Sr. Darcy.

– Talvez não, se bem que o Sr. Darcy sabe agradar quando bem entende. Habilidade não lhe falta. É muito capaz de orientar uma conversação agradável se a achar frutífera. Entre as pessoas do seu nível ele é totalmente diferente daquilo que aparenta aos menos prósperos. O orgulho nunca o abandona, mas com os ricos, ele mostra-se liberal, justo, sincero, racional, digno de honra, e talvez até agradável... Conforme a fortuna e importância de seu interlocutor.

Tendo terminado o jogo do uíste, seus participantes reuniram-se em volta da outra mesa, e o Sr. Collins veio postar-se entre sua prima Elizabeth e a Sra. Philips. A esta última coube proceder às habituais perguntas sobre seus resultados no jogo. Não tinham sido brilhantes, perdera todos os pontos, mas quando a Sra. Philips quis exprimir todo o seu pesar, ele, com uma expressão séria e grave, declarou não ter o assunto qualquer importância, que para ele o dinheiro pouco valia, e rogou-lhe por tudo para que ela não se sentisse de modo algum incomodada com isso.

– Sei perfeitamente, minha senhora – disse ele –, que quando uma pessoa se senta a uma mesa de jogo, habilita-se a que lhe aconteçam tais coisas e, felizmente, na situação em que me encontro, cinco xelins nunca causariam grande transtorno.

Algo despertou a atenção do Sr. Wickham, que, após observar o Sr. Collins durante alguns momentos, em voz baixa perguntou a Elizabeth se o seu parente tinha algum conhecimento íntimo da família de Bourgh.

– Lady Catherine de Bourgh – respondeu ela – instituiu-lhe recentemente um presbitério. Não faço ideia de como o Sr. Collins lhe foi sugerido.

– Sabe que Lady Catherine de Bourgh e Lady Anne Darcy eram irmãs e que, por conseguinte, ela é tia do atual Sr. Darcy?

– Não, não sabia. Não estou a par dos parentescos de Lady Catherine. Aliás, só anteontem soube de sua existência.

– A filha dessa senhora, a Senhorita de Bourgh, herdará um dia uma fortuna fabulosa, e todos são unânimes em acreditar que ela e o primo unirão suas riquezas.

Elizabeth sorriu, pois lembrou-se da pobre Senhorita Bingley. Vãs seriam todas as suas atenções, vã e inútil sua afeição pela irmã dele, assim como os elogios de que ela o rodeava, uma vez que ele já estava destinado a outra.

– O Sr. Collins – disse ela – tem uma elevada opinião tanto de Lady Catherine como da filha, mas, por alguns pormenores daquilo que ele conta sobre Sua Excelência, receio que sua gratidão o engane, e que ela, mesmo sendo sua protetora, não passe de uma mulher arrogante e presunçosa.

– Creio que é ambas as coisas, e a um elevado grau – replicou Wickham. – Há muitos anos que não a vejo, mas recordo-me de nunca ter simpatizado com ela e que seus modos eram autoritários e insolentes. Tem a reputação de ser uma pessoa muito sensata e inteligente, mas prefiro acreditar que parte de suas aptidões derivam de sua fortuna e posição social e outra parte de seu feitio autoritário, e o resto do orgulho de seu sobrinho, que entende que todos que com ele se relacionam devem ser de primeira categoria.

Elizabeth salientou a clareza da descrição que ele acabara de fazer, e os dois continuaram conversando numa satisfação mútua, até que a ceia veio interromper o jogo, permitindo às outras senhoras partilharem também das atenções do Sr. Wickham. Era impossível conversar durante a barulhenta ceia da Sra. Philips, mas só os modos dele bastaram para causar boa impressão em todos. O que quer que ele dissesse era bem-dito, e tudo o que fazia, feito com graciosidade. Elizabeth, ao deixar a festa, estava totalmente inebriada por ele. No caminho para casa, não pensava noutra pessoa senão no Sr. Wickham e em tudo aquilo que ele lhe contara, mas não pôde, na carruagem, sequer mencionar seu nome, pois nem Lydia nem o Sr. Collins se calaram um só instante.

≈ CAPÍTULO 17 ≈

No dia seguinte, Elizabeth contou a Jane sua conversa com o Sr. Wickham. Jane escutou com um misto de espanto e preocupação. Não podia admitir que o Sr. Darcy fosse a tal ponto indigno da estima do Sr. Bingley e, contudo, não era de sua natureza duvidar da veracidade de pessoa tão encantadora como Wickham. Só a hipótese de ele ter sofrido tamanha injustiça bastava para lhe despertar os mais ternos sentimentos. Não via outra atitude a tomar senão conservar a boa opinião que tinha dos dois, defender o comportamento tanto de um como do outro e atribuir a um incidente ou erro de interpretação tudo o que de outro modo não pudesse ser explicado. Disse ela:

– Estou certa de que não passa de um mal-entendido entre eles, e nunca saberemos exatamente o que aconteceu. Quem sabe não foram interesseiros que os indispuseram um contra o outro. Não podemos adivinhar quais as causas ou circunstâncias que os afastaram sem conhecermos as versões dos dois lados.

– Tem toda razão, e agora, minha querida Jane, que dizer em defesa dos interesseiros que porventura entraram no negócio? Releve sua atitude também, ou teremos de fazer mau julgamento de alguém.

– Zombe de mim, se quiser, mas continuarei do meu jeito. Minha querida Lizzy, pense só na situação em que isso colocaria o Sr. Darcy por tratar de tal modo o favorito de seu pai, alguém a quem o pai prometeu ajudar. Veja que é impossível. Nenhum homem dotado de um mínimo de sentimentos e com um pouco de caráter seria capaz de tal coisa. Seria o caso de seus amigos mais íntimos estarem iludidos a seu respeito? Oh, não!

– Parece-me mais fácil crer que o Sr. Bingley seja vítima de um logro do que na possibilidade de tudo o que o Sr. Wickham me contou ser invenção. Nomes, fatos, tudo ele mencionou sem hesitação de espécie alguma. Se for mentira, o Sr. Darcy que venha provar. Além disso, ele parecia sincero naquilo que dizia.

– É difícil e aflitivo. Não sabemos o que pensar.

De uma coisa, pelo menos, Jane estava certa. Se o Sr. Bingley estivesse sendo enganado, ele iria sofrer muito quando tudo aquilo viesse à tona.

As duas moças foram chamadas do jardim onde tal conversa decorria, pois tinham acabado de chegar algumas das pessoas sobre quem falavam. O Sr. Bingley e as irmãs vinham pessoalmente convidá-las para o baile em Netherfield que se realizaria na terça-feira seguinte. As duas senhoras estavam encantadas por se encontrarem de novo com sua querida amiga. Falaram na eternidade da separação e repetidas vezes lhe perguntaram com que se ocupara desde então. Para o resto da família, pouco ligaram, evitando tanto quanto possível a Sra. Bennet. Pouco falaram com Elizabeth e para as outras nem sequer olharam. Logo estavam prontas para partir, levantando-se tão decididamente que pegaram o irmão de surpresa. Queriam apressar a saída, como que ansiosas para fugirem das gentilezas da Sra. Bennet.

A perspectiva do baile em Netherfield era extremamente agradável a todas as mulheres da família. A Sra. Bennet resolveu considerar que seria dado em homenagem à sua filha mais velha, e ficara particularmente lisonjeada por ter recebido o convite do próprio Sr. Bingley, em lugar do cartão formal de costume. Jane antevia uma noite maravilhosa na companhia das duas amigas e rodeada das atenções do irmão delas, enquanto Elizabeth sonhava com o prazer de dançar com o Sr. Wickham e em ver confirmado na pessoa e atitudes do Sr. Darcy tudo o que lhe contaram. A felicidade antecipada de Catherine e Lydia não dependia tanto de um simples acontecimento ou de uma pessoa em particular, pois, embora cada uma delas, tal como Elizabeth, tencionasse dançar metade da noite com o Sr. Wickham, ele não era de modo algum o único par que as pudesse satisfazer, e um baile sempre era um baile. A própria Mary garantiu à família não sentir qualquer aversão por tal divertimento. Disse:

– Desde que possa dispor de minhas manhãs, me dou por satisfeita. Não acho sacrifício participar de vez em quando de uma festa noturna. Todos nós temos deveres sociais a cumprir e partilho da ideia de que um momento de recreação e divertimento só vem em benefício das pessoas.

Elizabeth sentia-se tão animada e bem-disposta que, embora não dirigisse frequentemente a palavra ao Sr. Collins, a não ser quando estritamente necessário, não pôde deixar de lhe perguntar se ele tencionava aceitar o convite do Sr. Bingley e se ele achava adequado participar do divertimento da noite. A resposta dele a surpreendeu. Além de não alimentar quaisquer escrúpulos, ele não receava uma censura da parte do arcebispo ou da própria Lady Catherine de Bourgh por se aventurar a dançar.

– Não acho de modo algum que um baile deste gênero, oferecido por um jovem de caráter para gente respeitável possa encobrir qualquer tendência perniciosa, e estou tão longe de me guardar de tal prazer que espero ter a honra de dançar com cada uma das minhas encantadoras primas no decorrer da noite. Aproveito desde já o ensejo para lhe solicitar, Senhorita Elizabeth, as duas primeiras danças. Espero que minha prima Jane atribua a preferência à justa causa, e não a qualquer desconsideração por ela.

Elizabeth ficou consternada, pois eram exatamente aquelas as danças que reservara para o Sr. Wickham! Nunca sua animação fora posta tão à prova. A felicidade de Wickham e a sua própria foram, por força das circunstâncias, adiadas para um pouco mais tarde, e a proposta do Sr. Collins foi aceita com tanta gentileza quanto foi possível exprimir. Não se sentia sequer lisonjeada por seu galanteio pois via nele uma intenção mais remota. Ocorria-lhe agora, pela primeira vez, a ideia de que era ela a eleita entre suas irmãs para se tornar a senhora do presbitério de Hunsford e completar a mesa de jogo em Rosings sempre que parceiros mais qualificados não se apresentassem.

A ideia logo se tornou certeza quando o viu multiplicar suas gentilezas com ela, e com frequência tentava elogiá-la por seu espírito e vivacidade. Não decorreu muito tempo e sua mãe deu a entender quanto lhe agradava a perspectiva de uma união entre eles. Elizabeth preferiu não se dar por achada, pois pressentia a discussão tempestuosa que uma réplica sua provocaria. Além disso, o Sr. Collins podia nunca chegar a fazer o pedido e, até lá, era inútil discutirem por causa dele.

Não fosse o baile em Netherfield, que exigia uma certa preparação e proporcionava um assunto inesgotável para conversas, as mais jovens das Senhoritas Bennet estariam num estado lamentável. Desde o dia em que receberam o convite até o próprio dia do baile, choveu ininterruptamente, o que tornou impossível irem a Meryton uma só vez que fosse. A tia, os oficiais e os mexericos, tudo estava vedado. A própria Elizabeth sentiu sua paciência testada pelo clima que interrompeu a evolução de sua amizade com o Sr. Wickham. Nada, a não ser o baile de terça-feira, poderia ter tornado sexta, sábado, domingo e segunda-feira suportáveis para Kitty e Lydia.

≈ CAPÍTULO 18 ≈

Até o momento em que Elizabeth entrou no salão de Netherfield e, em vão, procurou pelo Sr. Wickham por entre os grupos de casacas encarnadas que ali se encontravam reunidos, nunca lhe ocorrera duvidar de sua presença no baile. A certeza de o encontrar não fora reprimida por nenhuma daquelas recordações que poderiam, não sem razão, ter causado um certo alarme. Vestira-se com um esmero incomum e, com alegria incontida, preparara-se para conquistar tudo o que ainda existia no coração do jovem, confiante de que não seria mais do que aquilo que poderia ser conquistado no decorrer daquela noite. Porém, no mesmo instante foi assaltada pela terrível suspeita de que ele tivesse sido propositadamente excluído do convite, por inspiração do Sr. Darcy. Obteve a confirmação da ausência por intermédio de seu amigo, o Sr. Denny, com quem Lydia ansiosamente foi se informar. Ele contou, com um sorriso assaz significativo, que Wickham se vira, na véspera, forçado a tomar o caminho da capital para tratar de assuntos pendentes e que ainda não regressara.

– Não entendo que assuntos importantes o afastam numa altura destas, a não ser evitar um certo cavalheiro que aqui se encontra também.

Essa última frase, embora tivesse escapado a Lydia, foi compreendida por Elizabeth. Certa de que Darcy era responsável pela ausência de Wickham, a antipatia nutrida por ele era de tal modo acirrada pelo desapontamento sofrido que foi a muito custo que conseguiu um mínimo de delicadeza na resposta às amáveis inquirições que ele lhe dirigiu quando foi ao seu encontro. Qualquer atitude denunciando atenção ou indulgência com Darcy era um ultraje contra Wickham. Decidida a não lhe dar réplica, afastou-se com um mau humor que ela não conseguiu de todo superar, mesmo na troca de palavras com o Sr. Bingley, cuja cega parcialidade a provocava.

Mas Elizabeth não era dada a desânimos. Embora todas as suas expectativas para essa noite tivessem se esvaído, logo se recuperou. Desabafou com Charlotte Lucas, que há uma semana não via. Logo passou o assunto para as singularidades de seu primo, e sobre ele chamou a atenção da amiga. As duas primeiras danças, contudo, vieram reavivar sua mágoa. O Sr. Collins, desajeitado e solene, desfazendo-se em desculpas em lugar de prestar atenção, e frequentemente dando o passo errado sem que desse por isso, a fez passar pela maior vergonha e constrangimento que um par pode causar ao longo de duas danças. O momento da libertação foi de alívio para ela.

Em seguida, dançou com um oficial, e se consolou em conversar sobre Wickham e em saber como ele era estimado por todos. Terminadas estas danças, voltou para junto de Charlotte Lucas, e com ela conversava quando se viu interpelada pelo próprio Sr. Darcy, que a pegou de surpresa com seu pedido para dançar. Ela aceitou sem saber o que estava fazendo. Ele tornou a afastar-se imediatamente, e ela ficou só, censurando-se por sua pouca presença de espírito. Charlotte tentou consolá-la:

– Ouso dizer que achará o Sr. Darcy muito agradável.

– Deus me livre! Seria catastrófico! Sentir prazer na companhia de um homem que se está decidida a odiar. Não me deseje tal coisa.

Contudo, quando a dança recomeçou e Darcy se aproximou para renovar seu convite, Charlotte não se absteve de murmurar ao ouvido da amiga que não se portasse como uma tola permitindo que sua inclinação por Wickham a tornasse desagradável aos olhos de um homem dez vezes mais influente. Elizabeth não lhe respondeu e foi tomar seu lugar na dança um pouco embaraçada pela honra de ser conduzida pela mão do Sr. Darcy. Percebeu igual espanto estampado nos rostos dos circundantes ao notarem o fato. Durante algum tempo, ficaram sem pronunciar uma palavra, e ela convenceu-se de que o silêncio entre eles duraria até o fim das duas danças. A certa altura, pensou que seria um castigo maior obrigar seu par a falar e fez uma pequena observação sobre a dança. Ele respondeu e, de novo, guardou silêncio. Após uma pequena pausa, ela disse:

– É sua vez de se pronunciar, Sr. Darcy. Como eu já falei sobre a dança, o senhor deve agora referir-se ao comprimento da sala ou ao número de pares que aqui se encontram.

Ele sorriu e garantiu-lhe que diria o que ela quisesse.

– Muito bem. Por agora, essa resposta serve. Talvez, em algum momento, eu possa comentar que os bailes particulares são muito mais agradáveis que os bailes públicos. Mas agora devemos permanecer calados.

– Quer dizer que, para você, falar enquanto dança é uma regra a ser cumprida?

– Por vezes, sim. Penso que se deva falar sempre, por pouco que seja. Seria absurdo permanecermos calados durante a meia hora que permanecemos juntos, e, todavia, no interesse de alguns, a conversa deveria ser de tal modo convencionada que lhes permitisse dizer o mínimo possível.

– No caso presente, considera seus próprios sentimentos, ou supõe satisfazer aos meus?

– Ambas as coisas – replicou Elizabeth com malícia. – Desde o princípio noto uma similaridade em nossa maneira de pensar. Com nosso caráter insociável e taciturno, nem sempre estamos dispostos a conversar, exceto se contamos emitir uma opinião capaz de impressionar todo o salão e ser transmitida à posteridade como um provérbio.

– Não se pode dizer que salte à vista a semelhança de seu caráter com esse que acabou de descrever – disse ele. – Até que ponto ele se parece com o meu, não sei dizer. Você, com certeza, acredita ter feito um retrato fiel.

– Não devo me pronunciar sobre meu próprio desempenho.

Ele não respondeu, e de novo mergulharam no silêncio, até que ele perguntou se ela e as irmãs iam com frequência a Meryton. Ela respondeu afirmativamente e, incapaz de resistir à tentação, acrescentou:

– Quando nos encontramos lá no outro dia, tínhamos acabado de travar uma nova amizade.

O efeito foi imediato. Uma sombra de altivez profunda espalhou-se sobre suas feições, mas ele não disse uma palavra, e Elizabeth, embora censurando-se por sua fraqueza, não ousou continuar. For fim, Darcy falou e um pouco contrafeito disse:

– O Sr. Wickham é dotado de uma afabilidade que lhe permite fazer amigos em qualquer parte, porém, o mesmo não direi de sua capacidade para conservá-los.

– Teve ele a infelicidade de perder suas boas graças – replicou Elizabeth com ênfase – e de uma forma pela qual se ressentirá por toda a sua vida.

Darcy não respondeu, e parecia ansioso para mudar de assunto. Nessa altura, junto deles surgiu Sir William Lucas que intencionava atravessar por entre os pares para o outro lado do salão e, ao deparar com o Sr. Darcy, parou, se curvou e o cumprimentou com reverência de extrema cortesia, felicitando-o por seu estilo de dança e por seu par.

– Estou me deleitando perante tal espetáculo, meu caro senhor. Não é com frequência que se vê dançar tão bem. É evidente que o senhor pertence às mais altas esferas. Permita-me dizer que seu encantador par em nada o desvaloriza e que espero ver, por muitas vezes, repetido este meu prazer, sobretudo quando determinado acontecimento tão desejável, querida Senhorita Eliza (olhando de soslaio para Jane e Bingley), tiver lugar. Que felicitações não afluirão então! Mas não quero interromper mais. Sei que não me agradecerá os preciosos minutos roubados da conversa fascinante com esta jovem, cujos lindos olhos estão já me fulminando.

Essa última frase Darcy mal ouviu. A alusão de Sir William a seu amigo parecia tê-lo impressionado muito. Foi com uma expressão séria que ele fitou Bingley e Jane, que se encontravam dançando um com o outro.

Contudo, em breve recuperou uma serenidade aparente, e, voltando-se para seu par, disse:

– Com a interrupção de Sir William, esqueci-me sobre o que estávamos falando.

– Não me parece que estivéssemos sequer conversando. Sir William não poderia ter interrompido outro par que tivesse menos que dizer um ao outro. Tentamos já dois ou três assuntos sem qualquer êxito e não faço a menor ideia sobre qual possa ser o nosso próximo tema de conversa.

– Qual a sua opinião sobre livros? – disse sorrindo.

– Livros... oh, não! Estou certa de que não lemos os mesmos, ou então nunca com a mesma disposição de espírito.

– Lastimo que pense assim, mas, nesse caso, não haverá, pelo menos, o perigo de faltar assunto entre nós. Poderemos comparar nossas diferentes opiniões.

– Não, não conseguirei pensar em livros em um salão de baile; meu espírito está sempre absorto em outras coisas.

– O presente a mantém sempre ocupada em tais cenários, é isso? – disse ele, com um olhar de dúvida.

– Sim, sempre – replicou ela, sem saber bem o que estava dizendo, pois seus pensamentos navegavam noutras águas, como claramente o deu a entender a exclamação súbita que se seguiu. – Lembro-me de tê-lo ouvido afirmar, Sr. Darcy, que dificilmente perdoa, e que, uma vez suscitado, seu ressentimento era implacável. Suponho que seja escrupuloso quanto às circunstâncias que originam esse mesmo ressentimento.

– E sou – disse ele, com voz firme.

– E nunca admite que um preconceito o cegue?

– Assim espero.

– Para aqueles cuja opinião não muda, é fundamental fazerem julgamentos acertados de imediato.

– Posso saber qual o propósito de todas estas perguntas?

– Apenas para fazer uma ilustração de seu caráter – disse ela, procurando disfarçar o tom grave com que até então falara. – Estou tentando decifrá-lo.

– E quais os resultados a que chegou?

Ela abanou a cabeça.

– Pouco adiantei. São tão diversas as opiniões a seu respeito que me sinto confusa.

– Não creio – respondeu ele gravemente – que as versões a meu respeito possam variar tanto. Contudo, Senhorita Bennet, desejaria que neste momento não se debruçasse no estudo de meu caráter, pois receio que tal atividade não abone em favor de nada.

– Mas, se não o desvendo agora, nunca mais terei outra oportunidade.

– Não pretendo de modo algum constituir entrave ao seu prazer – replicou ele friamente.

Ela nada acrescentou e, após alguns minutos mais de dança, separaram-se em silêncio, cada um para seu lado, ambos descontentes, embora em graus diferentes, pois no peito de Darcy existia por ela uma ternura de certo modo poderosa, que fez com que logo a perdoasse e dirigisse todo o seu rancor para outro.

Não fazia muito tempo que tinham se separado, quando a Senhorita Bingley se aproximou de Elizabeth e, com uma expressão de altivo desdém, a abordou nos seguintes termos:

– Então, Senhorita Eliza, encontra-se sob o encanto de George Wickham! Sua irmã esteve há pouco a falar-me sobre ele e fez-me centenas de perguntas; mas vejo que, entre suas outras confidências, ele se esqueceu de mencionar que era filho do velho Wickham, o caseiro do falecido Sr. Darcy. Contudo, como sua amiga, a aconselho a não confiar cegamente no que ele diz quanto ao Sr. Darcy ter agido injustamente com ele. Não passa de uma tremenda mentira. Ao contrário, ele tem sido de uma bondade notável com esse cavalheiro, mesmo que George Wickham tenha se portado de modo infame com o Sr. Darcy. Não estou a par dos pormenores, mas sei que a culpa não reside de modo algum no Sr. Darcy, que ele não suporta ouvir sequer mencionar George Wickham, e que, embora meu irmão não pudesse evitar incluí-lo no convite aos oficiais, ele ficou deveras contente ao saber que ele tivera o bom-senso de não aparecer. Por si só, sua vinda para esta região denota uma insolência atroz, e espanta-me que ele tenha se atrevido a tanto. Tenho pena da Senhorita Eliza por descobrir desse modo a culpabilidade de seu favorito. No fundo, dada à descendência dele, não se poderia esperar muito melhor.

– A culpabilidade e a origem humilde parecem, pelo que acabou de me dizer, ser a mesma coisa – respondeu Elizabeth, irritada. – Não a ouvi acusá-lo de nada de mais grave a não ser o fato de ele ser filho do caseiro do Sr. Darcy e, sobre isso, pode estar certa de que ele mesmo me informou.

– Perdoe-me então – replicou a Senhorita Bingley, afastando-se com um sorriso de desdém. – Desculpe minha intromissão. Foi por bem que o fiz.

– Criatura insolente! – desabafou Elizabeth. – Está muito enganada se pensa influenciar-me por meio de ataque tão torpe como esse. Nele não vejo outra coisa senão sua obstinada ignorância e a malícia do Sr. Darcy.

Procurou, então, sua irmã mais velha, que se encarregara de obter informações junto ao Sr. Bingley. Jane recebeu-a com um sorriso de tão doce complacência e uma expressão de tão radiante felicidade que indicavam quão satisfeita ela se sentia com as ocorrências da noite. Elizabeth imediatamente percebeu o estado de espírito da irmã e, no mesmo instante, sua solicitude com Wickham, seu ressentimento contra os inimigos dele, tudo cedeu perante a esperança de Jane se encontrar no caminho da verdadeira felicidade.

– Vinha saber – disse ela, tão sorridente como a irmã – quais os resultados de suas inquirições sobre Wickham. Mas imagino que estivesse demasiado ocupada com coisas bem mais agradáveis para pensar em um terceiro personagem, e por isso a perdoo de todo coração.

– Não – replicou Jane –, não esqueci, mas nada tenho de satisfatório para contar. O Sr. Bingley não sabe de toda a história e desconhece por completo quais as circunstâncias que particularmente ofenderam o Sr. Darcy. Mas ele responde pela conduta irrepreensível, a probidade e a honra de seu amigo, e está perfeitamente convencido de que o Sr. Wickham merecia muito menos atenções que aquelas que recebeu do Sr. Darcy. Custa-me lhe dizer, mas tanto pelo relato do Sr. Bingley como pelo de sua irmã, o Sr. Wickham não é de modo algum um jovem respeitável. Receio que ele tenha sido muito imprudente e, com isso, tenha merecido perder a consideração do Sr. Darcy.

– O Sr. Bingley não conhece o Sr. Wickham, não é?

– Não, nunca antes o tinha visto até aquela manhã em Meryton.

– Então, tudo o que ele sabe foi contado pelo Sr. Darcy. Nesse ponto, dou-me por satisfeita. Mas o que ele lhe disse sobre o lugar na paróquia?

– Ele não se recorda exatamente das circunstâncias, embora mais de uma vez as tenha ouvido da boca do Sr. Darcy. Contudo, ele crê que ela lhe foi legada sob algumas condições.

– Não duvido nem um instante da sinceridade do Sr. Bingley – disse Elizabeth com veemência –, mas espero que compreenda que afirmações apenas não bastem para me convencer. A apologia do Sr. Bingley sobre o amigo é, sem dúvida, digna de consideração, mas, uma vez que ele desconhece parte da história e o resto lhe foi contado pelo próprio amigo, não vejo outra alternativa senão conservar a opinião que já antes tinha sobre estes dois cavalheiros.

Posto isto, mudou o rumo da conversa para um assunto mais agradável para ambas, e sobre o qual não podia haver diferenças de opinião.

Elizabeth escutou, encantada, as alegres, embora comedidas, esperanças que Jane alimentava a respeito de Bingley, e disse tudo o que estava em seu poder para aumentar a confiança da irmã. Como, entretanto, o próprio Sr. Bingley se aproximou, Elizabeth retirou-se para junto da Senhorita Lucas e ainda mal tivera tempo para lhe responder às perguntas sobre seu último par quando o Sr. Collins se aproximou e, com grande alvoroço, contou que, para sua grande felicidade, acabara de fazer importantíssima descoberta.

– Descobri – disse ele – graças a uma coincidência extraordinária, que se encontra aqui na sala um parente próximo de minha protetora. Foi por acaso que ouvi esse cavalheiro mencionar à jovem senhora que faz as honras da casa os nomes de sua prima, a Senhorita de Bourgh, e da mãe dela, Lady Catherine. É maravilhoso como tais coisas podem ocorrer! Estava bem longe de poder imaginar meu encontro nesta festa com, quem sabe, um sobrinho da própria Lady Catherine de Bourgh! Dou graças por essa descoberta ter sido feita a tempo de eu poder lhe apresentar meus cumprimentos.

– Não vai se apresentar você mesmo ao Sr. Darcy, pois não?

– É evidente que vou. E, naturalmente, pedir perdão por não o ter feito antes. Estou certo de que ele é sobrinho de Lady Catherine e, nesse caso, estará em meu poder assegurar que Sua Excelência se encontrava bem quando a deixei há precisamente oito dias.

Elizabeth tudo tentou para dissuadi-lo de tal projeto, assegurando que o Sr. Darcy apenas veria impertinência em sua atitude de se dirigir a ele sem apresentação prévia. O Sr. Collins escutou-a com o ar decidido de quem vai seguir sua própria inclinação. Quando ela terminou, respondeu:

– Cara Senhorita Elizabeth, tenho a mais elevada opinião do primoroso bom-senso que a orienta em todos os assuntos ao alcance de seu entendimento, porém, deixe-me lembrar-lhe que existe uma grande diferença entre as formalidades de protocolo estabelecidas entre os leigos e aquelas que regulam o clero. Considero a profissão clerical equiparada em dignidade à mais elevada categoria social do reino. Por tudo isto, lhe rogo que me permita seguir os ditames de minha consciência numa ocasião como esta, que me leva à realização daquilo que considero como um dever de minha parte. No caso presente, me considero, tanto pela educação como pela experiência, mais capacitado a decidir sobre o que é correto fazer do que uma jovem como a Senhorita.

Com uma reverência, afastou-se dela e tomou a direção do Sr. Darcy, cuja recepção àquela investida ela perscrutou ansiosamente. Seu espanto ao ser assim abordado se tornava bem evidente. O primo prefaciou seu discurso com uma reverência solene e, embora ela não pudesse ouvir uma palavra do que ele dizia, era como se o estivesse ouvindo e, pelo movimento dos lábios, percebeu as palavras perdão, Hunsford e Lady Catherine de Bourgh. Vexava-a vê-lo se expor diante de tal homem. O Sr. Darcy olhava-o com uma surpresa ilimitada e quando, por fim, o Sr. Collins o deixou falar, respondeu-lhe com um ar de fria delicadeza. O Sr. Collins, contudo, não se desencorajou a dirigir-lhe de novo a palavra, e o desdém do Sr. Darcy pareceu aumentar profusamente com a duração do segundo discurso e, uma vez terminado este, limitou-se a um ligeiro aceno e afastou-se em outra direção. O Sr. Collins voltou, então, para junto de Elizabeth.

– Não tenho razões de queixa, acredite-me – disse ele –, pelo modo como fui recebido. O Sr. Darcy pareceu-me encantado com o gesto. Respondeu-me com toda a delicadeza e até se dignou a elogiar-me, dizendo que sua consideração pelo elevado discernimento de Lady Catherine o assegurava de que ela nunca concederia um favor imerecidamente. Foi mesmo um belo pensamento. No conjunto, estou assaz satisfeito com ele.

Elizabeth logo se desinteressou do assunto, dirigindo toda a sua atenção para a irmã e para o Sr. Bingley, e os vários pensamentos agradáveis que sua observação despertou a deixaram quase tão feliz como a própria Jane. Imaginou-a instalada naquela mesma casa e numa felicidade tal como a que só um casamento por verdadeiro amor pode proporcionar; e, nessa altura, sentia-se capaz até de um esforço para simpatizar com as duas irmãs de Bingley.

Percebeu que sua mãe estava pensando o mesmo e decidiu não se aproximar dela para não ouvir demais. Por esse motivo, quando se sentaram para cear, ela considerou desastroso o acaso que as colocou perto uma da outra, e foi profundamente vexada que ouviu sua mãe falando para Lady Lucas livre e abertamente sobre nada menos que suas expectativas de, em breve, ver Jane casada com o Sr. Bingley. Tratava-se de um assunto prolífico e a Sra. Bennet parecia incapaz de qualquer fadiga na enumeração das vantagens de tal união. O fato de se tratar de um jovem tão simpático, tão rico e vivendo a apenas três milhas de distância deles apresentava aos seus olhos os predicados de maior monta e, depois, era um conforto saber da grande simpatia que as duas irmãs nutriam por Jane, e estava certa de que elas desejavam aquela união tanto quanto ela própria. Era, além disso, um acontecimento promissor para suas filhas mais novas, pois o fato de Jane realizar casamento tão notável poderia lançá-las no caminho de outros jovens abastados; e, por último, era tão agradável chegar à sua idade e poder confiar suas filhas solteiras aos cuidados da irmã e, desse modo, não se sentir obrigada a comparecer em sociedade senão quando bem lhe aprouvesse. Era necessário tornar tal circunstância um motivo de prazer, pois em tais ocasiões faz parte da etiqueta, mas a Sra. Bennet seria a última pessoa a sentir algum conforto em ficar em casa em qualquer período de sua vida. E, à guisa de conclusão, exprimiu seus mais sinceros desejos de que Lady Lucas em breve se visse em situação idêntica, embora, evidentemente, acreditasse triunfante que assim não se sucederia.

Em vão, Elizabeth tentou refrear sua mãe ou persuadi-la a descrever sua felicidade num sussurro menos audível, pois, com indizível aflição, percebera que o Sr. Darcy, que se encontrava defronte, estava ouvindo tudo. Sua mãe apenas a admoestou por estar sendo tão tola.

– Que me interessa o Sr. Darcy, para que eu tenha receio dele? Não me parece que lhe deva alguma delicadeza especial que me impeça de dizer algo que ele possa não gostar de ouvir.

– Pelo amor de Deus, senhora, fale mais baixo. Que vantagem vê em ofender o Sr. Darcy? Não é assim que conseguirá que ele a recomende ao amigo.

Contudo, nada do que ela pudesse dizer tinha qualquer influência. A mãe persistiria em falar de suas expectativas no mesmo tom inteligível. Elizabeth corava e tornava a corar, de vergonha e vexame. Porém, não pôde deixar de olhar várias vezes de relance para o Sr. Darcy, embora cada olhar lhe desse mais convicção do que ela temia, pois, apesar de ele não estar sempre fitando sua mãe, ela tinha certeza de que sua atenção estava invariavelmente fixa nela. A expressão de seu rosto mudara gradualmente de indignado desprezo para uma pacífica serenidade.

Finalmente, porém, a Sra. Bennet não encontrou mais nada para dizer e Lady Lucas, que já há muito bocejava com a repetição dos prazeres que ela não via como partilhar, entregou-se a saborear o presunto e o apetitoso frango. A partir de então, Elizabeth recomeçou a viver. Mas pouco durou o intervalo de tranquilidade, pois, uma vez terminada a ceia, houve quem falasse em cantar, e ela teve a mortificação de ver Mary, que, após pouco entusiástica solicitação, se preparava para obsequiar a assembleia. Ainda tentou, com significativos olhares e pedidos silenciosos, tal prova de complacência, mas em vão. Mary não entendeu, pois a oportunidade de se exibir a encantava, e deu início à sua canção. Elizabeth fixou os olhos na irmã e, debatendo-se em dolorosas sensações, acompanhou seu progresso através das diversas estrofes numa impaciência que foi muito mal recompensada no final, pois Mary, ao receber os aplausos da mesa, após uma pausa de meio minuto, deu início a outra música. A capacidade de Mary não era de modo algum adequada a tal exibição; a voz era fraca e os modos afetados. Elizabeth sentia-se aniquilada. Olhou na direção de Jane, para ver como ela suportava tal provação, mas Jane encontrava-se serenamente conversando com Bingley. Olhou para suas duas outras irmãs, e viu-as fazendo sinais de troça entre si, e para Darcy, que continuava impenetravelmente calmo. Em seguida olhou, implorante, para seu pai, para que ele impedisse Mary de cantar a noite inteira. Ele compreendeu-a e quando Mary terminou a segunda canção, disse em voz alta:

– Por ora chega, minha filha. Já nos deleitou tempo suficiente. Deixa também para outras jovens a oportunidade de se exibirem.

Mary, ainda que fingindo não ter ouvido, ficara um pouco embaraçada, e Elizabeth, com pena dela e lastimando a frase do pai, receou que sua ansiedade não tivesse dado bom resultado. Outras jovens foram, então, solicitadas a tocar.

– Se acaso eu – interferiu o Sr. Collins – tivesse a felicidade de ser capaz de cantar, estou certo de que teria o maior prazer de oferecer uma ária, pois considero a música uma diversão inocente e perfeitamente compatível com a profissão de um clérigo. Não quero, contudo, com isso afirmar que seja justificável devotarmos demasiado tempo à música, pois certamente temos outros assuntos a tratar. O reitor de uma paróquia é muito ocupado. Em primeiro lugar, ele precisa administrar os dízimos, tem que escrever seus próprios sermões, e o resto de seu tempo nunca será demais para os deveres da paróquia e para o cuidado e melhoramento de sua habitação, que deve tornar tão confortável quanto possível. E não considero de somenos importância que ele procure cultivar uma atitude atenciosa e conciliadora com todos, sobretudo com aqueles a quem deve sua promoção. Não pode ser dispensado de tal obrigação, e repudiaria todo aquele que algum dia deixasse de testemunhar seu respeito com algum membro da família.

E, com uma mesura dirigida ao Sr. Darcy, ele deu por concluído o seu discurso, pronunciado com tal sonoridade que quase todo o salão o ouviu. Muitos foram os que o fitaram. E muitos os que sorriram, mas ninguém parecia estar se divertindo mais que o próprio Sr. Bennet. Enquanto isso, sua mulher, muito compenetradamente, tecia grandiosos elogios ao Sr. Collins por ter falado tão acertadamente e, a meia voz, observava a Lady Lucas que se tratava de um jovem de inteligência notável e excelentes qualidades.

Elizabeth pensou que se toda a sua família houvesse entrado em acordo para se expor ao ridículo naquela noite, não poderia ter desempenhado seu papel com mais espírito, nem com maior êxito. E achou que Bingley e Jane tinham sido bastante afortunados, pois parte daquela exibição escapara à atenção dele. Felizmente, os sentimentos de Bingley não eram do tipo que facilmente se alteram diante das loucuras que ele devia ter presenciado. O fato de suas duas irmãs e o Sr. Darcy poderem ridicularizar seus parentes já era bastante desagradável, e ela não sabia dizer o que era mais intolerável: o desprezo silencioso do cavalheiro ou o sorriso insolente das damas.

O resto da noite passou-se sem grande divertimento para ela. Estava constantemente sendo importunada pelo Sr. Collins, que, perseverante, se mantinha a seu lado. Embora não conseguisse arrastá-la de novo para a dança, a impossibilitava de dançar com outros. Em vão, ela tentou atrair a atenção dele para qualquer outra pessoa na sala, chegando até a oferecer-se para apresentá-lo a outra moça. Ele assegurou que não tinha qualquer interesse em dançar, que seu principal objetivo era fazer dela o alvo de suas mais delicadas atenções e que, por isso mesmo, fazia questão de se manter junto dela toda a noite. Contra isso não havia argumentos. Ficava aliviada quando a Senhorita Lucas atraía para si a conversa do Sr. Collins.

Pelo menos ficava livre de mais reparos da parte do Sr. Darcy e, embora muitas vezes ele se encontrasse a curta distância dela, e quase sempre sozinho, ele nunca se aproximou o bastante para lhe dirigir a palavra. Viu nessa sua atitude a consequência provável de suas alusões ao Sr. Wickham, e alegrou-se por isso.

O grupo de Longbourn foi o último a fazer suas despedidas e, graças a uma manobra astuciosa da Sra. Bennet, tiveram de esperar pela carruagem mais de um quarto de hora depois de todos os outros terem partido, o que lhes deu oportunidade de verificar até que ponto algumas das pessoas da casa estavam desejosas de vê-los pelas costas. A Sra. Hurst e a irmã apenas abriam a boca para se queixar de cansaço e estavam claramente impacientes para terem a casa vazia. Repeliram todas as tentativas da Sra. Bennet que desejava conversar, e isto lançou um torpor em toda a sala – sentimento esse que as longas tiradas do Sr. Collins não ajudaram em nada a dissipar. O Sr. Collins parabenizou o Sr. Bingley e suas irmãs pela elegância da festa, e pela hospitalidade e polidez com que tinham tratado seus convidados. Darcy ficou calado. O Sr. Bennet, igualmente silencioso, contemplava a cena com prazer. O Sr. Bingley e Jane estavam próximos um do outro, um pouco afastados dos restantes, conversando. Elizabeth ficou tão calada quanto a Sra. Hurst e a Senhorita Bingley, e Lydia se limitava a exclamar ocasionalmente "como estou cansada...", acompanhando essas palavras com um grande bocejo. Quando afinal se levantaram para partir, a Sra. Bennet se desmanchou em amabilidades, na esperança de ver a família toda em Longbourn em breve. Dirigiu-se particularmente ao Sr. Bingley para assegurar-lhe que teria o maior prazer em recebê-lo para um jantar em família, sem as formalidades de um convite. Bingley agradeceu com grande prazer e se comprometeu a aparecer na primeira oportunidade, depois de sua volta de Londres, para onde deveria partir no dia seguinte, demorando-se lá pouco tempo. A Sra. Bennet ficou inteiramente satisfeita e deixou a casa na deliciosa convicção de que, contando com o prazo necessário para preparar os contratos, as novas carruagens e o enxoval, sem dúvida veria sua filha instalada em Netherfield dentro de três ou quatro meses no máximo. Pensava com igual certeza no casamento da outra filha com o Sr. Collins e isto lhe dava um prazer considerável, embora não tão grande. De todas as suas filhas, Elizabeth era a de quem ela menos gostava. Embora esse marido e esse casamento fossem suficientemente bons para ela, o valor de ambos era eclipsado pelo Sr. Bingley e Netherfield.

≈ CAPÍTULO 19 ≈

O dia seguinte trouxe um novo acontecimento para Longbourn. O Sr. Collins fez sua declaração formal. Tendo resolvido proceder a ela sem perda de tempo, uma vez que sua licença terminava no sábado seguinte, e sem desconfiar que criaria uma situação embaraçosa para si mesmo, fez seu pedido com todas as formalidades que supunha indispensáveis à transação.

Encontrando reunidas, pouco depois do café da manhã, a Sra. Bennet, Elizabeth e uma das irmãs mais novas, dirigiu-se à mãe:

– Poderei eu, minha senhora, no seu próprio interesse e no de sua encantadora filha Elizabeth, solicitar-lhe a honra de uma audiência privada com ela no decorrer da manhã?

Antes que Elizabeth tivesse tempo para algo além de corar pela surpresa, a Sra. Bennet imediatamente respondeu:

– Oh, meu Deus! Sim, com certeza. Estou certa de que Lizzy terá todo prazer. Estou certa de que ela não fará objecções. Vem, Kitty, preciso de você lá em cima.

E, juntando rapidamente suas coisas, preparava-se para deixá-los, quando Elizabeth exclamou:

– Mamãe, não se vá. Peço que não saia. O Sr. Collins me desculpará. Ele nada terá para me dizer que outros não possam ouvir. Eu mesma vou sair.

– Não, não, que disparate, Lizzy. Fique onde está! – E, vendo que Elizabeth, extremamente embaraçada e aflita, parecia realmente querer esgueirar-se, acrescentou: – Lizzy, insisto que fique e ouça o que o Sr. Collins tem para lhe dizer.

Elizabeth não se oporia a tal determinação e, considerando que seria mais sensato acabar com aquilo o quanto antes, tornou a sentar-se e procurou disfarçar os sentimentos que a dividiam entre a aflição e o divertimento. A Sra. Bennet e Kitty afastaram-se e, mal elas saíram, o Sr. Collins começou.

– Acredite, cara Senhorita Elizabeth, que sua modéstia, longe de lhe causar algum detrimento, apenas vem se juntar a suas outras perfeições.

A Senhorita pareceria menos graciosa aos meus olhos, não fosse por essa pequenina má vontade de sua parte. Permita-me lembrar que gozo da conceituada autorização de sua mãe para lhe falar nestes termos. Não terá dúvidas quanto ao teor da comunicação que tenho a fazer, embora sua natural delicadeza possa levá-la a disfarçar. Minhas atenções têm sido incisivas para admitirem uma interpretação diferente. Quase imediatamente após ter entrado nesta casa, escolhi a Senhorita para companheira da minha vida futura. Mas, antes de me deixar arrastar por meus sentimentos neste assunto, será talvez preferível passar a expor as razões que me induzem a casar e, sobretudo, que me trouxeram a Hertfordshire no intuito de procurar uma esposa, como realmente fiz.

Com toda sua solene compostura, o propósito do Sr. Collins era arrastado por seus sentimentos, o que provocou em Elizabeth uma vontade tão intensa de rir que ela não conseguiu aproveitar a pequena pausa que ele fez para tentar impedi-lo de continuar. E ele disse:

– As razões que me levam a casar são, primeiro, porque considero que um clérigo em situação abastada (como é o meu caso) deve dar exemplo de harmonia conjugal em sua paróquia. Segundo, porque estou convencido de que, agindo de tal modo, contribuirei grandemente para minha própria felicidade. E terceiro, fato que eu deveria talvez ter mencionado antes, porque vou deste modo ao encontro do desejo e recomendação especial de minha estimada benfeitora. Por duas vezes, ela deu sua opinião sobre o assunto, e ainda no sábado à noite, antes de eu deixar Hunsford, entre duas partidas de cartas e enquanto a Sra. Jenkinson arrumava o jogo da Senhorita de Bourgh, ela me disse: "Sr. Collins, o senhor deve se casar. Um pastor gozando de uma situação como a sua deve se casar, escolha com acerto, escolha uma senhora distinta e educada, que seja uma pessoa ativa e útil, não habituada a grandezas, mas capaz de aproveitar ao máximo um pecúlio reduzido. É este o meu conselho. Encontre essa mulher o mais depressa possível, traga-a para Hunsford, e eu a visitarei". A propósito, minha querida prima, observo que não considero a atenção e a generosidade de Lady Catherine de Bourgh entre as vantagens de menor envergadura que tenho para lhe oferecer. Encontrará nela uma distinção superior e, creio, ela aceitará de bom grado o espírito e a vivacidade de que a prima dá provas, sobretudo quando moderados pelo silêncio e o respeito que a elevada posição social dela inevitavelmente suscitará. Resta-me dizer por que me decidi por Longbourn, em lugar de minha própria vizinhança, onde lhe asseguro existirem numerosas jovens igualmente encantadoras. Ora, acontece que, na minha qualidade de futuro herdeiro destes bens após a morte de seu pai (que, contudo, espero que viva ainda por muitos e bons anos), nunca me sentiria em paz com minha consciência se não tivesse diligenciado por escolher uma esposa entre suas filhas, de modo a minimizar o prejuízo a sofrer por altura de tão melancólico acontecimento, o que, como já atrás referi, sinceramente espero que só se dê daqui a muitos anos. Foi este meu principal motivo, querida prima, e estou certo de que não será ele a contribuir de algum modo para a diminuição de sua estima por mim. E, de momento, não me resta mais do que exprimir-lhe numa linguagem vigorosa a intensidade de meu afeto. Quanto à riqueza, é um assunto a que devoto uma total indiferença, e não farei nesse sentido qualquer exigência a seu pai, visto que de antemão sei não poder contar com isso. E os quatro por cento do milhar de libras que receberá apenas após o falecimento de sua mãe é tudo a que terá direito. Sobre esse assunto, portanto, guardarei silêncio; e pode estar certa de que nunca uma censura menos generosa passará por meus lábios, uma vez casados.

– Mas que precipitação é essa? – estranhou ela. – O senhor esquece-se de que ainda não respondi. Aceite meu agradecimento pelo elogio que está me fazendo. Tenho consciência da honra que seu pedido me confere, mas é impossível outra atitude senão recusá-lo.

– Não me venha com isso – replicou o Sr. Collins, com um aceno formal da mão. – Sei que é costume entre as jovens repelir as atenções do homem que, secretamente, elas tencionam aceitar, quando pela primeira vez ele lhes solicita o seu favor; e que por vezes a recusa se repete uma segunda, e até terceira vez. Não me sinto, por conseguinte, de nenhum modo desencorajado e espero poder em breve conduzi-la ao altar.

– Por Deus, senhor – exclamou Elizabeth –, sua esperança é bem extraordinária após ter ouvido declaração como a minha. Garanto-lhe que não sou nenhuma daquelas jovens que se mostram tão audaciosas a ponto de arriscar sua felicidade na perspectiva de serem pedidas uma segunda vez. Estou sendo perfeitamente sincera em minha recusa. O senhor nunca poderia me fazer feliz e estou certa de que seria eu a última mulher no mundo capaz de fazê-lo igualmente feliz. Mais ainda, se acaso sua amiga Lady Catherine me conhecesse, creio que me consideraria em todos os aspectos inadequada à situação.

– Se Lady Catherine pensasse realmente assim... – disse o Sr. Collins, muito sério – mas não me parece que Sua Excelência a desaprovaria. E a prima pode estar certa de que quando me for dada a honra de voltar a avistar Sua Excelência, lhe falarei nos termos mais elevados de sua modéstia, parcimônia e outras qualidades.

– Realmente, Sr. Collins, todo esse elogio a meu respeito é absolutamente desnecessário. O senhor deve me dar licença de julgar por mim mesma e me conceder a honra de acreditar no que lhe digo. Desejo-lhe uma felicidade imensa e uma vida próspera, e, ao recusar-lhe a mão, não faço mais do que evitar que o contrário lhe suceda. Ao fazer-me a proposta, o senhor já satisfez a delicadeza de seus sentimentos a respeito de minha família e poderá assim, uma vez chegada a ocasião, entrar na posse dos bens de Longbourn sem que qualquer escrúpulo o aflija. Trata-se, por conseguinte, de um assunto decididamente arrumado.

E, levantando-se à medida que assim falava, ela teria certamente deixado a sala, não fosse o Sr. Collins dirigir-se a ela nos seguintes termos:

– Quando de novo me for concedida a honra de retomar o mesmo assunto, espero receber uma resposta bem mais favorável que aquela que por ora me foi dada; ainda que esteja longe de acusá-la de crueldade no momento presente, pois sei que é costume repelir a primeira solicitação, e talvez a prima se tenha exprimido de tal modo para encorajar meu pedido, o que está perfeitamente de acordo com a mais pura delicadeza própria do caráter feminino.

– Na realidade, Sr. Collins – exclamou Elizabeth, com um certo ardor –, o senhor me confunde. Se o que acabei de lhe dizer surge a seus olhos como uma forma de encorajamento, não sei como me exprimir.

– Considero sua recusa ao meu pedido destituído de qualquer fundamento e, por conseguinte, não passa de mera formalidade. Não está sendo sincera na recusa que me faz, a atribuo ao seu desejo de ver aumentar meu amor pela incerteza, de acordo com as práticas usuais das jovens elegantes.

– Garanto que não tenho qualquer pretensão quanto a esse gênero de elegância que consiste em atormentar um cavalheiro respeitável. Preferiria que me elogiasse antes por minha sinceridade. Deixe de me considerar uma jovem elegante tentando aguilhoá-lo, para ver em mim uma criatura racional que lhe fala do coração.

– A prima é de um encanto sem igual! – exclamou ele, com um ar galanteador. – Acredito que quando aprovada pela autoridade expressa de seus excelentes pais, minha proposta não deixará de ser aceita.

Perante tal obstinação em iludir a si próprio, Elizabeth nada via a acrescentar e, em silêncio, tratou de se afastar sem demora. Caso o Sr. Collins persistisse em considerar suas recusas como encorajamento, estava decidida a solicitar a ajuda de seu pai, pois sua negativa seria pronunciada de maneira a não permitir dúvidas, e seu comportamento, pelo menos, nunca poderia ser tomado como afetação ou coquetismo de uma mulher elegante.

≈ CAPÍTULO 20 ≈

O Sr. Collins não ficou muito tempo contemplando silenciosamente sua vitória no amor, pois a Sra. Bennet, que tinha ficado atenta para surpreender o fim da conversa, assim que viu Elizabeth abrir a porta e se dirigir apressada para a escada, entrou na sala e cumprimentou o Sr. Collins efusivamente, felicitando da mesma forma a si mesma. O Sr. Collins recebeu e retribuiu essas felicitações com igual prazer. Em seguida passou a relatar os detalhes da entrevista, cujos resultados encarava com satisfação, já que as recusas de sua prima decorriam naturalmente de seu pudor e da genuína delicadeza de seus sentimentos. Essa informação, entretanto, surpreendeu a Sra. Bennet. Ela desejava poder pensar que sua filha tencionara encorajá-lo, opondo-se as suas propostas. Mas não pôde evitar desconfiar, nem deixar de exprimir suas desconfianças, e disse:

– Mas pode estar certo, Sr. Collins, que Lizzy acabará por se convencer. Vou já conversar com ela sobre o assunto. É uma garota muito teimosa e insensata e não sabe reconhecer seu próprio interesse, mas eu vou lhe mostrar.

– Perdoe minha interrupção, minha senhora – disse o Sr. Collins –, mas se ela é teimosa e tola, não sei se, neste caso, será realmente uma esposa ideal para um homem na minha situação, que procura a felicidade no casamento. Portanto, se ela persistir na recusa, talvez fosse melhor não forçá-la a me aceitar. Se ela é sujeita a essas variações de gênio, não poderia contribuir muito para minha felicidade.

– Sr. Collins, o senhor não me entendeu – disse a Sra. Bennet, alarmada. – Lizzy parece teimosa apenas em casos como esses. No mais, é de uma doçura como nunca vi igual. Vou imediatamente falar com o Sr. Bennet e, em breve, poderemos dar o assunto acertado entre nós.

Não lhe dando tempo sequer para responder, saiu precipitadamente ao encontro de seu marido e, entrando de repente na biblioteca, falou agitada:

– Oh, Sr. Bennet, necessito com urgência de sua ajuda; estamos todos em alvoroço. É preciso que venha e obrigue Lizzy a se casar com o Sr. Collins, pois ela jura de pés juntos que não o fará e se o senhor não se apressa, ele poderá mudar de ideia.

O Sr. Bennet ergueu os olhos do livro quando a viu entrar e fixou-os em seu rosto, numa calma indiferença que em nada se alterou com o que ela disse.

– Desculpe-me, mas não entendo nada do que me diz.

– Do Sr. Collins e de Lizzy. Ela declara que não quer o Sr. Collins e o Sr. Collins começa a dizer que também vai desistir de Lizzy.

– E que espera que eu faça em tal situação? Parece tratar-se de um assunto sem remédio.

– Converse o senhor com Lizzy. Diga que insiste para que ela se case com ele.

– Chame-a, então. Ela ouvirá o que tenho para dizer.

A Sra. Bennet tocou a campainha e a Senhorita Elizabeth foi convocada à biblioteca.

– Venha cá, minha filha – disse o pai, ao ver Elizabeth entrar. – Mandei chamá-la para tratar de um assunto importante. Disseram-me que o Sr. Collins lhe fez uma proposta de casamento. É verdade?

Elizabeth respondeu que era.

– Muito bem. E você recusou essa proposta?

– Recusei.

– Muito bem, chegamos agora ao assunto. Sua mãe insiste que você aceite. Não é assim, Sra. Bennet?

– Sim, ou eu nunca mais tornarei a vê-la.

– Você está diante de uma situação difícil, Elizabeth. De agora em diante você terá que se tornar uma estranha para um de seus pais. Sua mãe nunca mais olhará para você se não se casar com o Sr. Collins. E eu nunca mais a verei se você se casar.

Elizabeth não pôde deixar de sorrir diante da conclusão. Mas a Sra. Bennet, que estava convencida de que o marido considerava o assunto de um ponto de vista idêntico ao seu, ficou muito desapontada.

– O que você quer dizer com isto, Sr. Bennet? Você prometeu que insistiria com Elizabeth para que ela se casasse.

– Minha cara Sra. Bennet – replicou o marido –, tenho dois pequenos favores a lhe pedir. Primeiro, que me permita ter meu próprio entendimento do assunto. E em segundo lugar, desejo ter minha biblioteca a meu inteiro dispor o mais depressa possível.

Mas a Sra. Bennet não desistiu de seu intento. Continuou insistente em sua tarefa de persuadir Elizabeth, entre lisonjas e ameaças. Tentou por todos os meios atrair Jane à sua causa, mas essa, com toda a afabilidade a seu alcance, declinou interferir. E Elizabeth, ora extremamente séria, ora alegre e jocosa, não evitava os ataques da mãe. Embora sua disposição variasse, se mantinha inabalável.

Enquanto isso, o Sr. Collins meditava sozinho sobre o que tinha acontecido. Ele tinha uma autoestima elevada demais para compreender o motivo por que sua prima o recusava. E embora sofresse em seu orgulho, intimamente continuava tranquilo. Seu interesse pela prima era imaginário. E a hipótese de ela merecer as repreensões da mãe aplacava seu rancor.

Enquanto a família estava naquela confusão, Charlotte Lucas apareceu para passar o dia. Lydia a encontrou na saleta de entrada e, correndo para ela, disse em voz baixa:

– Que bom você ter vindo! Aqui está muito divertido. Sabe o que aconteceu hoje de manhã? O Sr. Collins fez uma proposta de casamento a Lizzy, e ela recusou.

Antes que Charlotte tivesse tempo para responder, apareceu Kitty, que vinha contar a mesma coisa. E mal tinham todas entrado na sala de jantar, onde a Sra. Bennet se encontrava sozinha, essa abordou imediatamente o assunto, apelando para a compaixão da Senhorita Lucas e suplicando-lhe que persuadisse sua amiga Lizzy a ceder aos desejos da família:

– Faça isso por mim, minha cara Senhorita Lucas pois ninguém está do meu lado, todos estão contra mim. Ninguém tem pena dos meus pobres nervos.

Charlotte não pôde responder, pois Jane e Elizabeth entraram na sala.

– Aí vem ela – continuou a Sra. Bennet. – Tão despreocupada como se estivéssemos em York! Tudo lhe é indiferente, contanto que ela faça sua própria vontade. Mas eu vou lhe dizer uma coisa, Senhorita Lizzy, se você continuar a recusar todas as propostas de casamento desse modo, nunca encontrará um marido. E eu não sei quem vai sustentá-la depois que seu pai morrer. Eu não posso, estou lhe avisando. Não tenho mais nada a ver com você a partir de hoje. Já disse na biblioteca que nunca mais lhe falaria. Pode ficar certa de que cumprirei minha palavra. Não tenho nenhum prazer em falar com filhos rebeldes. Aliás, não tenho prazer em falar com ninguém. Pessoas que sofrem dos nervos como eu não têm grande inclinação a falar.

Ninguém pode saber o que eu sofro! Mas é sempre assim, quem não se queixa não encontra compaixão.

Suas filhas ouviram em silêncio, compreendendo que qualquer tentativa para trazer a mãe à razão só serviria para irritá-la ainda mais. A Sra. Bennet continuou a falar sem interrupção até a chegada do Sr. Collins, que entrou na sala com ar mais grave do que de costume.

Ao vê-lo, a Sra. Bennet se virou para as meninas:

– Agora insisto que todas calem a boca. Deixem o Sr. Collins conversar um pouco comigo.

Elizabeth saiu silenciosamente da sala. Jane e Kitty a acompanharam. Mas Lydia ficou onde estava, resolvida a ouvir tudo que pudesse. E Charlotte, detida a princípio pelas poucas perguntas amáveis que lhe dirigiu o Sr. Collins a respeito de sua família, e em seguida movida por um pouco de curiosidade, contentou-se em ir até a janela e fingir que não estava ouvindo. Numa voz chorosa, a Sra. Bennet deu início à palestra:

– Oh, Sr. Collins!

– Minha cara senhora – replicou ele –, guardemos silêncio para sempre sobre este assunto. Longe de mim ficar ressentido com o comportamento de sua filha. Resignar-se aos males inevitáveis é um dever que nos cabe a todos. E um dever que incumbe particularmente a um rapaz como eu, tão afortunado no começo de minha carreira. E acredite que estou resignado. E talvez um dos menores motivos que me levam a isso não seja a dúvida que me assalta sobre minha própria felicidade, caso minha prima tivesse me honrado com seu consentimento, pois observei muitas vezes que a resignação nunca é tão perfeita como nos casos em que a felicidade que nos é recusada começa a perder uma parte de seu valor a nossos olhos. Espero, minha cara senhora, que não considere a retirada de meu pedido como um desrespeito com a família, já que não pedi sua intervenção perante a Senhorita Elizabeth. Minha conduta pode ser reprovável somente porque aceitei minha recusa dos lábios de sua filha e não dos seus. Mas todos estamos sujeitos ao erro. Minha intenção sempre foi boa. Meu objetivo foi encontrar uma companheira estimável, sem perder de vista as vantagens que isso representava para sua família, e se minha atitude foi de qualquer modo repreensível, apresento-lhe aqui minhas desculpas.

≈ CAPÍTULO 21 ≈

A discussão sobre o pedido do Sr. Collins tinha praticamente acabado e Elizabeth estava sujeita apenas à sensação desconfortável que sempre acompanha tal situação e ao azedume das alusões que sua mãe ocasionalmente lhe dirigia. Quanto ao cavalheiro, seus sentimentos revelavam-se não em uma atitude de embaraço ou abatimento, nem em tentar evitá-la, mas por uma rigidez nos modos e um silêncio rancoroso. Raramente lhe dirigia a palavra e as atenções assíduas de que ele tanto se ufanava foram transferidas durante o resto do dia para a Senhorita Lucas, cuja delicadeza em escutá-lo se tornou uma ajuda preciosa para todos eles, e em especial para sua amiga.

A manhã seguinte não registou qualquer diminuição no mau humor da Sra. Bennet ou melhoria em seu estado de saúde. O Sr. Collins mantinha-se, igualmente, na mesma disposição de orgulho ferido. Elizabeth alimentara a esperança de que seu ressentimento abreviasse a visita, mas seu plano parecia não sofrer qualquer alteração. A partida estava marcada para sábado, e até sábado ele fazia questão de ficar.

Após o café da manhã, as meninas foram em passeio a Meryton para saberem do Sr. Wickham e lamentarem a ausência dele no baile de Netherfield. Na entrada da vila, ele foi ao encontro delas e as acompanhou à casa da tia, onde muito se falou sobre sua ausência no baile. A Elizabeth, contudo, ele confessou ter imposto a si próprio a necessidade de se ausentar.

– Considerei – disse ele –, à medida que o tempo se aproximava, que seria preferível não me encontrar com o Sr. Darcy; que estar com ele na mesma sala, na mesma festa, durante tantas horas seguidas seria superior às minhas forças, podendo surgir cenas desagradáveis, não só para mim como também para outros.

Ela aprovou, entusiasmada, a sua atitude e tiveram tempo para discussão pormenorizada, assim como para todos os elogios que amavelmente trocavam entre si, visto Wickham e um outro oficial as terem acompanhado em seu regresso a Longbourn e durante o passeio ele ter caminhado quase sempre a seu lado. Nesta sua adesão ao passeio, ela via uma vantagem dupla: além de se tratar de um gesto particularmente lisonjeador para ela, seria momento propício para apresentá-lo a seus pais.

Pouco depois de terem chegado, entregaram uma carta à Senhorita Bennet. Provinha de Netherfield e imediatamente foi aberta. O envelope encerrava uma elegante folha de papel, impecavelmente preenchida com uma letra de senhora, bonita e harmoniosa. Elizabeth viu a fisionomia da irmã alterar-se à medida que a lia e viu-a demorar-se atentamente em algumas passagens. Jane em breve se recompôs e, guardando a carta, tentou, com sua boa disposição habitual, participar da conversa dos outros, mas Elizabeth não pôde evitar certa ansiedade, o que a distraiu até da pessoa do Sr. Wickham. Tão logo ele e o seu companheiro se despediram, um olhar de Jane convidou-a a segui-la. Uma vez a sós, Jane pegou a carta e disse:

– É de Caroline Bingley; seu conteúdo surpreendeu-me bastante. Por estas horas já todos terão deixado Netherfield e encontram-se a caminho da capital, e sem intenção de regressar. Veja o que ela diz.

Então, em voz alta, procedeu à leitura da primeira frase que a informava que elas haviam, de um momento para o outro, resolvido encontrar o irmão na capital e de sua intenção de jantarem ainda naquele dia na Rua Grosvernor, onde o Sr. Hurst possuía uma casa. A seguir, vieram estas palavras:

"Nada tenho que me prenda a Hertfordshire, exceto sua amizade, minha querida amiga; mas tenhamos esperança, de um dia no futuro, voltarmos a gozar dos deliciosos momentos passados juntas e que, até lá, a dor da separação seja mitigada por uma correspondência assídua e franca. Conto com você para isso."

Elizabeth escutou essas estudadas expressões com toda a insensibilidade da desconfiança; e, embora aquela súbita partida não deixasse de surpreendê-la, não via nela caso para lamentar. Não deveriam supor que a ausência delas de Netherfield acarretasse a do Sr. Bingley também. E quanto à perda da amizade entre elas, era da opinião de que Jane a devia esquecer no gozo da do irmão.

– Foi uma pena – disse ela após uma pequena pausa – você não ter tido a oportunidade de se encontrar com suas amigas antes de elas partirem. Mas não nos é lícito esperar que o tal dia de felicidade futura, que a Senhorita Bingley antevê, ocorra mais cedo do que ela pensa e que os deliciosos momentos vividos por vocês como amigas sejam revividos com satisfação maior ainda na qualidade de irmãs? O Sr. Bingley não se deixará prender por elas em Londres.

– Caroline afirma declaradamente que nenhum deles virá para Hertfordshire este inverno. Vou ler essa passagem:

"Quando meu irmão nos deixou ontem, estava firmemente convicto de que os assuntos que o levavam a Londres estariam concluídos dentro de três ou quatro dias, mas como estamos certas de que tal não pode acontecer e ao mesmo tempo convencidas de que, uma vez na capital, Charles não terá pressa em sair de lá, decidimos acompanhá-lo para que evite os transtornos com um hotel. Várias pessoas de minhas relações já lá se encontram para passar o inverno. Seria para mim uma grande alegria se minha querida amiga fizesse também parte do grupo, mas não creio que seja possível. Desejo-lhe sinceramente um Natal em Hertfordshire prolífero em alegrias próprias de época tão feliz e que não lhe faltem admiradores para que não sinta a ausência dos três de que a privamos."

– É bem evidente – acrescentou Jane – que ele não regressa este inverno.

– Torna-se apenas evidente que a Senhorita Bingley não deseja que ele venha.

– O que a leva a pensar assim? É ele que tem que decidir. Ele é senhor de si próprio. Mas não é tudo. Vou ler a passagem que particularmente me feriu. Não pretendo esconder nada:

"O Sr. Darcy está impaciente para ver a irmã e, para lhe dizer a verdade, também nós ansiamos encontrá-la de novo. Estou realmente convencida de que Georgiana Darcy não tem par, tanto na beleza e elegância como nos dotes; e a afeição que ela nos inspira, a Louisa e a mim, eleva-se a algo ainda mais interessante, pela esperança que ousamos acalentar de um dia ela se tornar nossa irmã. Não me recordo de ter mencionado meus sentimentos sobre o assunto, mas não partirei sem tê-los confiado a você, e espero que a minha boa amiga não os considere injustificados. Já há algum tempo que meu irmão devota a esta Senhorita grande admiração e terá agora a oportunidade de vê-la com frequência e numa maior intimidade. A família dela leva tanto em gosto a união como nós, e creio não me iludir em minha parcialidade ao considerar Charles capaz de conquistar qualquer coração feminino. Com todas essas circunstâncias em favor de um afeto recíproco, e sem que nada haja a impedi-lo, estarei eu enganada, minha querida Jane, ao acreditar na possibilidade de um acontecimento que fará a felicidade de tantos?"

– O que pensa dessa frase, minha querida Lizzy? – disse Jane, ao terminar sua leitura. – Não é bastante clara? Não exprime ela sobejamente que Caroline não espera nem deseja ver em mim sua futura irmã; que ela está convencida da indiferença do irmão; e que, caso ela suspeite da natureza de meus sentimentos por ele, pretende com isso (muito caridosamente!) prevenir-me? Poderá pensar de outro modo?

– Sim, claro; pois eu penso de modo totalmente diferente. Quer ouvir?

– Com certeza.

– Pois vai saber em poucas palavras. A Senhorita Bingley vê que o irmão gosta de você, mas quer que ele se case com a Senhorita Darcy. Ela segue-o até a capital na esperança de lá o conservar e tenta persuadi-la de que ele não se interessa por você.

Jane abanou a cabeça.

– Oh, Jane, acredite em mim! Nenhuma pessoa que os tenha visto juntos poderá duvidar da atração dele por você. A Senhorita Bingley, pelo menos, não duvida. Ela não é tão tola. Tivesse ela encontrado uma pequena parcela que fosse de amor idêntico no Sr. Darcy, a esta hora teria já encomendado o enxoval. Mas o que se passa é o seguinte: nós não somos suficientemente ricas, ou suficientemente importantes para a categoria deles, e se ela está tão ansiosa por casar o irmão com a Senhorita Darcy, é porque imagina que, uma vez unidas as duas famílias, ela terá menos dificuldade em realizar um segundo casamento. É, sem dúvida, bastante engenhoso, e creio que daria certo não fosse a existência da Senhorita de Bourgh. Mas, minha querida Jane, não pode acreditar, só porque a Senhorita Bingley diz que o irmão admira a Senhorita Darcy, que ele a aprecie menos do que apreciava na terça-feira ao se despedirem. Não creia que a irmã possa persuadi-lo de que, em vez de estar apaixonado por você, está muito apaixonado pela amiga dela.

– Se ambas pensássemos o mesmo da Senhorita Bingley – replicou Jane –, sua representação dos fatos me tranquilizaria bastante. Mas eu sei quão injusto é o fundamento. Caroline é incapaz de enganar alguém. Só me resta esperar que seja ela quem está enganada.

– Está certo. Não poderia ter encontrado ideia mais feliz, uma vez que se recusa a aceitar a minha. Creia, se quiser, que o engano é apenas dela, e agora que cumpriu sua obrigação com sua amiga, não se preocupe mais.

– Mas, minha querida irmã, como poderei eu aceitar um homem cujas irmãs e amigos o desejam casado com outra?

– Tem que decidir por você – disse Elizabeth. – Se depois de pensar bastante, concluir que sua tristeza em descontentar as irmãs é superior à felicidade de se tornar esposa dele, nessa altura aconselho-a a recusá-lo.

– Como pode dizer tal coisa? – disse Jane, esboçando um sorriso. – Deveria saber que embora eu sentisse um grande desgosto pela desaprovação das irmãs, nunca poderia hesitar.

– Sou da mesma opinião. Sendo assim, não vejo caso para grandes aflições.

– Mas se ele não volta este inverno, não terei oportunidade de fazer minha escolha. E sabe Deus o que pode acontecer nesses seis meses!

Elizabeth recusou-se terminantemente a aceitar a ideia de ele nunca mais voltar. Não passava de uma mera sugestão inspirada pelo interesse da Senhorita Bingley, e não queria, nem por um segundo, admitir que essa sugestão, por mais declarada e engenhosa que fosse, pudesse influenciar jovem tão independente como ele.

Ela revelou à irmã, da forma mais convincente possível, a sua maneira de encarar o assunto, e logo teve o prazer de constatar seu feliz efeito. Jane não era dada à melancolia e, gradualmente, foi serenando, embora por vezes a incerteza de ser amada se sobrepusesse à esperança de que Bingley regressasse a Netherfield e correspondesse a todos os desejos de seu coração.

Decidiram informar a Sra. Bennet apenas da súbita partida, evitando causar alarme perante o comportamento do cavalheiro. Mas bastou essa informação para deixá-la preocupada, e então deplorou a infelicidade de vê-los partir exatamente quando se tornavam mais íntimos. Após ter demoradamente se lamentado, procurou consolo na ideia de que o Sr. Bingley, em breve, regressaria e tão logo se encontraria jantando em Longbourn. À guisa de conclusão, reconfortada, declarou que embora ela o tivesse convidado para um jantar em família, prepararia um lauto banquete.

≈ CAPÍTULO 22 ≈

Os Bennet foram convidados a jantar com os Lucas e novamente, durante a maior parte do dia, a Senhorita Lucas teve a bondade de dar atenção ao Sr. Collins.

Elizabeth encontrou uma oportunidade para agradecer à amiga:

– Deixe-o de bom humor que ficarei mais grata do que você imagina.

Charlotte afirmou que tinha muita satisfação em lhe ser útil, e que isto lhe pagava plenamente o pequeno sacrifício de seu tempo. Apesar dessas palavras serem muito amáveis, a bondade de Charlotte ia além do que Elizabeth supunha. Seu objetivo era nada menos do que proteger Elizabeth de qualquer possível recrudescimento das atenções do Sr. Collins, atraindo-as para si mesma. Tal era o plano da Senhorita Lucas. E aparentemente foi tão bem-sucedida que quando se separaram à noite, ela teria se sentido quase segura de seu êxito se o Sr. Collins não tivesse de partir de Hertfordshire tão cedo.

Mas sua avaliação da personalidade fogosa e independente do Sr. Collins não foi justa, pois ele escapou de Longbourn na manhã seguinte sem que ninguém o visse e correu para se jogar aos pés dela. Charlotte o recebeu da forma mais lisonjeira, pois, ao vê-lo pela janela, ela imediatamente saiu de casa com o intuito de encontrá-lo, por acidente, no caminho.

Em um espaço de tempo tão curto quanto permitiram os longos discursos do Sr. Collins, tudo foi combinado satisfatoriamente para ambos. E ao entrarem em casa, ele pediu que ela marcasse o dia em que se tornaria o mais feliz dos homens. Ainda que tal solicitação devesse por ora ser adiada, a moça não se sentiu inclinada a arriscar sua felicidade. A parvoíce com que o dotara a natureza devia privar sua corte de qualquer encanto que pudesse fazer uma mulher desejar prolongá-la. A Senhorita Lucas, que o aceitara por puro e desinteressado desejo de firmar sua situação na vida, se preocupava pouco com a data em que isso acontecesse.

O consentimento de Sir William e de Lady Lucas foi rapidamente solicitado e concedido com a maior boa vontade. A situação atual do Sr. Collins o tornava um partido muito desejável para sua filha, a quem só podiam deixar poucos bens. As probabilidades que tinha o Sr. Collins de herdar uma fortuna eram bastante evidentes. Lady Lucas começou a calcular, com um interesse que jamais tivera pelo assunto, quantos anos provavelmente viveria ainda o Sr. Bennet, e Sir William manifestou a opinião de que quando o Sr. Collins entrasse na propriedade de Longbourn, seria bastante conveniente que ambos, ele e a esposa, se apresentassem em St. James. Em suma, toda a família se sentiu profundamente feliz.

A companhia do Sr. Collins era cansativa e sua afeição por Charlotte devia ser imaginária. Mas mesmo assim seria seu marido. Sem ter grandes ilusões a respeito dos homens ou do matrimônio, o casamento sempre fora seu maior desejo. Era a única posição tolerável para uma moça bem-educada e de pouca fortuna. E por mais incertas que fossem as perspectivas de felicidade, era ainda a forma mais agradável de ficar ao abrigo da necessidade. Essa proteção, agora obtivera. Tinha vinte e sete anos e jamais fora bela. A circunstância menos agradável era a surpresa que aquilo devia causar a Elizabeth Bennet, de cuja amizade ela precisava mais do que a de qualquer outra pessoa. Elizabeth ficaria espantada e provavelmente a censuraria. Embora isso não afetasse sua resolução, ela se sentiria ferida com semelhante desaprovação. Resolveu comunicar-lhe pessoalmente sua decisão e, assim, recomendou ao Sr. Collins que quando voltasse a Longbourn para jantar, tivesse a maior discrição.

Como sua partida no dia seguinte estava marcada para hora bastante matinal, as despedidas foram naquela mesma noite, pouco antes de as senhoras se retirarem. A Sra. Bennet, extremamente delicada e cordial, falou da felicidade que todos teriam de vê-lo de novo em Longbourn.

– Minha querida senhora – replicou ele –, seu convite afeta-me particularmente, pois outra coisa eu não esperava; e pode estar certa de que dentro em breve voltarei.

Houve surpresa geral e o Sr. Bennet, que não tinha qualquer desejo em tornar a vê-lo tão cedo, imediatamente disse:

– Mas não haverá o perigo de incorrer no desagrado de Lady Catherine? É preferível negligenciar seus parentes a correr o risco de ofender sua benfeitora.

– Meu caro senhor – replicou o Sr. Collins –, fico particularmente agradecido por tão amável advertência e fique ciente de que não darei tal passo sem a aprovação explícita de Sua Excelência.

– Certa cautela nunca é demasiada. Arrisque tudo, exceto dar-lhe motivo para desagrado e, acaso o senhor receie poder vir a suscitá-lo ao pretender regressar para junto de nós, o que eu considero quase como uma certeza, deixe-se ficar pacatamente em sua casa e não pense que nos sentiremos melindrados com isso.

– Acredite, meu caro senhor, que não tenho palavras para agradecer tão afetuosa atenção e pode, muito em breve, contar com uma missiva minha em agradecimento por essa sua atitude e por todas as outras provas de atenção de que fui alvo durante minha estada em Hertfordshire.

Com as adequadas manifestações de cortesia, as senhoras retiraram-se finalmente, comentando entre si sua igual surpresa por vê-lo planejar um pronto regresso. A Sra. Bennet insistia em não encontrar outra explicação senão no fato de ele tencionar transferir suas atenções para uma de suas filhas mais novas e considerou que Mary seria aquela que mais facilmente se convenceria a aceitá-lo.

Na manhã seguinte, contudo, todas essas esperanças se desvaneceram. A Senhorita Lucas fez sua aparição logo após o café da manhã e, numa entrevista a sós com Elizabeth, a pôs a par do acontecimento da véspera.

Que o Sr. Collins pudesse ter tido a ideia de morrer de amores por sua amiga, isso de fato ocorrera a Elizabeth pelo menos uma vez naqueles dois últimos dias. Mas que a própria Charlotte o tivesse encorajado parecia tão impossível que seu pasmo ultrapassou os limites do decoro e a levou a exclamar:

– Noiva do Sr. Collins, minha querida Charlotte! É impossível!

A expressão séria e decidida que a Senhorita Lucas conservara durante o relato de sua história cedeu perante uma perturbação passageira ao ouvir censura tão declarada, mas como não era mais do que aquilo que já esperava, logo recuperou a serenidade e calmamente respondeu:

– Por que se surpreende assim, querida Elizabeth? Acaso considera o Sr. Collins incapaz de granjear a boa opinião de uma mulher, só porque ele não teve a felicidade de conquistar a sua?

Mas Elizabeth recompôs-se a tempo e, por meio de um grande esforço, foi capaz de, numa voz razoavelmente firme, assegurar a amiga da satisfação que lhe dava a perspectiva de um parentesco entre elas e desejar-lhe uma felicidade imensa.

– Sei o que pensa – replicou Charlotte. – Deve estar surpresa pois ainda há tão poucos dias o Sr. Collins pretendia se casar com você. Mas quando refletir, estou certa de que concordará comigo. Como sabe, eu não sou romântica. Nunca fui. Apenas desejo um lar confortável e, considerando o caráter do Sr. Collins, suas relações e situação na vida, estou convencida de que as probabilidades de vir a ser feliz com ele são tantas quanto as da maioria ao darem tal passo.

Elizabeth, serenamente, respondeu:

– Sem dúvida.

Após uma pausa embaraçosa foram juntar-se ao resto da família. Charlotte não se demorou muito mais e Elizabeth pôde então refletir sobre o que acabara de ouvir. Levou muito tempo para reconciliar-se com a ideia de casamento tão absurdo. A singularidade de o Sr. Collins fazer dois pedidos de casamento num prazo de três dias nada era em comparação com o fato de ter sido agora aceito.

≈ CAPÍTULO 23 ≈

Elizabeth encontrava-se na sala, junto de sua mãe e de suas irmãs, refletindo sobre o que ouvira e hesitando se acaso estaria autorizada a mencioná-lo quando entrou Sir William Lucas em pessoa, enviado pela filha para participar o noivado.

Depois de muitos cumprimentos e congratulações pelas perspectivas da união entre as duas famílias, ele discorreu sobre o assunto para uma audiência não somente atônita, mas também incrédula. Pois a Sra. Bennet, com mais perseverança do que polidez, retrucou que ele devia estar completamente enganado. E Lydia, que era às vezes muito atirada e quase sempre malcriada, exclamou:

– Puxa, Sir William, como é que o senhor pode contar uma história dessas? Então, não sabe que o Sr. Collins quer se casar com Lizzy?

Só um cavalheiro, munido de toda sua tolerância, poderia suportar uma tal desconsideração sem se zangar. Mas a boa educação de Sir William conseguiu fazer com que ele relevasse tudo aquilo. E embora insistisse para que a família acreditasse na veracidade de sua informação, suportou todas aquelas impertinências com a mais perfeita cortesia.

Elizabeth, sentindo que lhe cabia o dever de salvá-lo daquela situação tão desagradável, adiantou-se e confirmou suas palavras, mencionando seu conhecimento prévio do assunto que obtivera da própria Charlotte. E procurou pôr fim às exclamações de sua mãe e de suas irmãs, dando os mais sinceros parabéns a Sir William, atitude que Jane imediatamente seguiu, fazendo diversas observações sobre a felicidade que poderia trazer aquela aliança, o caráter excelente do Sr. Collins e a distância conveniente que separava Hunsford de Londres.

A Sra. Bennet sentiu-se tão derrotada que nada pôde dizer enquanto Sir William estava presente. Mas quando ele saiu, seus sentimentos transbordaram. Em primeiro lugar, continuou a duvidar da verdade daquelas afirmações. Em segundo, tinha certeza de que o Sr. Collins tinha sido iludido. Em terceiro, acreditava que nunca seriam felizes. E em quarto, afirmou que o compromisso poderia ser rompido. Duas coisas, no entanto, se podiam claramente deduzir do assunto: primeiro, que era Elizabeth a causa de todo aquele mal, e segundo, que ela, a Sra. Bennet, tinha sido tratada de maneira infame por todos. Só depois de decorrido um mês pôde conversar novamente com Sir William e Lady Lucas sem ser grosseira, e só perdoou Charlotte muitos meses depois.

Os sentimentos do Sr. Bennet eram muito mais tranquilos. Ele achou que a situação era muito agradável, pois se sentia satisfeito, dizia, por descobrir que Charlotte Lucas, pessoa que ele julgara toleravelmente sensata, era, na realidade, tão tola quanto sua mulher e mais tola ainda do que sua filha!

Jane confessou-se um tanto surpreendida. Mas falou menos em seu espanto do que no desejo sincero de que eles fossem felizes. Elizabeth não conseguiu convencê-la de que aquela felicidade era pouco provável. Kitty e Lydia estavam longe de invejar a Senhorita Lucas. Para elas, o Sr. Collins era apenas um pastor, e a notícia afetou-as apenas como uma novidade que podiam espalhar em Meryton. Lady Lucas não pôde resistir ao triunfo de falar à Sra. Bennet sobre o conforto que representava para ela o fato de ter uma filha bem casada. Veio a Longbourn com mais frequência do que de costume, para dizer o quanto se sentia feliz, embora os olhares irados da Sra. Bennet e suas observações rancorosas ameaçassem, por vezes, estragar sua felicidade.

Entre Elizabeth e Charlotte havia certo constrangimento que as impedia mutuamente de abordar aquele assunto; e Elizabeth se sentiu persuadida de que nenhuma confiança real poderia subsistir daí por diante entre elas. A decepção com Charlotte fez Elizabeth aproximar-se mais da irmã, em cuja retidão e delicadeza de sentimentos tinha absoluta confiança e cuja felicidade cada dia mais a preocupava, pois fazia uma semana que Bingley partira e ainda ninguém falara sobre sua volta.

Jane enviara a Caroline uma resposta imediata à sua carta e contava os dias que tinha de esperar até que outra lhe chegasse. A prometida carta de agradecimento do Sr. Collins chegou na terça-feira. Era dirigida à Sr. Bennet e escrita com tanta solenidade e gratidão como se ele tivesse residido um ano com a família. Depois de tranquilizar sua consciência quanto a esse tópico, usando expressões mais calorosas, o Sr. Collins passava a informá-los de sua felicidade de ter conquistado o coração daquela vizinha tão amável, a Senhorita Lucas, e explicava que era apenas com a intenção de gozar a companhia de sua prometida que ele manifestara com tanta insistência o desejo de voltar a Longbourn, onde esperava chegar daquela segunda-feira a 15 dias. Lady Catherine, acrescentava ele, aprovava tanto seu casamento, que desejava que o acontecimento se desse o mais cedo possível. Com esse argumento, que julgava decisivo, esperava convencer Charlotte a marcar uma data próxima para o dia que havia de torná-lo o mais feliz dos homens.

A volta do Sr. Collins para Hertfordshire já não parecia mais tão agradável à Sra. Bennet. Ao contrário, estava muito disposta a se queixar ao marido. Achava muito curioso que ele viesse a Longbourn em vez de se hospedar na casa dos Lucas. A visita era também muito inconveniente e principalmente incômoda. Não gostava de ter hóspedes em casa quando sua saúde não estava muito boa. E os noivos eram as pessoas mais desagradáveis do mundo.

Esses murmúrios da Sra. Bennet continuaram, até que surgiu a preocupação muito maior a respeito da ausência prolongada do Sr. Bingley. Nem Jane nem Elizabeth se sentiam tranquilas quanto a isso. Os dias passavam sem trazer nenhuma notícia dele, a não ser o boato que circulou em Meryton de que o Sr. Bingley não voltaria para Netherfield durante todo o inverno. Boato esse que enfureceu a Sra. Bennet e que ela nunca deixava de contradizer como se se tratasse da mais escandalosa das mentiras.

Elizabeth, por sua vez, começou a temer, não que Bingley fosse indiferente a Jane, mas que suas irmãs conseguissem impedir seu regresso. Apesar de sua relutância em admitir uma hipótese tão desfavorável para a felicidade de Jane e tão pouco honrosa para o namorado da irmã, não podia impedir que tal ideia lhe ocorresse frequentemente. Os esforços reunidos daquelas criaturas maldosas que eram as duas irmãs dele e seu autoritário amigo, somados aos atrativos da Senhorita Darcy e aos divertimentos de Londres, seriam talvez superiores ao seu interesse por Jane. Quanto a esta, sua ansiedade durante aquele período de incerteza era naturalmente mais dolorosa que a de Elizabeth. Mas Jane queria esconder tudo o que sentia e entre as duas irmãs, portanto, nunca se fazia qualquer alusão ao assunto. Contudo, como nenhuma delicadeza daquela espécie refreava a Sra. Bennet, não se passava uma hora sem que ela falasse em Bingley, sem que exprimisse sua impaciência pela sua chegada ou mesmo sem que exigisse que Jane declarasse de uma vez por todas que se Bingley não voltasse, ela se consideraria ofendida. Foi necessária toda a doçura e firmeza de Jane para suportar esses ataques com relativa tranquilidade.

O Sr. Collins voltou pontualmente no dia marcado, mas sua recepção em Longbourn não foi tão amável quanto da primeira vez. Mas ele se sentia tão feliz que não precisava de muita atenção e, felizmente para todos, suas atribuições de noivo os aliviavam grandemente de sua companhia. Ele passava a maior parte do tempo na casa dos Lucas e muitas vezes voltava a Longbourn apenas a tempo de desculpar-se por sua ausência antes de a família se retirar para seus aposentos.

A Sra. Bennet estava realmente num estado lamentável. A simples alusão a qualquer detalhe relativo ao casamento precipitava-a num acesso de mau humor. Em qualquer lugar onde fosse, com certeza se ouviria falar naquele assunto. A presença da Senhorita Lucas era insuportável para ela. Olhava-a com ciúme, despeito e horror, como a sua sucessora naquela casa. Cada vez que Charlotte vinha visitá-los, ela concluía que sua intenção era antecipar a hora da posse, e cada vez que Charlotte falava em voz baixa com o Sr. Collins, tinha certeza de que falavam da propriedade de Longbourn e de que planejava expulsá-las da casa, assim que o Sr. Bennet morresse. Queixava-se amargamente de tudo aquilo ao marido.

– Realmente, Sr. Bennet – dizia ela –, é muito duro pensar que Charlotte Lucas será um dia dona desta casa e que eu serei forçada a lhe ceder meu lugar!

– Não pense nestas coisas tristes, meu bem. Tenhamos confiança no futuro. Encaremos a possibilidade de que eu sobreviva a você.

Isso não era muito consolador para a Sra. Bennet. E, portanto, em vez de responder, continuou como antes.

– Não posso suportar a ideia de que eles possuirão toda esta propriedade. Se não fosse essa questão de sucessão, eu não me importaria.

– Com o que você não se importaria?

– Com nada.

– Então vamos agradecer a Deus por você estar preservada de cair num tal estado de insensibilidade.

– Não posso ser grata a nada que se refira a essa sucessão, Sr. Bennet. Como é que alguém pode ficar tranquilo ao saber que suas filhas vão ficar privadas da propriedade que possuem? E em favor de quem? Do Sr. Collins! Por que ele e não uma outra pessoa qualquer?

– Confio-lhe a resolução desse problema – disse o Sr. Bennet.

≈ CAPÍTULO 24 ≈

A carta da Senhorita Bingley chegou, finalmente, e pôs fim a todas as dúvidas. Logo na primeira frase, começava por comunicar a certeza da permanência de todos eles em Londres durante o inverno inteiro e concluía participando o pesar do irmão em ter partido sem que lhe fosse dado tempo para uma palavra de atenção a todos os seus amigos de Hertfordshire.

Todas as esperanças estavam perdidas, completamente perdidas. E quando Jane pôde continuar a leitura, nada encontrou para consolá-la a não ser as expressões de afeto da missivista. Os elogios à Senhorita Darcy eram o assunto principal da carta. Seus muitos atrativos eram novamente descritos. Caroline se gabava alegremente da crescente intimidade entre elas; e arriscava-se a predizer a realização dos desejos que exprimira em sua carta anterior. Comunicava também, com grande alegria, que seu irmão era hóspede do Sr. Darcy, e mencionava com entusiasmo os planos de Darcy relativos a uma nova mobília que encomendara.

Elizabeth, a quem Jane comunicou tudo isso sem demora, ouviu-a, cheia de silenciosa indignação. Seus sentimentos estavam divididos entre a preocupação pela irmã e seu ressentimento contra todos os outros. Não deu crédito à afirmação de Caroline de que seu irmão se interessava pela Senhorita Darcy.

Continuava a acreditar, mais do que nunca, na sinceridade da afeição que Bingley tinha por Jane. Apesar da simpatia com que sempre o considerara, não podia pensar, sem cólera e quase com desprezo, naquela maleabilidade de gênio, na falta de iniciativa pessoal que o tornava um joguete nas mãos de seus intrigantes amigos e o levava a sacrificar sua própria felicidade ao capricho das inclinações alheias. Se a única coisa em jogo fosse sua própria felicidade, poderia arriscá-la como entendesse, mas sua irmã estava envolvida naquilo, e ele devia ter consciência disso. Enfim, era um assunto pelo qual se deixaria levar, dedicando-lhe uma longa reflexão, sem que se pudesse chegar realmente a nenhum resultado. Não conseguia pensar em mais nada. E, mesmo assim, se a afeição de Bingley tivesse realmente declinado – sufocada ou não pela interferência de seus amigos –, ou se ele tivesse consciência da afeição de Jane, ou se a ignorasse, em qualquer um dos casos, embora sua opinião acerca de Bingley variasse forçosamente de acordo com cada hipótese, a situação de sua irmã permanecia a mesma, sua paz de espírito igualmente perturbada. Passaram-se um ou dois dias antes que Jane adquirisse coragem para falar a Elizabeth acerca de seus sentimentos; mas, num dia em que a Sra. Bennet, depois de se queixar com mais irritação que de costume sobre Netherfield e seu proprietário, as deixara sozinhas, Jane disse à irmã:

– Oh, eu queria que mamãe tivesse mais domínio sobre si mesma. Ela não tem ideia da dor que me causa, falando continuamente sobre esse assunto. Mas não me queixarei; não pode durar muito tempo. Ele será esquecido e todos seremos felizes como antes.

Elizabeth olhou para a irmã com solicitude e incredulidade, mas não disse nada.

– Você duvida de mim? – exclamou Jane, corando ligeiramente. – Você não tem razão para isso. Talvez ele continue a viver na minha memória como o homem mais atraente de minhas relações. Mas é tudo. Nada tenho que esperar ou temer. E não tenho nenhum motivo para censurá-lo. Graças a Deus não tenho essa dor. Dê-me um pouco de tempo e eu certamente tentarei ficar bem.

Numa voz mais forte acrescentou, pouco depois:

– Eu tenho desde já este consolo: tudo não foi mais do que um erro de minha imaginação, e esse erro não fez mal a ninguém a não ser a mim mesma.

– Minha querida Jane – exclamou Elizabeth –, você é boa demais. Sua doçura e seu desinteresse são realmente angélicos. Sinto que nunca lhe fiz a devida justiça e que nunca a amei como você merece.

A Senhorita Bennet rejeitava com veemência todos os méritos extraordinários que lhe conferiam e atribuiu o elogio à viva afeição de sua irmã.

– Não – disse Elizabeth –, isto não está direito. Você quer pensar que todas as pessoas são respeitáveis e se sente ferida se eu falo mal de alguém. Quero apenas pensar que você é perfeita e você se volta contra mim. Não tenha medo de que eu caia em algum excesso, ou usurpe sua prerrogativa de boa vontade universal. Seria inútil. São poucas as pessoas que eu verdadeiramente amo, e menos ainda aquelas de quem tenho boa opinião. Quanto melhor conheço o mundo, menos ele me satisfaz; e cada dia vejo confirmada minha crença na inconsistência de todos os caracteres humanos e na pouca confiança que se pode depositar nas aparências do mérito ou do bom-senso. Ultimamente encontrei dois exemplos: um deles eu não mencionarei, o outro é o casamento de Charlotte. É inexplicável! Sob todos os pontos de vista, é inexplicável.

– Querida Lizzy, não se entregue a sentimentos dessa espécie. Eles arruinarão sua felicidade. Você não deixa nenhuma margem para diferenças de situação e de temperamento. Pense na respeitabilidade do Sr. Collins, no caráter prudente e firme de Charlotte. Lembre-se que a família dela é muito grande; e que ele é um partido muito desejável. E mostre-se pronta a acreditar, para o bem de todos, que Charlotte possa sentir realmente respeito e estima por nosso primo.

– Para lhe fazer a vontade, tentarei acreditar em quase tudo. Mas ninguém se beneficiará disso. Pois se eu estivesse persuadida de que Charlotte o respeita, realmente ela desceria no conceito que tenho de sua inteligência, o mesmo que perdeu antes no valor que eu atribuía ao seu coração. Minha querida Jane, o Sr. Collins é um homem tolo, pomposo, pretensioso e de ideias estreitas. Você sabe que ele é tudo isso tão bem quanto eu. E você deve sentir, como eu, que a mulher que se casar com ele não pode ter uma visão muito justa das coisas. Você não há de querer defendê-la só porque ela é Charlotte Lucas. Você não pode, por causa de um caso individual, mudar o sentido de "bom-senso" e "integridade", nem procurar persuadir a si mesma ou a mim de que o egoísmo é prudência, e a insensibilidade diante do perigo, certeza de felicidade.

– Acho que suas expressões são muito fortes, e espero que você se convença disso vendo-os casados e felizes. Quanto a isso, basta. Mas você aludiu a outra coisa. Você mencionou dois exemplos. Sei o que está pensando. Mas eu lhe peço, querida Lizzy, que não me cause mágoa, julgando que aquela pessoa é culpada. Nem dizendo que ela caiu no seu conceito. Não devemos ser precipitadas e julgar que fomos intencionalmente feridas. Não podemos exigir que um rapaz despreocupado seja sempre prudente e circunspecto. Muitas vezes é apenas a nossa vaidade que nos engana. As mulheres superestimam facilmente a admiração dos homens.

– E os homens fazem tudo para mantê-las nessa ilusão.

– Se o fazem propositadamente, não pode haver justificativa. Mas eu creio que não há tanta má vontade no mundo quanto as pessoas acreditam.

– Estou longe de atribuir qualquer aspecto da conduta do Sr. Bingley a uma intenção perversa – disse Elizabeth –, mas mesmo sem o propósito deliberado de errar, ou de tornar os outros infelizes, pode haver enganos e tristezas. Pouco caso, falta de atenção para com os sentimentos de outras pessoas, ou falta de firmeza produzem os mesmos efeitos.

– E você atribui um desses defeitos a ele?

– Sim, o último. Mas se continuar, incorrerei no seu desagrado, dizendo o que penso acerca das pessoas que você estima. Detenha-me enquanto é tempo.

– Você persiste então em supor que as irmãs dele o influenciaram?

– Sim, de combinação com o amigo dele.

– Não posso acreditar nisso. Por que tentariam influenciá-lo? Só podem desejar a sua felicidade e se ele me ama, nenhuma outra mulher pode lhe trazer essa felicidade.

– A sua primeira suposição é falsa. Podem desejar muitas coisas além da felicidade dele. Podem desejar o aumento de sua fortuna e de sua importância. Podem desejar que ele se case com uma moça que tenha importância social, dinheiro, relações de alta classe e orgulho.

– Sem dúvida elas desejam que ele escolha a Senhorita Darcy. Mas isso pode se originar de sentimentos melhores do que você supõe. Elas a conhecem há muito mais tempo do que a mim. Não é de espantar que a prefiram. Mas quaisquer que sejam seus desejos, é muito pouco provável que pudessem se opor à vontade do irmão. Que irmã se sentiria justificada em fazer uma coisa dessas, a não ser que existisse um motivo muito mais forte? Se acreditassem que ele gosta realmente de mim, não tentariam nos separar, pois se tal fosse o caso, não o conseguiriam. Mas supondo tal afeição, você faz todo mundo agir maldosa e erradamente e a mim torna muito infeliz. Não discuta essa minha ideia. Não estou envergonhada por me ter enganado, ou pelo menos a vergonha é pouca. Não é nada em comparação com o que eu sentiria se pensasse mal dele ou de suas irmãs. Deixe-me ver as coisas de outro modo, um modo capaz de esclarecê-las.

Elizabeth não podia se opor a tal desejo. E a partir desse dia, o nome do Sr. Bingley quase nunca mais foi mencionado entre elas. A Sra. Bennet continuou ainda a estranhar e a queixar-se de que ele não voltava mais. E embora não se passasse um dia sem que Elizabeth desse uma explicação razoável, parecia haver pouca probabilidade de que a Sra. Bennet jamais considerasse aquele fato com menos perplexidade. Sua filha procurava convencê-la de uma coisa na qual ela mesma não acreditava: de que as atenções de Bingley tinham sido efeito de uma simpatia transitória, cessando depois que a perdera de vista. Mas embora a probabilidade dessa afirmação fosse admitida no momento,

Jane era obrigada a repeti-la no dia seguinte. O melhor consolo da Sra. Bennet era lembrar-se de que Bingley tornaria a voltar no verão.

O Sr. Bennet pensava de maneira diferente.

– Então, Lizzy – disse um dia –, sua irmã teve um desgosto amoroso, creio eu. Ela merece meus parabéns. Depois do casamento, o que uma moça mais gosta é de um desgosto amoroso de vez em quando. É uma coisa que dá o que pensar e lhe confere uma espécie de distinção entre suas companheiras. Quando chegará sua vez? Você não há de querer ser suplantada por Jane. Chegou a sua hora. Há oficiais em Meryton para desapontar todas as moças da região. Escolha Wickham. É um sujeito simpático e lhe daria o fora agradavelmente.

– Obrigada, meu pai, mas um homem menos agradável seria suficiente para mim. Não devemos todas esperar a boa sorte de Jane.

– É verdade – disse o Sr. Bennet –, mas é um conforto pensar que o que quer que lhe suceda nesse sentido, você tem uma mãe afetuosa que saberia tirar o melhor partido disso.

A companhia do Sr. Wickham ajudava eficientemente a dissipar a tristeza que as últimas ocorrências tinham trazido para muitos dos habitantes de Longbourn. Viam-no frequentemente agora e às suas outras qualidades acrescia a de uma franqueza absoluta. Aquilo que Elizabeth já sabia, as queixas dele sobre o Sr. Darcy e o que sofrera por sua causa, tudo era agora publicamente discutido. E todos se sentiam contentes de pensar que sempre tinham antipatizado com o Sr. Darcy, mesmo antes de saber qualquer coisa contra ele.

Jane era a única que supunha que pudessem existir circunstâncias atenuantes no caso, desconhecidas para a sociedade de Hertfordshire. Com doce e firme candura, invocava sempre a tolerância e a possibilidade de enganos. Mas todos os outros condenavam o Sr. Darcy como ao pior dos homens.

≈ CAPÍTULO 25 ≈

Após uma semana, passada em promessas de amor e esquemas de felicidade, o Sr. Collins foi arrebatado à companhia de sua adorável Charlotte pela chegada de sábado. A dor da separação seria nele, contudo, aliviada pelos preparativos para a recepção de sua noiva, pois não era infundadamente que alimentava a esperança de, no seu próximo regresso a Hertfordshire, ver finalmente fixado o dia que o tornaria o mais feliz dos mortais. Despediu-se de seus parentes de Longbourn com tanta solenidade como anteriormente; às formosas primas renovou seus votos de um futuro feliz e próspero, e ao pai delas prometeu uma outra carta de agradecimento.

Na segunda-feira seguinte, a Sra. Bennet teve o prazer de receber seu irmão e sua cunhada, que vieram como de costume passar o Natal em Longbourn. O Sr. Gardiner era um homem fino e sensato, muito superior à sua irmã, tanto em natureza como em educação. As senhoras de Netherfield dificilmente acreditariam que um homem que vivia do comércio e morava próximo aos seus armazéns pudesse ser tão bem-educado e agradável. A Sra. Gardiner, que era muitos anos mais moça que a Sra. Bennet ou a Sra. Philips, era uma mulher elegante, agradável e inteligente e muito querida por suas sobrinhas de Longbourn. Entre ela e as duas mais velhas, especialmente, existia uma forte amizade. As meninas tinham se hospedado muitas vezes em sua casa na cidade.

A primeira parte das atividades da Sra. Gardiner ao chegar consistiu na distribuição dos presentes que trazia e na descrição das modas mais recentes. Feito isso, seu papel se tornou menos ativo. Chegou sua vez de ouvir. A Sra. Bennet tinha muitas queixas a relatar. Ela tinha sofrido grandes decepções desde a última vez em que vira sua cunhada. Duas de suas filhas tinham estado a ponto de se casar e afinal tudo tinha dado em nada.

– Eu não culpo Jane – continuou ela –, pois ela teria aceitado o Sr. Bingley. Mas Lizzy! Oh, é muito duro pensar que podia ser agora a esposa do Sr. Collins se não fosse tão insensata. Ele fez uma proposta aqui mesmo nesta sala. E ela o recusou. A consequência disso é que Lady Lucas casará uma das filhas antes de mim. E a propriedade de Longbourn está mais do que nunca destinada a passar para mãos estranhas. Os Lucas são gente muito esperta, minha irmã, só pensam nas vantagens que podem obter. Sinto muito dizer isso deles, mas é verdade. Causa-me um grande nervosismo ser assim contrariada na minha própria família e ter vizinhos que pensem mais em si mesmos do que nos outros. No entanto, sua visita neste momento é o maior consolo que eu poderia receber, e muito me alegro de saber o que você acaba de nos contar a respeito das mangas compridas.

A Sra. Gardiner, a quem a maior parte dessas notícias já fora transmitida por Jane e por Elizabeth na correspondência que mantinham com ela, deu à sua cunhada uma resposta evasiva. E com pena das sobrinhas, mudou o assunto da conversa.

Mais tarde, sozinha com Elizabeth, tornou a abordar o assunto:

– É provável que fosse um partido desejável para Jane. Sinto que o projeto tenha fracassado. Mas estas coisas acontecem tanto! Um rapaz como o Sr. Bingley, a julgar pela descrição que me fizeram, se apaixona facilmente por uma moça bonita durante algumas semanas e quando um acaso os separa, esquece-a facilmente. Inconstâncias dessa espécie são muito frequentes.

– De certo modo isso é um excelente consolo – disse Elizabeth. – Mas não serve para nós. Não é por acaso que sofremos. Não acontece assim tão frequentemente que um rapaz independente se deixe persuadir pelos amigos a esquecer uma moça que ele amava apaixonadamente poucos dias antes.

– Mas essa expressão "amar apaixonadamente" é tão gasta, tão duvidosa, tão indefinida, que não me traz nenhuma imagem clara. Muitas vezes, é aplicada a sentimentos que surgem depois de meia hora apenas de contato, como igualmente a afeições reais e fortes. Diga-me, qual era o grau de paixão do amor do Sr. Bingley?

– Nunca vi uma inclinação mais promissora. Ele estava se tornando esquecido das outras pessoas e inteiramente absorto por Jane. Cada vez que se encontravam, isso se tornava mais claro. No baile que ele próprio ofereceu, ofendeu duas ou três moças, esquecendo-se de tirá-las para dançar. E eu mesma falei com ele duas vezes sem ter resposta. Podem existir melhores sintomas? Não é a desatenção geral a própria essência do amor?

– Oh, sim, é dessa espécie de amor que suponho tenha sido o dele. Pobre Jane! Tenho pena dela, porque com seu feitio talvez não o esqueça imediatamente. Seria melhor que isso tivesse acontecido com você, Lizzy, pois graças a seu bom humor, você esqueceria mais depressa. Mas você acha que podemos convencê-la a voltar conosco? As mudanças de lugar podem ser úteis. E talvez sua ausência de casa, por algum tempo, faça um grande bem a Jane.

Elizabeth ficou extremamente contente com essa proposta e plenamente convencida da pronta aquiescência de sua irmã.

– Espero – acrescentou a Sra. Gardiner – que nenhuma consideração por esse rapaz a influencie. Moramos em pontos tão afastados da cidade, todas as nossas relações são tão diferentes e, como você sabe, saímos tão raramente, que é muito pouco provável que se encontrem. A não ser que ele venha realmente visitá-la.

– É inteiramente impossível, pois ele está sob a vigilância de seu amigo, e o Sr. Darcy não toleraria que ele fosse visitá-la num quarteirão de Londres tão pouco elegante. Minha cara tia, como pode a senhora supor tal coisa? O Sr. Darcy talvez tenha ouvido falar em Gracechurch Street, mas se alguma vez entrasse lá, creio que levaria bem um mês se purificando.

– Tanto melhor. Espero que eles não se encontrem. Mas Jane não se corresponde com a irmã do Sr. Bingley? Ela não poderá deixar de visitar Jane.

– Ela cortará relações completamente.

Mas apesar da certeza com que Elizabeth fingia acreditar no que dizia, bem como na possibilidade de Bingley ser impedido de visitar Jane, esse assunto a preocupava de tal maneira que, depois de refletir, convenceu-se de que não considerava o caso inteiramente perdido. Parecia-lhe possível, e algumas vezes até mesmo provável, que a afeição do Sr. Bingley recrudescesse e que a influência de seus amigos pudesse ser contrabalançada com êxito pelas influências mais naturais dos atrativos de Jane.

A Senhorita Bennet aceitou o convite da tia com prazer. E quando se lembrava dos Bingley, era apenas para desejar que lhe fosse possível ocasionalmente passar uma ou outra manhã com sua amiga. E podia fazê-lo sem correr o perigo de ver Bingley, já que Caroline não morava com o irmão.

Os Gardiner ficaram uma semana em Longbourn. E não se passou um dia sem compromissos sociais, sem visitarem ou receberem visitas dos Philips, dos Lucas e dos oficiais. A Sra. Bennet tinha planejado tão cuidadosamente esses divertimentos para seus parentes, que nem uma só vez eles se sentaram juntos para um jantar de família. Quando havia convidados em casa, entre eles se encontravam sempre alguns oficiais e um deles era sempre o Sr. Wickham. E nessas ocasiões, a Sra. Gardiner, em cujo espírito os calorosos elogios de Elizabeth tinham despertado suspeitas, observava os dois com grande atenção. Sem supor, pelo que estava vendo, que eles estivessem seriamente apaixonados, a preferência que manifestavam um pelo outro era suficiente para inquietá-la. Resolveu falar a Elizabeth sobre o assunto antes de partir de Hertfordshire e fazer ver a imprudência que ela cometia, encorajando aquela inclinação.

Wickham interessava a Sra. Gardiner, independente de seus múltiplos encantos. Há cerca dez ou doze anos, antes de seu casamento, a Sra. Gardiner residira muitos anos na mesma região do Derbyshire em que nascera o Sr. Wickham. Tinham, portanto, muitos conhecidos em comum. E embora o Sr. Wickham só tivesse ido lá poucas vezes depois da morte do pai do Sr. Darcy, há cinco anos, ele podia dar notícias mais recentes dos antigos amigos da Sra. Gardiner do que as que ela poderia obter de outro modo.

A Sra. Gardiner tinha estado em Pemberley e conhecia de nome o falecido Sr. Darcy; aí estava, portanto, um assunto inesgotável. Comparando suas lembranças de Pemberley com as descrições minuciosas que Wickham lhe fazia, e atribuindo ao caráter de seu antigo dono seu tributo de admiração, a Sra. Gardiner deliciava a si mesma e a seu interlocutor. Ao ser informada do tratamento que o atual Sr. Darcy lhe dispensara, ela procurou se lembrar da reputação que ele tinha quando criança. E acreditou afinal recordar-se de ter ouvido dizer que o Sr. Fitzwilliam Darcy tinha sido um menino muito orgulhoso e maldoso.

≈ CAPÍTULO 26 ≈

O alerta da Sra. Gardiner a Elizabeth foi feito sem demora e em tom de grande afabilidade na primeira oportunidade que surgiu para falar a sós com ela. Após ter lhe dito sinceramente o que pensava, prosseguiu do seguinte modo:

– Você é suficientemente sensata, Lizzy, para se apaixonar só porque te previnem contra tal, e é essa a razão por que não receio falar abertamente sobre o assunto. Deve ter cautela. Não se envolva, nem se empenhe para fazer com ele se envolva em um afeto que a falta de fortuna tornaria deveras imprudente. Trata-se de um jovem muito atraente e agradável e se ele tivesse a fortuna que lhe estava destinada, não poderia escolher melhor. Porém, no pé em que as coisas estão, não se deixe arrastar pela fantasia. Tem a cabeça no lugar e todos esperamos que faça bom uso dela. Estou certa de que seu pai conta com sua firmeza e sua prudência. Evite a todo custo desiludi-lo.

– Minha querida tia, trata-se, na verdade, de um assunto sério.

– Sim, e espero convencê-la a se portar à altura dele.

– Bom, nesse caso não terá por que se afligir. Olharei por mim e pelo Sr. Wickham também. Ele não se apaixonará por mim, se eu puder evitar.

– Elizabeth, agora não está falando sério.

– Perdoe-me. Vou tentar de novo. De momento não estou apaixonada pelo Sr. Wickham; não, é certo que não estou. Contudo, ele é, sem dúvida alguma, o homem mais simpático que encontrei na vida e, caso ele se prenda verdadeiramente a mim, creio que será preferível ele não o fazer. Concordo que seria imprudente. Oh, aquele detestável Sr. Darcy! A opinião de meu pai tem para mim inestimável valor e me sentiria desgraçada no momento em que a perdesse. Meu pai, porém, simpatiza com o Sr. Wickham. Em resumo, minha querida tia, me custaria bastante tornar-me motivo de infelicidade para algum de vocês, mas se diariamente assistimos ao enlace de jovens cuja falta de fortuna raramente os impede de unir seus destinos, como poderei eu, uma vez tentada, prometer ser mais sensata que eles, ou como poderei eu saber que é sensatez resistir? A única coisa que lhe posso prometer é não ter pressa. Não terei pressa em considerar-me o principal objeto a seus olhos. Quando em sua companhia, nada desejarei. Enfim, farei o melhor que puder.

– Talvez também não fosse má ideia dissuadi-lo de vir aqui tantas vezes. Pelo menos, não deveria lembrar sua mãe de convidá-lo.

– Como fiz no outro dia – disse Elizabeth, com um sorriso malicioso. – Tem razão, será mais sensato evitá-lo. Mas não julgue a tia que ele tem passado aqui os dias. É por sua causa que ele tem sido convidado com tanta frequência no decorrer desta semana. Sabe como é minha mãe, e o que ela pensa da necessidade de um entretenimento constante para os amigos. Mas, sinceramente, e pela minha honra, tentarei proceder da maneira que achar mais prudente; e agora espero tê-la tranquilizado.

A tia assegurou-a de sua inteira satisfação e as duas separaram-se após Elizabeth ter agradecido a amabilidade de sua atitude; exemplo maravilhoso de um inofensivo conselho a respeito de matéria tão delicada.

O Sr. Collins regressou a Hertfordshire pouco depois de os Gardiner e Jane terem partido, mas como vinha para se instalar na casa dos Lucas, sua chegada não trouxe grande inconveniente para a Sra. Bennet. O casamento dele aproximava-se agora a passos largos, mas ela já estava, por fim, suficientemente resignada, a ponto de o considerar inevitável e repetidas vezes proferir, num tom azedo, que lhes desejava muitas felicidades.

Quinta-feira seria o dia da cerimônia e na quarta-feira, a Senhorita Lucas fez sua visita de despedidas. Quando ela se ergueu para partir, Elizabeth, envergonhada pela atitude relutante de sua mãe, acompanhou-a à porta. Enquanto desciam juntas as escadas, Charlotte disse-lhe:

– Espero que me escreva com frequência, Eliza.

– Pode estar certa.

– Tenho outro favor a pedir. Virá um dia visitar-me?

– Teremos inúmeras oportunidades de nos vermos aqui em Hertfordshire, creio eu.

– Não sairei de Kent tão cedo. Promete-me que virá a Hunsford.

Elizabeth não podia recusar, embora antevisse a visita com pouco prazer.

– Meu pai e Maria irão me ver em março – acrescentou Charlotte – e espero que concorde em acompanhá-los. Acredite, Eliza, que será para mim tão bem-vinda como qualquer um deles.

Realizado o casamento, os noivos partiram logo em seguida para Kent, e, nas redondezas, todos tinham muito o que dizer, ou escutar, sobre o assunto, como de costume. Elizabeth em breve teve notícias da amiga, e entre elas estabeleceu-se uma correspondência tão regular e frequente como outrora, embora não tão franca, pois tal seria impossível. Elizabeth nunca se dirigia a ela sem que sentisse que aquele conforto da intimidade não mais existia, e, embora decidida a não faltar com suas cartas, escrevia mais pelo que um dia existira entre elas do que pelo que agora existia. As primeiras cartas de Charlotte foram recebidas com certa ansiedade, explicada apenas pela curiosidade em saber como ela falaria de seu novo lar, o que achara de Lady Catherine e até que ponto ousaria pronunciar-se sobre sua própria felicidade.

Jane escreveu algumas linhas à irmã para lhe anunciar sua chegada a Londres. Quando tornou a lhe escrever, Elizabeth esperava que ela já pudesse lhe contar algo sobre os Bingleys.

A segunda carta, porém, não correspondeu à sua impaciência. Há uma semana que Jane se encontrava na capital sem que Caroline tivesse ainda dado qualquer sinal de vida. Ela atribuía isso ao fato de sua última carta enviada de Longbourn à amiga ter se extraviado.

"Minha tia – escreveu ela – tenciona ir amanhã para aqueles lados da cidade e eu aproveitarei a oportunidade para uma visita à Rua Grosvernor."

Após a visita, quando estivera com a Senhorita Bingley, ela tornou a escrever:

"Não achei Caroline muito bem-disposta, mas mostrou-se bastante contente por me ver e queixou-se de não a ter avisado de minha vinda a Londres. Afinal, ela nunca chegou a receber aquela minha carta. Perguntei-lhe pelo irmão, naturalmente. Respondeu-me que ele estava com perfeita saúde, mas tão ocupado com o Sr. Darcy que raramente o via. Percebi que esperavam a Senhorita Darcy para jantar. Gostaria de tê-la visto. Minha visita não durou muito tempo pois Caroline e a Sra. Hurst preparavam-se para sair. Creio que em breve as verei aqui."

Elizabeth contemplou a carta, profundamente desanimada. Estava convencida de que só por um acaso o Sr. Bingley viria a saber da presença da irmã na capital.

Quatro semanas se passaram sem que Jane soubesse qualquer coisa sobre ele. Tentou se convencer de que não o lastimava, mas não poderia continuar a iludir-se sobre o desinteresse da Senhorita Bingley. Após ter, durante quinze dias, permanecido todas as manhãs em casa, e a cada noite ter inventado uma nova forma de desculpar a Senhorita Bingley, a amiga dignou-se finalmente retribuir-lhe a visita. Porém, o pouco tempo que lá ficou e, sobretudo, a alteração de seus modos dissiparam qualquer dúvida de Jane. A carta que, pela ocasião, escreveu à irmã demonstra o que ela sentiu:

"Minha querida Lizzy, sei que será incapaz de uma atitude de triunfo quando lhe confessar que estava inteiramente iludida a respeito da estima da Senhorita Bingley por mim. Contudo, minha querida irmã, se bem que o que aconteceu venha lhe dar razão, não me julgue obstinada ao continuar a afirmar que, perante o comportamento dela no decorrer de nossa amizade, minha fé era tão justificada quanto sua reserva. Não entendo qual o intuito dela ao alimentar certa intimidade comigo, mas, se as mesmas circunstâncias voltassem a se repetir, estou certa de que me deixaria de novo iludir.

Só ontem Caroline me retribuiu a visita, e até aquele momento não recebi de sua parte uma palavrinha sequer. Quando finalmente apareceu, tornou bem evidente que não tinha qualquer prazer nisso. Deu uma desculpa ligeira e formal por não ter vindo me visitar antes, nada disse quanto a desejar me ver de novo e comportou-se de modo tão estranho e diferente que quando ela saiu, eu estava inteiramente decidida a não ser mais sua amiga. Tenho pena dela, mas não posso deixar de censurá-la. Foi muito errado da parte dela me afastar como fez.

Posso, sem receio, afirmar que todas as iniciativas para uma maior intimidade partiram sempre dela. Contudo, sinto pena de Caroline pois deve saber que agiu mal, e também porque estou certa de que foi sua preocupação com o irmão que lhe inspirou tal atitude. Não será necessário alongar-me no assunto. Embora saibamos que tal preocupação é descabida, uma vez que ela a sente, vejo facilmente justificado seu comportamento comigo. Além disso, o irmão devota-lhe tal ternura que qualquer que seja a preocupação dela a seu respeito é sempre norteada por sentimentos naturais e sãos. Não deixo, contudo, de estranhar que precisamente agora alimente tais receios, pois, se ele tivesse algum interesse por mim, há muito tempo nós já teríamos nos encontrado. Estou certa que ele sabe da minha presença na capital, pois foi, pelo menos, o que deduzi da conversa dela. Porém, pela sua maneira de falar, fiquei também com a impressão de que ela tentava persuadir a si própria de que o irmão se interessava realmente pela Senhorita Darcy. Não compreendo. Se não receasse qualquer precipitação ou crueldade em meu juízo, me sentiria tentada a dizer que existe em tudo isso uma forte aparência de duplicidade. Enfim, tentarei banir de meu pensamento tudo o que me atormenta e pensar naquilo que me fará verdadeiramente feliz, ou seja, em sua afeição, minha irmã, e na infatigável bondade de meus queridos tios. Não demore para me escrever. A Senhorita Bingley falou em nunca mais voltarem a Netherfield e tencionarem largar a casa, mas por ora ainda nada é certo. E melhor nada dizer sobre isso em casa. Alegra-me que tenha recebido notícias tão agradáveis dos nossos amigos em Hunsford. Por que não acompanha Sir William e Maria? Estou certa de que acabaria por gostar. A tua, etc."

A carta entristeceu Elizabeth, mas ela em breve se tranquilizou ao pensar que Jane não continuaria sendo ludibriada, pelo menos não pela Senhorita

Bingley. Quanto ao irmão, tinha se desfeito toda a expectativa que ela criara. Não desejava sequer que ele retomasse suas atenções com Jane. Quanto mais analisava o caráter dele, tanto maior era seu desânimo. Como punição para ele, assim como possível vantagem para Jane, esperava que em breve ele se casasse com a irmã do Sr. Darcy, pois, segundo o Sr. Wickham, ela depressa o faria se arrepender de ter desdenhado de Jane.

A Sra. Gardiner, entretanto, escrevera a Elizabeth, lembrando-a de sua promessa referente àquele cavalheiro e pedindo-lhe notícias, ao que Elizabeth prontamente acedeu, embora elas fossem motivo de maior regozijo para a tia do que para ela própria. Sua aparente inclinação acalmara, suas atenções tinham cessado, e ele era agora o admirador de uma outra. Elizabeth era suficientemente perspicaz para constatar tal fato, mas ao constatá-lo e escrever sobre ele, fazia-o sem grande mágoa. Seu coração tinha sido afetado de forma leve e ela se envaidecia em acreditar que seria ela a eleita, tivesse a fortuna permitido. A súbita aquisição de dez mil libras constituía o principal encanto da jovem para quem ele agora dispensava toda sua amabilidade. Mas Elizabeth, menos sagaz nesse caso do que no de Charlotte, não lhe criticou seu desejo de independência. Pelo contrário, nada poderia ter decorrido mais naturalmente e, tendo lhe sido dado supor que representava para ele um doloroso esforço renunciar a ela, Elizabeth prontificou-se a aceitar tal atitude como uma medida sensata e desejável para ambos, e muito sinceramente desejava que ele fosse feliz.

Informou tudo isso à Sra. Gardiner e, após o relato das circunstâncias, continuou:

"Estou agora convencida, querida tia, de que não cheguei a estar verdadeiramente apaixonada, pois, se acaso eu tivesse experimentado essa pura e elevada paixão, a estas horas não suportaria ouvir mencionar sequer seu nome e lhe desejaria todo mal. Acontece que não só meus sentimentos por ele são extremamente cordiais, como nada tenho contra a Senhorita King. Não sinto em mim qualquer ódio por ela, nem má vontade, qualquer coisa que me impeça de ver nela uma boa moça. Não pode haver amor algum nisso. Minha cautela foi providencial. E embora eu com certeza constituísse um objeto de maior interesse aos olhos dos outros caso estivesse distraidamente apaixonada por ele, não posso dizer que lastime minha relativa insignificância. Kitty e Lydia ficaram mais sentidas do que eu mesma. Elas pouco conhecem do mundo e ainda não estão preparadas para admitir a ideia de que um jovem belo necessita tanto de dinheiro para viver como qualquer outro."

≈ CAPÍTULO 27 ≈

Sem maiores acontecimentos na família de Longbourn, apenas diversificados por passeios a Meryton, às vezes com chuva, outras vezes com frio, decorreram os meses de janeiro e fevereiro. Em março, Elizabeth iria para Hunsford.

No começo, ela não tinha encarado com muita seriedade a possibilidade de ir, mas Charlotte contava com ela e aos poucos Elizabeth se habituou a pensar na visita com mais interesse e certeza. O tempo aumentara o desejo de rever Charlotte e diminuía sua repugnância pelo Sr. Collins. Havia também o sabor da novidade. Com a mãe que tinha, e irmãs tão pouco companheiras, sua casa não seria um lugar muito divertido. Além disso, a viagem lhe daria a oportunidade de se avistar com Jane. Em suma, à medida que o dia se aproximava, menos desejava adiar a partida. Tudo ficou combinado de acordo com os planos de Charlotte, e Elizabeth iria em companhia de Sir William e de sua segunda filha. Ao plano inicial, acrescentou-se um novo detalhe: eles passariam a noite em Londres.

Elizabeth lamentou apenas ter de deixar seu pai, que certamente sentiria sua falta, e que, chegado o dia, se mostrou tão pouco satisfeito com sua partida que recomendou à filha que lhe escrevesse e quase prometeu responder a sua carta. A despedida entre Elizabeth e o Sr. Wickham foi cordial. Da parte dele, ainda mais que isso. Seus planos atuais não o faziam esquecer que Elizabeth fora a primeira a despertar e a merecer sua admiração, a primeira que o ouvira e se compadecera dele, e quando disse adeus a Elizabeth, desejou-lhe todos os prazeres, lembrou-lhe a descrição que fizera de Lady Catherine de Bourgh e disse que esperava que a opinião de ambos a respeito daquela senhora, bem como sobre todas as outras pessoas, coincidisse. Em todas as suas palavras transpareciam solicitude e interesse. Elizabeth sentiu que esses sentimentos sempre a uniriam a ele numa sincera afeição. E separou-se do Sr. Wickham convencida de que, casado ou solteiro, ele sempre representaria a seus olhos o ideal de uma pessoa agradável e sedutora.

Seus companheiros de viagem não eram capazes de desfazer nela a boa impressão que Wickham lhe deixara. Tanto Sir William como sua filha Maria, uma jovem alegre, mas tão fútil como ele, nada tinham a dizer que valesse a pena ser ouvido. Elizabeth tinha uma predileção pelo absurdo, mas já conhecia Sir William há muito tempo. O relato maravilhoso de sua apresentação na corte e de sua investidura já não era novidade para ela, e suas gentilezas tinham sofrido um desgaste idêntico ao de sua conversa.

Não teriam, nesse dia, mais de vinte e quatro milhas a percorrer, mas quando saíram ainda era madrugada, pois tencionavam estar na Rua Gracechurch por volta do meio-dia. Quando pararam à porta do Sr. Gardiner, Jane encontrava-se a uma das janelas da sala aguardando sua chegada. Assim que entraram, ela os recebeu, e Elizabeth, olhando-a demoradamente, regozijou-se ao vê-la mais saudável e encantadora do que nunca. No topo das escadas acotovelava-se um pequeno grupo de meninos e meninas, cuja ânsia de ver a prima não lhes permitira esperar na sala de visitas, e cuja timidez, pois há um ano não a viam, lhes impedia de descer ao seu encontro. O ambiente era de alegria e afabilidade. O dia decorreu da forma mais agradável; a tarde passada no alvoroço das compras e a noite num dos teatros.

Elizabeth, então, se aproximou da tia. O primeiro assunto a ser abordado entre elas foi a respeito de sua irmã. Foi com mais preocupação que espanto que ouviu, em resposta às suas minuciosas inquirições, que embora Jane continuasse lutando para manter sua boa disposição, tinha períodos de desânimo e melancolia. Era, contudo, de esperar que eles não durassem por muito tempo.

A Sra. Gardiner contou também detalhes da visita da Senhorita Bingley à Rua Gracechurch e repetiu as várias conversas que desde então tivera com Jane que lhe davam a entender não existir de sua parte qualquer interesse em continuar tal amizade.

A Sra. Gardiner referiu-se, em seguida, à deserção de Wickham e congratulou a sobrinha por suportá-la com tanta dignidade.

– Mas, querida Elizabeth – acrescentou ela –, que tipo de moça é a Senhorita King? Difícil ver que nosso amigo, afinal, não passa de um interesseiro.

– E qual é, querida tia, a diferença entre o casamento por interesse e por prudência? Onde acaba a sensatez e começa a cobiça? No Natal, a tia receava que ele casasse comigo, pois seria uma imprudência; e agora, porque ele procura cativar uma garota que possui dez mil libras, a tia conclui que ele é um interesseiro.

– Basta que você me diga que tipo de moça é a Senhorita King, e eu saberei o que pensar dele.

– É uma boa moça, creio eu. Nunca ouvi dizer o contrário.

– Mas ele nunca lhe deu importância, até o avô morrer e lhe deixar sua fortuna.

– Se não lhe era permitido conquistar minha afeição, porque eu não tinha dinheiro, por que razão haveria ele de se voltar para uma moça por quem ele não se interessava e que era tão pobre como eu?

– Mas parece pouco delicado da parte dele rodear de atenções essa moça após a morte tão recente do avô.

– Um homem que se encontra em dificuldade não tem tempo para o mesmo decoro que outros podem guardar. Se ela não tem objeções, por que nós haveremos de ter?

– Não se justifica. Demonstra que também nela há ausência de algo: bom-senso ou sentimentos.

– Pois bem – exclamou Elizabeth –, como queira, minha tia. Ele é um interesseiro e ela, uma tola.

– Não, Lizzy, não é isso que quero dizer. Teria muita pena de pôr defeito em um jovem que durante tanto tempo viveu em Derbyshire.

– Se é só isso, tenho uma péssima opinião dos jovens que vivem em Derbyshire; e seus amigos íntimos que vivem em Hertfordshire não são melhores. Estou farta de todos eles. Graças a Deus! A partir de amanhã gozarei da companhia de um homem destituído de qualquer qualidade, bom-senso ou distinção. Os estúpidos são, no fundo, os únicos que valem a pena conhecer.

– Toma cuidado, Lizzy, o que acabaste de dizer soa muito parecido com desilusão.

Pouco antes do fim da peça, que poria fim à sua conversa, Elizabeth teve a inesperada alegria de um convite para acompanhar seus tios num passeio que eles planejavam para o verão. Disse a Sra. Gardiner:

– Ainda não decidimos até onde iremos, mas uma das ideias é visitar a região dos Lagos.

– Minha querida, querida tia, que delícia! Que felicidade! É como se revivesse. Adeus desilusão e melancolia. Que são os homens comparados às rochas e às montanhas? Oh! Que horas de êxtase não serão as nossas! E quando regressarmos, não acontecerá como com os outros viajantes, que não são capazes de dar uma ideia exata de nada. Nós saberemos onde fomos, descreveremos o que vimos. Lagos, montanhas e rios não se misturarão em nossas imaginações, e em nossa tentativa de descrever determinado cenário, não discutiremos quanto à sua situação relativa. Não deixaremos que nossas primeiras efusões sejam tão insuportáveis como as da maioria dos viajantes! – exclamou ela animada.

≈ CAPÍTULO 28 ≈

Tudo parecia interessante aos olhos de Elizabeth. Ela estava muito animada pois, não só a boa aparência da irmã dissipara todas as preocupações a respeito de sua saúde, como a perspectiva do passeio pelo Norte era para ela uma fonte de alegria constante.

Quando deixaram a estrada principal para tomar a trilha que os conduziria a Hunsford, esperavam a todo momento e a cada curva do caminho deparar com o presbitério. A cerca do parque de Rosings limitava a estrada de um lado. Elizabeth sorriu ao recordar-se de tudo o que lhe tinham contado sobre seus habitantes.

Finalmente avistaram o presbitério. O jardim descendo em rampa suave até a estrada, a casa que o encimava, a cerca verde, as sebes de loureiro, tudo indicava que estavam chegando. O Sr. Collins e Charlotte apareceram à porta, e a carruagem, no meio de acenos e sorrisos de todos, parou em frente a um pequeno portão que dava acesso à casa. Logo estavam todos exultantes pela alegria de tornarem a se ver. A Sra. Collins recebeu a amiga numa manifestação de genuíno prazer, e Elizabeth sentiu-se feliz ao se ver objeto de recepção tão carinhosa. Ela imediatamente notou que os modos do primo não tinham sofrido qualquer modificação com o casamento. Mantinha aquela delicadeza formal, que durante alguns minutos a deteve junto ao portão enquanto perguntava sobre a família toda. Foram, em seguida, conduzidos para dentro de casa. O Sr. Collins chamou a atenção para a beleza da entrada e assim que chegaram à sala, ele tornou a dar-lhes as boas-vindas e repetiu todas as recomendações de sua esposa para que os visitantes se pusessem à vontade.

Elizabeth percebeu que ao apontar para a proporção ideal da sala, seu aspecto e mobília, ele estava se dirigindo particularmente a ela, como que desejando mostrar o que perdera ao recusá-lo. Contudo, embora a Elizabeth tudo parecesse belo e confortável, não estava dentro de suas possibilidades mostrar qualquer sinal de arrependimento. Ao contrário, olhou de relance a amiga com um espanto maldisfarçado por vê-la tão animada junto ao companheiro.

Após terem permanecido na sala tempo suficiente para admirar todos os seus objetos de mobiliário, desde o aparador ao guarda-fogo, e contarem os pormenores da viagem e tudo o que tinham feito em Londres, o Sr. Collins convidou-os para um pequeno passeio pelo jardim, que era grande e muito bem-cuidado pessoalmente por ele.

Do jardim, o Sr. Collins preparava-se para os conduzir através dos dois prados que também lhe pertenciam, mas as senhoras, que não dispunham dos sapatos adequados para enfrentar os restos da geada, preferiram voltar. Enquanto Sir William acompanhava o genro no aludido passeio, Charlotte reconduziu a irmã e a amiga para casa, extremamente satisfeita por ter a oportunidade de mostrá-la sem a ajuda do marido. A casa era pequena, porém bem construída e aconchegante. Tudo nela se harmonizava e estava disposto com arte e bom gosto, o que Elizabeth atribuiu exclusivamente a Charlotte. Uma vez esquecido o Sr. Collins, podiam ficar mais à vontade. Pela animação que transparecia no rosto de Charlotte, Elizabeth concluiu que ela o esquecia sempre que podia.

Já a haviam informado que Lady Catherine ainda se encontrava na região. Durante o jantar tocaram novamente no assunto, e o Sr. Collins observou:

– Sim, a Senhorita Elizabeth terá a honra de ver Lady Catherine de Bourgh no próximo domingo na igreja, e nem preciso lhe repetir que ficará encantada com ela. É de uma afabilidade e condescendência sem par. Ouso afirmar que ela a incluirá, bem como à minha irmã Maria, em todos os convites que se digne nos fazer durante sua estada aqui.

– Lady Catherine é, na realidade, uma senhora muito respeitável e sensata – acrescentou Charlotte – e uma vizinha extremamente atenciosa.

O serão foi amplamente preenchido com a conversa suscitada pelas notícias de Hertfordshire e pela repetição dos assuntos já referidos. Depois, na intimidade de seu quarto, Elizabeth ficou meditando sobre o grau de contentamento de Charlotte e sua serenidade em suportar o marido e reconheceu a perfeição com que ela desempenhava seu papel.

No dia seguinte, Elizabeth estava em seu quarto se preparando para um passeio, quando ouviu alguém disparando escadas acima e chamando seu nome. Abriu a porta e encontrou Maria, que, sem fôlego, tal a sua agitação, exclamou:

– Oh, minha querida Eliza! Desça comigo à sala de jantar, pois vai ficar deslumbrada com o que verá! Não direi do que se trata. Depressa, venha comigo.

Elizabeth em vão tentou obter resposta às suas perguntas, mas Maria estava decidida a nada dizer, e, em atropelo, desceram até a sala de jantar, que dava para a estradinha. Eram duas senhoras numa pequena carruagem parada em frente ao portão do jardim.

– Isso é tudo? – perguntou Elizabeth. – Esperava, ao menos, que fossem os porcos que tivessem invadido o jardim, mas afinal não passa de Lady Catherine e de sua filha.

– Que ideia, minha querida! – disse Maria, um pouco ofendida com o engano. – Não é Lady Catherine. A senhora idosa é a Sra. Jenkinson, que vive com elas. A outra é a Senhorita de Bourgh. Repara nela. É tão franzininha. Nunca pensei que fosse tão frágil e pequena!

– É muito cruel da parte dela obrigar Charlotte a sair com uma ventania destas. Por que ela não entra?

– Oh! Charlotte diz que ela raramente o faz. É uma honra quando a Senhorita de Bourgh se digna entrar nesta casa.

– Agrada-me a aparência dela – disse Elizabeth, lembrando-se subitamente de uma coisa. – Tem um aspecto doentio e de pessoa mal-humorada. Sim, parecem ter nascido um para o outro. Ela será a esposa ideal para ele.

O Sr. Collins e Charlotte encontravam-se ambos ao portão conversando com as senhoras, e Sir William, para regozijo de Elizabeth, conservava-se na soleira da porta, contemplando gravemente a grandeza perante seus olhos e fazendo repetidas reverências sempre que a Senhorita de Bourgh olhava em sua direção.

Finalmente, o assunto se esgotou; o carro partiu e os outros voltaram para casa. O Sr. Collins, mal deparou com as duas moças, começou a felicitá-las pela sorte que tinham. Charlotte explicou que todos tinham sido convidados para jantar em Rosings no dia seguinte.

≈ CAPÍTULO 29 ≈

O triunfo do Sr. Collins diante do convite foi completo. A possibilidade de exibir a magnificência de sua benfeitora aos olhos maravilhados de seus hóspedes e de os deixar entrever a delicadeza de Sua Excelência com ele próprio e sua mulher vinha ao encontro daquilo que ele mais desejava.

– Confesso – dizia ele – que não me surpreenderia se acaso, no domingo, Sua Excelência nos convidasse para tomar chá e passar a tarde em Rosings. Conhecendo sua afabilidade, acho natural que assim se suceda. Mas quem poderia prever uma prova de atenção como esta? Quem imaginaria que receberíamos um convite para jantar; convite, aliás, que abrange todo o grupo, tão imediatamente após sua chegada?

– Sou eu o menos surpreso de todos – replicou Sir William. – Na corte são habituais tais manifestações, reveladoras de uma educação primorosa.

Pouco mais se falou durante o resto do dia e na manhã seguinte a não ser sobre a visita a Rosings. O Sr. Collins teve a precaução de informá-los sobre as maravilhas que os esperavam, de modo que a visão dos salões, dos inúmeros criados e do opulento jantar não os surpreendesse completamente.

Antes de as senhoras se retirarem, a fim de se prepararem, ele disse a Elizabeth:

– Não se preocupe demasiado com seu traje, querida prima. Lady Catherine está longe de exigir de nós a elegância que ela e sua filha ostentam. Apenas aconselho que escolha seu vestido mais elegante, pois a ocasião pouco mais requer. Lady Catherine não levará a mal a simplicidade de sua aparência. Ela gosta de ver preservada a distinção das classes.

Enquanto elas se vestiam, o Sr. Collins veio por duas ou três vezes bater à porta dos diferentes quartos e recomendar que não se demorassem, pois Lady Catherine não gostava que a fizessem esperar para jantar.

Como o tempo estava bom, o passeio através do parque foi muito agradável. Elizabeth sentia-se satisfeita com o que via, embora não se entregasse às efusões que o Sr. Collins esperava que o cenário nela suscitasse.

Enquanto subiam a escadaria da entrada, a emoção de Maria aumentava e o próprio Sir William deixava transparecer seu nervosismo. A coragem de Elizabeth, porém, não a abandonou. Ela nada ouvira a respeito de Lady Catherine que a impressionasse, fosse por qualquer talento extraordinário ou miraculosa virtude, e quanto à pompa de seu dinheiro e classe, Elizabeth acreditava poder contemplar tudo sem desfalecer.

Da sala de entrada, cujas belas proporções e ricos ornamentos o Sr. Collins fez ressaltar com ar extático, seguiram os criados através de uma antecâmara até a sala onde se encontravam Lady Catherine, sua filha e a Sra. Jenkinson.

Apesar de já ter sido recebido em St. James, Sir William estava tão impressionado pelo esplendor que o rodeava que apenas teve ânimo para uma profunda reverência e sentou-se sem proferir palavra. Sua filha, terrivelmente assustada, sentou-se na beirada de uma cadeira e não sabia para que direção olhar. Elizabeth sentia-se perfeitamente à vontade e pôde observar serenamente as três senhoras à sua frente.

Lady Catherine era uma mulher alta e forte, de feições bem marcadas que um dia deviam ter sido belas. Seu ar não era nada conciliador e sua atitude ao recebê-los não os fazia esquecer sua inferioridade. Quando em silêncio, nada tinha de terrível, mas o que quer que dissesse era dito num tom tão autoritário que toda sua presunção se revelava. Elizabeth imediatamente lembrou-se do Sr. Wickham e, pelo que observou no decorrer do dia, ela acreditou na veracidade da imagem que ele lhe fez de Lady Catherine.

Após avaliar a mãe e descobrir, no semblante e no comportamento, semelhança com o Sr. Darcy, Elizabeth voltou os olhos para a filha, e partilhou do espanto de Maria ao considerá-la tão frágil e miudinha. Não existia, quer na figura como no rosto, qualquer semelhança entre as duas senhoras. A Senhorita de Bourgh era pálida e de compleição doentia; suas feições, embora não fossem feias, eram insignificantes.

Após permanecerem alguns minutos sentados, foram todos levados para junto de uma das janelas a fim de admirarem o panorama. O Sr. Collins encarregou-se de lhes indicar o que era digno de ser visto e Lady Catherine, amavelmente, observou que no verão é tudo muito mais belo.

O jantar foi magnífico, com muitos criados e a esplêndida baixela de prata de que o Sr. Collins falara. Conforme ele adiantara, se sentou, por desejo expresso de Lady Catherine, à cabeceira da mesa. Por sua expressão radiante, era como se sentisse que a vida nada tinha de mais grandioso para lhe oferecer. Lady Catherine, contudo, parecia satisfeita com aquela admiração excessiva e lhes concedia a graça de um sorriso ou outro, sobretudo quando alguma das iguarias se revelava uma novidade para eles. O grupo, porém, não era muito de conversar. Elizabeth estava pronta a pronunciar-se sempre que via ocasião, mas encontrava-se sentada entre Charlotte e a Senhorita de Bourgh. Enquanto a primeira tinha sua atenção absorvida por Lady Catherine, a segunda não lhe dirigiu uma só palavra durante todo o jantar.

Em seguida, as senhoras voltaram para o salão, e até a hora do café nada mais fizeram senão ouvir Lady Catherine, que falava sem interrupção, dando sua opinião sobre cada assunto com uma segurança que mostrava bem não estar habituada a que lhe contestassem. Fez inúmeras perguntas a Charlotte a respeito de assuntos domésticos, com familiaridade e minúcia, e aconselhou-a generosamente. Disse como tudo deveria ser regulado numa família pequena como a sua e ensinou-a a cuidar das vacas e das aves.

Elizabeth verificou que nenhum assunto, por mais humilde que fosse, escapava à atenção de Lady Catherine, contanto que neles encontrasse uma oportunidade para doutrinar. Nos intervalos de suas recomendações à Sra. Collins, dirigia algumas perguntas a Maria e a Elizabeth, especialmente à última, que conhecia menos e que, observou ela para a Sra. Collins, era uma moça muito simpática e atraente. Perguntou várias vezes quantas irmãs ela tinha, se eram mais novas ou mais velhas do que ela, se alguma estava em vias de se casar, se eram bonitas, onde tinham sido educadas, qual a situação de seu pai e o nome de solteira de sua mãe. Elizabeth sentiu toda a impertinência contida nas perguntas, mas respondeu com grande simplicidade. Lady Catherine então observou:

– A propriedade de seu pai está destinada, pela sucessão, a cair nas mãos do Sr. Collins. Alegro-me por sua causa – continuou ela, virando-se para

Charlotte –, mas, de outro modo, não vejo por que privam a descendência feminina do direito de herdar propriedades. Na família de Sir Lewis de Bourgh não julgaram necessário tomar tal medida. Sabe tocar piano e cantar, Senhorita Bennet?

– Um pouco.

– Oh, nesse caso, espero que um dia destes nos dê o prazer de ouvi-la. O nosso piano é maravilhoso, o que há de melhor. Provavelmente superior ao... Tem de experimentá-lo. Suas irmãs também sabem tocar e cantar?

– Uma delas sabe.

– Por que não aprenderam as outras também? Todas deviam saber música. As Senhoritas Webb todas sabem tocar e o pai delas não é mais rico que o seu. Sabe desenhar?

– Não, minha senhora.

– O quê, nenhuma de vocês?

– Nenhuma de nós.

– Que curioso. Mas com certeza não tiveram oportunidade. Sua mãe deveria tê-las levado durante a primavera para a capital para receberem lições.

– Minha mãe não poria objeção, mas meu pai detesta Londres.

– Sua preceptora foi despedida?

– Nunca tivemos preceptora.

– Nunca tiveram preceptora! Como é isso possível? Educar cinco filhas sem uma preceptora! Nunca ouvi tal coisa! Sua mãe deve ter sido uma escrava da educação de vocês.

Elizabeth não pôde deixar de sorrir ao responder que esse não fora o caso.

– Então, quem as ensinou? Quem se encarregou de sua educação? Sem uma preceptora, deve ter deixado a desejar.

– Em comparação com a de certas famílias, acredito que sim. Mas lá em casa, quem quis se instruir teve todos os meios. Sempre nos encorajaram à prática da leitura e tivemos todos os professores necessários. Porém, quem não quis estudar, também teve essa opção.

– Sem dúvida, mas seria isso justamente o que uma preceptora teria evitado. Se acaso eu fosse das relações de sua mãe, teria aconselhado que contratasse uma. Para uma educação perfeita é preciso haver instrução constante e regular, e isso só uma preceptora pode garantir. É espantoso o número de famílias que contrataram uma por meu intermédio. Alguma de suas irmãs mais novas já foi apresentada à sociedade, Senhorita Bennet?

– Sim, minha senhora, todas elas.

– O quê? Todas as cinco de uma vez? É muito estranho. E a Senhorita é apenas a segunda! As mais novas já frequentam a sociedade mesmo antes de as mais velhas se casarem! Suas outras irmãs são muito novinhas?

– A mais nova ainda não fez dezesseis anos. Talvez seja um pouco cedo demais para a vida social, mas, realmente, minha senhora, considero uma crueldade excluí-las de divertimentos e relações sociais apenas porque a mais velha não teve oportunidade ou inclinação para se casar ainda.

– Por Deus, a Senhorita exprime sua opinião muito decididamente para uma pessoa tão jovem. Diga-me, quantos anos tem? – indagou Lady Catherine.

– Com três irmãs mais novas já crescidas – replicou Elizabeth –, Vossa Excelência não pode esperar que eu lhe dê uma resposta.

Lady Catherine pareceu ficar atônita por não ter recebido uma resposta direta e Elizabeth suspeitou que fora ela a primeira pessoa que ousara zombar de tão pomposa impertinência.

– A Senhorita não pode ter mais de vinte anos, portanto não precisa esconder sua idade.

– Ainda não fiz vinte e um.

≈ CAPÍTULO 30 ≈

Sir William passou apenas uma semana em Hunsford, mas sua visita bastou para convencê-lo de que sua filha estava magnificamente instalada e de que possuía um marido e uma vizinha como poucos. Durante o tempo em que Sir William permaneceu em Hunsford, o Sr. Collins dedicava-lhe suas manhãs e levava-o passear em sua charrete para conhecer a região. Quando ele partiu, a família voltou a suas ocupações habituais e Elizabeth regozijou-se por não ter a companhia do primo tão constantemente, pois a maior parte do tempo, entre o café da manhã e o almoço, ele passava trabalhando no jardim, lendo ou escrevendo e olhando pela janela da biblioteca, que dava para a estrada.

A sala das senhoras ficava nos fundos. Elizabeth, a princípio, estranhou que Charlotte não preferisse a salinha de jantar para uso comum, pois era maior e mais agradável, mas logo compreendeu que sua amiga tinha um excelente motivo para a escolha. Sem dúvida, o Sr. Collins passaria muito menos tempo na sua biblioteca se elas optassem por uma sala igualmente agradável.

Da salinha de estar não viam a estrada e era o Sr. Collins que transmitia o relatório sobre carruagens que surgiam e o número de vezes que a Senhorita de Bourgh passava em seu veículo, coisa que ele jamais deixava de anunciar, embora se tratasse de um acontecimento quase diário. Com frequência a Senhorita de Bourgh parava no presbitério e conversava alguns minutos com Charlotte, mas muito raramente descia. Poucos dias decorriam sem que o Sr. Collins fosse a Rosings, e era frequente que sua mulher achasse seu dever acompanhá-lo.

Elizabeth só compreendeu o sacrifício de tantas horas quando se lembrou de que possivelmente existiam outros cargos eclesiásticos que dependiam da família. De vez em quando, Lady Catherine honrava-os com uma visita, e nessas ocasiões nada do que se passava na sala escapava à sua atenção. Ela observava as várias ocupações das moças, olhava seus trabalhos e aconselhava que os fizessem de modo diferente.

Tinha sempre algum reparo a fazer sobre a disposição dos móveis, ou descobria alguma negligência da criada. Se ficava para alguma refeição, não perdia a ocasião de observar que as porções da Sra. Collins eram grandes demais para a família.

Elizabeth logo descobriu que essa grande senhora, embora não fosse investida dos poderes de juiz de paz para o condado, desempenhava em sua paróquia as funções de um magistrado muito ativo e nada se passava que ela não desse a conhecer ao Sr. Collins.

Os jantares em Rosings aconteciam duas vezes por semana e não fosse a ausência de Sir William e o fato de apenas se formar uma mesa de jogo, não passariam da repetição exata do primeiro. Elizabeth se entretinha conversando com Charlotte e como o tempo estava excepcionalmente bom para aquela época do ano e encontrava grande prazer nos passeios ao ar livre.

Deste modo tranquilo passaram-se os primeiros quinze dias de sua visita. Aproximava-se a Páscoa e a semana que a precedia traria uma pessoa a Rosings. Pouco depois de sua chegada, Elizabeth ouvira dizer que o Sr. Darcy era esperado em Rosings dentro de algumas semanas. Embora ela preferisse qualquer outra pessoa de seu conhecimento, a chegada do Sr. Darcy representaria algo de novo para se ver nos jantares em Rosings. Além disso, ela teria ocasião de observar a atitude dele com sua prima, a quem ele estava, evidentemente, destinado por Lady Catherine, e até que ponto eram infundadas as esperanças da Senhorita Bingley com relação a ele. Lady Catherine falava de sua vinda com a maior satisfação, referia-se a ele nos termos mais elogiosos e quase se zangou ao saber que a Senhorita Lucas e Elizabeth já o conheciam.

No presbitério ficaram logo sabendo de sua chegada, pois o Sr. Collins passou a manhã inteira passeando perto dos portões do parque para não perder o acontecimento. Quando viu surgir a carruagem, fez uma reverência e correu para casa. Na manhã seguinte, tomou o caminho de Rosings, a fim de ir apresentar cumprimentos, função essa que ele duplicou pois eram dois os sobrinhos de Lady Catherine.

O Sr. Darcy tinha trazido consigo o coronel Fitzwilliam, o filho mais novo de seu tio, o Lorde. Para grande surpresa de todos, o Sr. Collins voltou com os dois cavalheiros. Charlotte, que os avistara da janela do quarto do Sr. Collins, correu para perto das outras e avisou, acrescentando:

– Eliza, este gesto de amabilidade é por sua causa. O Sr. Darcy não viria aqui tão cedo por minha causa.

Elizabeth ainda não tivera tempo para protestar contra tal homenagem quando a chegada dos cavalheiros foi anunciada pela campainha da porta, e logo depois fizeram sua aparição na sala. O coronel Fitzwilliam, que entrou primeiro, aparentava ter aproximadamente trinta anos de idade. Não era belo, mas nas atitudes e nos modos mostrava-se um verdadeiro cavalheiro. O Sr. Darcy não mudara. Apresentou seus cumprimentos à Sra. Collins com a reserva habitual e, quaisquer que fossem seus sentimentos para com a amiga da dona da casa, ele a cumprimentou discretamente.

Elizabeth respondeu com um ligeiro aceno, sem pronunciar uma só palavra. O coronel Fitzwilliam iniciou imediatamente a conversa, com a simplicidade de um homem bem-educado. Sua conversa era muito agradável, mas seu primo, após ter feito uma ligeira observação sobre a casa e o jardim, guardou silêncio durante algum tempo. Por fim, achou-se na obrigação de perguntar pela família de Elizabeth, que respondeu com simplicidade e, após uma curta pausa, acrescentou:

– Minha irmã mais velha esteve em Londres estes últimos três meses. Acaso não a encontrou?

Ela sabia perfeitamente que ele nunca a poderia ter encontrado, mas pretendia ver se ele revelaria algo do que se passara entre os Bingley e Jane. O Sr. Darcy respondeu não ter tido a felicidade de encontrar a Senhorita Bennet. O assunto não tornou a ser mencionado e pouco depois os dois cavalheiros partiram.

≈ CAPÍTULO 31 ≈

Os modos do coronel Fitzwilliam foram muito apreciados no presbitério e todas as senhoras concordaram que ele contribuiria muito para alegrar os jantares em Rosings. No entanto, alguns dias se passaram antes que recebessem novo convite pois, havendo visitas em casa, eles não eram tão necessários. Só no domingo de Páscoa, quase uma semana depois da chegada dos cavalheiros, foram convidados, na saída igreja, a passar a tarde com a família. Durante essa semana, raramente tiveram a ocasião de ver Lady Catherine ou sua filha. O coronel Fitzwilliam visitou várias vezes o presbitério, mas o Sr. Darcy foi avistado apenas na igreja.

O convite foi aceito, é claro, e a uma hora apropriada, eles se reuniram ao grupo que já se encontrava no salão de Lady Catherine. Ela recebeu-os amavelmente, mas era evidente que a companhia deles não lhe agradava tanto como nos dias em que não tinha mais ninguém. Lady Catherine se deixava absorver por seus sobrinhos e falava com eles, sobretudo com Darcy, mais do que com qualquer outra pessoa na sala.

O coronel Fitzwilliam parecia realmente encantado por estar ali. Em Rosings, tudo o que apresentasse novidade era bem-vindo para ele e a atraente amiga da Sra. Collins o impressionava. Ele procurou um lugar perto dela e falou tão agradavelmente sobre Kent, Hertfordshire, viagens, livros e música que Elizabeth se divertiu muito. A conversa de ambos decorria tão animada que logo atraiu a atenção de Lady Catherine, bem como a do Sr. Darcy. Os olhos deste volveram repetidas vezes naquela direção, com uma expressão de curiosidade, e dentro em pouco se tornou evidente que Lady Catherine partilhava dos sentimentos do sobrinho, pois, sem reservas, exclamou:

– Que diz, Fitzwilliam? Conversam sobre o quê? O que conta à Senhorita Bennet? Quero saber o que é.

– Falamos de música, minha senhora – disse ele, quando não pôde mais evitar uma resposta.

– De música! Então fale em voz alta. É, de todos os assuntos, o meu preferido. Se estão falando de música, quero tomar parte na conversa. Creio que existem poucas pessoas na Inglaterra que apreciem música como eu, ou que tenham um gosto para ela mais natural do que o meu. Se eu tivesse aprendido convenientemente, seria uma grande intérprete. E Anne igualmente, se sua saúde o tivesse permitido. Estou certa de que ela tocaria divinamente. Georgiana tem feito muitos progressos, Darcy?

O Sr. Darcy louvou afetuosamente o talento de sua irmã.

– Fico muito satisfeita com o que me conta – disse Lady Catherine. – Diga-lhe que ela só poderá brilhar se estudar com afinco.

– Pode estar certa, minha senhora – replicou ele –, de que ela não precisará de tal conselho. Ela estuda e pratica com muita regularidade.

– Tanto melhor. Nunca será demais. Quando tornar a lhe escrever, recomendarei que não descuide a prática do piano. Sempre repito às jovens que nenhuma distinção poderá ser alcançada na música sem uma prática constante. Por várias vezes, disse à Senhorita Bennet que ela nunca chegará a tocar realmente bem se não se dedicar mais ao instrumento e, uma vez que o Sr. Collins não possui piano em casa, torno a renovar meu convite para diariamente vir a Rosings exercitar-se no piano, no quarto da Sra. Jenkinson. Naquela parte da casa, ela não correrá o risco de incomodar ninguém.

O Sr. Darcy pareceu um pouco envergonhado com a grosseria de sua tia e nada respondeu.

Depois do café, o coronel Fitzwilliam lembrou a Elizabeth a promessa que ela lhe fizera de tocar para ele, e ela imediatamente se dirigiu ao piano. Ele aproximou sua cadeira. Lady Catherine ouviu metade de uma canção e de novo reatou a conversa com seu outro sobrinho, mas este em breve se afastou dela e, resolutamente, dirigiu-se para o piano, colocando-se de maneira a obter uma visão perfeita do rosto da bela executante. Elizabeth percebeu sua intenção e, na primeira pausa, voltou-se para ele e disse, com um sorriso malicioso:

– É para me assustar, Sr. Darcy, que se aproximou com toda essa imponência? Mas não ficarei alarmada, embora sua irmã toque tão bem. Existe em mim uma teimosia que jamais se assusta com a vontade alheia. Minha coragem sempre aumenta diante de qualquer tentativa de intimidação.

– Não lhe direi que está enganada – replicou ele –, pois nunca a Senhorita poderia de fato acreditar que eu tivesse a intenção de alarmá-la. Tenho o prazer de conhecê-la já há bastante tempo para saber que gosta ocasionalmente de exprimir opiniões que não são as suas.

Elizabeth riu com gosto da imagem que dela ele oferecia e disse para o coronel Fitzwilliam:

– Seu primo lhe dará uma bela ideia a meu respeito e o ensinará a não acreditar numa palavra do que digo. É azar meu encontrar alguém capaz de expor aos outros o meu verdadeiro caráter num lugar onde eu acalentara a esperança de deixar uma boa impressão. Realmente, Sr. Darcy, é uma falta de generosidade de sua parte mencionar aqui tudo o que descobriu sobre minhas fraquezas. Considero, além disso, sua atitude muito pouco delicada, pois me incita a represálias. Receio dizer coisas que escandalizem seus parentes.

– Não tenho medo de você – disse ele, sorrindo.

– Oh, deixe que eu ouça as acusações que tem para lhe fazer – exclamou o coronel Fitzwilliam. – Gostaria de saber como ele se comporta entre estranhos.

– Eu lhe direi... mas prepare-se para ouvir coisas horríveis. A primeira vez que o vi em Hertfordshire foi num baile. E, nesse baile, que pensa o senhor que ele fez? Dançou apenas quatro danças! Dançou apenas quatro danças, embora os cavalheiros fossem escassos, e é de meu conhecimento que mais de uma moça ficou sentada por falta de par. Sr. Darcy, o senhor não pode negar isso.

– Na época não conhecia outras moças do salão, além daquelas do meu próprio grupo.

– É verdade, e ninguém pode ser apresentado a outro num salão de baile. Bem, coronel Fitzwilliam, que devo tocar em seguida? Meus dedos esperam ordens suas.

– Talvez – disse Darcy – eu devesse ter solicitado uma apresentação, mas não me considero qualificado para me recomendar pessoalmente a pessoas estranhas.

– Deveremos nós perguntar a seu primo qual a explicação para tal atitude? – disse Elizabeth, dirigindo-se sempre ao coronel Fitzwilliam. – Deveremos perguntar-lhe por que razão um homem bem-educado e sensato e que tem a experiência do mundo não se considera qualificado para se recomendar a pessoas estranhas?

– Posso responder à sua pergunta – disse Fitzwilliam – sem consultá-lo. É porque ele não quer ter esse trabalho.

– O que é certo é que não tenho o talento que muita gente possui – disse Darcy – de dirigir facilmente a palavra a pessoas que nunca vi anteriormente. Não sou capaz de captar o tom conversa, ou fingir que me interesso pelos problemas alheios, como vejo acontecer.

– Os meus dedos – disse Elizabeth – não se movem sobre este instrumento de modo tão magistral como os de muitas mulheres. Eles não têm a mesma força e a mesma rapidez, nem possuem a mesma força de expressão, mas a culpa disso é exclusivamente minha, pois nunca me dei o trabalho de praticar.

Darcy sorriu e disse:

– Tem toda razão. Empregou seu tempo muito melhor. Nenhum dos que terão tido o privilégio de ouvi-la poderão apontar qualquer erro. Nenhum de nós executa para estranhos.

Foram interrompidos por Lady Catherine que quis saber sobre o que conversavam. Elizabeth imediatamente recomeçou a tocar. Lady Catherine aproximou-se e, após ouvir durante alguns momentos, disse para Darcy:

– A Senhorita Bennet não tocaria nada mal se praticasse mais e pudesse gozar as lições de um mestre londrino. Ela articula bem, mas não com tanta expressão como Anne. Anne seria uma pianista notável, se sua saúde o permitisse.

Elizabeth olhou para Darcy para ver como ele acolhia aquele elogio a sua prima. Mas não percebeu o mais leve sintoma de amor.

Lady Catherine continuou com suas observações sobre a execução de Elizabeth, alternando-as com conselhos sobre a técnica e a expressão. Elizabeth ouviu paciente e amavelmente. A pedido dos cavalheiros, permaneceu ao piano até a carruagem de Lady Catherine ser chamada, para conduzi-los de volta.

≈ CAPÍTULO 32 ≈

Elizabeth estava sozinha em casa escrevendo para Jane, na manhã seguinte, quando a campainha da porta a fez sobressaltar. Como não ouvira o ruído de qualquer carruagem, calculou que se tratasse de Lady Catherine e, apreensiva, tratou de esconder a carta que escrevia, a fim de evitar perguntas indiscretas. Quando a porta se abriu, para sua grande surpresa, o Sr. Darcy entrou na sala.

Ele pareceu igualmente surpreso por encontrá-la sozinha e desculpou-se pela intrusão, dizendo ter pensado que todas as senhoras estariam em casa.

Sentaram-se, então, e após ela ter delicadamente se informado sobre todos em Rosings, pareciam estar em risco de cair no silêncio total. Era, pois, absolutamente necessário introduzir qualquer assunto. Diante de tal emergência, Elizabeth se lembrou da última vez que o vira em Hertfordshire, e disse:

– Com que precipitação deixaram Netherfield em novembro, Sr. Darcy! Deve ter sido uma surpresa muito agradável para o Sr. Bingley revê-los todos tão cedo, pois, se não me engano, ele partira no dia anterior. Ele e as irmãs estavam bem quando os viu em Londres?

– Perfeitamente, obrigado.

Elizabeth compreendeu que não receberia outra resposta e, após uma curta pausa, acrescentou:

– Pelo que entendi, o Sr. Bingley não pretende voltar a Netherfield?

– Nunca o ouvi dizer tal coisa, mas é provável que daqui para frente ele lhe dedique menos tempo. Ele tem muitos amigos e está numa idade em que os amigos e os compromissos aumentam continuamente.

– Se ele tenciona passar tão pouco tempo em Netherfield, seria preferível para a vizinhança que ele desistisse inteiramente do lugar, pois assim se instalaria ali outra família. Contudo, talvez o Sr. Bingley pense menos na conveniência dos vizinhos do que na sua própria.

– Não me surpreenderia que ele optasse por abrir mão da propriedade caso surja uma oportunidade vantajosa – respondeu Darcy.

Elizabeth nada acrescentou. Receava continuar falando do amigo dele e, como nada mais tinha para lhe dizer, resolveu deixar para ele a tarefa de encontrar um novo assunto.

Ele logo começou:

– Esta casa parece muito acolhedora. Lady Catherine, creio eu, reformou-a bastante para a vinda do Sr. Collins para Hunsford.

– Sim, e estou certa de que ela não poderia ter dispensado sua bondade a uma pessoa mais grata.

– O Sr. Collins parece ter tido muita sorte com a esposa que escolheu.

– Sim, seus amigos têm motivos para satisfação, pois ele encontrou uma das poucas mulheres sensatas que poderiam aceitá-lo. Minha amiga é muito compreensiva e, embora eu não considere seu casamento com o Sr. Collins um de seus atos mais ajuizados, reconheço que ela parece feliz. Sob o ponto de vista da prudência, Charlotte realizou o casamento ideal.

– Ela deve considerar muito bom estar tão perto de sua própria família e amigos.

– Perto, você diz? São quase cinquenta milhas de distância.

– E o que são cinquenta milhas em uma boa estrada?

– Eu jamais consideraria a distância uma das vantagens desse casamento. Jamais diria que a Sra. Collins está perto da família.

– Isso prova sua própria ligação com Hertforshire. Qualquer lugar fora de Longbourn seria longe, imagino.

Enquanto falava, havia nele uma espécie de sorriso que Elizabeth julgou compreender. Ele devia supor que ela pensava em Jane e em Netherfield e enrubesceu ao lhe responder:

– Não quis com isso dizer que uma mulher não deva morar um pouco longe da família. Isso depende de várias circunstâncias. Creio que minha amiga só se consideraria perto da família se a distância fosse metade do que é.

O Sr. Darcy aproximou um pouco sua cadeira e disse:

– Mas a Senhorita não pode alimentar sentimento tão bairrista. Não poderá viver sempre em Longbourn.

Elizabeth olhou-o surpresa. O Sr. Darcy pareceu mudar de ideia. Recuou a cadeira, pegou um jornal que se encontrava em cima da mesa e disse num tom de voz mais frio:

– Kent lhe agrada?

Seguiu-se um curto diálogo sobre o condado mencionado que foi interrompido pela chegada de Charlotte e sua irmã. A cena pareceu surpreendê-las. O Sr. Darcy contou sobre o engano que ocasionara sua intromissão e, após ter permanecido sentado mais alguns minutos num silêncio quase absoluto, foi-se embora.

– Que quererá isto dizer? – disse Charlotte, após ele ter partido. – Minha querida Eliza, ele deve estar apaixonado por você, ou nunca nos teria visitado de forma tão pouco cerimoniosa.

Mas quando Elizabeth contou de seu silêncio, a ideia pareceu menos plausível. Após várias conjecturas, elas concluíram que a visita se devia apenas à dificuldade de encontrar qualquer outra coisa com que se ocupar, o que não era de estranhar para aquela época do ano. Todos os desportos ao ar livre estavam fora de questão. Dentro de casa havia Lady Catherine, livros e uma mesa de bilhar, o que nunca entreteria um homem por muito tempo.

O fato é que os dois primos se sentiam tentados a percorrer aquela distância quase todas as manhãs. Chegavam a horas variadas, às vezes juntos, outras vezes separados, e de vez em quando acompanhados pela tia. Tornava-se evidente a todos que o coronel Fitzwilliam vinha porque se sentia bem na companhia dos moradores de Hunsford, fato esse que por si só abonava em seu favor, e a satisfação que Elizabeth sentia ao vê-lo a fazia lembrar de seu antigo favorito George Wickham. Se comparasse os dois, entretanto, via que os modos do coronel Fitzwilliam eram menos envolventes, mas ele tinha melhor formação.

Mas por que viria o Sr. Darcy com tanta frequência era mais difícil de compreender. Certamente não seria pelo prazer da companhia, pois ele permanecia a maior parte do tempo calado, às vezes durante dez minutos seguidos. Raramente se animava. A Sra. Collins não conseguia compreendê-lo. O coronel Fitzwilliam costumava troçar do ar sorumbático do primo, o que indicava que numa situação normal ele não se comportaria assim. Charlotte queria acreditar que essa mudança era efeito do amor e que o objeto desse amor era sua amiga Eliza, por isso dispôs-se seriamente a investigar o assunto. Observava-o sempre que o encontrava em Rosings, ou quando ele visitava Hunsford, mas sem grade sucesso. Ele olhava bastante para sua amiga, mas era duvidosa a expressão daquele olhar. Era um olhar sério, fixo, mas Charlotte não estava certa de que se tratasse de um olhar de admiração. Parecia, às vezes, não passar de distração.

Algumas vezes insinuara a Elizabeth a possibilidade de o Sr. Darcy estar interessado por ela, mas ela ria sempre de tal ideia. Então a Sra. Collins achou mais prudente guardar para si suas suspeitas e não despertar esperanças que pudessem acabar em desapontamento. Em sua opinião, toda a relutância da amiga se acabaria se acreditasse estar ele em seu poder.

Nos planos que arquitetava para Elizabeth, por vezes imaginava-a se casando com o coronel Fitzwilliam. Ele era, sem comparação, o mais atraente. Admirava-a, sem dúvida, e sua situação na vida era de destaque. Mas, a contrabalançar tais vantagens, enquanto o Sr. Darcy tinha considerável influência na Igreja, seu primo não tinha nenhuma.

≈ CAPÍTULO 33 ≈

Mais de uma vez, durante seus passeios pelo parque, Elizabeth teve a surpresa de encontrar o Sr. Darcy. Ela sentia a perversidade do acaso que o levava onde ninguém mais costuma aparecer. Para impedir que tal incidente voltasse a ocorrer, ela teve o cuidado de informá-lo de que aquele era seu passeio favorito. Achou muito estranho, portanto, que o acaso se repetisse. Ele pouco falava e Elizabeth não se dava o trabalho de escutá-lo com muita atenção.

Certo dia em que Elizabeth, em seu passeio habitual, se encontrava relendo a última carta de Jane, detendo-se especialmente nos trechos em que Jane se mostrava mais deprimida, viu, ao levantar os olhos, que se encontrava diante do coronel Fitzwilliam, e não do Sr. Darcy, como ela supunha. Guardou imediatamente a carta, forçou um sorriso e disse:

– Não o tinha visto por estes lados ainda.

– Estava dando a volta no parque como geralmente faço todos os anos, e tencionava encerrar o passeio com uma visita ao presbitério. Tenciona seguir adiante?

– Não, já vou voltar.

E, dizendo isto, ela tomou a direção oposta e juntos tomaram o caminho do presbitério.

– Está mesmo decidido a deixar Kent no sábado? – perguntou Elizabeth.

– Sim, a menos que Darcy torne a adiar a partida. Mas estou a seu inteiro dispor e ele que decida como bem entender.

– E se não for de seu agrado o programa, ele, ao menos, terá um enorme prazer em exercer a faculdade de escolha. Não conheço ninguém que demonstre tanto prazer em fazer suas próprias vontades como o Sr. Darcy.

– Tem razão, ele gosta bastante de fazer o que quer – replicou o coronel Fitzwilliam. – Como todos nós, aliás. Só que ele tem meios para se dar a tal luxo pois é rico, e os outros, em sua maioria, são pobres. Falo com sinceridade. Na minha qualidade de filho mais novo, como sabe, tenho de estar preparado para o sacrifício e a obediência.

– Em minha opinião, o filho mais novo de um nobre conhece ambos muito pouco. Diga-me, seriamente, que sabe o senhor a respeito de sacrifício e obediência? Quando foi o senhor impedido, por falta de dinheiro, de se locomover livremente ou de obter coisas que desejava?

– Suas perguntas são de caráter doméstico, e talvez eu não possa dizer que tenha experimentado muitas dificuldades dessa ordem. Porém, em assuntos de maior importância, é possível que eu sofra pela falta de dinheiro. Os filhos mais novos nem sempre podem se casar segundo suas inclinações.

– A não ser que simpatizem com mulheres de fortuna, o que não é raro.

– O hábito que temos de gastar dinheiro nos torna dependentes demais e são poucos aqueles que, em situação idêntica à minha, se aventuram a casar sem considerar a questão monetária.

"Estará ele pensando em mim?"– perguntou-se Elizabeth, corando com a ideia; mas, dominando-se, disse, num tom alegre:

– E, diga-me, qual o preço habitual para o filho mais novo de um nobre? A não ser que o irmão mais velho seja muito doente, não creio que possam exigir nada além de cinquenta mil libras.

Ele respondeu no mesmo tom e o assunto morreu. Para interromper um silêncio que poderia fazer crer ao coronel que ela se sentira de qualquer modo afetada pelo que se passara, Elizabeth disse, pouco depois:

– Imagino que seu primo o tenha trazido consigo apenas com o intuito de ter alguém à sua disposição. Sendo assim, não percebo por que ele não se casa. Teria, desse modo, o problema resolvido. Mas talvez a irmã, de momento, preencha esses requisitos, pois está inteiramente sob seu cuidado e ele pode fazer com ela o que quiser.

– Não – disse o coronel Fitzwilliam –, isso é uma satisfação que ele tem de partilhar comigo. Exerço juntamente com ele a tutela da Senhorita Darcy.

– Ah, sim? Que espécie de tutores são os senhores? Essa tutela dá muito trabalho? As jovens da idade dela são, por vezes, difíceis de levar, e se ela possui o verdadeiro espírito dos Darcy, deve ser voluntariosa.

Enquanto assim falava, Elizabeth reparou que ele a olhava seriamente e, pela maneira como ele lhe perguntou, pouco depois, por que supunha ela que a Senhorita Darcy lhes pudesse causar preocupações, ficou convencida de que se aproximara da verdade. Ela imediatamente respondeu:

– Não se assuste. Nunca ouvi nada de mal a respeito dela. Tenho-a na conta de uma das pessoas mais maleáveis do mundo. Conheço duas senhoras que a apreciam bastante, a Sra. Hurst e a Senhorita Bingley. Creio que já o ouvi dizer que as conhece também.

– Conheço vagamente. O irmão delas é um cavalheiro muito simpático e bem-educado. É um grande amigo de Darcy.

– Ah, sim – disse Elizabeth, secamente –, o Sr. Darcy é especialmente atencioso com o Sr. Bingley e tem com ele um cuidado realmente prodigioso.

– Cuidado com ele! Sim, não me custa acreditar. Darcy cuida e vela por ele, sobretudo nas situações mais delicadas e que exigem cautela. Pelo que me contou em nossa viagem para cá, tenho razões para pensar que Bingley deve muito a Darcy. Mas ele terá de me desculpar, pois não tenho o direito de supor que Bingley seja o protagonista dessa história. É uma simples conjectura.

– Que quer dizer com isso?

– É uma coisa que Darcy não desejará com certeza que se espalhe, pois, se chegasse aos ouvidos da família da jovem, seria bastante desagradável.

– Pode ter certeza de que nada direi a tal respeito.

– E lembre-se de que não estou absolutamente certo de que isto tenha se passado realmente com Bingley. O que ele me contou foi apenas o seguinte: que ele felicitava a si mesmo por ter salvo um amigo dos inconvenientes de um casamento dos mais imprudentes, mas não mencionou nome ou qualquer detalhe. Suspeitei que se tratasse de Bingley apenas porque o tenho na conta de um desses jovens capazes de se meter em tais apuros e porque sei que eles estiveram juntos todo o verão passado.

– E o Sr. Darcy expôs os motivos dessa interferência?

– Compreendi que havia objeções muito fortes contra a moça.

– E que artifícios empregou ele para separá-los?

– Ele não me pôs a par da manobra – disse Fitzwilliam, sorrindo. – Apenas me disse o que acabei de lhe contar.

Elizabeth não respondeu e continuou a caminhar, o coração repleto de indignação. Após observá-la durante alguns instantes, Fitzwilliam perguntou por que estava tão pensativa.

– Pensava no que me contou. A conduta de seu primo não se coaduna com meus sentimentos. Por que ele se achou no direito de julgar?

– Parece estar disposta a considerar inoportuna a atitude dele.

– Não vejo com que direito o Sr. Darcy pode determinar de que maneira seu amigo poderá ser feliz. Mas – continuou ela, voltando a si – como não temos qualquer conhecimento das circunstâncias, não é justo condená-lo. Não deveria existir grande amor nessa história.

– A suposição não é improvável – disse Fitzwilliam –, porém diminui bastante o triunfo de meu primo.

Essas palavras foram ditas em tom de gracejo, mas a Elizabeth pareceram retrato tão fiel de Darcy que achou mais prudente calar-se para não se trair em sua resposta. Mudaram repentinamente de assunto e falaram de coisas indiferentes até chegarem ao presbitério.

Fechada em seu quarto, mal o visitante a deixou, pôde pensar sem interrupção sobre tudo o que ouvira. Não havia dúvida de que se tratava de sua família. Não poderiam existir no mundo dois homens sobre os quais o Sr. Darcy exercesse um domínio tão absoluto. Que ele influíra nas medidas adotadas para separar o Sr. Bingley de Jane, ela nunca duvidara. Entretanto, sempre atribuíra à Senhorita Bingley a iniciativa do plano e a parte mais importante de sua execução. Se a vaidade dele não o iludira, o Sr. Darcy era, por seu orgulho e capricho, a causa de tudo o que Jane tinha sofrido, e ainda sofria. Ele arruinara por algum tempo todas as esperanças de felicidade para o coração mais afetuoso e mais generoso do mundo, e ninguém poderia prever quão duradouro seria o mal por ele infligido.

"Havia fortes objeções contra a garota." Foram essas as palavras do coronel Fitzwilliam, e essas fortes objeções eram, provavelmente, o fato de ela ter um tio advogado na província e outro comerciante em Londres.

"Contra a própria Jane não poderia haver qualquer possibilidade de objeção. Ela é só doçura e bondade! É inteligente, educada, e suas maneiras são cativantes. Nada existe também contra meu pai. É um pouco excêntrico, mas tem qualidades que nem o Sr. Darcy pode desdenhar, acrescidas de uma respeitabilidade que ele provavelmente nunca alcançará." – refletiu Elizabeth. Porém, quando pensou na mãe, sua confiança declinou um pouco, mas não admitia que quaisquer objeções nesse campo pesassem aos olhos do Sr. Darcy. Por fim, ela concluiu que o Sr. Darcy se deixara levar em parte por seu desmedido orgulho e em parte pelo desejo de guardar o Sr. Bingley para sua irmã.

A agitação e as lágrimas que o assunto provocou trouxeram a Elizabeth uma dor de cabeça que, agravando-se pela tarde e aliada à sua aversão pelo Sr. Darcy, a impediram de acompanhar seus primos a Rosings, onde iriam tomar chá. A Sra. Collins, vendo que ela realmente não estava bem, não insistiu e poupou-a da insistência do Sr. Collins, que, apesar de tudo, não escondia seu receio de que Lady Catherine ficasse aborrecida por Elizabeth ficar em casa.

≈ CAPÍTULO 34 ≈

Depois de todos terem partido, Elizabeth, como se tencionasse exasperar-se ainda mais contra o Sr. Darcy, escolheu como ocupação a leitura de todas as cartas que Jane lhe enviara desde que ela, Elizabeth, estava em Kent. As cartas não continham nenhuma queixa expressa, nem relembravam acontecimentos passados ou comunicavam sofrimentos presentes. Contudo, em todas elas, em quase cada linha, sentia-se a falta daquela animação que sempre caracterizara o estilo de Jane, o qual, provindo da serenidade de um espírito tranquilo consigo mesmo e bem-disposto com todos, raramente havia sido eclipsado. Com uma atenção maior do que na primeira leitura, notava agora a inquietude em algumas frases. A vergonhosa atitude do Sr. Darcy gabando-se a respeito dos sofrimentos que pudesse ter causado fazia que ela sentisse mais dolorosamente os sofrimentos de sua irmã.

Ao pensar na partida de Darcy, lembrou-se que o primo também o acompanharia. Embora o coronel Fitzwilliam fosse muito simpático, Elizabeth não estava disposta a sofrer por sua causa.

Enquanto assim pensava, foi subitamente despertada pelo som da campainha da porta. A princípio sentiu-se um pouco alvoroçada com a ideia de que pudesse ser o coronel Fitzwilliam, que já uma vez aparecera bastante tarde, e que agora talvez tivesse vindo saber notícias dela. Essa ideia, porém, foi logo banida e sentiu uma emoção inteiramente diversa quando viu, para sua imensa surpresa, o Sr. Darcy avançar pela sala. Um pouco em atropelo, ele fez várias perguntas sobre sua saúde, atribuindo sua visita ao desejo de sabê-la um pouco melhor. Ela respondeu com fria amabilidade. Darcy conservou-se sentado durante alguns instantes e depois, levantando-se, pôs-se a passear pela sala. Elizabeth estava espantada, mas nada disse. Após um silêncio de alguns minutos, aproximou-se, agitado e falou:

– Em vão tenho lutado, mas de nada serve. Meus sentimentos não podem ser reprimidos e permita-me dizer-lhe que a admiro e a amo ardentemente.

Elizabeth ficou abismada. Olhou-o fixamente, corou, duvidou e não pronunciou palavra. O Sr. Darcy viu nisso um encorajamento e fez a confissão de tudo o que sentia e desde quando o sentia. Ele exprimiu-se bem, mas através de suas palavras outros sentimentos podiam ser percebidos, além daqueles do coração, e ele não falava com maior eloquência de sua ternura do que de seu orgulho. O sentimento da inferioridade de Elizabeth, do rebaixamento que aquele amor representava, os obstáculos da família que a razão sempre opusera à inclinação, foram descritos com um ardor que provinha do triunfo de sua afeição, mas que recomendava pouco suas pretensões.

Apesar de sua profunda antipatia, Elizabeth nunca poderia permanecer indiferente à paixão de tal homem e, embora suas intenções não mudassem por um só instante que fosse, a princípio sentiu pena por se ver obrigada a decepcioná-lo. Ressentida com as palavras dele, ela perdeu toda a compaixão em sua cólera. Procurou, no entanto, dominar-se para, com paciência, saber responder mal ele acabasse de falar.

Ele concluiu descrevendo a força de sua afeição, que, apesar de todos os seus esforços, não conseguira dominar, e exprimiu sua esperança de ver essa afeição recompensada pela aceitação de Elizabeth. Elizabeth percebeu, assim, que ele não duvidava que sua resposta seria positiva. Ele falava em apreensão e ansiedade, mas em seu rosto transparecia a certeza. Tal atitude só a exasperava ainda mais e quando ele terminou, o sangue subiu ao rosto de Elizabeth, que lhe disse:

– Em casos como esse, creio que é costume exprimir nossa gratidão pelos sentimentos que nos são confessados, qualquer que seja a incapacidade de os retribuir. É natural o sentimento de obrigação e se eu me sentisse de qualquer modo grata, não deixaria de lhe agradecer. Mas nada disso me é possível. Nunca desejei sua boa opinião, que, aliás, o senhor me confere contra sua própria vontade. Custa-me magoar alguém. Não é propositadamente que o faço e só me resta esperar que a mágoa não dure muito. Os sentimentos que, segundo o senhor me disse, o impediram durante muito tempo de reconhecer seu amor hão de socorrê-lo facilmente após a presente explicação.

O Sr. Darcy, que estava apoiado contra a cornija da lareira com os olhos fixos no rosto de Elizabeth, pareceu receber a comunicação dela com um ressentimento não menor do que sua surpresa. Seu rosto tornou-se pálido de cólera e a perturbação era visível em cada um de seus traços. Lutava por aparentar serenidade e não ousava pronunciar-se antes de sentir que conseguiria fazê-lo. A pausa era insuportável para Elizabeth. Finalmente, numa voz forçadamente calma, disse:

– E é essa a única resposta a que eu tinha direito e com a qual tenho de me contentar! Desejaria, talvez, ser informado da razão por que me rejeita assim, sem a menor tentativa de delicadeza de sua parte. Mas não tem importância.

– Também eu poderia perguntar – replicou ela – por que, com o intuito tão evidente de me ofender e insultar, resolveu o senhor dizer-me que gostava de mim contra a sua vontade, contra a sua razão e mesmo contra o seu caráter? Não é essa desculpa suficiente para a minha falta de cortesia? Se é que realmente cometi essa falta. Mas tenho outros motivos para me sentir ferida. O senhor os conhece bem. Se acaso meus sentimentos não me indispusessem contra o senhor, se eles fossem indiferentes ou mesmo favoráveis, está convencido de que qualquer consideração me inclinaria a aceitar um homem que arruinou talvez para sempre a felicidade de minha irmã adorada?

Ao ouvir pronunciar tais palavras, o Sr. Darcy mudou de cor, mas a emoção pouco durou, e ele continuou a ouvir sem tentar interrompê-la.

– Tenho mil e uma razões para pensar mal do senhor – prosseguiu Elizabeth. – Nenhum motivo poderá desculpar o ato injusto e mesquinho que praticou. O senhor não ousará, não poderá negar que foi o principal, senão o único, agente na separação dos dois, e o responsável por expor um à censura e ao ridículo do mundo por capricho e instabilidade, e o outro ao escárnio pela decepção de suas esperanças, envolvendo ambos numa situação extremamente embaraçosa.

Ela fez uma pequena pausa e viu, com grande indignação, que ele a escutava com ar de quem não sentia remorso. Olhava-a, até, com um sorriso de incredulidade afetada.

– Acaso nega o que fez? – replicou ela.

Com uma fingida tranquilidade, ele então respondeu:

– Não desejo negar que fiz tudo o que pude para separar meu amigo de sua irmã, nem negarei que me alegro com esse êxito. Fui mais previdente com ele do que comigo mesmo.

Elizabeth recusou-se a mostrar que compreendera a delicadeza dessa observação, mas seu sentido não lhe escapou, nem pôde aplacá-la.

– Mas não é apenas daí que vem minha antipatia – continuou ela. – Muito antes disso eu já tinha opinião formada a seu respeito. Seu caráter foi revelado alguns meses atrás pelo Sr. Wickham. Que ato imaginário de amizade poderá o senhor alegar para se justificar? Que falsos motivos poderá inventar para iludir os outros?

– A Senhorita denota um ávido interesse por esse cavalheiro – disse Darcy, com uma voz menos firme e corando intensamente.

– Quem poderá, conhecendo seu infortúnio, deixar de se interessar por ele?

– Seu infortúnio! – repetiu Darcy, com desprezo. – Sim, seu infortúnio foi realmente grande.

– E foi o senhor quem o infligiu! – exclamou Elizabeth, energicamente. – Foi o senhor quem o reduziu a seu estado atual de relativa pobreza. O senhor quem lhe recusou as vantagens que lhe estavam destinadas. Privou-o, durante os melhores anos de sua vida, da independência a que ele tinha direito, e que, aliás, merecia. Tudo isso o senhor fez, e atreve-se agora a ouvir o relato de seu infortúnio com desprezo e ironia.

– É, então, essa a opinião que tem de mim! – exclamou Darcy, caminhando agitado pela sala. – É esse o valor que me dá! Agradeço por ter se mostrado tão explícita. Minhas faltas, tais como as representa, são realmente pesadas! Essas ofensas nunca teriam sido reveladas, acaso eu não tivesse ferido seu orgulho ao confessar-lhe com toda sinceridade os escrúpulos que durante tanto tempo me impediram de tomar uma resolução. Poderia ter evitado suas amargas acusações se me tivesse mostrado mais hábil, escondendo minhas lutas e fazendo crer que era movido por uma inclinação a que nada se opunha, nem a razão, nem a reflexão, nem qualquer outro motivo. Mas eu odeio toda espécie de fingimento. Tampouco me envergonham os sentimentos que lhe exprimi. São naturais e justos. Acaso esperava que me regozijasse pela inferioridade de seus parentes? Ou que me alegrasse com a esperança de me relacionar com pessoas de condição tão decididamente inferior à minha?

Elizabeth sentia sua cólera crescer a cada momento. Contudo, esforçou-se por responder serenamente:

– Está enganado, Sr. Darcy. Sua atitude apenas me poupou de qualquer apreensão que eu pudesse sentir ao ter de recusar seu pedido, acaso ele tivesse sido feito de uma forma mais cavalheiresca.

Ela notou como ele se sobressaltara ao ouvir tais palavras, mas o Sr. Darcy nada disse e ela continuou:

– Eu teria recusado de qualquer modo.

De novo seu espanto se tornou evidente. Ele olhou-a com incredulidade e mortificação. Ela prosseguiu:

– Desde o princípio, desde o primeiro instante em que o vi, posso afirmá-lo, que suas maneiras me convenceram de que era um homem arrogante, pretensioso e que devotava a maior indiferença pelos sentimentos alheios. Essa impressão foi tão profunda que constituiu, por assim dizer, o alicerce sobre o qual os acontecimentos subsequentes elevaram uma indestrutível antipatia. E ainda não o conhecia há um mês e já estava convencida de que seria o senhor o último homem no mundo com quem me convenceriam a casar.

– Não precisa acrescentar mais nada, minha senhora. Compreendo perfeitamente seus sentimentos e nada me resta senão envergonhar-me dos meus. Perdoe-me ter tomado seu precioso tempo e aceite meus mais sinceros votos de felicidade.

Com essas palavras ele abandonou apressadamente a sala e, após alguns minutos, Elizabeth ouviu-o abrir a porta da frente e sair. Incapaz de se manter de pé, deixou-se cair sobre uma cadeira e chorou durante meia hora. Sua surpresa aumentava a cada recordação do que se passara. Recebera uma proposta de casamento do Sr. Darcy! Há vários meses que ele estava apaixonado por ela! E amava-a tanto que desejava desposá-la apesar de todas as objeções que tinham contribuído para que ele impedisse o casamento do amigo. Era agradável saber que ela tinha inspirado uma afeição tão forte. Mas o orgulho de Darcy, seu orgulho abominável, a cínica confissão de sua atitude com Jane, sua imperdoável tranquilidade ao reconhecer o que tinha feito, embora não o pudesse justificar, e a insensibilidade com que se referia ao Sr. Wickham, sem que tentasse negar a crueldade com que o tinha tratado, logo se sobrepuseram à compaixão que o interesse na paixão confessada lhe despertou.

Essas agitadas reflexões continuaram torturando-a, até ouvir o ruído da carruagem de Lady Catherine, o que a fez correr para seu quarto, pois não se sentia em condições de enfrentar o olhar perspicaz de Charlotte.

≈ CAPÍTULO 35 ≈

Quando acordou na manhã seguinte, Elizabeth encontrou os mesmos problemas e reflexões. Ainda não havia se recuperado da surpresa com o que havia acontecido. Logo após o café, foi fazer um pouco de exercício ao ar livre. Encaminhava-se para seu passeio favorito quando se lembrou que o Sr. Darcy costumava aparecer por lá. Em vez de entrar no parque, Elizabeth tomou a trilha que o rodeava.

Depois de percorrer por duas ou três vezes aquele trecho, sentiu-se tentada a parar perto de um dos portões e contemplar o parque. Durante as cinco semanas que permanecera em Kent, uma grande transformação se operara e cada dia as árvores ficavam mais verdes. Elizabeth preparava-se para continuar o passeio quando, no pequeno bosque que limitava o parque, avistou de relance um homem caminhando em sua direção. Receando que se tratasse do Sr. Darcy, Elizabeth decidiu se afastar, mas a pessoa já se encontrava suficientemente perto para poder vê-la. Apressando o passo, essa pessoa aproximou-se e pronunciou seu nome. Estendendo-lhe uma carta, que ela instintivamente aceitou, disse com ar altivo:

– Andei pelo bosque na esperança de encontrá-la. Quer dar-me a honra de ler esta carta? – E, fazendo uma ligeira reverência, o Sr. Darcy se virou e partiu.

Sem qualquer expectativa de prazer, mas com grande curiosidade, Elizabeth abriu a carta e, com um espanto sempre crescente, viu que o envelope continha duas folhas de papel, preenchidas por uma letra apertada. Prosseguindo seu passeio pela alameda, Elizabeth começou a ler. A carta estava datada de Rosings, às oito horas da manhã, e constava do seguinte:

"Ao receber esta carta, não fique alarmada pensando que ela contém a repetição daqueles sentimentos ou a renovação das propostas que ontem à noite tanto a aborreceram.

Escrevo sem qualquer intenção de a irritar ou de me humilhar insistindo em exprimir esperanças que, para a felicidade de ambos, não poderão ser esquecidas cedo demais. O esforço que esta carta poderá representar, para mim ao escrevê-la e para você ao lê-la, teria sido poupado, acaso meu caráter não exigisse que ela fosse escrita e lida. Necessito, pois, que me perdoe a liberdade com que exijo sua atenção. Sei que me atenderá com relutância, mas não posso deixar de fazê-lo.

Duas foram as acusações que ontem à noite me fez, diferentes na natureza e na importância. Acusou-me, primeiro, de ter separado o Sr. Bingley de sua irmã, sem me importar com os sentimentos de ambos; e, segundo, de ter arruinado a prosperidade imediata e as probabilidades futuras do Sr. Wickham, contrariando seus direitos, contrariando a honra e a humanidade. Repudiar voluntária e gratuitamente o companheiro de minha infância, o favorito declarado de meu pai, um rapaz que dependia exclusivamente de nossa proteção e a quem essa fora prometida, seria uma perversidade mais grave do que a separação de duas pessoas cuja afeição, embora verdadeira, nunca poderia ter crescido excessivamente durante aquelas poucas semanas em que estiveram juntas. Espero, no futuro, estar salvaguardado da severidade das censuras que me foram feitas com tanta veemência sobre esses dois casos após a leitura da seguinte explicação de meus atos e motivos. Se nesta minha exposição me vir obrigado a exprimir sentimentos que a possam ofender, apenas me resta participar-lhe meu sincero pesar. A necessidade a isso me obriga.

Pouco tempo depois de nossa chegada a Hertfordshire, percebi, juntamente com outras pessoas, que Bingley preferia sua irmã mais velha a qualquer outra jovem na região. Porém, foi só por ocasião do baile em Netherfield que pela primeira vez receei que ele se apaixonasse seriamente. Já várias vezes o vira apaixonado. No baile, enquanto dançava com a Senhorita, soube, através da informação acidental de Sir William, que as atenções de Bingley com sua irmã tinham dado margem a um rumor geral acerca do casamento de ambos. Sir William fez referência como a um acontecimento inquestionável, do qual só a data era incerta. A partir desse momento, dediquei toda minha atenção às atitudes de meu amigo e reparei que a inclinação dele pela Senhorita Bennet era mais evidente do que qualquer uma das que vi anteriormente. Observei também sua irmã. O olhar e as maneiras eram francos, alegres e atraentes como sempre, mas sem qualquer sintoma especial de afeição, o que definitivamente me convenceu de que, embora ela aceitasse as atenções de Bingley com prazer, não as provocava porque participasse do mesmo sentimento. Aqui, se a Senhorita não se enganou, enganei-me eu. Seu conhecimento íntimo de sua irmã tornará mais provável a última hipótese. Nesse caso, se meu erro me levou a infligir um desgosto a sua irmã, seu ressentimento não é injustificado. Entretanto, afirmo que a serenidade do rosto de sua irmã e a tranquilidade de seus modos eram tais que trariam ao observador mais perspicaz a convicção de que, apesar de toda a amabilidade de seu temperamento, o coração não era dos mais fáceis de atingir. É certo que eu desejava acreditar na indiferença dela, mas ouso afirmar que minhas investigações e decisões não são geralmente influenciadas por minhas esperanças ou receios. Não foi porque o desejasse que acreditei na indiferença de sua irmã, mas, simplesmente, porque cheguei a uma convicção imparcial, e ela é tão sincera quanto meu desejo. Minhas objeções contra tal casamento não foram apenas aquelas que ontem à noite lhe expus e que, no meu caso, exigiram toda a força da paixão para serem vencidas; a desigualdade social não representaria um mal tão grande para meu amigo como para mim. Mas existiam outras causas para minha resistência; causas que, embora ainda existentes e idênticas para ambos os casos, eu tentei esquecer porque não diziam respeito a mim. Tais causas necessitam ser mencionadas, embora sumariamente. A situação da família de sua mãe, se bem que pouco recomendável, nada era em comparação com aquela falta total de delicadeza tão frequente e quase permanentemente demonstrada por tal senhora, por suas três irmãs mais jovens e por vezes até por seu pai.

Perdoe-me. Custa-me ofendê-la. Contudo, qualquer que seja o aborrecimento que seus parentes mais próximos possam lhe causar ou a tristeza que a presente descrição provocará, espero que a seguinte reflexão lhe sirva de consolo: que a Senhorita e sua irmã mais velha sempre se comportaram de modo a evitar uma censura semelhante é o melhor elogio que se poderá fazer à sensatez e ao caráter de ambas. Tudo o que se passou naquela noite veio confirmar minha opinião sobre todas as pessoas em questão e fortalecer minha resolução de proteger meu amigo de uma aliança que eu considerava desastrosa. Ele deixou Netherfield no dia seguinte, como decerto está lembrada, com a intenção de regressar em breve.

Devo agora explicar qual a minha interferência no caso. A inquietude das irmãs de Bingley fora igualmente despertada e logo descobrimos a coincidência de nossos sentimentos a tal respeito. Convencidos da urgência em afastar Bingley, decidimos acompanhá-lo a Londres. Foi o que fizemos, e não perdi tempo em revelar ao meu amigo os inconvenientes de sua escolha. Descrevi e frisei com toda a gravidade. No entanto, por mais que essa advertência possa ter abalado sua resolução, não creio que teria sido suficiente para impedir o casamento se não tivesse sido apoiada pela afirmação, que não hesitei em fazer, de que sua irmã lhe era indiferente. Ele acreditara até aquele momento que a Senhorita Jane correspondia sinceramente à sua afeição. Mas Bingley é por natureza muito modesto e comovedoramente dependente da minha opinião. Convencê-lo, portanto, de que ele estava enganado, não foi difícil. Persuadi-lo a não retornar a Herfordshire, após ter firmado o primeiro ponto, foi coisa de um instante. Não me arrependo do que fiz. Existe apenas uma parte de minha conduta que não me satisfaz inteiramente pois condescendi em usar de certos artifícios para esconder de Bingley o fato de sua irmã se encontrar em Londres. Sabia dessa presença, bem como a Senhorita Bingley, mas ele ainda agora ignora o fato. É, talvez, provável que eles se encontrassem sem outras consequências, mas seu afeto não me pareceu suficientemente extinto para que ele pudesse ver sua irmã sem correr algum perigo. Talvez tal encobrimento, tal subterfúgio, seja indigno de mim. Contudo, é um fato consumado, inspirado pelas melhores intenções. Sobre esse assunto nada mais tenho a dizer. Se acaso causei desgosto a sua irmã, foi sem saber que o fazia, e, embora os motivos que inspiraram minha conduta lhe pareçam naturalmente insuficientes, não vejo ainda razões para condená-los.

Quanto à outra acusação que me foi feita, a mais grave e que diz respeito ao Sr. Wickham, só poderei refutá-la revelando-lhe a história de sua relação com minha família. Ignoro se ele formulou alguma acusação particular à minha pessoa, mas acerca da verdade do que vou relatar poderei indicar-lhe mais de uma testemunha insuspeita. O Sr. Wickham é filho de um homem muito respeitável, que durante vários anos geriu os bens da propriedade de Pemberley e cuja conduta irrepreensível no desempenho de seu cargo mereceu a gratidão de meu pai, gratidão essa que se refletiu sobretudo em George Wickham, seu afilhado, para quem se mostrou de uma generosidade sem limites e a quem devotou grande afeição. Meu pai pagou-lhe os estudos num colégio e mais tarde em Cambridge, auxílio este deveras importante, pois o pai do Sr. Wickham, que as extravagâncias da esposa privavam quase sempre do necessário, não estava em condições de dar ao filho uma educação de alto nível. Meu pai não só apreciava a companhia de George Wickham como tinha por ele a maior admiração e, na esperança de que o rapaz abraçasse a carreira eclesiástica, tencionava ajudá-lo nesse sentido. Quanto a mim, desde há muito tempo que me desiludira a respeito dele. Suas más inclinações, a falta de escrúpulos que ele tinha o cuidado de esconder de seu melhor amigo, não poderiam passar despercebidas a um rapaz da mesma idade que ele, que o observava e tinha a oportunidade de vê-lo em momentos de descuido, coisa que ao Sr. Darcy era impossível. De novo me vejo forçado a magoá-la – até que ponto, só a Senhorita poderá dizer. Mas quaisquer que sejam os sentimentos que o Sr. Wickham lhe possa ter inspirado, a suspeita que alimento acerca desses sentimentos não me impedirá de lhe revelar o verdadeiro caráter de tal pessoa. Meu excelente pai morreu há cerca de cinco anos e sua afeição pelo Sr. Wickham manteve-se tão firme até o fim que em suas últimas vontades me recomendou que me encarregasse de velar pelo bem-estar de seu afilhado e, acaso ele se ordenasse, providenciasse para que fosse ocupar um importante posto, mal este vagasse. Deixou-lhe também um legado de mil libras. O pai dele não sobreviveu muito tempo ao meu, e meio ano após esses acontecimentos recebi uma carta do Sr. Wickham em que ele me informava ter decidido não se ordenar, e me pedia o adiantamento da compensação pecuniária pelo lugar que ele nunca ocuparia. Tencionava dedicar-se ao estudo de Direito e esperava que eu compreendesse que mil libras não bastariam para isso. Apesar do meu desejo de acreditar em sua sinceridade, não consegui. Mesmo assim, mostrei-me favorável à sua proposta. Eu sabia que o Sr. Wickham nunca enveredaria pela carreira eclesiástica. O assunto foi em breve arrumado. Ele renunciou a toda a proteção relativa à sua entrada na Igreja e aceitou em troca a quantia de três mil libras. A partir daí, nada tínhamos a dizer um ao outro. O que eu sabia a respeito dele era suficiente para não o desejar como amigo. Não o convidava para Pemberley, nem procurava sua companhia na capital. Creio que sua pretensão de estudar Direito não passou de um subterfúgio e achando-se nessa altura liberto de qualquer obrigação, entregou-se a uma vida de indolência e dissipação. Durante três anos poucas notícias tive dele, mas quando faleceu a pessoa que ocupava o posto que lhe fora destinado, ele tornou a escrever-me, solicitando o seu lugar. Dizia ele que sua atual situação era bastante precária. Descobrira que o estudo de Direito era pouco proveitoso e estava agora resolvido a tomar ordens caso eu o apresentasse para o posto que acabara de vagar – coisa que ele não duvidava que eu faria, pois estava informado de que não havia outro pretendente ao cargo, e confiava que eu não houvesse esquecido as intenções de meu venerável pai. Creio que não me censurará por lhe ter recusado tal pretensão e rejeitado todas as suas tentativas no mesmo sentido. Seu ressentimento foi proporcional à situação desesperada em que se encontrava. Mostrou-se, sem dúvida, tão violento no ataque à minha pessoa como nas recriminações que me dirigiu. Após esse período, todas as relações de mera formalidade foram cortadas. Como ele viveu, não sei.

No verão passado tornou a atravessar meu caminho, e da forma mais repugnante. Menciono agora certas circunstâncias que desejaria esquecer e que apenas uma obrigação tão forte como a atual me leva a revelar. Depois de ter dito isso, confio inteiramente em sua discrição. Minha irmã, dez anos mais jovem que eu, foi deixada em tutela ao sobrinho de minha mãe, o coronel Fitzwilliam, e a mim próprio. Há cerca de um ano, ela saiu do colégio e foi morar em Londres, na companhia de uma senhora encarregada de sua educação. No verão passado, ela e essa senhora foram para Ramsgate. O Sr. Wickham, obedecendo sem dúvida a um plano, partiu para o mesmo lugar; descobriu-se depois que houvera um entendimento prévio entre ele e a Sra. Younge, sobre cujo caráter nos enganamos desgraçadamente. Com o auxílio e a conivência de tal pessoa, George Wickham conseguiu captar de tal modo as boas graças de Georgiana, cujo coração extremamente afetivo conservava ainda viva a impressão da bondade com que ele a tratara em criança, que ela se convenceu de que o amava e concordou em fugir com ele. Ela tinha então apenas quinze anos, o que lhe servirá de desculpa; e, após ter constatado sua imprudência, tenho o consolo de poder acrescentar que soube disto por ela própria. Cheguei a Ramsgate, inesperadamente, um ou dois dias antes da projetada fuga, e Georgiana, incapaz de suportar a ideia de desgostar e ofender um irmão que ela considerava quase como um pai, confessou-me tudo. Pode bem imaginar como me senti e como agi. A fim de não prejudicar a reputação de minha irmã e não ofender seus sentimentos, abstive-me de qualquer ato de represália em público, mas escrevi ao Sr. Wickham, que partiu imediatamente. Quanto à Sra. Younge, não hesitei em despedi-la. O principal objetivo do Sr. Wickham era, sem dúvida, apoderar-se da fortuna de minha irmã, que é de trinta mil libras. Mas não posso deixar de pensar que o desejo de se vingar de mim tenha também influído fortemente. Sua vingança seria realmente completa.

Essa é, minha senhora, a narrativa fiel dos acontecimentos que nos dizem respeito; e, se não a rejeitar como absolutamente falsa, espero que me sirva de atenuante para a crueldade com que agi contra o Sr. Wickham. Não sei de que modo, nem que falsidades ele usou para atraí-la à sua causa, mas o êxito por ele alcançado não é de estranhar. Dada a sua ignorância total dos fatos e das personagens, não só não estava em seu poder desmascarar essas falsidades, como, além de tudo, o seu temperamento não é dado à desconfiança. Talvez se surpreenda por eu não ter lhe contado tudo isso ontem à noite, mas naquele momento não tinha suficiente domínio sobre mim mesmo para decidir o que devia e o que não devia revelar. Quanto à verdade de tudo o que aqui ficou relatado, posso apelar para o testemunho do coronel Fitzwilliam, que, dado nosso parentesco e constante intimidade, e sobretudo sua qualidade de executor testamentário de meu pai, está a par de todos os detalhes. Se acaso a antipatia que por mim nutre a impedir de dar o devido valor às minhas asserções, o mesmo não acontecerá em relação a meu primo, e, para que haja a possibilidade de consultá-lo, procurarei entregar-lhe esta carta logo de manhã. Acrescentarei apenas, Deus a abençoe!

– Fitzwilliam Darcy."

≈ CAPÍTULO 36 ≈

Se quando recebeu a carta das mãos do Sr. Darcy Elizabeth não esperava que ela contivesse a repetição das propostas dele, também não tinha qualquer ideia sobre o que ela pudesse versar. É fácil, portanto, imaginar com quanta avidez ela a percorreu e quantas emoções contraditórias seu conteúdo produziu em seu espírito. Seus sentimentos durante a leitura eram indefinidos. Começou por constatar, com assombro, que ele acreditava poder desculpar-se, pois estava persuadida de que um justo pudor o impediria de dar qualquer explicação. Fortemente prevenida contra tudo o que ele pudesse dizer, começou a ler seu relato do que tinha acontecido em Netherfield. Leu com uma ansiedade que quase a impedia de compreender; a impaciência de saber o que diria a próxima frase a incapacitava de aprofundar o sentido daquela que tinha diante dos olhos. Elizabeth desde logo decidiu que era falsa a alegação do Sr. Darcy de que ele acreditara na insensibilidade de sua irmã. Suas outras objeções contra o casamento, as mais difíceis de aceitar, enfureciam-na a tal ponto que aboliam todo o seu desejo de ser justa. As palavras de Darcy não exprimiam qualquer arrependimento; o seu estilo não era o de quem queria se desculpar. Era arrogante, orgulhoso e insolente.

Porém, quando passou para o outro assunto, depois de ter lido com mais atenção o relato de acontecimentos que, se verdadeiros, deitariam por terra sua elevada opinião do Sr. Wickham, e que aliás ofereciam uma semelhança alarmante com a história que o próprio Sr. Wickham contara, seus sentimentos aumentaram de intensidade e tornaram-se ainda mais difíceis de definir. Assombro, apreensão, e até horror, oprimiam-na. Recusando-se a acreditar em tal coisa, exclamava repetidamente: "É falso! Não pode ser! Trata-se de uma tremenda mentira!" E quando chegou ao final da carta, apesar de mal ter prestado atenção nas duas últimas páginas, Elizabeth guardou-a precipitadamente, decidida a não tornar a olhar para ela.

Nesse confuso estado de espírito, assaltada por pensamentos que não se concretizavam, ela continuou andando, sem rumo certo. Mas não era solução. Em meio minuto a carta foi de novo desdobrada e, concentrando toda a sua atenção, ela retomou a mortificante leitura de tudo o que dizia respeito a Wickham e esforçou-se para avaliar o sentido de cada frase. A história de suas relações com a família de Pemberley condiziam exatamente com o que ele próprio lhe contara; e a bondade do falecido Sr. Darcy, embora anteriormente não conhecesse toda a sua extensão, correspondia igualmente a suas próprias palavras. Até aqui as duas narrativas coincidiam: mas, quando ela chegou ao testamento, a diferença era grande. Conservava ainda frescas na memória as palavras de Wickham e ao compará-las ao presente relato, tornava-se evidente a existência de uma grosseira duplicidade em algum dos lados e, por alguns momentos, ela teve a esperança de que a verdade coincidisse com seus desejos. Porém, depois de ler e reler com a maior atenção os detalhes que se seguiam imediatamente à desistência de Wickham de todos os direitos ao lugar que lhe fora destinado, recebendo em troca a soma considerável de três mil libras, novamente ela foi forçada a hesitar. Afastou a carta, pesou cada circunstância com desejada imparcialidade, ponderou a probabilidade de cada testemunho, mas sem grande êxito. Tanto de um lado como do outro, havia apenas as afirmações em que se basear. Retomou a leitura. Mas cada linha provava mais claramente que a história, que a princípio achara impossível interpretar de maneira a tornar a conduta do Sr. Darcy menos infame, podia ser vista sob um prisma que o ilibava inteiramente.

A extravagância e a dissolução que o Sr. Darcy não hesitava em atribuir ao caráter do Sr. Wickham a feriam muito; tanto mais que ela não podia apresentar uma prova de que essas acusações eram injustas. Elizabeth nunca ouvira falar em Wickham antes de sua entrada no destacamento, ao qual ele se incorporara por sugestão de um jovem que ele acidentalmente encontrara em Londres. Nada se sabia em Hertfordshire que dissesse respeito a sua vida anterior, a não ser o que ele próprio tornara público. Quanto ao seu verdadeiro caráter, mesmo que isso lhe tivesse sido possível, Elizabeth nunca se sentira tentada a fazer investigações nesse sentido. Sua figura, voz e modos haviam bastado para que ela lhe atribuísse todas as virtudes. Ela buscou em suas recordações algum exemplo de bondade, de algum traço marcante de integridade ou de benevolência que o pudesse imunizar dos ataques do Sr. Darcy. Mas nada encontrou dessa natureza. Recordava-se perfeitamente dele, com todo o encanto de suas boas maneiras, mas não via maneira de atribuir a ele um ato concreto de virtude que merecesse a aprovação geral. Após refletir muito sobre esse ponto, voltou de novo a ler. Mas, infelizmente, a história que se seguia, relativa aos seus desígnios com relação à Senhorita Darcy, era confirmada pela conversa que na manhã anterior tivera com o coronel Fitzwilliam; e, por fim, o Sr. Darcy apelava para o testemunho do coronel Fitzwilliam, de modo que ela pudesse obter a confirmação de cada pormenor de sua versão. Sabia, por informação prévia do coronel, que ele estava intimamente ligado a todas as circunstâncias da vida de seu primo e não tinha motivo algum para duvidar de seu caráter. Por um instante, ela esteve quase tentada a procurar o coronel, mas logo pôs a ideia de lado, pois não só tal atitude exigiria uma explicação embaraçosa, como também estava ciente de que o Sr. Darcy jamais a teria sugerido se não tivesse certeza absoluta da confirmação de seu primo.

Elizabeth lembrava-se perfeitamente da conversa que tivera com o Sr. Wickham, naquela primeira noite na casa da Sra. Philips. Muitas das expressões que ele usara conservavam-se ainda frescas em sua memória. Ela compreendeu, então, de súbito toda a impropriedade que havia naquelas confidências feitas a uma pessoa estranha e admirou-se de nunca haver pensado isso antes. Percebeu a indelicadeza daquela exibição e a incongruência entre suas afirmações e sua atitude. Lembrava-se de que ele se ufanara de não temer um encontro com o Sr. Darcy, e de ter dito que o outro que se afastasse, se assim o desejasse, mas que ele se manteria ali. Contudo, na semana seguinte ele encontrou maneira de fugir do baile em Netherfield. Recordou-se também de que, até o momento da partida da família de Netherfield, ele se abstivera de contar sua história a outra pessoa, mas que a partir daí ela fora comentada em toda parte, sem nenhum escrúpulo em denegrir o caráter do Sr. Darcy, apesar de ter declarado a ela que o respeito pela memória do pai sempre o impediria de acusar o filho.

Como tudo lhe parecia agora diferente! Suas atenções com a Senhorita King eram a consequência de odiosas intenções puramente mercenárias; e a reduzida fortuna da jovem não provava tanto a moderação dos desejos do pretendente, como a sua ansiedade em se agarrar à primeira oportunidade que lhe aparecesse. Quanto à atitude dele com ela própria, Elizabeth era levada a pensar que ou ele se enganara a respeito de sua fortuna, ou agira por pura vaidade, encorajando uma preferência que ela tivera a imprudência de revelar. Todos os esforços de Elizabeth em favor de Wickham se tornaram cada vez mais tênues. E, como justificação adicional ao que dissera o Sr. Darcy, ela não podia esquecer-se da resposta que o Sr. Bingley dera a Jane, atestando categoricamente a inocência do amigo. Por mais orgulhosos e desagradáveis que fossem os modos do Sr. Darcy, nunca, no decurso de suas relações com ele, Elizabeth encontrara algo que o definisse como uma pessoa sem escrúpulos ou injusta. Todos os seus amigos o prezavam, e até Wickham lhe havia reconhecido as qualidades de um bom irmão. Ouvira-o várias vezes falar afetuosamente de sua irmã, o que provava que ele era capaz de sentimentos ternos. Acaso os seus atos fossem tais como Wickham os descrevera, acaso houvesse violado tão brutalmente todos os direitos dele, dificilmente Darcy conseguiria ocultar sua conduta aos olhos do mundo. E se ele fosse capaz de tamanha injustiça, não se explicaria sua amizade com um homem tão estimável como o Sr. Bingley.

Elizabeth sentiu então uma vergonha profunda. Não podia pensar em Darcy nem em Wickham sem ver que ela tinha sido cega, parcial, injusta e insensata.

"Como foi mesquinho o meu comportamento! Eu, que me orgulhava tanto do meu discernimento, das minhas capacidades! Eu, que tantas vezes desdenhei a generosa candura de minha irmã e gratifiquei minha vaidade com inúteis e censuráveis desconfianças. Como é humilhante essa descoberta! Mas como é justa essa humilhação! Não poderia ter agido mais cegamente se estivesse apaixonada! Mas foi a vaidade, e não o amor, a minha loucura! Lisonjeada pela preferência de um deles e ofendida com a negligência do outro, logo no início de nossas relações cortejei a parcialidade e a ignorância e expulsei a razão. Até este momento, eu não conhecia a minha verdadeira natureza." – refletiu.

De si própria para Jane e de Jane para Bingley, seus pensamentos seguiram um curso que em breve a fizeram lembrar que a explicação do Sr. Darcy a esse respeito lhe parecera insuficiente, e ela voltou a lê-la. Que diferente foi o efeito desta segunda leitura. Como lhe seria possível dar valor às afirmações do Sr. Darcy num ponto e negar-lhe no outro? Declarava ele que estava bem longe de suspeitar da afeição de sua irmã; e Elizabeth recordou-se da opinião de Charlotte. Tampouco poderia negar que fosse justa a sua descrição de Jane. Ela sabia que Jane, embora capaz de fervorosas afeições, pouco as exteriorizava; e reconhecia que havia em seus modos uma placidez que raramente se encontra unida a uma grande sensibilidade.

Quando chegou àquela parte da carta em que sua família era mencionada em termos mortificantes, mas merecidos, ela sentiu-se ainda mais envergonhada. No entanto, a justiça de tais afirmações era inegável, e as circunstâncias que ele mencionava, particularmente as que se referiam ao baile de Netherfield e que confirmavam suas primeiras impressões desfavoráveis, não haviam causado uma impressão mais forte no espírito dele do que no seu.

Elizabeth não ficou insensível ao elogio que Darcy lhe fizera, bem como à irmã. Tal elogio, porém, embora suavizasse sua mortificação, não compensava o desdém que o comportamento do resto de sua família suscitava. E, ao refletir que o desgosto de Jane tinha sido realmente causado por seus parentes mais próximos, cuja singularidade prejudicava o bem de ambas, ela sentiu-se tão deprimida como nunca antes estivera.

Após ter passeado durante duas horas, entregando-se a toda espécie de pensamentos, relembrando acontecimentos, determinando probabilidades e reconciliando-se como podia com uma mudança tão súbita e tão importante, o cansaço e a lembrança de que ficara muito tempo ausente fizeram que ela voltasse para casa. Ao chegar, fez um grande esforço para parecer alegre como de costume, reprimindo todas as reflexões que a incapacitassem de tomar parte na conversação.

Informaram a ela que os dois cavalheiros de Rosings tinham aparecido durante sua ausência, o Sr. Darcy apenas durante alguns minutos, mas o coronel Fitzwilliam esperara pelo menos uma hora pelo seu regresso, quase decidindo-se a partir a pé em busca dela. Elizabeth fingiu sentir-se decepcionada, mas, na verdade, ela regozijava-se. Tinha perdido todo o interesse pelo coronel Fitzwilliam; ela só pensava na carta.

≈ CAPÍTULO 37 ≈

Os dois primos deixaram Rosings na manhã seguinte, e o Sr. Collins, que os aguardara perto dos portões para despedir-se deles, voltou trazendo a boa notícia de que pareciam estar com perfeita saúde e relativamente bem dispostos, apesar da melancolia que recentemente se abatera sobre Rosings. O Sr. Collins dirigiu-se então apressadamente para Rosings a fim de consolar Lady Catherine e sua filha, e, quando regressou, trazia, com grande satisfação, um recado de Lady Catherine, que, dizendo-se cheia de tédio, convocava a todos para jantar em sua casa.

Elizabeth, ao encontrar-se de novo na presença de Lady Catherine, não pôde deixar de pensar que, se o tivesse desejado, poderia agora ser-lhe apresentada como sua futura sobrinha, e sorriu ao imaginar a indignação com que Sua Excelência receberia tal notícia.

O primeiro assunto abordado foi a diminuição que sofrera o grupo de Rosings.

– Creio que ninguém sente tanto a ausência dos amigos como eu – disse Lady Catherine. – Tenho grande afeição por aqueles dois jovens e sei que eles também gostam muito de mim! Ficaram tristíssimos por partir! O coronel conseguiu dominar seus sentimentos até o fim, mas Darcy parecia consternado. Mais do que no ano passado. Vê-se que aprecia Rosings cada vez mais.

O Sr. Collins aproveitou a ocasião para elaborar um elogio, que foi recebido com um sorriso pela mãe e pela filha. Lady Catherine constatou, após o jantar, que a Senhorita Bennet parecia melancólica e, atribuindo a tristeza à proximidade de sua partida, acrescentou:

– Escreva à sua mãe rogando que a deixe ficar mais um pouco. Estou certa de que a Sra. Collins terá o maior prazer em gozar por mais algum tempo de sua companhia.

– Agradeço tão amável convite – replicou Elizabeth, – mas, infelizmente, não posso aceitar. Preciso estar em Londres no próximo sábado.

– Mas dessa forma só terá passado aqui seis semanas. Contava que permanecesse dois meses, pelo menos. Foi o que eu disse à Sra. Collins, antes de sua vinda. Não pode haver motivo para uma partida tão prematura. A Sra. Bennet passará bem sem você outros quinze dias.

– Mas o mesmo não poderei dizer de meu pai. Ele me escreveu na semana passada, pedindo que eu abreviasse minha estada.

– Se sua mãe a dispensa, também seu pai o fará. Uma filha nunca é muito necessária a um pai. E se quiser ficar mais um mês, poderei levá-la comigo até Londres. Preciso estar lá em princípios de junho e ficarei uma semana. Na minha carruagem haverá espaço para uma de vocês e se o tempo estiver fresco, poderão ir as duas, pois ambas são magrinhas.

– É muita bondade sua, Lady Catherine, mas creio que serei obrigada a seguir meu plano anterior.

Lady Catherine pareceu resignar-se:

– Sra. Collins, deverá mandar uma criada com elas. Sabe que digo sempre o que penso e não suporto a ideia de duas jovens viajando sozinhas numa diligência. É deveras impróprio. Terá de mandar alguém com elas. As jovens devem ser sempre adequadamente acompanhadas e protegidas, de acordo com sua situação na vida. Quando minha sobrinha Georgiana se deslocou a Ramsgate no verão passado, fiz questão que dois criados a acompanhassem. A Senhorita Darcy, filha do Sr. Darcy de Pemberley e de Lady Anne, não poderia viajar de maneira diferente. Sra. Collins, providencie para que John acompanhe estas duas Senhoritas. Alegra-me ter me ocorrido tal pormenor.

– Meu tio combinou mandar-nos um criado para nos acompanhar.

– Oh, seu tio! Então ele tem um criado? Ainda bem que há alguém na sua família que pense nestas coisas. Onde mudarão de cavalos? Bromley, naturalmente. Se mencionarem lá o meu nome, serão muito bem servidas.

Lady Catherine fez ainda muitas perguntas a respeito da viagem e, como ela mesma não respondia a todas, era necessário prestar atenção, coisa que Elizabeth apreciou, pois, de outro modo, com as preocupações que a absorviam, correria o risco de se esquecer até do lugar onde se encontrava. Suas reflexões deveriam ser reservadas para horas solitárias e quando se achava só, entregava-se a elas com alívio. Não passava um dia sem que desse um passeio sozinha, e então podia deixar-se levar pelo prazer de recordar as coisas desagradáveis.

Quase sabia de cor a carta do Sr. Darcy. Estudava cada frase e seus sentimentos para com o autor variavam frequentemente. Quando se recordava de seu estilo, enchia-se de indignação, mas quando considerava a injustiça com que o tinha condenado e tratado, sua cólera voltava-se contra si mesma, e a decepção por ele sofrida tornava-o objeto de sua compaixão. O Sr. Darcy despertava-lhe gratidão e o seu caráter, respeito. Mas Elizabeth não podia concordar com sua conduta ou arrepender-se de tê-lo recusado, ou sentir sequer vontade de tornar a vê-lo. Sua atitude era uma fonte constante de amargura e ressentimento e os infelizes defeitos de sua própria família, um motivo ainda mais forte para aborrecimento. Seu pai, limitando-se a troçar, nunca se esforçaria para corrigir as leviandades de suas filhas mais jovens, e sua mãe, cujas maneiras também estavam longe de adequadas, continuava naturalmente insensível a esse mal. Elizabeth frequentemente reunia-se a Jane, numa tentativa de refrear as imprudências de Catherine e Lydia, mas, uma vez que elas eram protegidas pela indulgência de sua própria mãe, que possibilidades teriam elas de se emendarem? Catherine, excessivamente influenciável e fraca, e completamente sob o domínio de Lydia, levava sempre a mal os conselhos de suas irmãs mais velhas; e Lydia, voluntariosa e descuidada, nem sequer lhes dava ouvidos. Ambas eram ignorantes, indolentes e vaidosas. Enquanto existisse um oficial em Meryton, elas continuariam flertando. Enquanto Meryton se conservasse àquela distância de Longbourn, elas viveriam caminhando para lá.

Outra de suas maiores preocupações era o futuro de Jane, e a explicação do Sr. Darcy, inocentando Bingley, realçava o valor daquilo que Jane perdera. Sua afeição provava ter sido sincera e sua conduta ficara livre de toda censura, a não ser, talvez, a de uma demasiada confiança em seu amigo. Como era triste, pois, pensar que Jane fora privada de uma situação tão desejável, tão rica em vantagens e promessas de felicidade, pela extravagância e insensatez de sua própria família!

Quando, a essas recordações, se acrescentava a decepção que sofrera com Wickham, era fácil acreditar que a coragem e o bom humor de Elizabeth, tão difícil de reprimir, estavam agora tão afetados que lhe era quase impossível manter, na companhia das outras pessoas, o mesmo tom alegre de outrora.

Os convites para Rosings durante a última semana sucederam-se com a mesma frequência que a princípio. A última noite foi passada ali, e Sua Excelência de novo se informou minuciosamente de todos os pormenores da viagem. Deu conselhos sobre a melhor maneira de fazer as malas e insistiu tanto nesse assunto que Maria, ao regressar, se sentiu na obrigação de desfazer todo o trabalho realizado pela manhã e fazer novamente sua mala.

Quando se despediram, Lady Catherine, com grande amabilidade, desejou-lhes uma boa viagem e convidou-as a voltarem a Hunsford no ano seguinte. E a Senhorita de Bourgh levou sua benevolência a ponto de fazer uma reverência e estender a mão para as duas.

≈ CAPÍTULO 38 ≈

Sábado de manhã, Elizabeth e o Sr. Collins encontraram-se no café da manhã, momentos antes de os outros aparecerem, e ele aproveitou a oportunidade para apresentar suas despedidas com toda a formalidade que ele julgava indispensável:

– Não sei, Senhorita Elizabeth, se a Sra. Collins já teve a ocasião de lhe exprimir a gratidão pela visita que nos fez, mas estou certo de que não deixará esta casa sem receber todos os agradecimentos. Asseguro-lhe que o privilégio de sua companhia foi muito apreciado. Temos consciência dos reduzidos atrativos que nossa humilde habitação possui. Nossa vida simples, a exiguidade das dependências, o pequeno número de criados e o pouco que vemos do mundo devem tornar Hunsford extremamente aborrecido para uma jovem como a Senhorita. Fizemos tudo ao nosso alcance para passar o seu tempo da forma mais agradável.

Elizabeth respondeu assegurando a ele que tinha passado uma temporada muito feliz. Tinham sido seis semanas muito agradáveis, e o prazer de estar com Charlotte, assim como as numerosas atenções de que ela fora alvo, faziam que fosse ela quem deveria sentir-se grata. O Sr. Collins ficou satisfeito e, sorrindo, replicou com solenidade:

– Sinto enorme alegria por saber que não passou seu tempo de forma desagradável. Fizemos tudo que estava ao nosso alcance e tivemos a felicidade de ter podido apresentá-la à mais alta sociedade. Graças às nossas relações com Rosings, tivemos a oportunidade de variar frequentemente a humilde cena doméstica, e creio podermos nos gabar de lhe termos proporcionado, assim, uma visita a Hunsford pouco enfadonha. Na verdade, é preciso reconhecer que, apesar de todos os inconvenientes deste humilde presbitério, seus hóspedes não são de modo algum objeto de compaixão, já que compartilham de nossa intimidade com Rosings.

As palavras eram insuficientes para traduzir a elevação de seus sentimentos e, na sua agitação, pôs-se a caminhar de um lado para o outro na sala, enquanto Elizabeth procurava, em frases curtas, servir simultaneamente delicadeza e verdade.

– Creio que poderá levar consigo para Hertfordshire um relato muito favorável a nosso respeito, minha cara prima – continuou ele. – Presenciou as atenções com que quase diariamente Lady Catherine cumula a Sra. Collins, e espero que se tenha tornado evidente que sua amiga não fez mal ao... Mas sobre este ponto prefiro guardar meu silêncio. Permita-me apenas, minha querida Senhorita Elizabeth, que lhe deseje do fundo do coração uma felicidade igual no casamento. Minha adorável Charlotte e eu temos um só espírito e pensamento. Existe sob todos os aspectos, entre nós, uma notável semelhança de caráter e de ideias. Tudo indica que nascemos um para o outro.

Elizabeth pôde afirmar que era essa uma grande felicidade e com igual sinceridade acrescentou que acreditava firmemente na sua harmonia doméstica, com o que muito se alegrava. Não a contrariou, contudo, ter sido interrompida em seu discurso pela entrada da pessoa cuja felicidade comentavam. Pobre Charlotte! Era triste deixá-la só em tal companhia. No entanto, era necessário reconhecer que ela escolhera de olhos abertos e, embora aparentasse uma certa tristeza por vê-las partir, não parecia solicitar sua compaixão. A casa, as tarefas domésticas, a paróquia, sua criação de aves e tudo o mais ainda não haviam perdido o seu encanto. Finalmente, a carruagem chegou, as malas foram amarradas, os embrulhos levados para o interior e a partida anunciada. Depois de afetuosa despedida, Elizabeth foi conduzida à carruagem pelo Sr. Collins e, enquanto atravessavam o jardim, este encarregou-a de transmitir seus mais respeitosos cumprimentos a toda a sua família, não esquecendo seus agradecimentos pelas atenções que recebera em Longbourn quando ali estivera e suas saudações para o Sr. e a Sra. Gardiner, embora não tivesse tido o prazer de os conhecer. Então, ele a ajudou a subir na carruagem. Maria entrou em seguida, e a porta estava a ponto de ser fechada quando, de súbito, ele lembrou que elas tinham esquecido de deixar qualquer mensagem para as senhoras de Rosings.

– Naturalmente – acrescentou ele – desejarão que eu transmita seus humildes respeitos, com os mais cordiais agradecimentos, pela bondade de que foram objeto enquanto aqui permaneceram.

Elizabeth não pôs objeção, a porta pôde ser finalmente fechada e a carruagem se afastou.

– Meu Deus! – exclamou Maria, após alguns minutos de silêncio. – Parece que chegamos ontem e, no entanto, quanta coisa sucedeu!

– Muita coisa mesmo – concordou Elizabeth, com um suspiro.

– Jantamos nove vezes em Rosings, além das duas vezes que lá fomos tomar o chá. O que eu tenho para contar!

E Elizabeth pensou: "E o que eu tenho para esconder!".

A viagem decorreu praticamente em silêncio e sem qualquer incidente. Quatro horas depois de terem saído de Hunsford chegaram à casa do Sr. Gardiner, onde deveriam passar alguns dias.

Jane parecia gozar de perfeita saúde e Elizabeth não teve oportunidade de observar as verdadeiras disposições de sua irmã graças aos vários divertimentos que sua tia tivera a bondade de organizar para elas. Mas Jane regressaria com ela e em Longbourn teria ocasião de a observar mais detidamente. Não foi sem esforço, no entanto, que esperou até Longbourn para contar à irmã sobre a proposta do Sr. Darcy. Sabia ter em seu poder a possibilidade de fazer uma revelação que não só causaria grande assombro em Jane como despertaria agradavelmente em si o resto de vaidade que lhe restava. Era uma tentação a que nada se poderia opor, a não ser o estado de indecisão em que ela se encontrava sobre o quanto deveria revelar e o medo de ter de repetir certas coisas a respeito de Bingley que poderiam ferir Jane ainda mais.

≈ CAPÍTULO 39 ≈

Na segunda semana de maio partiram as três jovens da Rua Gracechurch com destino a Hertfordshire e, ao aproximarem-se do lugar em que a carruagem do Sr. Bennet as deveria encontrar, elas avistaram, como garantia da pontualidade do cocheiro, Kitty e Lydia, numa das janelas superiores de uma hospedaria. Havia mais de uma hora que elas se encontravam naquela localidade fazendo visitas frequentes a uma modista em frente, olhando de soslaio e demoradamente a sentinela de plantão e preparando um molho para salada.

Depois de darem as boas-vindas às irmãs, elas exibiram uma mesa posta com várias espécies de carnes frias que tinham logrado encontrar na dispensa da hospedaria:

– Que dizem a isto? Não acham uma surpresa agradável?

– Tencionávamos convidar todas vocês – acrescentou Lydia, – mas terão de nos emprestar dinheiro, pois gastamos o nosso naquela loja ali defronte.

Em seguida, mostrando suas aquisições:

– Olhem, comprei este chapéu. Não o acho nada de especial, mas em casa vou desmanchá-lo e ver o que poderei fazer com ele.

E quando as irmãs lhe disseram que ele era muito feio, ela acrescentou:

– Oh, mas havia dois ou três ainda mais feios na loja. Quando eu comprar um cetim bonito para enfeitá-lo, verão como ele vai ficar. Além disso, não interessa muito o que podemos usar neste verão, pois o destacamento sai de Meryton dentro de quinze dias.

– Ah, sim? – exclamou Elizabeth, com grande satisfação.

– Vão acampar perto de Brighton. Queria tanto que papai nos levasse até lá para passarmos o verão... Seria maravilhoso. Creio que não sairia caro, e a mamãe ficaria encantada de ir. Pensem só que verão mais enfadonho teremos se ficarmos por aqui.

Sim, pensou Elizabeth. Imaginem! Estas Senhoritas à solta em Brighton, com um acampamento repleto de oficiais, quando aqui, com um reduzido destacamento e um baile mensal em Meryton, é isso o que se vê.

– Tenho ainda outra novidade – disse Lydia. – Trata-se de uma novidade formidável e importantíssima, e é sobre uma pessoa de quem todas gostamos muito.

Jane e Elizabeth olharam uma para a outra e o criado foi informado de que podia ir embora. Lydia riu e disse:

– Acham que o criado não deve ouvir, como se ele se importasse! Estou certa de que ele terá ouvido coisas muito piores do que o que tenho para dizer. Bem, passemos agora à novidade: é acerca do nosso querido Wickham. Não há perigo de Wickham se casar com Mary King. Ela foi morar, definitivamente, com um tio em Liverpool. Wickham está salvo.

– E Mary King está salva! Salva de um casamento financeiramente imprudente – acrescentou Elizabeth.

– Ela é uma tola em partir se gosta dele.

– Mas espero que não haja uma paixão muito forte de ambos os lados – disse Jane.

– De que não há do lado dele, estou certa. Aposto como ele nunca se importou com ela. Quem se interessaria por uma insignificante daquelas? E cheia de sardas!

Elizabeth pensou, com certa amargura, que embora ela fosse incapaz de se exprimir com tanta grosseria, aqueles sentimentos não eram menos brutais que os que anteriormente ela mesma abrigara em seu coração e considerara liberais.

Após todas terem comido, as mais velhas pagaram a despesa e pediram a carruagem. Instaladas todas as malas, caixas e embrulhos, além das aquisições de Kitty e Lydia, todas subiram e tomaram seus respectivos lugares. Lydia comentou:

– Estou contente por ter comprado meu chapéu, pois de qualquer modo terei mais uma caixa bem jeitosa. Bom, agora vamos nos acomodar e nos aconchegar, e conversar e rir até chegarmos em casa. Em primeiro lugar, contem vocês o que se passou desde que partiram. Conheceram rapazes simpáticos? Divertiram-se? Tive esperanças de que uma de vocês regressasse com promessas de casamento. Jane, se não toma providências, em breve será uma velha solteirona. Já tem quase vinte e três anos! Sentirei uma vergonha imensa se eu não me casar antes disso! Tia Philips só pensa em vê-las casadas. Ela acha que Lizzy deveria ter aceitado o Sr. Collins. Mas ele deve ser muito chato. Meu Deus! Como eu gostaria de me casar antes de todas. Eu as acompanharia a todos os bailes. Nos divertimos tanto no outro dia na casa do coronel Forster. Kitty e eu tínhamos ido lá passar o dia, e a Sra. Forster, que se tornou uma amiga inseparável, prometeu organizar uma pequena festa naquela noite. Convidou as duas Harrington, mas, como Harriet estava adoentada, Pen teve de ir sozinha. Sabem o que fizemos? Vestimos o Chamberlayne com roupas de mulher. Foi engraçadíssimo, e que cara a dele! Ninguém sabia disso, fora o coronel e a mulher, Kitty e eu, e a nossa tia, que foi quem emprestou o vestido. Quando Denny, Wickham e Pratt e mais dois ou três deles entraram, não o reconheceram. Como nós rimos! E a Sra. Forster também. Eu quase asfixiava de tanto rir. Claro que nessa altura os outros começaram a desconfiar e acabaram descobrindo toda a tramoia.

Com histórias desse gênero e diversos episódios divertidos, Lydia, auxiliada pelas sugestões de Kitty, distraiu suas companheiras durante todo o caminho até Longbourn. Elizabeth tentava não ouvir, mas sua atenção era constantemente despertada pelas frequentes alusões ao nome de Wickham.

A recepção em casa foi afetuosa. A Sra. Bennet alegrava-se por constatar a beleza sempre igual de Jane e, mais de uma vez, durante o jantar, o Sr. Bennet se voltou para Elizabeth e lhe disse:

– Estou contente por você estar de volta, Lizzy.

O grupo que se sentou para jantar era numeroso, pois quase todos os Lucas tinham vindo para encontrar Maria e ouvir as novidades. Foram vários os assuntos abordados. Lady Lucas fazia perguntas sucessivas a Maria, que estava do outro lado da mesa, acerca da prosperidade e criação de aves de sua filha mais velha. A Sra. Bennet, duplamente ocupada, de um lado indagava Jane sobre os últimos gritos da moda e do outro repetia essas informações para as filhas mais jovens dos Lucas. E Lydia, numa voz mais alta e estridente do que a de qualquer outra pessoa, enumerava os vários acontecimentos da manhã para todos.

– Oh, Mary – disse ela, – que pena não ter vindo conosco. Durante o caminho, Kitty e eu fechamos todas as cortinas da carruagem e fingimos que não havia ninguém dentro. Teríamos continuado assim até chegar, mas Kitty começou a sentir-se enjoada e quando chegamos à hospedaria, creio que nos portamos como devíamos, pois regalamos as outras três com o melhor almoço frio do mundo, e se tivesse nos acompanhado, também a teríamos convidado. E, depois, a volta também foi muito divertida. Pensei que nunca caberíamos naquela carruagem. Quase morri de tanto rir. Falamos e rimos tão alto que qualquer pessoa nos ouviria a dez milhas de distância.

Mary replicou, gravemente:

– Longe de mim menosprezar tais prazeres, minha querida irmã. Sem dúvida são os que mais se enquadram nos temperamentos femininos. Mas confesso que não me seduzem. Prefiro um bom livro.

Mas Lydia não ouviu uma só palavra dessa resposta. Ela não dava atenção a ninguém durante mais de meio minuto e nunca ouvia o que Mary dizia.

Lydia insistiu com as outras para que fossem todas a Meryton saber das novidades. Mas Elizabeth foi contra. Diriam que as Senhoritas Bennet não aguentam meio dia em casa sem ter de ir correr atrás dos oficiais. Havia ainda outro motivo para essa oposição. Seria extremamente penoso encontrar-se com Wickham e estava resolvida a evitá-lo tanto quanto possível. A partida do destacamento causava-lhe grande alívio. Dentro de quinze dias partiriam os oficiais, e ela esperava ficar livre deles para sempre.

Poucas horas depois de chegar em casa, Elizabeth descobriu que a viagem a Brighton, a que Lydia aludira na hospedaria, estava frequentemente em discussão entre os pais. Percebeu imediatamente que seu pai não tinha a menor intenção de ceder, mas suas respostas eram tão vagas e evasivas que sua mãe, embora muitas vezes desanimada, não desesperava de alcançar um triunfo.

≈ CAPÍTULO 40 ≈

Elizabeth não conseguiu refrear por mais tempo sua impaciência em contar a Jane o que tinha sucedido. Resolveu omitir todos os detalhes a respeito da irmã e contou-lhe, na manhã seguinte, grande parte da cena que se passara entre o Sr. Darcy e ela.

O assombro da Senhorita Bennet foi, a princípio, grande, mas em breve foi mitigado por sua forte afeição fraternal, que tornava qualquer admiração por Elizabeth perfeitamente natural. Era, realmente, lamentável que o Sr. Darcy tivesse manifestado sua afeição de forma tão pouco cativante, mas o que mais a entristeceu foi o desgosto que a recusa de sua irmã teria causado a ele.

– A certeza que ele tinha de seu êxito foi despropositada – disse Jane – e não deveria ter deixado transparecer. Isso torna ainda mais cruel seu desapontamento.

– Tenho muita pena dele, mas o Sr. Darcy tem outros sentimentos que logo expulsarão a admiração que possa ter por mim. Não me censura por ter recusado, não? – disse Elizabeth.

– Censurá-la! Oh, não.

– Mas censura-me por ter aludido tão calorosamente a Wickham?

– Não, não tenho conhecimento de causa para apontar erro no que você disse.

– Mas em breve o terá, quando lhe contar o que se passou na manhã seguinte.

Elizabeth falou então na carta, repetindo tudo o que ela continha na parte referente a Wickham. Foi um grande choque para a pobre Jane que, de bom grado, passaria pelo mundo sem acreditar que existisse tanta maldade em toda a raça humana como essa que agora via concentrada em um só indivíduo. Com grande seriedade, Jane procurou ainda provar que havia uma chance de erro, tentando ilibar um deles sem acusar o outro.

– Isso de nada serve, minha querida Jane – disse Elizabeth –, nunca conseguirá descobrir alguma maneira de provar que ambos são bons. Faça sua escolha, mas terá que se contentar apenas com um deles. As qualidades dos dois reunidas dariam um homem bom, mas ultimamente as situações têm-se invertido várias vezes. Quanto a mim, estou inclinada a acreditar no Sr. Darcy, mas você pode escolher quem quiser.

Passou-se algum tempo, contudo, antes que um sorriso aparecesse no rosto de Jane.

– Não me lembro de ter alguma vez sofrido tamanha desilusão – disse ela. – Wickham é assim tão mau?! É quase inacreditável. E coitado do Sr. Darcy! Imagine só, Lizzy, o que ele não terá sofrido. Que decepção! E saber do mau conceito que você tinha dele! E ter de revelar tal coisa sobre sua própria irmã! É realmente muito triste. Creio que se sente como eu.

– Oh! Não! Toda a minha compaixão e remorso se dissipam ao ver você tão atormentada por esses sentimentos. Sua generosidade dispensa bem a minha e, se continuar lamentando por muito mais tempo, meu coração ficará tão leve como uma pena.

– Pobre Wickham! O rosto dele parece exprimir tanta bondade! E seus modos são tão abertos e simpáticos.

– Houve, decerto, um grande erro na educação desses dois jovens. Um deles tem todas as qualidades e o outro, apenas aparenta tê-las.

– Nunca achei, verdadeiramente, que o Sr. Darcy aparentasse aquilo que você via.

– E, no entanto, eu me considerava incrivelmente perspicaz ao tomar tão violentamente partido contra ele, sem qualquer fundamento. Uma antipatia tão forte como a que eu tinha por ele é um grande incentivo para a inteligência e abre caminho para a ironia. Uma pessoa pode gracejar por muito tempo sem nada exprimir de justo, mas não pode rir a vida inteira de um homem sem, volta e meia, esbarrar com algo de espirituoso.

– Lizzy, estou certa de que quando leu a carta pela primeira vez não encarava as coisas como agora.

– É verdade, fiquei muito perturbada, até. E depois, não tinha ninguém com quem me abrir, não tinha uma Jane para me consolar e dizer-me que eu não tinha sido tão fraca, leviana e insensata como eu sabia que fora. Oh, como eu desejei ter você junto de mim!

– Foi pena ter usado expressões tão fortes ao falar de Wickham ao Sr. Darcy, pois agora vê-se claramente quão imerecidas elas foram.

– Certamente. Mas a infelicidade de ter falado tão amarguradamente foi uma consequência natural dos preconceitos que eu vinha alimentando dentro de mim. Há um ponto sobre o qual necessito do seu conselho. Devo ou não revelar aos nossos conhecidos qual o verdadeiro caráter do Sr. Wickham?

A Senhorita Bennet fez uma pequena pausa e respondeu:

– Acho que não há motivo para tão terrível denúncia. Que pensa você sobre isso?

– Penso não dar tal passo. O Sr. Darcy não me autorizou a tornar públicas as suas revelações; pelo contrário, rogou-me que guardasse para mim todos os pormenores relativos ao episódio passado com sua irmã. E se eu não mencionar esse fato, quem acreditará em mim? A antipatia contra o Sr. Darcy é de tal modo violenta que metade da população de Meryton preferiria morrer a vê-lo colocado sob uma luz mais favorável. Não me sinto com forças para luta tão feroz. Wickham em breve partirá. Depois disso, pouco importa que ninguém aqui saiba qual o seu verdadeiro caráter. Algum dia, ele acabará por ser desmascarado, e nessa altura poderemos rir da estupidez dos outros por não o terem adivinhado há mais tempo. De momento, nada direi.

– Tem toda razão. Denunciar publicamente os seus erros poderia representar para ele a ruína de toda a sua vida. Quem sabe se ele já não se arrependeu do que fez e vive ansioso por refazer sua reputação.

Essa conversa ajudou Elizabeth a pôr um pouco de ordem no tumulto de seus pensamentos. Libertara-se dos dois segredos que lhe pesavam há quinze dias e encontrara em Jane uma ouvinte atenta e interessada que não hesitaria em prestar-se de boa vontade a uma nova conversa sobre o assunto. Havia, porém, algo mais que se escondia na sombra e que a prudência de Elizabeth a impedia de desvendar. Não ousava relatar a Jane a outra metade da carta de Darcy, nem revelar quão sinceramente Bingley correspondera ao seu afeto. Esse segredo ela não poderia compartilhar com ninguém e tinha inteira consciência de que só se veria livre dele quando entre ambos se restabelecesse um entendimento perfeito.

De momento, instalada em sua casa, ela tinha toda oportunidade para observar os sentimentos de sua irmã. Jane não estava feliz. Ela conservava ainda muito viva a sua afeição por Bingley. Como nunca anteriormente se julgara apaixonada, esses sentimentos tinham todo o calor e toda a frescura de um primeiro amor, e devido a seu caráter e idade, maior firmeza do que essas primeiras paixões em geral possuem. Ela guardava em tão fervoroso culto a lembrança de Bingley e de tal modo o preferia a qualquer outro homem que precisava lançar mão de todo o seu bom-senso e de toda a sua consideração dos sentimentos alheios para dominar aquelas tristezas, que corriam o risco de tornarem-se prejudiciais à sua saúde e à tranquilidade das pessoas que a rodeavam.

– Então, Lizzy – disse a Sra. Bennet, um dia –, qual a sua opinião sobre o insucesso de Jane? Quanto a mim, estou decidida a não falar mais no assunto a ninguém. Foi o que disse à minha irmã Philips, no outro dia. Mas não sei se Jane se avistou com ele em Londres. Bem, isso só revela que ele não a merece, e suponho que ela não terá qualquer possibilidade de revê-lo. Ninguém sabe dizer se ele vem passar o verão em Netherfield.

– Creio que ele nunca mais voltará a Netherfield.

– Oh, pois bem! Ele que faça o que quiser. Ninguém lhe pede que volte. Mas continuarei dizendo que ele se portou de maneira muito desleal com minha filha. Jane morrerá de desgosto, e nessa altura ele se arrependerá do que fez.

Mas, como Elizabeth não via consolação em tal prognóstico, preferiu não responder.

– Então, Lizzy – continuou sua mãe –, os Collins não querem melhor vida, não é? Muito bem, espero que isso dure. E que tal a comida da casa deles? Charlotte é uma excelente dona de casa, creio eu. Se ela é tão econômica como a mãe, devem estar guardando bastante dinheiro. Extravagância é coisa que não se ouve falar na casa deles, não?

– É verdade. Eles velam por uma boa administração de seus haveres, pode estar certa.

– Sim, sim, aqueles nunca correrão o risco de gastar mais do que aquilo que tem. Nunca terão dificuldades de dinheiro. E, naturalmente, estão constantemente arquitetando planos sobre Longbourn depois da morte de seu pai, não? Consideram-na já propriedade sua.

– Nunca mencionaram esse assunto na minha frente.

– Claro! Era só o que faltava. Mas não duvido que o discutam amiúde entre eles. Pois bem, se eles não têm quaisquer escrúpulos em apoderar-se dos bens que legalmente não lhes pertencem, tanto melhor para eles. Eu, no seu lugar, me esconderia de vergonha.

≈ CAPÍTULO 41 ≈

Depois do regresso delas, a primeira semana se passou rápido e uma segunda começou. Era a última da estada do destacamento em Meryton, e todas as jovens das redondezas definhavam de desgosto. A melancolia era quase geral. Apenas as duas mais velhas da família Bennet conseguiam ainda comer, beber, dormir e passar seu tempo da forma habitual. Frequentemente eram acusadas de insensibilidade por Kitty e Lydia, cujo desgosto era profundo e que não compreendiam a indiferença em qualquer membro da família.

– Meu Deus! Que vai ser de nós? Vamos nos ocupar com quem? – exclamavam elas amarguradamente. – Como pode se mostrar tão sorridente, Lizzy?

A Sra. Bennet, que era uma mãe afetuosa, compartilhava da tristeza das filhas. Ela recordava-se do que sofrera vinte e cinco anos atrás, numa situação idêntica.

– Compreendo-as perfeitamente – dizia ela –, chorei durante dois dias seguidos quando o regimento do coronel Miller partiu. Pensei morrer de desgosto.

– Creio que é isso que me irá acontecer – disse Lydia.

– Se ao menos pudéssemos ir a Brighton! – observou a Sra. Bennet.

– Oh! Sim, se ao menos pudéssemos ir a Brighton! Mas nosso pai é um desmancha-prazeres.

– Alguns banhos de mar me restabeleceriam para sempre.

– E a tia Philips disse que uma mudança de ares me faria muito bem – acrescentou Kitty.

Tais eram as lamentações que constantemente se ouviam em Longbourn. Elizabeth procurava rir delas, mas sua vergonha lhe roubava todo o prazer. Ela se lembrava da justiça das objeções do Sr. Darcy e se sentia disposta a perdoar sua interferência na vida do amigo.

Porém, as sombrias perspectivas de Lydia em breve foram dissipadas, pois a Sra. Forster, a mulher do coronel do destacamento, convidou-a para acompanhá-la a Brighton. Essa inestimável amiga era bastante jovem e estava casada há muito pouco tempo. A boa disposição e a frivolidade de ambas recomendara uma à outra e após três meses de relações tinham-se tornado íntimas.

O êxtase de Lydia, sua adoração pela Sra. Forster, a alegria da Sra. Bennet e a mortificação de Kitty eram impossíveis de descrever. Inteiramente indiferente aos sentimentos da irmã, Lydia corria pela casa exibindo sua enorme felicidade, exigindo as congratulações de todos, rindo e falando com uma estridência maior do que de costume. Enquanto isso, a desafortunada Kitty permanecia na sala, lamentando seu destino em termos despropositados e numa voz ressentida.

– Não compreendo por que a Sra. Forster não me convidou também – dizia ela. – Embora eu não seja tão íntima dela, tenho tanto direito de ser convidada como Lydia, e mais até, pois sou dois anos mais velha.

Em vão Elizabeth procurou incutir-lhe sentimentos mais sensatos e Jane maior resignação. Quanto a Elizabeth, esse convite estava longe de lhe produzir os mesmos sentimentos que em sua mãe e Lydia, pois considerava-o uma espécie de sentença de morte para todas as possibilidades de sua irmã vir um dia a ter algum bom-senso. Apesar da repugnância que tal caso lhe inspirava, não hesitou em aconselhar confidencialmente seu pai para que não a deixasse ir. Chamou atenção para todas as impropriedades da conduta de Lydia e para as poucas vantagens que poderiam advir da intimidade com uma mulher como a Sra. Forster, e também para a probabilidade de Lydia se tornar ainda mais imprudente na companhia de tal pessoa e num lugar onde as tentações seriam maiores que em casa. Após ouvir atentamente, ele respondeu:

– Lydia não descansará enquanto não lhe acontecer alguma coisa de extraordinário. Nunca ela encontrará melhor ocasião para fazer uma tolice como essa que agora se apresenta, e sem dar despesas ou trabalho à família.

– Se o senhor soubesse – disse Elizabeth – dos grandes inconvenientes que o comportamento leviano de Lydia em público pode nos trazer, ou melhor, que já nos trouxe, encararia a questão de modo diferente.

– Já trouxe? – repetiu o Sr. Bennet. – Será que ela já afugentou algum de seus apaixonados? Minha pobre Lizzy! Mas não desanime. Esses jovens difíceis, que não suportam a proximidade de um pouco de desatino, não são dignos de consideração. Vamos, me dê a lista dos pobres coitados que foram postos em fuga pelas tolices de Lydia.

– Está enganado, meu pai. Não tenho desgostos desses a lamentar. Não é de dissabores particulares, mas, sim, de inconvenientes que me queixo. Nossa reputação é necessariamente afetada pela leviandade, imprudência e desprezo de Lydia por qualquer restrição que são características de seu caráter. Perdoe-me, mas preciso falar claramente. Se o senhor, querido pai, não se der o trabalho de reprimir a excessiva exuberância dela e fazê-la ver que suas atuais ocupações não constituem a essência da vida, em breve perderá a possibilidade de corrigi-la. Seu caráter está se definindo e aos dezesseis anos ela só pensará em flertar, cobrindo a si mesma e à família de ridículo. E, quando falo em flertar, refiro-me ao pior tipo possível de flerte. Sem outros atrativos que não sejam sua juventude e boa aparência, sua ignorância e futilidade a tornarão incapaz de vencer o desprezo geral que seu apetite imoderado por admiração provocará. Kitty corre o mesmo perigo. Ela acompanhará de olhos fechados os passos de Lydia. Vaidosa, ignorante, ociosa e absolutamente descontrolada! Oh, meu querido pai, como pode supor que elas não serão censuradas e desprezadas em qualquer lugar que apareçam, e que suas irmãs não se vejam frequentemente envolvidas no desprezo a elas?

O Sr. Bennet percebeu a profunda ansiedade da filha e, tomando afetuosamente sua mão, respondeu:

– Não se preocupe demasiado, meu amor. Onde quer que você e Jane apareçam, serão sempre respeitadas e apreciadas; e não serão menos admiradas por terem duas, ou, melhor, três irmãs bastante tolas. Se Lydia não for a Brighton, não teremos um momento de sossego nesta casa. Deixemos ir, portanto. O coronel Forster é um homem sensato e tomará precauções para que nada de mal lhe aconteça. Felizmente, ela é suficientemente pobre para não se tornar objeto de grandes cobiças. Em Brighton, ela passará mais despercebida do que aqui.

Elizabeth se contentou com tal resposta, mas sua opinião continuava inabalável e quando deixou o pai, sentia-se desanimada e triste. Contudo, não era de sua natureza remoer seus desgostos, tornando-os assim ainda maiores.

Se Lydia e sua mãe tivessem sabido da conversa que Elizabeth tivera com o Sr. Bennet, toda a sua volubilidade conjunta não seria suficiente para exprimir a indignação que sentiriam. Na imaginação de Lydia, uma visita a Brighton compreendia todas as possibilidades de felicidade terrena. Ela via as ruas daquela alegre cidade balneária repletas de militares. Imaginava-se o centro da atenção de dezenas e centenas deles.

Se tivesse sabido que sua irmã procurara arrancá-la de tais perspectivas e realidades, qual não seria sua indignação? Ela apenas poderia ser compreendida por sua mãe, cujos sentimentos se assemelhariam aos seus. Mas viviam na ignorância do que se passara e seus êxtases continuaram, com pequenos intervalos, até o dia da partida de Lydia.

Elizabeth veria, então, o Sr. Wickham pela última vez. Depois de seu regresso, haviam se visto frequentemente em sociedade. As emoções de sua antiga preferência tinham se desvanecido por completo. Conseguia até mesmo distinguir uma certa afetação e monotonia nas gentilezas que a princípio a tinham deliciado. Além disso, na conduta atual de Wickham com ela, Elizabeth encontrava uma nova fonte de contrariedade, pois a vontade que ele manifestava em renovar aquelas atenções que tinham caracterizado os primeiros tempos de suas relações, agora, após tudo o que se passara, apenas serviam para irritá-la ainda mais. Ela acabou por perder todo o respeito por ele, ao ver-se assim escolhida como objeto de tão fúteis galanteios.

No último dia em que o destacamento permaneceu em Meryton, Wickham jantou em Longbourn, juntamente com outros oficiais. Elizabeth estava tão pouco disposta a deixá-lo partir impune que quando Wickham quis saber como ela passara seu tempo em Hunsford, respondeu que o coronel Fitzwilliam e o Sr. Darcy tinham passado três semanas em Rosings, e perguntou-lhe se conhecia o coronel.

Ele pareceu surpreso e alarmado, mas após breve consideração, respondeu, sorrindo, que outrora o via frequentemente. Depois de observar que se tratava de um autêntico cavalheiro, perguntou se Elizabeth simpatizara com ele. Ela lhe deu uma resposta calorosamente afirmativa. Com ar de perfeita indiferença, pouco depois ele acrescentou:

– Quanto tempo disse que eles passaram em Rosings?

– Perto de três semanas.

– E o viu com frequência?

– Sim, praticamente todos os dias.

– Suas maneiras diferem bastante das de seu primo.

– Sim, bastante. Mas sou agora de opinião de que o Sr. Darcy ganha muito quando o conhecemos melhor.

– Sim!? – exclamou Wickham, com um olhar que não escapou a Elizabeth. Mas refreou-se e acrescentou em tom mais alegre: – Terá sido na maneira de falar que ele melhorou? Terá se dignado a introduzir um pouco de cortesia em seu estilo habitual? Pois não ouso esperar que ele tenha melhorado no essencial.

– Oh, não! – disse Elizabeth. – Quanto ao essencial, creio bem que ele continue exatamente como sempre foi.

Enquanto ela falava, Wickham, pela sua expressão, parecia hesitar se haveria de se mostrar alegre por suas palavras ou desconfiar do sentido das mesmas. Notava qualquer coisa no rosto de Elizabeth que o obrigava a seguir as palavras dela com ansiosa atenção. Elizabeth acrescentou:

– Quando eu disse que ele ganhava quando o conhecemos melhor, não quis dizer que seu espírito e maneiras estavam se aperfeiçoando, mas que, graças a um conhecimento mais íntimo, seu caráter se torna mais compreensível.

A inquietude de Wickham transparecia agora no rubor que lhe subira ao rosto e em seu olhar pouco tranquilo. Durante alguns minutos não pronunciou palavra e, finalmente, vencendo seu embaraço, voltou-se de novo para Elizabeth e disse, em tom muito grave:

– A Senhorita, que conhece tão bem meus sentimentos para com o Sr. Darcy, compreenderá quanto eu me alegro em vê-lo assumir ao menos a aparência de justiça. Nesse sentido, o orgulho dele prestará o melhor dos serviços pois o impedirá de cometer tão flagrantes injustiças como aquelas de que fui vítima. Temo somente que essas precauções às quais a Senhorita, imagino, acaba de aludir, sejam apenas adotadas durante as visitas à casa de sua tia, por cuja opinião e julgamento ele nutre o maior respeito. O temor que a tia lhe inspira está sempre presente quando se encontram juntos, e grande parte se deve atribuir ao desejo que ele tem de favorecer seu casamento com a Senhorita de Bourgh, coisa que ele há muito tempo planeja.

Elizabeth não pôde deixar de sorrir, mas respondeu apenas com um ligeiro aceno de cabeça. Compreendeu que ele desejava arrastá-la para o assunto de suas mágoas e não estava disposta a tolerá-lo. Durante o resto da noite, Wickham procurou mostrar-se alegre e despreocupado como sempre, mas cessou todas as suas atenções com Elizabeth. Separaram-se com mútua cortesia e possivelmente com o desejo igual de nunca mais se encontrarem.

Quando chegou a hora de as visitas se retirarem, Lydia seguiu com a Sra. Forster para Meryton, de onde partiriam no dia seguinte, logo de madrugada. Sua separação do resto da família foi mais ruidosa do que patética. Kitty foi a única que chorou, mas suas lágrimas eram de humilhação e inveja. A Sra. Bennet mostrou-se prolífica em seus desejos de felicidade para a filha e eloquente em suas incitações para que ela não perdesse nenhuma oportunidade de se divertir, conselho esse que, como tudo levava a crer, seria seguido fielmente. E em meio ao clamor com que Lydia exprimia sua felicidade, os adeuses menos ruidosos das irmãs quase não foram ouvidos.

≈ CAPÍTULO 42 ≈

Se as opiniões de Elizabeth se baseassem no exemplo dado por sua própria família, sua ideia de felicidade conjugal e conforto doméstico não seria das mais lisonjeiras. Seu pai, cativado pela vivacidade, beleza e animação que a juventude em geral confere às mulheres, tinha se casado com uma pessoa cuja mediocridade intelectual e insensatez logo o impediram de sentir por ela qualquer afeição. O respeito, a estima e a confiança tinham se desvanecido para sempre e todos os seus anseios de felicidade doméstica foram destruídos. Contudo, o Sr. Bennet não era desses homens que procuram lenitivo para as desilusões causadas por sua própria imprudência entregando-se àqueles prazeres nos quais os infelizes procuram compensação para suas loucuras e seus vícios. Ele gostava do campo e dos livros, e daí tirava suas principais distrações. À mulher ele nada devia, a não ser pelos divertidos momentos que o espetáculo de sua ignorância e falta de bom-senso lhe haviam proporcionado. Não é essa a espécie de felicidade que os homens em geral desejam encontrar no casamento, mas, na falta de outros dons, o verdadeiro filósofo se contenta com os poucos que lhe são concedidos.

Elizabeth, no entanto, nunca fora cega aos defeitos de seu pai como marido. Mas admirava suas qualidades e era grata pela maneira afetuosa como ele a tratava. Porém nunca, como agora, sentira tão fortemente a ameaça para os filhos dos inconvenientes trazidos por um casal tão pouco unido.

Após o alívio que lhe causara a partida de Wickham, Elizabeth encontrou menos prazer do que esperava com a partida do próprio destacamento. As reuniões em sociedade eram menos frequentes e em casa tinha uma mãe e uma irmã cujas contínuas lamentações sobre o tédio da vida que levavam projetavam uma nuvem realmente negra sobre o círculo da família. Ela se dava conta de que os acontecimentos pelos quais esperava com tanta impaciência não produziam, ao realizar-se, aquela satisfação tão prometida. Necessitava, então, designar outro momento para o começo de sua verdadeira felicidade, ter outros pontos de apoio para seus desejos e esperanças e novamente, ao desfrutar do prazer da antecipação, consolar-se com o presente e preparar-se para mais uma decepção. Sua viagem aos Lagos, por exemplo, constituía agora o objeto de seus pensamentos mais felizes. Era o seu refúgio para os momentos desagradáveis que o descontentamento de Kitty e de sua mãe tornavam inevitáveis. Para que seu plano pudesse ser considerado perfeito, só faltava incluir Jane.

"Ainda bem que tenho alguma coisa a desejar, pois se tudo em meu plano fosse perfeito, a decepção seria mais que certa. Sendo assim, levando comigo uma fonte de contínua tristeza, a saudade de minha irmã, poderei de certo modo esperar que todas as minhas expectativas de prazer se realizem. Um plano perfeito nunca é bem-sucedido." – pensava ela.

Lydia, na hora da partida, prometera escrever frequente e detalhadamente para sua mãe e Kitty. Mas essas cartas, longamente esperadas, eram sempre muito curtas. Nas que escrevia à Sra. Bennet, pouco mais dizia do que terem acabado de regressar da biblioteca, onde tais e tais oficiais as haviam acompanhado e onde tinham visto trajes de enlouquecer; dizia ter comprado um vestido novo ou uma nova sombrinha que ela desejaria descrever com mais detalhes, mas não podia, pois a Sra. Forster acabara de chamá-la para irem dar um passeio para os lados do acampamento. As cartas para Kitty não eram muito mais esclarecedoras, embora mais longas, e grande parte do sentido vinha nas entrelinhas.

Após três semanas de ausência de Lydia, a saúde, o bom humor e a alegria recomeçaram a aparecer em Longbourn. Tudo tomou um aspecto mais agradável. As famílias que tinham ido passar o inverno em Londres começaram a regressar e reiniciaram-se os divertimentos de verão. A Sra. Bennet voltou à sua exuberância habitual e, no meio de julho, Kitty havia melhorado tanto que já lhe era possível entrar em Meryton sem verter uma lágrima, acontecimento deveras promissor que deu a Elizabeth a esperança de que, no próximo Natal, ela tivesse juízo suficiente para não mencionar o nome de um oficial mais de uma vez por dia, a não ser que, por uma ordem maliciosa e cruel do Departamento de Guerra, outro destacamento viesse acampar em Meryton.

A data fixada para sua viagem pelo Norte aproximava-se rapidamente. Faltavam apenas quinze dias quando chegou uma carta da Sra. Gardiner, que não só adiava a partida, como abreviava a duração do passeio. Os negócios impediam o Sr. Gardiner de sair de Londres até quinze dias depois da data marcada e os obrigavam a regressar em um mês. Não daria para irem tão longe quanto haviam planejado, e não lhes seria possível visitar tudo com o vagar e o conforto que desejavam. Viam-se, desse modo, obrigados a desistir de vez dos Lagos. Urgia fazer um circuito mais reduzido. De acordo com o novo plano, não iriam para além de Derbyshire. Naquele condado havia muito que ver e daria para preencher as três semanas de que dispunham. Para a Sra. Gardiner, tal plano possuía um encanto particular; considerava aquela região, onde passara alguns anos de sua vida, tão digna de atenção quanto a célebre região dos Lagos.

Elizabeth ficou muito desapontada. Desejava ardentemente ver os Lagos e achava que teriam tempo suficiente para isso. Não tinha, porém, outra alternativa senão contentar-se, e sua decepção logo passou.

Muitas ideias se associavam ao condado de Derbyshire. Era impossível ler a palavra sem pensar em Pemberley e em seu proprietário: "Decerto poderei adentrar a região e espraiar por ela meus olhos, sem que ele dê por mim".

O período de espera fora agora duplicado. Seriam quatro semanas até a chegada de seus tios. Essas semanas, porém, logo passaram e o Sr. e a Sra. Gardiner apareceram finalmente em Longbourn, acompanhados dos quatro filhos. As crianças, duas meninas de seis e oito anos de idade e dois meninos mais novos, ficariam entregues aos cuidados da prima Jane, cujo bom-senso, doçura e gênio pareciam destiná-la à missão de cuidar de crianças.

Os Gardiner ficaram apenas uma noite em Longbourn e partiram na manhã seguinte com Elizabeth em busca de aventuras. Um prazer, pelo menos, estava garantido: o de ter bons companheiros de viagem, saudáveis e de temperamento adequado para suportar os pequenos contratempos, bem-humorados para realçar todos os prazeres, e afetuosos e inteligentes de modo a sugerirem novas distrações caso deparassem com decepções no caminho.

Não vamos fazer a descrição de Derbyshire, nem dos vários locais famosos por onde passaram. Oxford, Blenheim, Warwick, Kenilworth, Birmingham, etc. Apenas uma pequena parte de Derbyshire nos interessa, a cidade de Lambton, onde a Sra. Gardiner residira e para onde eles se dirigiram. Descobrira recentemente que ainda ali se encontravam alguns de seus velhos conhecidos e Elizabeth soube pela tia que Pemberley se encontrava situada a cinco milhas de distância. Para lá chegar, teriam de fazer um pequeno desvio de duas milhas. Na véspera, ao conversarem sobre o itinerário, a Sra. Gardiner tornou a manifestar seu desejo de rever a propriedade. O Sr. Gardiner concordou e perguntaram a Elizabeth se ela aprovava a ideia. A tia perguntou:

– Minha querida, não gostaria de ver esse lugar de que tanto ouviu falar? Um lugar onde muitos de seus conhecidos já moraram. Wickham passou ali sua mocidade.

Elizabeth ficou embaraçada. Ela não sentia qualquer interesse em ver Pemberley e foi obrigada a manifestar sua pouca disposição. Declarou que estava cansada de ver grandes casas e, após percorrer tantas, já não encontrava prazer nos belos tapetes ou cortinas de cetim.

A Sra. Gardiner zombou de sua ingenuidade.

– Se Pemberley fosse apenas uma casa ricamente mobiliada, também eu não teria grande empenho em ir, mas o parque é lindo e os bosques estão entre os mais belos do país.

Elizabeth não respondeu, mas intimamente não concordava. Imediatamente lhe ocorrera a possibilidade de encontrar o Sr. Darcy enquanto visitava o local, e isso seria horrível. A simples ideia a fazia corar. Talvez fosse preferível contar tudo à tia do que correr esse risco. Mas havia objeções. Decidiu, por fim, que este seria seu último recurso, caso suas investigações particulares lhe revelassem a presença da família em Pemberley.

De acordo com esse plano, quando se retirou para ir se deitar, perguntou à criada se era verdade que Pemberley era um local muito bonito, qual era o nome do proprietário e, com íntimo alarme, se a família ali se encontrava passando o verão. Felizmente, a última pergunta foi respondida negativamente. Ela sentiu então grande curiosidade em ver a casa. Quando o assunto de novo foi abordado no dia seguinte, e novamente lhe perguntaram sua opinião, ela respondeu, prontamente e com ar de indiferença, que não punha objeções ao plano.

≈ CAPÍTULO 43 ≈

Elizabeth esperava, emocionada, a primeira aparição dos bosques de Pemberley e quando, finalmente, passaram os portões e entraram no parque, sua agitação cresceu ainda mais. O parque era imenso e muito variado. Entraram nele pela parte mais baixa e durante algum tempo rodaram através de um belo e extenso bosque.

Apesar da conversa animada que mantinha com os tios, Elizabeth via e admirava todas as vistas e recantos pitorescos. Durante meia milha, foram subindo suavemente até que se encontraram no topo de um morro bastante alto, onde o bosque terminava.

No outro lado do parque avistava-se imediatamente a casa de Pemberley, e a estrada, virando bruscamente, descia em direção a ela. Tratava-se de um imponente e belo edifício, situado em uma área elevada, por trás da qual se erguiam belas colinas arborizadas. Defronte da casa corria um riacho regular que, represado, formava um pequeno lago. Suas margens não haviam sido adornadas pela mão do homem. Elizabeth estava encantada. Nunca vira lugar tão bem-dotado pela natureza, onde a beleza natural não fora ainda adulterada por artifícios de gosto duvidoso. Todos manifestavam sua admiração e naquela altura Elizabeth sentiu que ser proprietária de Pemberley poderia ser muito interessante!

Desceram a colina, atravessaram a ponte e aproximaram-se da casa, e, enquanto a examinavam de perto, Elizabeth foi de novo assaltada por suas apreensões quanto a um possível encontro com o proprietário. Receava que a criada se tivesse enganado. Depois de pedirem para ver a casa, foram introduzidos na sala de entrada e, enquanto esperavam pela governanta, Elizabeth teve bastante tempo para admirar-se por estar onde estava.

A governanta apareceu. Era uma senhora idosa, de aspecto respeitável, muito mais simples e amável do que Elizabeth esperava. Seguiram-na até a sala de jantar. Tratava-se de um cômodo bastante grande, bem proporcionado e mobiliado com gosto e elegância. Elizabeth, após examiná-lo, foi até uma das janelas para apreciar a vista. A colina, pela qual tinham descido, coroada pelas frondosas árvores, vista de longe parecia mais abrupta e ganhava em beleza. Tudo naquele local tinha as condições ideais e ela contemplou com encanto toda a paisagem, o rio, as árvores espalhadas pelas margens e o vale serpenteando até se perder de vista. À medida que passavam de cômodo em cômodo, a cena variava e de todas as janelas a vista era magnífica. Os cômodos eram espaçosos e elegantes e sua mobília revelava a fortuna de seu proprietário. Elizabeth reparou, enquanto admirava seu bom gosto, que os móveis não eram nem vistosos demais nem desnecessariamente complicados, eram mais sóbrios e também mais elegantes que os de Rosings.

"E pensar que eu poderia ser dona de tudo isto! A estas horas já estaria suficientemente familiarizada com todos estes cômodos! Em vez de os percorrer como uma estranha, poderia regozijar-me de possuí-los e receber neles, como visitantes, meu tio e minha tia" – pensou Elizabeth. Mas, voltando a si, continuou: "Mas não, isso nunca poderia acontecer. Meu tio e minha tia estariam perdidos para mim. Jamais teria permissão para recebê-los."

Foi esta uma lembrança oportuna, pois evitou que ela sentisse algo parecido com arrependimento.

Ansiava por perguntar à governanta se o dono da casa de fato se encontrava ausente, mas não tinha coragem. Finalmente, a pergunta acabou sendo feita por seu tio. Ela afastou-se um pouco, alarmada, enquanto a Sra. Reynolds respondia que ele se encontrava ausente, acrescentando:

– Mas o esperamos amanhã com um grupo de amigos.

Elizabeth deu graças a Deus por terem vindo exatamente naquele dia, e não no dia seguinte. Sua tia chamou-a, então, para ver um quadro. Ela aproximou-se e viu sobre a lareira, entre várias outras miniaturas, um retrato do Sr. Wickham. A Sra. Gardiner perguntou, sorrindo, se Elizabeth gostava do quadro. A Sra. Reynolds aproximou-se e disse que se tratava de uma gravura do filho do administrador de seu falecido patrão, que o tinha educado como se fosse seu filho:

– Recentemente ingressou no exército – acrescentou ela –, mas receio que ele não vá muito longe.

A Sra. Gardiner olhou para a sobrinha com um sorriso que Elizabeth não pôde retribuir.

– E este – disse a Sra. Reynolds, apontando para uma outra miniatura – é o meu atual patrão. O retrato é bastante fiel e foi feito na mesma época que o outro, oito anos atrás.

– Ouvi dizer que seu patrão é um belo homem – disse a Sra. Gardiner, olhando para o retrato. – Parece simpático. Mas Lizzy, você é que nos poderá dizer se está parecido ou não.

– Esta Senhorita conhece o Sr. Darcy?

Elizabeth corou e respondeu:

– Um pouco.

– E não o acha um belo tipo de homem?

– Sim, é mesmo.

– Creio que não conheço ninguém que o supere, mas na galeria lá em cima verão um outro retrato dele, maior e melhor. Esta sala era o lugar favorito de meu falecido patrão e essas miniaturas estão exatamente no lugar onde estavam quando ele era vivo. Ele gostava muito delas.

A Sra. Reynolds chamou, em seguida, a atenção dos visitantes para um retrato da Senhorita Darcy, pintado quando ela tinha apenas oito anos de idade.

– E a Senhorita Darcy também é bonita? – perguntou o Sr. Gardiner.

– Oh, sim! É a Senhorita mais bonita que eu jamais vi. É tão dotada! Toca piano e canta o dia inteiro. Na sala contígua encontra-se um novo instrumento que acabou de chegar para ela. É um presente do meu patrão. Ela chega amanhã também.

O Sr. Gardiner, com seu modo agradável e comunicativo, encorajava a Sra. Reynolds com perguntas e observações. Ela, por orgulho ou afeição, demonstrava um prazer evidente em falar do patrão e da irmã dele.

– Seu patrão vem muito a Pemberley?

– Não tanto quanto eu desejaria, mas calculo que, ao todo, passe metade do ano aqui. A Senhorita Darcy vem sempre, todos os verões.

"Exceto – pensou Elizabeth – quando vai para Ramsgate."

– Se seu patrão se casasse, a senhora o teria mais vezes aqui.

– Sem dúvida, mas não sei quando isso acontecerá. Não conheço ninguém que esteja à altura dele.

O Sr. e a Sra. Gardiner sorriram e Elizabeth não pôde evitar dizer:

– É esse um grande elogio que está lhe fazendo.

– Mas é a pura verdade, e todos os que o conhecem dirão a mesma coisa – replicou a Sra. Reynolds.

Elizabeth achou que ela exagerava, mas, com maior assombro ainda, ouviu a governanta acrescentar:

– Nunca o ouvi dizer uma palavra ríspida em toda a minha vida. E eu o conheço desde que ele tinha quatro anos de idade.

Era o elogio mais extraordinário de todos, mais oposto às ideias de Elizabeth. Ela considerava o Sr. Darcy um homem mal-humorado. Sua curiosidade foi acirrada.

Desejava mais informações e intimamente ficou grata ao tio, pois ele continuou:

– Tem muita sorte em ter um patrão assim.

– Sim, senhor, sei disso muito bem. Se eu saísse por esse mundo afora, estou certa de que não encontraria outro melhor. Mas já notei que as pessoas de bom caráter em criança também o são quando adultos. E o Sr. Darcy, quando pequenino, tinha um temperamento de anjo e um coração de ouro.

Elizabeth ficou boquiaberta. "Será a mesma pessoa?" – pensou ela.

– O pai dele era um homem excelente – disse a Sra. Gardiner.

– Lá isso era, minha senhora; e o filho não lhe ficará atrás. É igualmente afável com os pobres.

Elizabeth ouvia, pasmava e duvidava, e ficou impaciente querendo mais informações. A Sra. Reynolds não conseguiria desviar seu interesse. Em vão ela falava sobre as personagens que os quadros representavam, as dimensões da sala e o preço dos móveis. O Sr. Gardiner, a quem enternecia aquela afeição pela família e à qual ele atribuía os excessivos louvores da Sra. Reynolds, tornou a introduzir o assunto. A Sra. Reynolds discorreu com energia sobre as qualidades de seu patrão enquanto subiam a ampla escadaria.

– Ele é o proprietário mais bondoso e o melhor dos patrões que jamais existiu – dizia ela. – Não é como os jovens de hoje, que só pensam em si próprios. Não existe um só de seus rendeiros ou criados que não fale dele com admiração. Há quem diga que ele é orgulhoso, mas eu nunca pensei isso. Deve ser porque ele é mais fechado que a maioria dos outros jovens.

"Sob que luz favorável ela o coloca", pensou Elizabeth.

– Essas informações não condizem com o seu procedimento para com nosso pobre amigo – sussurrou a tia, enquanto caminhavam.

– Talvez estejamos enganadas.

– Não é provável; o testemunho do outro era dos melhores.

Após chegarem ao espaçoso patamar, foram introduzidos numa linda sala de estar, decorada recentemente com a maior elegância e graça. Foram informados de que tudo aquilo tinha sido feito em atenção à Senhorita Darcy, pois essa tinha manifestado preferência por aquela sala da última vez que estivera em Pemberley.

– Ele é, certamente, um bom irmão – disse Elizabeth, enquanto se dirigia para uma das janelas.

A Sra. Reynolds antecipava a surpresa da Senhorita Darcy ao entrar naquele aposento.

– Tudo o que ele pode fazer para agradar a irmã, manda imediatamente executar. E é sempre assim a sua forma de agir; não existe nada que não faça para procurar deixá-la feliz.

A galeria de quadros e os dois ou três quartos de dormir principais eram o que lhes restava para ver. A galeria continha muitos quadros interessantes, mas Elizabeth pouco entendia de pintura. Já quando lhe tinham mostrado os outros, no andar de baixo, ela afastara-se para examinar uns desenhos a lápis, da autoria da Senhorita Darcy, cujos assuntos eram, em geral, mais interessantes e também mais fáceis de entender.

Na galeria havia também muitos retratos da família. Esses quadros, porém, pouco interesse ofereciam a uma estranha. Elizabeth procurou neles, apenas, os traços que conhecia.

Finalmente, um desses retratos despertou sua atenção. Tratava-se de alguém cujo rosto se parecia notavelmente com o do Sr. Darcy e no qual transparecia um sorriso que ela se lembrava já ter visto nele quando ele a contemplava. Deteve-se durante vários minutos diante do quadro, olhando fixamente, e, antes de sair da galeria, voltou atrás para examiná-lo mais uma, vez. A Sra. Reynolds informou que ele fora pintado ainda em vida do falecido Sr. Darcy.

Existia naquele momento, no coração de Elizabeth, um sentimento de ternura para com o atual proprietário de Pemberley como jamais tivera naquele período em que melhor o conhecera. Os elogios com os quais a Sra. Reynolds o tinha cumulado não eram de pouca monta. Nenhum louvor é mais valioso do que o de um criado inteligente. Após terem terminado a visita, tornaram a descer as escadas e, ao despedirem-se da governanta, foram entregues aos cuidados do jardineiro que os esperava na entrada da casa.

Enquanto atravessavam o gramado em direção ao riacho, Elizabeth voltou-se para tornar a ver a casa. Seus tios também se detiveram e, enquanto o Sr. Gardiner fazia conjecturas sobre a data em que o edifício fora construído, o proprietário em pessoa surgiu de súbito na alameda que conduzia às cocheiras, do outro lado da casa.

Encontravam-se a cerca de vinte jardas de distância e o seu aparecimento fora tão repentino que se tornara impossível a Elizabeth esconder-se. Seus olhares imediatamente se cruzaram e ambos coraram de modo intenso. Ele teve um sobressalto e por momentos a surpresa o paralisou. Mas, voltando imediatamente a si, adiantou-se para o grupo e dirigiu-se a Elizabeth, senão com uma calma absoluta, pelo menos com uma amabilidade sem limites.

Elizabeth, que se virara instintivamente ao vê-lo se aproximar, se deteve e recebeu seus cumprimentos com um embaraço impossível de dominar. Se sua aparição ou sua semelhança com o retrato que tinham acabado de examinar não bastassem para o Sr. e a Sra. Gardiner perceberem que se encontravam perante o Sr. Darcy em pessoa, a expressão de surpresa do jardineiro ao ver seu patrão teria sido suficiente para o revelar. Conservaram-se um pouco afastados enquanto ele conversava com Elizabeth, e esta, atônita e embaraçada, mal ousava levantar os olhos e respondia inconscientemente às perguntas de cortesia que ele lhe fazia sobre sua família. Extremamente surpresa com a alteração de seus modos desde a última vez que o vira, cada frase que ele pronunciava aumentava ainda mais sua confusão. Tomando de novo consciência de toda a inconveniência de ele a encontrar ali, os poucos minutos em que estiveram juntos tornaram-se os mais penosos de sua vida. Ele também parecia não estar muito à vontade. Enquanto falava, o tom de sua voz não aparentava a firmeza habitual. As perguntas várias vezes repetidas de quando ela saíra de Longbourn e por quanto tempo se demoraria em

Derbyshire, assim como o atropelo com que ele as pronunciava, tornavam evidente quão distantes os seus pensamentos andavam.

Por fim, nada mais encontrou para dizer e, após ter permanecido alguns momentos sem dizer palavra, o Sr. Darcy voltou de súbito a si e despediu-se.

Os outros, então, juntaram-se a ela e exprimiram toda a sua admiração por tão garbosa figura. Elizabeth, inteiramente absorta em seus pensamentos, não ouviu uma palavra sequer do que lhe disseram. Acompanhou-os em silêncio; sentia-se esmagada de vergonha e de contrariedade. Sua vinda ali fora a ideia mais irrefletida e infeliz do mundo. Como ele deveria estranhar tal encontro! E sob que luz isso não a colocaria aos olhos de homem tão vaidoso!

Poderia até parecer que ela se colocara propositadamente em seu caminho! Oh, por que tinham vindo? Ou por que havia ele de vir na véspera do dia em que era esperado!? Se tivessem saído dez minutos mais cedo de Pemberley, ele não a teria reconhecido de longe, pois era evidente que chegara naquele momento e que tinha acabado de apear do cavalo ou da carruagem. Ela corou várias vezes ao recordar-se da perversidade daquele acaso. E que significaria aquela alteração nos seus modos? Era espantoso que ele lhe tivesse dirigido a palavra, sequer. E falar com tanta amabilidade e perguntar pela sua família! Nunca, na sua vida, Elizabeth o vira comportar-se de maneira tão pouco cerimoniosa. Nunca ele lhe falara com tanta doçura como durante aquele inesperado encontro. Que diferença desde aquela ocasião em que se dirigira a ela no parque de Rosings a fim de lhe entregar a carta. Ela não sabia o que pensar nem como explicar tudo aquilo.

Tinham agora penetrado numa simpática vereda que acompanhava as margens do riacho e, a cada passo que davam, aproximavam-se mais de uma das mais belas partes do bosque. Só algum tempo depois é que Elizabeth despertou para o que a rodeava e, embora respondesse mecanicamente aos repetidos apelos de seus tios para que contemplasse os panoramas que lhe apontavam, não distinguia nenhum detalhe da paisagem. Seus sentimentos voltavam-se para a casa de Pemberley e procuravam adivinhar em que lugar o Sr. Darcy agora se encontrava. Adoraria saber o que lhe passava naquele momento pelo espírito, de que maneira pensava nela, e se, apesar de tudo, ainda tinha alguma afeição por ela. Talvez ele tivesse se mostrado tão amável porque se sentisse indiferente. No entanto, na sua voz havia transparecido aquela insegurança. Elizabeth não sabia se ele sentira aborrecimento ou prazer ao vê-la, mas, certamente não permanecera indiferente.

Por fim, as observações dos tios à sua distração acabaram por despertá-la e ela lembrou-se de que era necessário mostrar maior naturalidade.

Penetraram no bosque e, dizendo adeus ao riacho por algum tempo, subiram para uma região mais elevada. Lá, através de clareiras ocasionais, descobriram encantadoras vistas do vale, das colinas do outro lado, recobertas de extensos bosques, e do riacho. O Sr. Gardiner exprimiu seu desejo de percorrer todo o parque e, se possível, a pé, mas o jardineiro, triunfante, informou que o parque tinha mais de dez milhas de periferia. Teriam, portanto, de se contentar com o circuito habitual. Elizabeth desejava explorar os meandros do riacho, mas depois de atravessarem a ponte e perceberem a distância a que se encontravam da casa, a Sra. Gardiner, que não gostava muito de caminhar, declarou não poder avançar mais e disse que desejava voltar para a carruagem o mais depressa possível. Elizabeth viu-se, assim, obrigada a submeter-se, e o grupo tomou de novo a direção da casa, do outro lado do rio, enveredando pelo caminho mais curto. A caminhada, porém, era lenta, pois o Sr. Gardiner, que gostava muito de pescar, mas raramente tinha oportunidade de fazê-lo, detinha-se a todo instante para observar as trutas e fazer perguntas ao homem que os acompanhava.

Enquanto deste modo caminhavam, tiveram novamente a surpresa de avistar o Sr. Darcy, que se aproximava deles a pequena distância. O espanto de Elizabeth por pouco ultrapassou aquele que sentira no primeiro encontro. A vereda pela qual seguiam, que era menos abrigada que a do outro lado, permitiu vê-lo antes de se encontrarem. Elizabeth, embora espantada, estava mais preparada para o encontro. Resolveu que se exprimiria com calma caso o Sr. Darcy tencionasse realmente abordá-los. Por um instante, ela pensou que ele iria virar para outro caminho, mas a ideia apenas prevaleceu enquanto uma curva da alameda o ocultava de sua vista, pois, feita a volta, ele surgiu diretamente diante deles. Elizabeth percebeu que o Sr. Darcy nada tinha perdido de sua recente amabilidade e, para imitar sua cortesia, após se encontrarem ela começou a louvar as belezas do local. Porém, ainda mal tinha pronunciado as palavras "lindo" e "encantador", quando uma infeliz lembrança a assaltou e, receando que aqueles seus elogios a Pemberley pudessem ser mal interpretados, empalideceu e nada mais disse.

A Sra. Gardiner detivera-se um pouco atrás e quando Elizabeth se calou, o Sr. Darcy pediu que lhe desse a honra de apresentá-lo a seus amigos. Elizabeth não esperava tal demonstração de cortesia e não pôde deixar de sorrir ao vê-lo agora procurar conhecer as mesmas pessoas contra as quais seu orgulho revoltara-se ao lhe propor casamento.

"Que surpresa a dele – pensou ela – quando lhe disser quem eles são! Toma-os, naturalmente, por pessoas de elevada categoria."

A apresentação foi feita e, ao mencionar o parentesco que os unia, Elizabeth não pôde deixar de olhar de soslaio para o Sr. Darcy, esperando vê-lo fugir o mais depressa que pudesse da companhia de gente tão modesta. Sua surpresa foi evidente, mas ele suportou-a com coragem e, ao contrário de se voltar para partir, fez questão de regressar com eles e entrou em conversação com o Sr. Gardiner. Elizabeth não pôde deixar de se sentir lisonjeada e triunfante. Sentia-se reconfortada porque ele agora via que ela não precisava se envergonhar de todos os seus parentes. Ouvia com a maior atenção tudo o que se passava entre eles e ficava radiante cada vez que uma expressão ou uma frase de seu tio revelavam sua inteligência, seu bom gosto e suas boas maneiras.

Logo estavam conversando sobre pesca. Ela ouviu o Sr. Darcy convidar seu tio, com a maior delicadeza, para pescar no parque todas as vezes que quisesse. Ofereceu-lhe também os equipamentos necessários e indicou os trechos do riacho em que a pesca em geral era mais proveitosa.

A Sra. Gardiner, que caminhava de braço dado com Elizabeth, lançou na direção de sua companheira um expressivo olhar de surpresa. Elizabeth nada disse, mas sentiu-se extremamente satisfeita. Não havia dúvida que aquela galante atitude era dirigida a ela, mas seu espanto era ilimitado, e frequentemente ela repetia para si mesma: "Por que razão estará ele tão modificado? Qual será o motivo de tudo isto? Não será por minha causa, pois tudo o que eu lhe disse em Hunsford não poderia causar nele uma alteração tão grande. É impossível que ele tenha ainda algum amor por mim".

Após caminharem durante algum tempo daquela forma, as duas senhoras à frente e os dois cavalheiros atrás, ao chegarem à margem do rio onde esperavam examinar uma curiosa planta aquática, operou-se uma ligeira alteração. A Sra. Gardiner, fatigada pelo exercício daquela manhã, achou o braço de Elizabeth inadequado para nele se apoiar e preferiu o do marido. O Sr. Darcy tomou o lugar ao lado de Elizabeth e retomaram a caminhada. Após um curto silêncio, Elizabeth foi quem primeiro tomou a palavra. Desejava tornar do conhecimento do Sr. Darcy o fato de ela ter feito as necessárias indagações e lhe terem assegurado que ele se encontraria ausente, condição essencial para a sua decisão em visitar o local. Começou, portanto, por observar que sua chegada fora inesperada.

– Sua governanta – disse ela – nos informou que o senhor só chegaria amanhã. Além disso, antes de sairmos de Bakewell, disseram-nos que o senhor não era esperado tão cedo.

Ele confirmou a verdade de tudo e respondeu que, por causa de alguns negócios a tratar com seu administrador, se vira forçado a adiantar-se algumas horas em relação a seus companheiros de viagem.

– Chegarão amanhã cedo – continuou ele – e entre eles virão algumas pessoas que a conhecem: o Sr. Bingley e as irmãs.

Elizabeth respondeu com um leve aceno da cabeça. Seus pensamentos imediatamente a levaram para a ocasião em que pela última vez o nome do Sr. Bingley fora pronunciado entre eles. A julgar pela expressão do rosto dele, seus pensamentos haviam tomado rumo semelhante.

– Do grupo faz parte, também, uma outra pessoa – continuou ele, após uma pausa – que deseja particularmente conhecê-la. Se me permite, lhe apresentarei minha irmã durante sua estada em Lambton, ou será que lhe peço demasiado?

A surpresa de Elizabeth perante tal pedido foi imensa, tão grande que ela concordou sem nem saber de que maneira o fazia. Compreendeu imediatamente que esse desejo da Senhorita Darcy só poderia ter sido inspirado pelo irmão e não era preciso refletir muito para descobrir o quanto isso a satisfazia. Era agradável saber que o ressentimento do Sr. Darcy não o indispusera totalmente contra ela.

Continuaram caminhando em silêncio, ambos mergulhados em suas reflexões. Elizabeth não se sentia à vontade, pois isso era impossível, mas sentia-se lisonjeada e satisfeita. O desejo dele de lhe apresentar a irmã era um elogio dos mais elevados. Em pouco tempo haviam se distanciado bastante dos outros e quando chegaram perto da carruagem, o Sr. e a Sra. Gardiner encontravam-se ainda a umas duzentas jardas mais atrás.

O Sr. Darcy convidou-a a entrar, mas Elizabeth declarou não estar fatigada, e eles esperaram juntos no jardim. Numa ocasião como aquela, muitas coisas podiam ser ditas, e o silêncio era embaraçoso. Elizabeth gostaria de conversar, mas em quase todos os assuntos parecia haver algum obstáculo. Finalmente, ela lembrou-se que estivera viajando, e então falaram de Matlock e de Dove Dale com grande perseverança. Contudo, o tempo e sua tia pareciam caminhar lentamente e sua paciência e o assunto já estavam quase esgotados. Quando o Sr. e a Sra. Gardiner finalmente chegaram, foram convidados a entrar, mas eles recusaram o convite e todos se separaram com a maior cortesia. O Sr. Darcy ajudou as senhoras a entrarem na carruagem e quando esta se afastou, Elizabeth viu-o caminhando lentamente na direção da casa.

As observações de seus tios tiveram então início. Ambos declararam que o tinham achado infinitamente superior ao que esperavam.

– Ele é impecável em educação, afabilidade e modéstia – disse o Sr. Gardiner.

– Existe um quê de imponência em seus modos – replicou a Sra. Gardiner. – Mas, parafraseando a Sra. Reynolds, embora haja quem o considere orgulhoso, nada notei dessa natureza.

– O que mais me surpreendeu foram suas maneiras conosco. Eram mais do que polidas, eram atenciosas. E, contudo, suas relações com Elizabeth são bastante recentes.

– Naturalmente, Lizzy – disse a Sra. Gardiner –, ele não é tão bonito como o Sr. Wickham, mas seus traços são perfeitamente regulares. Não compreendo por que me disse que ele era tão desagradável.

Elizabeth desculpou-se da melhor forma que pôde; disse que o achara mais simpático da última vez que estivera com ele em Kent e que nunca o vira tão amável como naquela manhã.

– Pode ser que ele seja um pouco excêntrico em suas amabilidades – replicou o Sr. Gardiner. – É frequente nos homens importantes, por isso não tomarei ao pé da letra o seu convite para pescar, pois é possível que amanhã tenha mudado de ideia e me expulse de seu parque.

Elizabeth sentiu que eles se enganavam redondamente sobre o verdadeiro caráter do Sr. Darcy, mas nada disse.

– Pelo que vimos dele – continuou a Sra. Gardiner –, jamais poderia imaginar que ele fosse capaz de agir tão cruelmente contra alguém como fez com o pobre Wickham. Sua expressão não revela mau caráter, pelo contrário, ele tem um modo de mover os lábios quando fala que muito me agrada; e há uma dignidade em seu rosto que dificilmente daria a alguém uma ideia desfavorável de seu coração. Aliás, a boa mulher que nos mostrou a casa atribui-lhe as melhores qualidades. Creio que ele deve ser um patrão liberal, e, aos olhos de um criado, isso resume todas as virtudes.

Elizabeth sentiu que era o momento de dizer alguma coisa para justificar o procedimento de Darcy em relação a Wickham, e deu a entender a seus tios que, pelo que ouvira dos parentes dele em Kent, seus atos eram suscetíveis de uma interpretação totalmente diferente. Disse também que seu caráter não era nem de longe tão defeituoso quanto tinham suposto em Hertforshire, e que, por outro lado, o de Wickham estava longe de ser tão perfeito. E, para confirmar o que lhes dizia, relatou os detalhes de todas as transações monetárias em que ambos estiveram conjuntamente envolvidos, sem revelar, no entanto, o nome da pessoa que a informara, mas acrescentando que ela era digna de todo crédito.

A Sra. Gardiner mostrou-se surpreendida e preocupada, mas como se aproximavam do lugar onde ela residira em sua mocidade, ela entregou-se a todo o encanto de suas recordações, e estava tão ocupada em mostrar ao marido as maravilhas das redondezas que se esqueceu do resto.

Apesar de todas as fadigas da manhã, logo após o almoço tornaram a sair em busca dos antigos conhecidos da Sra. Gardiner, e esta passou a tarde entregue ao prazer de reatar antigos laços de amizade.

As ocorrências desse dia tinham sido demasiado interessantes para permitirem a Elizabeth prestar maior atenção a esses novos amigos e não podia fazer outra coisa senão pensar e refletir com assombro nas amabilidades do Sr. Darcy, e sobretudo no seu desejo de lhe apresentar a irmã.

≈ CAPÍTULO 44 ≈

Elizabeth combinara com o Sr. Darcy que ele traria a irmã para visitá-la logo no dia seguinte ao de sua chegada a Pemberley, e decidiu não se afastar da hospedaria naquela manhã. Porém, sua conclusão foi falsa, pois na mesma manhã de sua chegada a Lambton, esses visitantes vieram vê-la. Elizabeth e seus tios tinham estado passeando pela cidade com alguns de seus novos amigos e acabavam de regressar à hospedaria a fim de se vestirem para jantar com a mesma família quando o ruído de uma carruagem os atraiu a uma janela. Elizabeth imediatamente reconheceu a libré e, compreendendo do que se tratava, participou, para grande surpresa de seus parentes, a honra que estava esperando.

Seus tios ficaram estupefatos e, tanto o embaraço de Elizabeth ao comunicar tal acontecimento como a circunstância em si, acrescida ainda à lembrança das muitas outras coisas do dia precedente, lhes deu uma nova visão do que realmente se passava. Nada o havia sugerido anteriormente, mas sentiam agora não haver outra maneira de explicar as atenções do Sr. Darcy sem supor um interesse dele pela sobrinha. Enquanto essas novas ideias lhes atravessavam o pensamento, a perturbação de Elizabeth crescia a cada momento. Ela mesma se surpreendeu com seu nervosismo. Além de outras inquietações, ela temia que o Sr. Darcy, com sua parcialidade, houvesse exagerado na apologia de sua pessoa; e, ansiosa como nunca por agradar, desconfiava naturalmente de que todos os seus recursos seriam escassos.

Elizabeth afastou-se da janela, receando ser vista, e enquanto caminhava de um lado para o outro procurando acalmar-se, reparou nos olhares curiosos de seus tios, o que dificultou tudo muito mais.

O Sr. Darcy e a irmã apareceram, e aquela temível apresentação teve lugar. Com espanto, Elizabeth percebeu que sua nova conhecida estava tanto ou mais embaraçada do que ela. Desde que se encontrava em Lambton, Elizabeth ouvira várias vezes dizer que a Senhorita Darcy era extremamente orgulhosa, mas aquele exame de alguns minutos bastou para constatar que ela era apenas excessivamente tímida. Foi muito difícil arrancar dela outras palavras que não fossem simples monossílabos.

A Senhorita era alta e mais corpulenta do que Elizabeth e, embora contasse pouco mais de dezesseis anos, suas formas eram bem desenvolvidas e sua aparência graciosa. Seus traços eram menos regulares e belos que os do irmão, mas transparecia neles o bom-senso e a cordialidade, e seus modos eram perfeitamente simples e delicados. Elizabeth, que receava encontrar nela uma observadora tão perspicaz e implacável como o Sr. Darcy se mostrara, sentiu-se extremamente aliviada ao discernir tamanha diferença de feitio.

Poucos momentos depois de chegar, o Sr. Darcy informou que Bingley também viria apresentar seus cumprimentos, e Elizabeth mal tivera tempo de exprimir sua satisfação quando ouviu na escada os passos rápidos de Bingley, e, no mesmo instante, ele surgiu na sala. Há muito que se tinha acalmado todo o ressentimento de Elizabeth contra ele. Mesmo que conservasse ainda um resto daqueles sentimentos, teria sido impossível resistir à singela cordialidade com que ele se exprimiu ao tornar a vê-la. Ele perguntou por sua família, embora de um modo vago, falando com a mesma tranquilidade bem-humorada de sempre.

O Sr. e a Sra. Gardiner olharam para ele também com muito interesse. Há muito que desejavam conhecê-lo. O grupo todo, aliás, despertava neles a mais viva curiosidade. As suspeitas que neles brotaram com respeito ao Sr. Darcy e à sobrinha fizeram com que os observassem atenta, mas reservadamente. Concluíram que um deles, pelo menos, sabia o que era o amor. Quanto aos sentimentos de Elizabeth, ficaram um pouco na dúvida, mas era evidente que o jovem tinha por ela uma fervorosa admiração.

Elizabeth, por seu lado, tinha muito que fazer. Queria certificar-se dos sentimentos de cada um dos visitantes, dominar os seus e tornar-se agradável para todos. Em Bingley encontrou a melhor das disposições, Georgiana ansiava por satisfazê-la e Darcy estava sequioso das suas atenções.

Perante Bingley, Elizabeth lembrou-se naturalmente de sua irmã, e naquele momento ela teria dado tudo para saber se os pensamentos dele tinham tomado o mesmo rumo que os seus. Por vezes, ela tinha a sensação de que ele falava menos do que de costume; e outras vezes parecia que, ao olhar para ela, ele procurava encontrar alguma familiaridade em seu rosto. Mas, embora tudo isto talvez não passasse de imaginação, Elizabeth não se iludia quanto ao comportamento dele com a Senhorita Darcy, na qual certas pessoas tinham esperado encontrar uma rival de Jane. Nem de um lado nem de outro um só olhar deixou transparecer qualquer interesse especial. Nada se passou entre eles que pudesse justificar as esperanças da Senhorita Bingley.

Antes de partirem, um ou dois pequenos fatos ocorreram que, segundo a interpretação ansiosa de Elizabeth, denotavam uma recordação de Jane, não destituída de ternura, e um desejo de dizer algo mais que poderia conduzir à menção de seu nome, tivesse ele ousado. O Sr. Bingley observou, num dado momento em que os outros se encontravam conversando, e num tom que denotava certa mágoa, que "há muito tempo que ele não tinha o prazer de vê-la". Antes que ela pudesse responder, acrescentou: "Há mais de oito meses. Não nos vemos desde o dia 26 de novembro, quando nos encontrávamos todos dançando em Netherfield".

Em outro momento, ele lhe perguntou se todas as suas irmãs se encontravam em Longbourn. A pergunta nada tinha de excepcional, assim como a observação precedente, mas eram o seu olhar e modos que lhe emprestavam todo o significado.

Elizabeth não teve muitas oportunidades de voltar os olhos para o Sr. Darcy, mas, todas as vezes que o olhava de relance, surpreendia nele uma expressão de contentamento, e tudo o que ele dizia era num tom tão diferente da sua antiga altivez e desdém que Elizabeth se convenceu de que a melhora, presenciada na véspera, nos modos de Darcy, por mais temporária que fosse, durava pelo menos mais de um dia. Quando ela o via assim ocupado em procurar a companhia e a boa opinião de pessoas com as quais ainda há tão poucos dias ele teria julgado desonroso manter relações, quando o ouvia tratar com a maior amabilidade não só a ela, Elizabeth, mas também seus parentes, que ele tão abertamente desdenhara durante aquela cena no presbitério de Hunsford, a mudança parecia tão radical e impressionava-a a tal ponto que só com o maior esforço ela conseguia esconder sua surpresa. Nunca o vira tão desejoso de agradar, tão livre de orgulhos e rígidas reservas como agora.

Os visitantes permaneceram com eles mais de meia hora; e quando se levantaram para partir, o Sr. Darcy dirigiu-se à irmã, pedindo que reiterasse o convite que ele fazia aos Gardiner e a Elizabeth para um jantar em Pemberley antes de sua partida. A Senhorita Darcy prontamente acedeu ao seu pedido, embora com uma timidez que revelava o pouco hábito em fazer convites. A Sra. Gardiner olhou para a sobrinha, desejosa de saber se Elizabeth, a quem o convite principalmente se destinava, estava disposta a aceitar, mas ela voltara o rosto para o outro lado. Presumindo, porém, que tal atitude exprimia mais um momentâneo embaraço do que qualquer desagrado na proposta, e percebendo que seu marido, que apreciava a sociedade, estava disposto a aceitar, ela deu seu consentimento, e o jantar foi marcado para dali a dois dias.

Bingley exprimiu então todo o seu prazer em tornar a ver Elizabeth, pois tinha ainda muito que lhe dizer e perguntas a fazer sobre os seus amigos de Hertfordshire. Elizabeth, vendo nisso seu desejo de ouvi-la falar sobre Jane, ficou satisfeita.

Depois que os visitantes partiram, ela ficou pensando naquela última meia hora com alguma satisfação. Ansiosa por ficar a sós e temendo as perguntas e insinuações de seus tios, permaneceu na companhia destes apenas o tempo necessário para ouvir suas opiniões favoráveis sobre Bingley, depois do que os deixou precipitadamente, alegando ter de se vestir.

No entanto, ela não tinha razão em temer a curiosidade do Sr. e da Sra. Gardiner, pois não desejavam forçar suas confidências. Ficou evidente que Elizabeth conhecia o Sr. Darcy muito mais intimamente do que eles tinham suposto. E percebiam que ele estava muito apaixonado por ela. Sentiam por tudo aquilo um grande interesse, porém nada que justificasse indagações.

Quanto ao Sr. Darcy, ansiavam por imaginar as melhores coisas a seu respeito, e, pelo tanto que o conheciam, não encontravam nele qualquer defeito. Não podiam deixar de se sentir impressionados por sua delicadeza; e, se fossem ajuizar seu caráter a partir de suas próprias impressões e das informações dadas pela governanta, sem nenhuma referência a qualquer outro relato, o círculo de pessoas que o conheciam em Hertfordshire não o teria reconhecido como sendo o do Sr. Darcy. Viam agora um certo interesse em acreditar nas palavras da governanta; e em breve concluíram que a opinião de uma criada, que o conhecia desde os quatro anos de idade e cuja aparência era a de uma pessoa digna e respeitável, não poderia ser sumariamente rejeitada. Seus amigos de Lambton, por outro lado, nada sabiam que pudesse diminuir o valor daquele testemunho. De nada o acusavam, a não ser de seu orgulho. Todos eram unânimes, no entanto, em ver nele um homem generoso e pródigo com os pobres.

Quanto a Wickham, os visitantes logo descobriram que ele não era muito estimado no lugar, e, embora nada de preciso se soubesse sobre suas relações com o filho de seu protetor, era, no entanto, sabido que ao sair de Derbyshire deixara muitas dívidas, que acabaram sendo saldadas pelo Sr. Darcy.

Elizabeth pensou mais em Pemberley naquela noite do que na precedente. Embora as horas lhe parecessem difíceis de passar, não foram suficientes para chegar a uma conclusão sobre seus sentimentos e ficou duas horas acordada, tentando ler seu coração. Certamente não o odiava. Não, o ódio há muito que se dissipara e há muito também que se envergonhava de ter alguma vez antipatizado com ele. O respeito que suas valiosas qualidades lhe inspiravam, embora a princípio admitido com relutância, já há bastante tempo deixara de repugnar seus sentimentos, e tinha agora se transformado em algo mais cordial, graças aos testemunhos tão altamente em seu favor e à impressão favorável que Darcy lhe produzira na véspera. Mas, acima de tudo, encontrava em si mesma um motivo de boa vontade que não poderia ignorar: era a gratidão. Gratidão não só porque ele a amara, mas porque ele ainda a amava o bastante para esquecer toda a petulância com que ela o rejeitara e todas as acusações injustas com que fizera acompanhar essa rejeição. Ela chegara a imaginar que Darcy a evitaria como a pior inimiga. No entanto, durante aquele encontro acidental, ele mostrara-se ansioso por reatar relações. Sem exibir qualquer indelicadeza de sentimentos ou excentricidade de maneiras que sugerisse aquilo que dizia respeito apenas a eles dois, ele procurava angariar a boa opinião dos amigos dela e insistira em apresentá-la a sua irmã. Uma tal mudança em um homem tão orgulhoso suscitava não só o espanto, como a gratidão. Só ao amor, e a um amor ardente, é que ela poderia ser atribuída; e a impressão que sobre ela esse amor produzia não era de modo algum desagradável, embora não pudesse ser exatamente definida. Ela o respeitava, o estimava, era grata e sentia um interesse real pelo seu bem-estar; e quereria apenas saber até que ponto ela desejava que aquele bem-estar dependesse dela e, para a felicidade de ambos, até que ponto ela deveria empregar o poder que imaginava ainda ter para fazer com que ele renovasse suas atenções.

Ficara decidido naquela noite, entre tia e sobrinha, que uma delicadeza tão decisiva como aquela manifestada pela Senhorita Darcy, em vir visitá-las no dia de sua própria chegada a Pemberley, deveria ser retribuída por um esforço de cortesia da parte delas. Decidiram pela conveniência de uma visita a Pemberley na manhã seguinte. Elizabeth gostou da ideia e, embora se perguntasse sobre o motivo desse contentamento, não encontrou resposta.

O Sr. Gardiner deixou-as logo após o café da manhã. O convite para pescar fora renovado no dia anterior e um encontro fora marcado com alguns dos cavalheiros em Pemberley, ao meio-dia.

≈ CAPÍTULO 45 ≈

Convencida agora de que a antipatia da Senhorita Bingley devia-se ao ciúme, Elizabeth não podia deixar de antever quão desagradável para ela seria sua visita a Pemberley, e sentia certa curiosidade em ver até que ponto ela se mostraria amável ao reatarem suas relações.

Ao entrarem em casa, passando pelo vestíbulo, foram conduzidas até o salão, que, virado para o norte, se tornava muito agradável no verão. Descortinava-se uma vista encantadora das altas colinas cobertas de arvoredo e dos belos carvalhos e castanheiros.

Nesse aposento foram recebidas pela Senhorita Darcy e pela senhora com quem ela morava em Londres. A Sra. Hurst e a Senhorita Bingley também se encontravam presentes. Georgiana recebeu-as com toda a amabilidade, embora transparecesse aquele embaraço de sua timidez e de seu medo de errar, e que poderia facilmente ser tomado por orgulho e reserva pelas pessoas que lhe eram inferiores. A Sra. Gardiner e a sobrinha, no entanto, a compreendiam e tinham pena dela.

A Sra. Hurst e a Senhorita Bingley limitaram-se a cumprimentá-las de longe com um pequeno aceno de cabeça. Quando todas se sentaram, houve uma pausa embaraçosa durante alguns minutos que foi quebrada pela Sra. Annesley, uma senhora muito gentil e simpática, que, ao tentar introduzir um assunto de conversação, provava ser bem mais educada que as outras duas. Estabeleceu-se uma conversa entre essa senhora e a Sra. Gardiner, com o apoio ocasional de Elizabeth. Quanto à Senhorita Darcy, parecia desejar apenas um certo encorajamento para entrar nela, e, por vezes, arriscava uma frase curta, quando parecia não haver o perigo de ser ouvida.

Elizabeth logo percebeu que estava sendo atentamente observada pela Senhorita Bingley, e que não podia dizer uma só palavra, especialmente se dirigida à Senhorita Darcy, sem que a outra não se pusesse à escuta. Tal exame não teria impedido Elizabeth de procurar estabelecer uma conversa com a Senhorita Darcy, não fosse essa encontrar-se a uma distância tão inconveniente dela. Entretanto não lamentava estar sendo poupada de falar muito, pois seus próprios pensamentos a ocupavam bastante. Esperava a cada momento a entrada dos cavalheiros. Desejava, e ao mesmo tempo temia, que o dono da casa aparecesse entre eles; e não discernia qual dos seus sentimentos era o mais forte, se o seu desejo ou o seu temor. Após permanecerem deste modo durante um quarto de hora e sem ouvir a voz da Senhorita Bingley, Elizabeth teve sua atenção despertada por uma fria pergunta que aquela lhe dirigia sobre sua família. Ela respondeu com igual indiferença e concisão e a outra nada mais disse.

O acontecimento seguinte foi a entrada dos criados, que traziam travessas de carnes frias, bolos e uma grande variedade das melhores frutas da estação; mas tal só se deu após muitos olhares significativos e sorrisos da Sra. Annesley dirigidos à Senhorita Darcy, lembrando-lhe de suas obrigações como dona da casa. Havia agora ocupação suficiente para o grupo inteiro, pois, embora nem todas pudessem conversar, todas podiam comer; e as pessoas presentes reuniram-se em volta da mesa, diante das apetitosas pirâmides de uvas, ameixas e pêssegos.

Assim ocupada, Elizabeth teve oportunidade de refletir se ela realmente temia o aparecimento do Sr. Darcy ou se, pelo contrário, o desejava; e nessa altura, embora minutos antes o desejo houvesse predominado, começou a recear que ele aparecesse.

O Sr. Darcy tinha passado algum tempo com o Sr. Gardiner, que pescava na companhia de outros dois cavalheiros da casa, mas, ao ser informado de que Elizabeth e sua tia tinham resolvido fazer uma visita a Georgiana naquela manhã, ele voltou para casa. Assim que fez sua aparição, Elizabeth resolveu sensatamente fazer o possível por se mostrar perfeitamente tranquila e à vontade; resolução essa mais fácil de ser tomada do que de ser cumprida, pois ela percebeu que as suspeitas de todo o grupo foram despertadas com relação a eles e, desde o momento em que ele entrou na sala, todos os olhares se voltaram para observar a atitude do Sr. Darcy. Porém, em nenhuma fisionomia se espelhava curiosidade tão forte como na da Senhorita Bingley, apesar dos seus derramados sorrisos sempre que se dirigia a ele, pois o ciúme ainda não a fizera desesperar e de forma alguma desistiria de cumular de atenções o Sr. Darcy. Com a chegada do irmão, a Senhorita Darcy fez um esforço ainda maior para conversar. Elizabeth percebeu que ele ansiava que sua irmã a conhecesse melhor, encorajando todas as tentativas de conversação entre elas. A Senhorita Bingley também percebeu tal atitude. Na imprudência da sua cólera, aproveitou a primeira oportunidade para dizer, com um sarcasmo mal disfarçado:

– É verdade, Senhorita Eliza, que o destacamento de milícia foi removido de Meryton? Deverá ter sido uma grande perda para sua família.

Na presença de Darcy ela não ousava pronunciar o nome de Wickham, mas Elizabeth compreendeu exatamente que era nele que ela estava pensando. Por instantes, todas aquelas tristes recordações a lançaram numa certa confusão. Mas, esforçando-se vigorosamente para responder a tão malévolo ataque, ela falou num tom indiferente. Enquanto falava, lançou um olhar involuntário para Darcy, e viu que ele, com o rosto alterado, olhava fixamente para ela e que a Senhorita Darcy, bastante perturbada, mantinha os olhos baixos. Se acaso a Senhorita Bingley adivinhasse a aflição que causaria em sua querida amiga, decerto teria evitado a alusão. Mas sua intenção fora apenas perturbar Elizabeth, aludindo a um homem por quem acreditava que ela nutria afeição, obrigando-a a mostrar uma suscetibilidade que poderia prejudicá-la aos olhos de Darcy, lembrando-lhe todas as loucuras e os absurdos de certos membros da família de Elizabeth. A Senhorita Bingley nada sabia a respeito da planejada fuga da Senhorita Darcy. Ninguém sabia, além de Elizabeth; e Darcy com certeza desejaria esconder tal fato particularmente da família de Bingley pois, de acordo com o que Elizabeth há muito acreditava, ele desejava que um dia aquela família se tornasse a de sua irmã. Darcy certamente deveria ter formulado tal plano e, embora não admitisse que tal intenção tivesse pesado em sua tentativa de separar Bingley da Senhorita Bennet, era provável que aumentasse seu interesse pelo bem-estar de seu amigo.

Contudo, a atitude digna de Elizabeth logo acalmou aquela emoção. Como a Senhorita Bingley, contrariada e decepcionada, não ousasse fazer nenhuma alusão mais direta a Wickham, Georgiana recompôs-se pouco a pouco, mas não ousou dizer nem mais uma palavra. Seu irmão, cujos olhos temia encontrar, já esquecera quase por completo o interesse dela no assunto, e aquele ataque, cujo propósito fora afastar seus pensamentos de Elizabeth, pareceu ter efeito exatamente contrário.

Pouco depois terminou a visita. E enquanto o Sr. Darcy acompanhava as senhoras à carruagem, a Senhorita Bingley dava expansão a seus sentimentos, criticando a pessoa de Elizabeth, suas maneiras e seu traje. Georgiana, contudo, não a encorajava. Bastava-lhe a recomendação de seu irmão. A seus olhos, o julgamento dele era considerado infalível; e Darcy tinha lhe falado em Elizabeth em termos tão elogiosos que Georgiana desde logo se dispusera a encontrar nela todos os encantos e qualidades imagináveis. Quando Darcy voltou ao salão, a Senhorita Bingley não se absteve de repetir uma parte do que momentos antes dissera à irmã dele.

– Eliza Bennet parecia muito indisposta esta manhã. – exclamou ela. – Nunca vi uma pessoa mudar tanto em tão pouco tempo. Sua tez tornou-se tão escura e áspera! Louisa e eu estávamos precisamente dizendo que quase não a reconhecemos.

Por mais que tais palavras tivessem desagradado ao Sr. Darcy, ele limitou-se a dizer que não notara nela qualquer alteração, a não ser que se encontrava um pouco bronzeada, fato esse que nada tinha de milagroso numa pessoa que viaja no verão.

– Aliás – continuou a Senhorita Bingley –, devo confessar que nunca a considerei bela. Seu rosto é fino demais, a pele não tem frescor e os traços não são nada bonitos. O nariz é insignificante e seus traços não têm nada de distinto. Os dentes são razoáveis, mas também nada têm de extraordinário. Quanto aos olhos, que há quem diga que são lindos, também nada encontro de excepcional. Seu olhar é duro e falso. E de suas maneiras desprende-se uma vaidade deselegante que considero intolerável.

A Senhorita Bingley acreditava que Darcy admirava Elizabeth, e aquela não seria, portanto, a atitude mais adequada para se fazer valer aos seus olhos, mas o ciúme a fazia perder as estribeiras. Tudo que conseguiu foi deixá-lo um pouco irritado. No entanto, ele permaneceu resolutamente calado. Decidida a fazê-lo falar, ela prosseguiu:

– Lembro-me perfeitamente de quando a vi pela primeira vez em Hertfordshire, e como todos ficamos surpresos de que ela tivesse a fama de ser bonita. Recordo-me particularmente de ouvi-lo dizer, certa noite, depois de um jantar para o qual foram convidados em Netherfield: "Se ela é bonita, nesse caso a mãe dela é inteligente". Mas, à partir daí, parece-me que mudou um pouco de opinião, pois já o ouvi declarar, uma vez, que a considerava muito bonita.

– Sim – replicou Darcy, incapaz de se conter por mais tempo –, isso foi quando a vi pela primeira vez, pois já há muito tempo a considero uma das mulheres mais belas que conheço.

Ele então afastou-se, e a Senhorita Bingley se viu entregue à satisfação de tê-lo forçado a dizer uma coisa que não magoava a ninguém a não ser a ela própria.

No regresso, a Sra. Gardiner e Elizabeth conversaram a respeito de tudo o que acontecera durante a visita, exceto sobre o que as interessava particularmente. Discutiram a atitude e as palavras de todos, exceto as da pessoa que mais fortemente havia atraído sua atenção. Falaram na irmã, nos amigos, na casa, nas frutas, em tudo, exceto nele próprio. Contudo, Elizabeth ansiava por saber qual a opinião da Sra. Gardiner sobre ele; e a Sra. Gardiner teria ficado muito satisfeita se Elizabeth tivesse introduzido o assunto.

≈ CAPÍTULO 46 ≈

Elizabeth ficou muito desapontada por não encontrar, na sua chegada a Lambton, uma carta de Jane. No terceiro dia, contudo, sua expectativa foi recompensada e Jane justificada, pois recebeu da irmã duas cartas ao mesmo tempo, numa das quais vinha assinalado o seu desvio. Elizabeth não se surpreendeu, pois Jane escrevera o endereço de maneira quase ilegível.

Preparavam-se para sair quando as cartas chegaram, e seus tios, querendo deixá-la à vontade com sua correspondência, partiram sem ela. A carta extraviada deveria ser lida primeiro, pois fora escrita cinco dias antes. O começo continha o relato de todas as pequenas reuniões e divertimentos da família, assim como as últimas novidades da região, mas a segunda parte, que datava do dia subsequente e fora evidentemente escrita em grande agitação, traria notícias bem mais importantes:

"Minha querida Lizzy, aconteceu um fato inesperado e de extrema gravidade. Receio com isso assustá-la, mas asseguro que nos encontramos todos bem. O que tenho para contar diz respeito à nossa pobre Lydia. Um mensageiro chegou ontem à noite, quando já nos encontrávamos todos deitados, vindo da parte do coronel Forster e dizendo que Lydia tinha partido para a Escócia com um de seus oficiais; mais concretamente, com Wickham! Imagine nossa surpresa. Kitty, porém, não pareceu tão surpreendida. Estou muito triste. Considero um casamento altamente imprudente para ambos, mas pretendo esperar o melhor e faço o possível para acreditar que o caráter dele foi mal compreendido. Posso acreditar que ele seja imprudente e indiscreto, mas um ato como esse não me parece revelar um mau coração. Sua escolha por Lydia é desinteressada pois ele não deve ignorar que nosso pai nada tem para dar à filha. A mamãe, pobrezinha, está muito desgostosa, mas papai suporta tudo muito melhor. Considero um feliz acaso nada termos contado a eles do que sabíamos contra Wickham; e, de momento, precisamos também esquecer tais coisas. Partiram no sábado por volta da meia-noite, ao que parece, mas sua ausência não foi notada senão ontem de manhã, às oito. O mensageiro foi imediatamente enviado. Minha querida, eles devem ter passado a dez milhas de distância daqui. O coronel Forster diz que tem motivos para esperar para breve o regresso de Wickham. Lydia deixou algumas linhas escritas à Sra. Forster, informando sua resolução. Preciso concluir, pois não posso manter-me muito tempo afastada de minha pobre mãe. Espero que compreenda esta carta, pois já nem sei bem o que escrevi."

Sem perder tempo tecendo considerações e sem saber exatamente quais eram seus sentimentos, Elizabeth, ao acabar a carta, abriu imediatamente a outra, com grande impaciência, e leu o que se segue (a carta fora escrita um dia depois da conclusão da primeira):

"Quando receber esta carta, minha querida irmã, já terá em seu poder uma primeira. Faço votos para que a segunda seja mais inteligível, pois, embora com tempo suficiente à minha disposição, sinto a cabeça confusa e não me responsabilizo pela coerência das minhas palavras. Minha querida Lizzy, nem sei o que vou escrever; tenho más notícias para dar e não posso adiar sua comunicação. Por mais imprudente que seja o casamento do Sr. Wickham com nossa pobre Lydia, vivemos agora na ânsia de obter a confirmação de que ele tenha sido realmente realizado, pois existem fortes motivos para acreditar que eles não foram para a Escócia. O coronel chegou aqui ontem, tendo saído de Brighton no dia anterior, poucas horas depois de ter enviado o expresso. Embora o bilhete de Lydia dirigido à Sra. Forster desse a entender que eles tinham ido para Gretna Green, correu em Brighton que Denny dissera que, na sua opinião, Wickham não tencionava de modo algum ir para a Escócia, nem casar com Lydia. Ao saber disso, o coronel Forster ficou muito alarmado e saiu imediatamente de Brighton, com o intuito de ir no encalço dos fugitivos. Conseguiu descobrir facilmente o caminho que tinham tomado até Clapham, mas a partir dali não havia sinais de sua passagem, pois nesse local tomaram uma diligência e deixaram a charrete que os trouxera de Epsom. Tudo o que se sabe deles, depois disso, é que foram vistos na estrada

para Londres. Não sei o que pensar! Após ter feito todas as indagações possíveis por lá, o coronel Forster voltou para Hertfordshire, detendo-se em todas as encruzilhadas e todas as hospedarias em Barnet e Hatfield, mas sem qualquer resultado. Ninguém os tinha visto passar. Preocupado, por nossa causa, ele veio atenciosamente a Longbourn e nos revelou suas apreensões da forma mais delicada e honrosa para o seu caráter. Sinto profundamente por ele e pela Sra. Forster, mas ninguém os poderá acusar de nada. Nossa aflição é grande, minha querida Lizzy. Nossos pais acreditam no pior, mas eu não posso crer que ele seja assim tão perverso. É muito possível que Lydia e ele tenham julgado mais conveniente realizar o casamento em segredo, em Londres, e desistido de seu primeiro projeto. Mesmo que ele tenha desígnios tão perversos contra uma garota bem relacionada como Lydia, o que não é provável, não posso crer que ela tenha perdido todo o juízo. Impossível! Lamento, no entanto, dizer que o coronel Forster não acredita no casamento. Ele abanou a cabeça quando lhe exprimi minhas esperanças e disse que temia que Wickham não fosse um homem de confiança. Pobre mamãe, ela está realmente abatida e não quer abandonar o quarto. Seria preferível que ela se esforçasse por reagir, mas não é provável. Quanto ao papai, nunca na minha vida o vi tão perturbado. Ele zangou-se muito com a pobre Kitty por ela ter escondido aquele namoro, mas, como se tratava de um segredo, acho natural essa atitude da parte dela. Alegra-me, querida Lizzy, que tenha sido poupada dessas cenas penosas, mas agora não posso deixar de lhe dizer que anseio pelo seu regresso. Não serei, no entanto, egoísta ao ponto de pedir muita pressa, se isso não lhe for conveniente. Até breve.

Tomo novamente minha pena para fazer o contrário do que acabo de lhe dizer, mas as coisas estão de tal modo que lhe suplico que venham todos o mais depressa possível. Conheço os tios muito bem e não receio fazer tal pedido. Ao tio, terei outro pedido a fazer. Papai vai partir imediatamente para Londres com o coronel Forster a fim de procurar os fugitivos. Numa circunstância como esta, os conselhos e auxílio de meu tio seriam inestimáveis. Ele compreenderá imediatamente o que sinto. Confio na sua bondade."

– Oh, onde estará meu tio? – exclamou Elizabeth, dando um salto da cadeira mal acabara de ler a carta, na sua ansiedade de ir falar com ele sem perda de um minuto.

Mas, ao chegar à porta, esta foi aberta por um criado e o Sr. Darcy apareceu. A palidez do rosto de Elizabeth e seus gestos agitados o fizeram sobressaltar e, antes que ele pudesse voltar a si e falar, ela, que apenas pensava na situação aflitiva de Lydia, exclamou precipitadamente:

– Sinto muito, mas tenho que deixá-lo. Preciso encontrar o Sr. Gardiner imediatamente. O assunto é urgente e não tenho um instante a perder.

– Meu Deus, mas que terá acontecido? – exclamou ele, com mais inquietude do que cortesia. Mas, recompondo-se, acrescentou: – Não a deterei um instante, mas deixe que eu próprio vá chamar o Sr. e a Sra. Gardiner ou mande lá um criado. No estado em que está, quem não poderá ir é a Senhorita.

Elizabeth hesitou, mas seus joelhos tremiam tanto que ela compreendeu que não poderia ir muito longe. Chamando o criado, ela encarregou-o de partir imediatamente em busca dos patrões e dizer-lhes que voltassem para casa.

Depois de o criado ter saído, Elizabeth sentou-se, incapaz de se suster nas pernas por mais tempo. Seu estado era tão lamentável que Darcy compreendeu ser impossível deixá-la e, num tom doce e apiedado, disse:

– Deixe que eu chame sua criada. Quer tomar alguma coisa? Posso oferecer-lhe algum reconstituinte, um copo de vinho? Está indisposta.

– Não, obrigada – replicou ela, procurando dominar-se. – Nada tenho. Sinto-me perfeitamente bem. Estou apenas muito aflita por causa de más notícias que acabo de receber de Longbourn.

Ao aludir tal fato, ela começou a chorar e durante alguns minutos não conseguiu dizer palavra. Darcy, penalizado e aflito, pôde apenas exprimir vagamente sua preocupação, e observá-la num silêncio de comiseração. Por fim, ela tornou a falar.

– Acabo de receber uma carta de Jane com terríveis notícias. Não é possível escondê-las de ninguém. Minha irmã mais nova abandonou os amigos... e fugiu; entregou-se a... Wickham. Partiram juntos de Brighton. Conheço-o bem demais para não ter dúvidas quanto ao resto da história. Ela não tem dinheiro, relações, nada que o possa tentar. Está perdida para sempre!

Darcy ficou imobilizado de espanto.

– E quando eu penso – acrescentou ela, num tom mais agitado – que eu própria poderia ter evitado isto, eu, que sabia quem ele era, se tivesse apenas revelado à minha própria família uma parte do que vim a saber. Se o caráter dele fosse conhecido, nada disso teria acontecido. Mas agora é tarde, demasiado tarde.

– Estou profundamente desgostado – exclamou Darcy, aflito. – Mas isso é certo, absolutamente certo?

– Oh, sim. Eles saíram de Brighton juntos, sábado à noite, e foram seguidos quase até Londres. Certamente não foram para a Escócia.

– E o que foi feito, o que foi tentado para recuperá-la?

– Meu pai seguiu para Londres e Jane escreveu pedindo o auxílio imediato de meu tio. Partiremos, assim espero, dentro de meia hora. Enquanto isso, nada mais pode ser feito. Sei muito bem que nada há a fazer. Como obrigar um homem como aquele a proceder corretamente? Como, ao menos, descobrir seu paradeiro? Não tenho qualquer esperança. É horrível!

Darcy abanou a cabeça, numa silenciosa aquiescência.

– Quando descobri qual era o verdadeiro caráter daquele homem... Oh, se eu soubesse o que deveria fazer! Mas eu não sabia... Tinha medo de ir demasiado longe. Que asneira, meu Deus!

Darcy não respondeu. Ele mal parecia ouvi-la e caminhava de um lado para o outro na sala, em profunda meditação, as sobrancelhas franzidas e a expressão sombria. Elizabeth imediatamente compreendeu o quanto sua ascendência sobre Darcy sofreria. Nada poderia resistir a tal demonstração de fraqueza da parte de sua família, a tão grande escândalo. Não se surpreendia, nem o condenava. Considerou que ele exercia sobre si mesmo um grande domínio, mas isso não lhe trouxe qualquer consolo; e nunca Elizabeth sentira tão claramente como naquele momento, quando todo amor era vão, que poderia tê-lo amado.

Mas as considerações pessoais, embora ocorressem, não a absorviam. Lydia, a humilhação e a desgraça que ela estava causando à família dominaram desde logo todos os pensamentos de caráter particular; e, cobrindo o rosto com o lenço, Elizabeth esqueceu tudo o mais. Após uma pausa de vários minutos, a voz de Darcy a fez voltar à realidade; e o tom daquela voz, se transparecia piedade, mostrava também constrangimento:

– Creio que há muito deve estar desejando minha ausência – disse Darcy – e, a não ser minha simpatia sincera, porém, inútil, nada lhe posso oferecer que justifique minha presença. Quisera eu pudesse fazer ou dizer algo que a consolasse, mas não a atormentarei mais, exprimindo meus vãos desejos que podem parecer solicitar intencionalmente seu agradecimento. Receio que este infeliz acontecimento impeça minha irmã de vê-la hoje à noite em Pemberley.

– Oh, sim, tenha a bondade de apresentar nossas desculpas à Senhorita Darcy. Diga-lhe que assuntos urgentes nos obrigam a voltar imediatamente. Esconda a infeliz verdade o quanto puder. Sei que não poderá ser por muito tempo.

Ele assegurou prontamente que poderia contar com a sua discrição, tornou a exprimir seu pesar por tão grande aflição, desejou que o caso tivesse uma conclusão mais favorável do que no momento era possível esperar e, deixando cumprimentos para o Sr. e a Sra. Gardiner, com um grave olhar de despedida, foi-se embora.

Após ele ter abandonado a sala, Elizabeth sentiu que era muito pouco provável que eles jamais se tornassem a encontrar em termos tão cordiais como os que tinham marcado seus vários encontros em Derbyshire. Ao lançar um olhar retrospectivo sobre a súmula de suas relações com Darcy, tão repleta de contradições e surpresas, não pôde deixar de suspirar pela perversidade daqueles sentimentos que agora teriam promovido sua continuação, quando anteriormente rejubilariam pela sua cessação.

Se a gratidão e a estima são fundamentos suficientes para a afeição, a alteração dos sentimentos de Elizabeth não seria nem improvável nem inadequada. Mas se, ao contrário, a afeição oriunda de tais motivos é insensata e pouco natural, comparada com aquela que em geral dizem originar-se no próprio instante do encontro e mesmo antes de qualquer palavra ser trocada, nada poderá ser dito em defesa de Elizabeth, a não ser que ela experimentou esse último método com Wickham e que seu fracasso talvez a autorize a procurar a outra espécie menos interessante de afeição. Seja como for, foi com tristeza que ela o viu partir. E, ao refletir sobre aquele infeliz acontecimento, encontrou um motivo adicional de angústia por pensar que aquele era apenas um exemplo dos males que a leviandade de Lydia podia causar. Nem por um só instante, desde que lera a segunda carta de Jane, Elizabeth tivera a esperança de que Wickham tencionasse realmente casar-se com sua irmã. Ninguém, a não ser Jane, pensou ela, poderia alimentar tais esperanças. Surpresa fora o menos que ela sentira com o desenrolar do assunto. Ao lembrar-se do conteúdo da primeira carta, surpreendia-se enormemente que Wickham pretendesse se casar com uma moça desprovida de fortuna, e para ela era impossível compreender como Lydia havia conseguido atraí-lo. Mas agora achava tudo perfeitamente natural. Para atraí-lo para um compromisso desse tipo, Lydia provavelmente tinha os encantos necessários; e, embora Elizabeth não supusesse que Lydia consentisse deliberadamente numa fuga sem intenção de casamento, tinha razões para acreditar que nem a virtude nem o entendimento da irmã a preservariam de se tornar uma presa fácil.

Enquanto o destacamento permanecera em Hertfordshire, nunca vira Lydia manifestar qualquer preferência por Wickham, mas tinha, porém, a consciência perfeita de que ela se apegaria a quem quer que a encorajasse. Entre os oficiais, ela mudava constantemente de favorito, conforme as atenções com que a rodeavam. Seus entusiasmos sofriam contínuas flutuações, mas nunca sem motivo. Só agora Elizabeth compreendia o tamanho do erro cometido ao se confiar demasiado em uma jovem daquela índole.

Elizabeth ansiava por se achar em casa, para ver, ouvir e compartilhar com Jane os cuidados que numa situação dessas deveriam cair sobre ela, numa família tão desorganizada, com o pai ausente e a mãe incapaz de empenhar-se e que, além disso, exigia constantes atenções. E, embora praticamente certa de que nada poderia ser feito por Lydia, a interferência de seu tio parecia-lhe ser da maior importância, e sua impaciência tornou-se intolerável até vê-lo entrar na sala. O Sr. e a Sra. Gardiner tinham regressado apressadamente, alarmados, supondo, pela versão do criado, que sua sobrinha tivesse adoecido subitamente. Após tranquilizá-los sobre esse ponto, Elizabeth não perdeu tempo em revelar a verdadeira causa de tudo aquilo. Leu as duas cartas em voz alta e insistiu no *post scriptum* da última com trêmula veemência. Embora Lydia nunca tivesse sido a favorita de seus tios, o Sr. e a Sra. Gardiner mostraram-se profundamente afetados, e não apenas por causa de Lydia. E, após as primeiras exclamações de surpresa e horror, o Sr. Gardiner prontamente se pôs à disposição, prometendo fazer tudo o que lhe fosse possível. Elizabeth, embora nunca houvesse duvidado de tal atitude da parte dele, agradeceu com lágrimas de gratidão; e, como os três sentiam a mesma aflição, os pormenores relativos à viagem foram rapidamente combinados. Resolveram partir o mais rápido possível.

– Mas que faremos com respeito a Pemberley? – exclamou a Sra. Gardiner. – John disse que o Sr. Darcy se encontrava aqui quando nos mandou chamar. É verdade?

– Sim, e eu lhe disse que não contasse conosco. Por esse lado, está tudo resolvido.

Dentro de uma hora tudo estava pronto e como o Sr. Gardiner já tratara da conta da hospedaria, nada lhes restava fazer senão partir; e Elizabeth, depois de todas as aflições da manhã, encontrou-se, mais cedo do que esperava, instalada na carruagem a caminho de Longbourn.

≈ CAPÍTULO 47 ≈

Estive refletindo novamente sobre o caso, Elizabeth – disse o tio, quando já se afastavam da cidade –, e, pensando bem, sinto-me mais inclinado a encarar as coisas como sua irmã mais velha. Parece-me muito pouco provável que qualquer rapaz possa agir dessa forma com uma jovem que não é de forma alguma desprotegida nem carece de relações, e que, além disso, residia com a família do coronel de seu próprio destacamento. Por tudo isso, me inclino a acreditar no melhor. Poderia ele supor que os amigos dela não interviriam a seu favor? Poderia ele esperar ser novamente aceito pelo destacamento depois de tal afronta ao coronel Forster? O risco seria maior que a tentação.

– Pensa realmente assim? – exclamou Elizabeth, subitamente esperançosa.

– Dou minha palavra de honra que eu também começo a pensar como seu tio – disse a Sra. Gardiner. – Tal ato representa tão grande violação da decência, da honra e do bom-senso que não considero Wickham capaz de praticá-lo. E você, Lizzy, será que sua opinião a respeito de Wickham mudou tanto que agora o julga capaz disso?

– Não o julgo capaz de descuidar de seus próprios interesses, mas, quanto ao resto, tenho minhas dúvidas. Se ao menos eu pudesse acreditar no que acabam de me dizer! Mas não ouso alimentar esperanças. Se tudo isso é verdade, por que eles não foram para a Escócia?

– Em primeiro lugar – replicou o Sr. Gardiner –, não temos provas concludentes de que eles não tenham ido para a Escócia.

– Oh, mas o fato de eles terem tomado uma diligência indica claramente sua intenção. Além do mais, não encontraram sinais de sua passagem na estrada de Barnet.

– Bom, supondo que estejam em Londres, poderão ter ido lá apenas para se esconder. Não deviam ter dinheiro suficiente e provavelmente pensaram que seria mais econômico se casarem em Londres do que na Escócia.

– Mas, então, por que todo este mistério? Por que se escondem? Por que razão desejam se casar secretamente? Ah, não, isto não me parece provável. Seu amigo mais íntimo, como puderam ver pela carta de Jane, acredita que ele nunca teve intenção de se casar com ela. Wickham nunca se casará com uma mulher desprovida de fortuna. Ele não poderá sustentá-la. E que atrativos possui Lydia, além do frescor de sua mocidade, para que ele renuncie por sua causa a um casamento rico? Quanto à ofensa aos brios de um regimento que esse atentado contra a honra de uma moça possa produzir, não sei até que ponto isso lhe terá trazido qualquer hesitação, assim como também não sei quais as consequências de tal ato. Mas quanto à sua outra objeção, não creio que tenha muito peso. Lydia não tem irmãos que a possam defender;

e Wickham, que conhece meu pai, terá julgado que, com sua indolência e a pouca atenção que parece dar à família, ele pouco faria e pensaria o menos possível no assunto.

– Mas você pensa que Lydia está tão perdidamente apaixonada por ele que consinta em viver com um homem sem serem casados?

– Tudo indica que sim, e é muito triste – respondeu Elizabeth, com lágrimas nos olhos – ter de pôr em dúvida o senso de decência e virtude de uma irmã. Mas, realmente, não sei o que dizer. Talvez eu esteja sendo injusta, mas Lydia é muito jovem e inexperiente, nunca lhe ensinaram a pensar em coisas sérias. Durante os últimos seis meses, ou melhor, durante todo o ano, ela não fez mais do que divertir-se e dar margem à sua vaidade. Desde que o destacamento militar foi para Meryton, ela não pensou em outra coisa senão em namorar os oficiais. Ela fez tudo o que estava em seu poder para, pensando ou falando sobre o assunto, dar maior... Como direi?... Suscetibilidade aos seus sentimentos, já por natureza facilmente inflamáveis. E, como sabemos, a Wickham não faltam qualidades para cativar uma mulher.

– Mas como pode ver – disse-lhe a tia –, Jane não o julga capaz de tal procedimento.

– Haverá alguém de quem Jane possa, alguma vez, pensar mal? Mas ela conhece esse Wickham tão bem como eu. Ambas sabemos que se trata de um dissoluto em todos os sentidos da palavra. Ele não tem integridade nem honra. É tão falso e perigoso como insinuante.

– E sabe realmente tudo isso? – exclamou a Sra. Gardiner, curiosa.

– Sim, sei – replicou Elizabeth, corando. – Já no outro dia os pus a par de sua infame conduta com o Sr. Darcy. E a senhora mesma, minha tia, quando esteve em Longbourn da última vez, ouviu de que maneira ele falou de um homem que se mostrou tão generoso com ele. Existem ainda outras circunstâncias que não vale a pena mencionar. Mas as mentiras dele a respeito da família de Pemberley são inumeráveis. Pelo que ele me disse da Senhorita Darcy, julgava que iria encontrar nela uma garota orgulhosa, fechada e desagradável. No entanto, ele deve saber que, ao contrário, ela é amável e modesta.

– Mas Lydia nada sabe de tudo isso? Será que ela ignora o que você e Jane parecem compreender tão bem?

– Oh, sim, e é isso que me amargura! Até ir para Kent e conhecer mais intimamente tanto o Sr. Darcy como o coronel Fitzwilliam, seu primo, eu mesma ignorava toda a verdade. Ao voltar para casa, soube que o destacamento deixaria Meryton dentro de quinze dias, e, diante disso, nem eu nem Jane, a quem contei todo o caso, julgamos necessário tornar pública a nossa descoberta, pois pensamos que não traria vantagem a ninguém destruir a boa reputação de que ele gozava na vizinhança. E, mesmo quando ficou decidido que Lydia iria com a Sra. Forster, nunca me ocorreu a necessidade de abrir seus olhos quanto ao caráter de Wickham. Não conjecturei, nem por um instante, que ela corresse o risco de ser iludida; e, naturalmente, nem de longe imaginava que pudesse sobrevir tal consequência.

– E quando partiram todos para Brighton, não tinhas motivos para supor, então, que eles gostassem um do outro?

– Nem sombra deles. Não me lembro do menor sintoma de afeição, tanto de um lado como do outro. Quando ele apareceu, Lydia estava tão disposta a admirá-lo como, aliás, todas as garotas das redondezas, que durante uns dois meses tiveram a cabeça perdida por ele. Mas Wickham nunca distinguiu Lydia com qualquer atenção particular e, após um curto período de desvairado entusiasmo, ela voltou de novo a sua atenção para os outros oficiais.

Facilmente se compreenderá que, durante toda a viagem, conquanto nenhum fato novo os viesse esclarecer acerca de seus temores, esperanças e conjecturas, nenhum outro tópico tenha podido desviá-los por muito tempo daquele assunto. Elizabeth pensava nele continuamente e a mais aguda de todas as angústias, o remorso, a impedia de encontrar um só minuto de paz.

Viajaram o mais velozmente possível e, tendo dormido uma noite no caminho, chegaram a Longbourn no dia seguinte, na hora do jantar. Era um consolo para Elizabeth saber que Jane não teria mais de esperar. Quando a carruagem entrou no jardim e se aproximou da porta da casa, os pequenos Gardiners vieram se colocar nos degraus da escada e, quando o carro finalmente parou, a alegria transpareceu nas suas carinhas e eles deram pulos e piruetas de alegria.

Elizabeth apeou-se de um salto e, após ter dado um rápido beijo em cada um, correu para a entrada da casa, onde se encontrou com Jane, que momentos antes se encontrava no quarto da mãe e tinha descido precipitadamente as escadas. Abraçaram-se ternamente, com os olhos marejados de lágrimas. Elizabeth, sem perda de tempo, perguntou-lhe se já sabiam alguma coisa dos fugitivos.

– Ainda não – replicou Jane –, mas agora, que nosso tio veio, espero que tudo corra melhor.

– Nosso pai está em Londres?

– Está. Foi para lá na terça-feira, conforme escrevi.

– Já receberam notícias dele?

– Sim. Escreveu-me umas linhas na quarta-feira, dizendo que tinha chegado bem e dando seu endereço, como eu havia pedido. Acrescentava também que não tornaria a escrever enquanto não tivesse alguma coisa de positivo a comunicar.

– E mamãe, como está ela? Como estão todos?

– Está razoavelmente bem, embora muito deprimida. Está lá em cima e terá um prazer imenso em ver todos. Não saiu ainda do quarto. Mary e Kitty, graças a Deus, estão bem.

– E você, minha querida, como está? – perguntou Elizabeth. – Parece pálida! Que momentos difíceis não terá passado!

Jane, no entanto, era categórica em afirmar que se sentia perfeitamente bem.

O diálogo foi interrompido pela entrada do Sr. e da Sra. Gardiner que até aquele momento tinham estado com as crianças. Jane correu para os tios e abraçou-os, agradecendo a ambos, entre sorrisos e lágrimas.

Quando entraram na sala, as perguntas que Elizabeth já tinha feito foram naturalmente repetidas pelos outros, mas logo se inteiraram de que Jane nada tinha de novo para lhes dizer. No entanto, devido ao seu caráter indulgente, Jane não perdera ainda todas as esperanças. Ela ainda acreditava que tudo acabasse bem e que em breve chegaria uma carta, de Lydia ou de seu pai, explicando o procedimento dos fugitivos e anunciando, talvez, seu casamento.

Em seguida, subiram todos ao quarto da Sra. Bennet, que os recebeu exatamente como era de se esperar. Com lágrimas e lamentações contra a conduta infame de Wickham e queixas pelos padecimentos que lhe estavam infligindo, ela colocava a culpa em todos, esquecendo-se que fora ela mesma, com sua insensata indulgência, a principal causadora do que acontecera à filha.

– Se me tivessem feito a vontade – dizia ela –, se eu tivesse ido também para Brighton, com toda a família, nada disto teria acontecido. Mas minha pobre Lydia não tinha ninguém que tomasse conta dela. Por que é que os Forster não olharam mais por ela? Estou certa de que houve um grande descuido da parte deles, pois Lydia nunca faria tal coisa se tivesse alguém a olhar por ela. Sempre pensei que eles nunca serviriam para tomar conta da minha filha. Mas, como sempre, ninguém quis ouvir minha opinião. Minha pobre filhinha... E o Sr. Bennet, lá se foi. Sei que ele vai se bater em duelo com Wickham e decerto será morto. Que vai ser de nós, então? Os Collins nos expulsarão daqui antes de o corpo ter tido sequer tempo para esfriar. E, se não for você, meu irmão, não sei o que será.

Todos protestaram contra ideias tão sinistras e o Sr. Gardiner, após tranquilizá-la quanto à afeição que sentia por ela e por sua família, disse tencionar partir para Londres no dia seguinte, a fim de prestar o auxílio devido ao Sr. Bennet em suas tentativas para encontrar Lydia.

– Não te entregues a receios exagerados – acrescentou ele. – Embora seja acertado uma pessoa preparar-se para o pior, não há motivo para considerá-lo uma certeza. Ainda não passou uma semana que saíram de Brighton. Dentro de poucos dias deveremos receber notícias deles. Mal chegue a Londres vou encontrar seu marido e o levarei para a Rua Gracechurch, e aí combinaremos o que deve ser feito.

– Oh, meu querido irmão – replicou a Sra. Bennet –, é exatamente isso o que eu mais desejo. E, quando chegar a Londres, faça tudo para encontrar minha filha, onde quer que ela esteja. E se eles não estiverem casados, faça-os casar. Quanto ao enxoval, diga que não precisam esperar. Diga a Lydia que ela terá todo o dinheiro que quiser para comprá-lo depois do casamento. E, sobretudo, não deixe o Sr. Bennet brigar com o Sr. Wickham. Conte em que estado me viu, que estou terrivelmente assustada, e tenho tremores por todo o corpo, horríveis dores e tantas palpitações que não posso descansar nem de dia nem de noite. E diz à minha querida Lydia que nada decida sobre as roupas até ter falado comigo, pois ela não conhece as melhores lojas. Oh, meu querido irmão, estou certa de que arranjará tudo!

O Sr. Gardiner, embora lhe assegurasse que faria todos os esforços possíveis, não pôde deixar de lhe recomendar moderação, tanto em suas esperanças como em seus receios; e após a terem reconfortado até a hora do jantar, a deixaram entregue aos cuidados da governanta que a servia na ausência das filhas.

Embora o Sr. e a Sra. Gardiner acreditassem que não havia motivo para tal reclusão, preferiram não se opor, pois sabiam que ela não tinha prudência suficiente para se abster de proferir algo diante dos criados. Era preferível, portanto, que a governanta apenas, aquela em quem mais confiavam, ficasse sabendo de todas as suas mágoas e temores.

Na sala de jantar, Mary e Kitty, que até aquele momento se tinham conservado em seus respectivos quartos e não haviam ainda aparecido, juntaram-se finalmente ao resto da família. Uma vinha de seus livros e a outra do toucador. Seus rostos, no entanto, aparentavam grande calma. Apenas Kitty parecia mais amuada do que de costume, mas não se sabia se seria por causa da perda da irmã ou da raiva que sentia por se ver envolvida no acontecimento. Quanto a Mary, o domínio sobre si mesma era perfeito; e, com uma expressão muito séria, sussurrou a Elizabeth, pouco depois de se sentar à mesa:

– É um acontecimento deveras desagradável e provavelmente será muito comentado. Mas nós devemos nos opor à maledicência e derramar sobre nossos corações feridos o bálsamo do consolo fraternal.

Em seguida, vendo que Elizabeth não estava disposta a responder, acrescentou:

– Por mais infeliz que Lydia possa vir a ser, poderemos de tudo isto extrair uma útil lição: que a perda da virtude numa mulher é irreversível; que um só passo em falso acarreta uma série de desgraças sem fim; que sua reputação não é menos frágil que sua beleza; e que uma mulher nunca será cautelosa demais com as pessoas do sexo oposto, especialmente com aquelas que não merecem sua confiança.

Elizabeth ergueu os olhos, atônita, mas sentia-se oprimida demais para responder. Mary, contudo, continuou consolando-se, extraindo máximas morais da infelicidade de sua irmã.

Durante a tarde, as duas irmãs mais velhas lograram ficar meia hora sozinhas e Elizabeth imediatamente aproveitou a oportunidade para pedir a Jane que lhe contasse todos os pormenores do sucedido. Jane estava igualmente ansiosa por conversar com a irmã sobre o assunto. Começaram por lamentar as terríveis consequências daquele fato. Jane não podia afirmar que os prognósticos de sua irmã fossem de todo impossíveis. Em seguida, Elizabeth prosseguiu no assunto, dizendo:

– Conte-me tudo que ainda não sei. Dê-me outros detalhes. Que diz o coronel Forster? Certamente desconfiaram de alguma coisa antes da fuga. Devem ter visto os dois frequentemente juntos.

– O coronel Forster confessou que muitas vezes desconfiara de que havia algo, especialmente da parte de Lydia, mas que nunca nada se passou que lhe inspirasse alarme. Tenho muita pena dele. Mostrou-se extremamente bom e atencioso. Logo veio até aqui para nos comunicar suas preocupações, mesmo antes de saber que eles não tinham ido para a Escócia. Os rumores que começaram a circular apressaram sua partida.

– E Denny estava convencido de que Wickham não pretendia se casar? Sabia que eles planejavam fugir? O coronel Forster falou com Denny pessoalmente?

– Falou, mas ao ser interrogado pelo coronel, Denny negou saber qualquer coisa a respeito do plano deles. Não quis dar sua verdadeira opinião e não tornou a repetir que estava convencido de que eles não se casariam. Por tudo isso, alimento uma certa esperança de que ele não tenha medido as palavras que anteriormente proferira.

– E, até o coronel Forster chegar, nenhuma de vocês suspeitou que eles não estivessem realmente casados?

– Como é que tal ideia nos poderia passar pela cabeça? Eu me senti um pouco temerosa quanto à felicidade de minha irmã com aquele casamento, pois sabia que o comportamento dele nem sempre fora dos melhores. O pai e a mãe nada sabiam a respeito dos antecedentes do rapaz e sentiam apenas que aquele casamento era imprudente. Kitty então confessou, triunfante, que sabia mais do que nós, pois Lydia, em sua última carta, deixara entrever suas intenções. Deu a entender que há muitas semanas ela já sabia que os dois estavam apaixonados.

– Mas sabia disso antes de eles partirem para Brighton?

– Não, creio que não.

– E o coronel Forster mostrou que desconfiava de Wickham? Ele conhece seu verdadeiro caráter?

– Ele não falou tão bem de Wickham como anteriormente o fizera. Disse que o considerava imprudente e extravagante. E, desde que este infeliz acontecimento teve lugar, soube-se que ele saiu de Meryton muito endividado; mas espero que isso seja falso.

– Oh, Jane, se nós não tivéssemos sido tão discretas, se tivéssemos dito o que sabíamos a respeito dele, nada disto teria acontecido!

– Talvez tivesse sido melhor – replicou Jane –, mas não me parecia justo denunciar os erros passados de uma pessoa sem saber quais os seus sentimentos naquele momento. Agimos com a melhor das intenções.

– E o coronel Forster sabia os termos da carta de Lydia para sua mulher?

– Ele a trouxe consigo.

Jane tirou então a carta do bolso e estendeu-a a Elizabeth. O seu conteúdo era o seguinte:

"Minha querida Harriet,

Rirá quando souber que fugi, e não posso deixar de rir também ao pensar em sua surpresa quando amanhã de manhã der pela minha falta. Vou para Gretna Green e, se não adivinha com quem, é uma tola. Só existe um homem no mundo que eu amo, e ele é um anjo. Nunca poderia ser feliz sem ele, por isso não vejo mal em partir. Escuse-se de escrever para Longbourn para comunicar minha partida se não quiser, pois isso tornará apenas maior a surpresa quando eu mesma lhes escrever e assinar meu nome: Lydia Wickham. Há de ser uma boa piada. Quase não consigo escrever, de tanto rir. Transmita minhas desculpas a Pratt por não poder cumprir minha palavra e dançar com ele hoje à noite. Diga que espero que ele me perdoe quando souber o motivo e que terei o maior prazer em dançar com ele no próximo baile em que nos encontrarmos. Mandarei buscar minhas roupas quando chegar a Longbourn, mas gostaria que dissesse à Sally para coser o enorme rasgão do meu vestido de musseline antes de guardar tudo na mala. Até breve. Cumprimentos ao coronel Forster. Espero que bebam à nossa saúde, desejando-nos uma boa viagem. Sua amiga afetuosa, Lydia Bennet."

– Oh! Que cabeça oca a sua, Lydia! – exclamou Elizabeth, depois de ler a carta. – Escrever uma carta dessas num tal momento! Pelo menos mostra que suas intenções eram sérias. Não sei se ele depois a persuadiu a fazer outra coisa, mas, pelo menos da parte dela, a infâmia não foi premeditada. Pobre papai, como deve ter sofrido!

– Nunca vi ninguém tão abalado. Durante dez minutos não conseguiu dizer palavra. A mãe adoeceu imediatamente e toda a casa ficou em alvoroço e confusão!

– Oh, Jane – exclamou Elizabeth –, terá havido algum criado nesta casa que, até o fim do dia, não ficasse a par de toda a história?

– Não sei, mas espero que sim. Mas numa ocasião dessas é muito difícil ser discreta. Nossa mãe ficou histérica e, embora eu procurasse auxiliá-la da melhor forma, creio que não fiz tanto quanto deveria ter feito! Mas o horror do que poderia acontecer quase me privou do uso de minhas faculdades.

– Seus cuidados para com ela exigiram muito de você. Não parece tão bem de saúde. Gostaria de ter estado a seu lado. Teve de suportar tudo sozinha.

– Mary e Kitty mostraram-se muito prestativas, e estou certa de que fariam o possível para me ajudar, mas achei que não convinha a nenhuma delas. Kitty é muito sensível e Mary estuda tanto que suas horas de repouso não devem ser interrompidas. Tia Philips apareceu aqui na terça-feira, após a partida de papai, e teve a bondade de ficar até quinta comigo. Seu auxílio foi precioso. Lady Lucas também tem sido muito delicada. Veio andando até aqui na quarta de manhã, para nos acompanhar em nossa mágoa e oferecer seus serviços e os de qualquer uma de suas filhas, caso necessitássemos.

– Seria melhor que ela tivesse ficado em casa – exclamou Elizabeth. – Talvez a intenção fosse boa, mas numa situação como essa deve-se procurar os vizinhos o menos possível. Qualquer auxílio é impossível. As condolências são insuportáveis. Que elas se sintam vitoriosas de longe e se considerem satisfeitas.

Elizabeth quis saber, então, quais os planos do pai para a recuperação de Lydia.

– Creio que ele tencionava ir a Epsom, local onde os fugitivos mudaram de cavalos pela última vez. Seu principal objetivo era descobrir o número da diligência tomada por eles e que os trouxe de Clapham. Tinha acabado de chegar de Londres e é possível que alguém tenha reparado neles. Não sei se o pai tem outros projetos em mente. Ele estava com tanta pressa em partir, tão inquieto e deprimido, que foi com grande dificuldade que consegui extrair dele o que acabo de dizer.

≈ CAPÍTULO 48 ≈

Todos esperavam receber, no dia seguinte, uma carta do Sr. Bennet, mas o correio chegou sem trazer qualquer notícia dele. A família sabia que, em circunstâncias normais, ele era um correspondente negligente e desinteressado, mas, num momento daqueles, sempre esperavam que fizesse um esforço. Foram obrigados, portanto, a concluir que ele nada tinha de positivo a comunicar, mas apesar disso, gostariam de ter uma certeza. O Sr. Gardiner esperara pela carta e, como essa não veio, partiu sem demora.

Com sua partida, teriam, pelo menos, a certeza de receber informações mais frequentes do que ia se passando, e, ao despedir-se, o Sr. Gardiner prometeu insistir com o Sr. Bennet para que ele voltasse a Longbourn, o que muito consolou a irmã, pois ela via nesse regresso a única possibilidade de seu marido escapar de ser morto em um duelo. A Sra. Gardiner e as crianças deveriam permanecer em Hertfordshire durante mais alguns dias, pois achava ela que sua presença poderia ser de alguma utilidade para suas sobrinhas. Ela ajudava-as com a Sra. Bennet, o que lhes permitia gozar de algumas horas de liberdade. A outra tia das jovens também aparecia com frequência, e sempre, como dizia, com o propósito de lhes infundir coragem e confiança, embora nunca chegasse sem trazer um novo exemplo da extravagância e da leviandade de Wickham, e raramente partia sem as deixar mais desanimadas do que quando chegara.

Meryton em peso parecia esforçar-se por difamar o homem que três meses antes fora considerado quase um anjo de bondade. Diziam que ele devia dinheiro a todos os comerciantes da localidade e que suas aventuras, todas elas chamadas de sedução, se tinham estendido às famílias dos vários comerciantes. Todos eram unânimes em declarar que ele era o homem mais perverso do mundo e começaram a descobrir que sempre haviam desconfiado dele, apesar de sua aparência de distinção. Elizabeth, embora só desse crédito à metade do que diziam, achava aquilo suficiente para tornar ainda mais acertados os seus antigos prognósticos quanto à desgraça de sua irmã. E até a própria Jane, que acreditava ainda menos do que Elizabeth nas coisas que se diziam, perdeu quase todas as esperanças, sobretudo porque já era tempo de receber notícias ou cartas deles, caso tivessem ido para a Escócia.

O Sr. Gardiner deixara Longbourn no domingo. Na terça-feira, sua esposa recebeu uma carta dele. Contava que tinha imediatamente encontrado o cunhado e que o convencera a instalar-se na Rua Gracechurch. Dizia que o Sr. Bennet já estivera em Epsom e Clapham, mas que nada tinha descoberto de concreto; e que ele estava agora decidido a fazer indagações em todos os principais hotéis da cidade, pois achava possível que eles tivessem se instalado em algum após sua chegada a Londres, antes de procurar novas acomodações. O Sr. Gardiner, pessoalmente, não tinha muita fé no êxito de tal plano, mas, como o Sr. Bennet insistira nele, estava resolvido a ajudá-lo. Acrescentava que de momento o Sr. Bennet não estava disposto a deixar Londres e prometia escrever de novo muito em breve. Havia ainda um *post scriptum* que dizia o seguinte:

"Escrevi também para o coronel Forster, pedindo-lhe que indagasse, se possível, entre os amigos mais íntimos de Wickham no destacamento, se ele teria quaisquer parentes ou relações que pudessem saber em que parte da cidade ele se encontra. Se acaso entre essas pessoas houvesse alguém de quem se pudesse, com alguma probabilidade, obter tal informação, isso teria uma importância talvez capital. De momento, nada temos para nos guiar. Estou certo de que o coronel Forster tudo fará para nos ajudar, mas, em última análise, talvez Lizzy, melhor do que ninguém, saiba se ele tem parentes vivos."

Elizabeth imediatamente compreendeu de onde provinha aquela deferência por sua autoridade no assunto, mas, infelizmente, não possuía informações que a justificassem. Nunca ouvira dizer que ele tivesse quaisquer parentes, além do pai e da mãe, e ambos já haviam falecido há muitos anos. Era possível, no entanto, que alguns de seus companheiros do regimento pudessem dar informações mais substanciais e, embora não alimentasse grandes esperanças a esse respeito, tal medida não era para se desdenhar.

Cada dia em Longbourn era agora um dia de ansiedade, mas o momento mais angustioso era o da chegada do correio. Eram esperadas cartas todas as manhãs, com a maior impaciência; e a cada dia que passava aguardavam notícias importantes.

Porém, antes de tornarem a receber notícias do Sr. Gardiner, chegou uma carta para o Sr. Bennet da parte do Sr. Collins; e, como Jane recebera instruções para abrir toda a correspondência dirigida a seu pai na sua ausência, ela leu a carta. Elizabeth, que sabia como as cartas do Sr. Collins eram curiosas e singulares, debruçou-se sobre a irmã e leu também. Dizia o seguinte:

"Meu caro senhor:

Sou chamado, pelo nosso parentesco e pela minha situação na vida, a apresentar-lhe minhas condolências pela grande aflição por que está passando e da qual fomos ontem informados por uma carta de Hertfordshire. Fique certo, meu caro senhor, de que tanto eu como a Sra. Collins acompanhamos a todos vocês sinceramente no seu atual sofrimento, que deve ser dos mais dolorosos, pois provém de uma causa que jamais tempo algum poderá remover. Não faltarão argumentos de minha parte para lhe aliviar tão grande infelicidade ou trazer-lhe qualquer conforto em tal circunstância, que com certeza será a mais dura para o coração de um pai. A morte de sua filha seria uma bênção, em comparação com o que lhe sucede agora. E tudo isso é ainda mais de lamentar quando sabemos existirem razões para supor, como minha Charlotte me informou, que tal licenciosidade de conduta por parte de sua filha se deve a uma excessiva e culposa indulgência; embora, para seu consolo e da Sra. Bennet, me sinta inclinado a acreditar na perversidade inata das tendências de sua filha, ou nunca ela teria perpetrado tão grande crime com tão pouca idade. Seja como for, o senhor merece toda a nossa compaixão, no que sou acompanhado não só pela Sra. Collins, como também por Lady Catherine e sua filha, que pus a par de tudo o que se passava. Todas concordaram comigo quanto a minhas apreensões de que este mau passo de uma de suas filhas será prejudicial para o futuro de todas as outras. Na verdade, quem, como Lady Catherine condescende em dizer, quererá relacionar-se com tal família? E tal consideração me leva a refletir, com satisfação crescente, num certo acontecimento do mês de novembro passado, pois de outro modo me encontraria envolvido em todas essas tristezas e desgraças. Permita-me, pois, que o aconselhe, meu caro senhor, a consolar-se a si próprio o mais que puder, a expulsar para sempre sua filha indigna de sua afeição e deixá-la colher os frutos de seu odioso crime."

O Sr. Gardiner não voltou a escrever senão quando recebeu uma resposta do coronel Forster; e, quando o fez, nada tinha de agradável a comunicar. Não se sabia de um só parente com quem Wickham mantivesse relações e era certo que ele não tinha ninguém próximo ainda vivo. Contava com numerosos conhecidos, mas, desde que entrara para a milícia, parecia não manter relações com nenhum deles. Não havia ninguém, portanto, a quem se pudessem dirigir e obter informações sobre seu paradeiro. No estado precário de suas finanças, o casal tinha um motivo poderoso para sua reclusão, além do medo de Wickham de ser descoberto pelos parentes de Lydia. Foram informados de que ele tinha contraído grandes dívidas de jogo e o coronel Forster acreditava que seriam necessárias mais de mil libras para cobrir todas as despesas que o oficial deixara em Brighton por pagar. Devia muito na cidade, mas suas dívidas de honra eram ainda maiores. O Sr. Gardiner não procurou esconder quaisquer detalhes da família de Longbourn. Jane ouviu com horror.

– Um jogador! – exclamou ela. – Isso eu não esperava.

O Sr. Gardiner acrescentava ainda em sua carta que podiam contar com o regresso do Sr. Bennet no dia seguinte, um sábado. Abatido pelo insucesso de seus esforços, acabara por se render às persuasões do cunhado para que voltasse para junto da família e deixasse a seu cargo tudo o que lhe parecesse aconselhável para a continuação das pesquisas. Ao ser informada do fato, a Sra. Bennet não exprimiu a satisfação que as filhas esperavam, dada a ansiedade que ela manifestara pela vida do marido.

– O quê? – ela exclamou. – Ele volta sem me trazer nossa Lydia? Certamente o Sr. Bennet não vai abandonar Londres antes de ter encontrado os fugitivos. Quem, na ausência dele, irá brigar com Wickham e forçá-lo a casar-se com ela?

Como a Sra. Gardiner começava a sentir saudades de sua casa, ficou combinado que ela e as crianças voltariam para Londres no dia da chegada do Sr. Bennet e, de acordo com o plano, a carruagem que os levou até metade do caminho trouxe na volta o Sr. Bennet para Longbourn.

A Sra. Gardiner partiu, tão perplexa como chegara a respeito de Elizabeth e seu singular amigo de Derbyshire. Seu nome não fora mencionado pela sobrinha uma vez sequer na presença deles e a vaga esperança acalentada pela Sra. Gardiner de que Elizabeth, em breve, recebesse uma carta dele não fora correspondida. Elizabeth nada recebera, até então, proveniente de Pemberley.

Os atuais dissabores vividos na família tornavam desnecessária qualquer outra desculpa para a depressão de Elizabeth. Nada, portanto, havia a conjecturar fundamentado nisso, embora Elizabeth, que atualmente conhecia bem seus sentimentos, tivesse noção perfeita de que, não tivesse ela encontrado de novo o Sr. Darcy, teria suportado melhor a mágoa pela infâmia de Lydia. Pouparia, pensava ela, uma noite de sono a cada dois dias.

Quando o Sr. Bennet chegou, conservava a aparência de sua habitual serenidade filosófica. Falou muito pouco, como também era seu hábito. Não mencionou o assunto que o levara a Londres e só passado muito tempo, suas filhas tiveram coragem de se referir a tal.

Apenas na parte da tarde, à hora do chá, é que Elizabeth se aventurou a falar sobre o assunto. Começou por se condoer das aflições por que o pai passara, ao que ele lhe respondeu:

– Não falemos mais nisso. Quem deveria sofrer, senão eu mesmo? Foi tudo por minha culpa, sou obrigado a reconhecer.

– Não deve ser severo demais consigo próprio – replicou Elizabeth.

– Por mais que me previna contra esse erro, a natureza humana tem grande tendência a cair nele. Não, Lizzy, deixe que pelo menos uma vez na vida eu sinta o peso de minha responsabilidade. Não receio ser esmagado por esse sentimento. Tudo isso não tardará a passar.

– Acha que eles se encontram em Londres?

– Sim, pois em que outro local poderiam se esconder?

– E Lydia sempre desejou ir para Londres – acrescentou Kitty.

– Então, deve estar muito feliz – disse o pai, secamente – e, provavelmente, residirá aí durante algum tempo. Em seguida, após um curto silêncio, continuou:

– Lizzy, não guardo rancor pelo conselho que me deu no mês de maio passado; em vista do que aconteceu, demonstra bem sua capacidade.

Foram interrompidos pela Senhorita Bennet, que vinha buscar o chá de sua mãe.

– Ora aí está uma atitude – exclamou ele – que conforta uma pessoa; dá um toque de elegância ao infortúnio. Um dia destes farei o mesmo. Vou me recolher à minha biblioteca, de touca e camisa de dormir, e darei aos outros o maior trabalho possível, ou talvez aguarde até Kitty fugir também.

– Eu não vou fugir, papai – disse Kitty, inquieta. – Se me tivessem deixado ir para Brighton, teria me comportado melhor do que Lydia.

– Você, ir a Brighton! Não a deixarei ir nem a Eastbourne que fica aqui ao lado. Nem por cinquenta libras. Não, Kitty, pelo menos aprendi a ser prudente, e você vai sentir os efeitos disso. Nenhum oficial nunca mais entrará em minha casa, nem que esteja só de passagem pela localidade. Os bailes serão absolutamente proibidos, a não ser que permaneça o tempo todo junto de uma de suas irmãs. E nunca passará por esta porta sem primeiro provar que passa diariamente dez minutos de forma sensata.

Kitty, que levava todas aquelas ameaças a sério, pôs-se a chorar.

– Bom, bom – disse ele –, não fique triste, se você se portar bem durante os próximos dez anos, talvez a leve a ver uma parada militar.

≈ CAPÍTULO 49 ≈

Dois dias depois da chegada do Sr. Bennet, Jane e Elizabeth encontravam-se passeando no pequeno bosque atrás da casa quando viram a governanta caminhando em sua direção e, concluindo que vinha a mando da Sra. Bennet para chamá-las, foram ao seu encontro. Mas, em vez da ordem esperada para que voltassem, a governanta disse para a Senhorita Bennet:

– Perdoem-me a interrupção, Senhoritas, mas como pensei que tivessem recebido boas notícias da capital, tomei a liberdade de vir perguntar.

– Que diz, Hill? Nada soubemos ainda da capital.

– Minha querida Senhorita – exclamou a Sra. Hill, espantada –, não sabe, então, que chegou um expresso da parte do Sr. Gardiner para o patrão? Está aqui há meia hora e trouxe uma carta para o Sr. Bennet.

As duas não perderam tempo respondendo e correram para casa. Atravessaram o hall de entrada, a pequena saleta e entraram na biblioteca, mas não encontraram o pai. Preparavam-se para subir e ir procurá-lo no quarto da mãe, quando o mordomo disse:

– Se procuram o patrão, ele foi agora mesmo para o bosque.

Tendo recebido essa informação, as jovens tornaram a passar pelo vestíbulo e atravessaram o gramado em busca do pai, que se dirigia para um dos pequenos bosques que havia de um dos lados do jardim.

Jane, que não era tão leve nem tinha tanta prática de exercício, ficou para trás, enquanto sua irmã alcançava o Sr. Bennet e exclamava, quase sem fôlego:

– Oh, pai, diga depressa quais as notícias? Que diz o tio?

– Acabo de receber uma carta dele pelo expresso.

– E que notícias traz, boas ou más?

– O que se pode esperar de bom? – disse ele, extraindo a carta do bolso. – Mas talvez a queira ler.

Elizabeth pegou a carta, ansiosa, enquanto Jane se aproximava.

– Leia em voz alta – disse o Sr. Bennet –, pois ainda não entendi bem do que se trata.

"Rua Gracechurch, segunda-feira, 2 de agosto
Caro cunhado:
Finalmente tenho notícias de minha sobrinha para lhe enviar; notícias que, no seu conjunto, julgo que não deixarão de lhe agradar. Pouco após sua partida, no sábado, tive a felicidade de descobrir em que parte de Londres o casal se encontrava. Quanto aos detalhes, deixo para quando de novo nos encontrarmos. De momento, basta saber que os encontrei e que estive com ambos..."

– Então, tudo se passou como eu o esperava – exclamou Jane –, eles estão casados!

Elizabeth continuou:

"... estive com ambos. Eles não estão casados, nem encontrei neles a menor intenção de o fazer. Porém, se o senhor estiver disposto a cumprir com aquilo que tomei a liberdade de aceitar em seu nome, espero que em breve se casem. Tudo o que exigem é que assegure a esta sua filha parte das cinco mil libras destinadas a serem repartidas entre suas filhas após a sua morte e de sua mulher. Além disso, pedem que se comprometa, em vida, a dar a sua filha a quantia de cem libras por ano. E são essas as condições que não hesitei em aceitar, sentindo-me autorizado a fazê-lo. Enviarei esta minha comunicação por expresso, para que sua resposta me chegue sem perda de tempo. Facilmente compreenderá, por tudo o que aqui lhe digo, que a situação do Sr. Wickham não é tão desesperada como se supunha. Quanto a isso, os rumores que corriam eram falsos; e alegra-me dizer que, sem considerarmos o dote de Lydia, ele ainda disporá, após pagas todas as dívidas, de um pouco de dinheiro para sua instalação. Apenas necessito que delegue a mim plenos poderes para agir em seu nome, o que não duvido que faça, e imediatamente darei instruções a Haggerston para preparar um contrato. Não vejo qualquer vantagem em voltar a Londres, por isso o aconselho a ficar tranquilamente em Longbourn, sabendo que pode contar com toda a minha colaboração e diligência. Responda-me logo que possível e tenha cuidado de escrever claramente. Achamos preferível, minha mulher e eu, que nossa sobrinha se case em nossa casa, o que decerto terá sua aprovação. Ela vem hoje para junto de nós. Voltarei a escrever-lhe assim que houver algo de novo a participar. Seu, etc. Edw. Gardiner."

– Será possível!? – perguntou Elizabeth, assim que terminou a carta. – Será possível que ele se casará com ela?

– Wickham não é, então, tão ruim como pensávamos – disse Jane. – Meu pai, aceite os meus parabéns.

– Já respondeu à carta? – perguntou Elizabeth.

– Não, mas devo fazer isso imediatamente.

Elizabeth suplicou-lhe, então, que não perdesse mais tempo.

– Oh, pai – exclamou ela –, volte para casa e escreva sem demora! Pense na importância que cada momento tem num caso destes.

– Eu mesma escrevo a carta – disse Jane – se tal tarefa lhe desagrada.

– Desagrada-me muito – replicou ele –, mas precisa ser feita.

E, dizendo isto, ele virou-se e voltou com as filhas para casa.

– E posso saber qual é a resposta? – perguntou Elizabeth. – Suponho que os termos devam ser aceitos.

– Aceitos? Só tenho vergonha que ele peça tão pouco.

– E eles devem casar-se! Contudo, Wickham é tão ruim.

– Sim, sim, é preciso que eles se casem. Não há outra alternativa. Porém, há duas coisas que eu desejaria saber: uma delas, que quantia seu tio não pagou para conseguir tudo isto; e a outra, como poderei eu reembolsá-lo.

– Quantia? Nosso tio? Que quer dizer com isso? – indagou Jane.

– Quero dizer que nenhum homem, em seu juízo perfeito, se casaria com Lydia recebendo em troca uma compensação tão pequena. Cem libras anuais durante a minha vida e cinquenta depois de eu morrer!

– É verdade – disse Elizabeth. – Não me tinha ocorrido isso antes. Depois das dívidas a pagar, diz ele que ainda sobra dinheiro. Deve ter sido nosso tio quem arranjou tudo isso. Como ele é generoso e bom! Receio que isso lhe traga problemas. O dinheiro que gastou não deve ter sido pouco.

– Não – disse o Sr. Bennet. – Wickham seria um idiota se aceitasse entrar no negócio com menos de dez mil libras. Detestaria ter tão má opinião dele logo no começo de nossas relações.

– Dez mil libras! Valha-nos Deus. Como poderemos algum dia pagar tal soma?

O Sr. Bennet não respondeu e todos, mergulhados em suas reflexões, continuaram em silêncio até chegarem em casa. O Sr. Bennet dirigiu-se então para a biblioteca, a fim de escrever ao cunhado, e as filhas foram para a saleta.

– Então, eles se casam! – exclamou Elizabeth, quando se encontrou a sós com Jane. – Como tudo isso é estranho! E, ainda por cima, temos de nos dar por muito felizes! E dar graças a Deus que assim aconteça, embora sejam diminutas as possibilidades de Lydia ser feliz já que Wickham tem um caráter tão ruim. Oh, Lydia!

– Eu me consolo pensando que ele não se casaria se não tivesse afeição por Lydia – replicou Jane. – Embora acredite que nosso tio tenha intercedido, não me parece que tenha chegado nem perto de dez mil libras. Ele tem filhos, e ainda pode vir a ter outros. Como poderia ele dispor dessas dez mil libras?

– Se nos fosse possível saber quais as dívidas de Wickham – disse Elizabeth – e com quanto ele dotou a nossa irmã, saberíamos exatamente o que o Sr. Gardiner fez por eles, pois Wickham não tem um tostão de seu. A bondade de nossos tios é uma coisa que nunca poderá ser paga. O fato de eles a terem levado para sua casa e lhe terem dado sua proteção e apoio moral é um sacrifício que anos de gratidão não poderão compensar. Neste momento ela está na casa deles e, se tamanha bondade não lhe der a consciência da falta que praticou, é porque ela não merece nunca ser feliz! Imagine a cara dela, quando se vir diante de nossa tia!

– Devemos nos esforçar para esquecer tudo o que se passou – disse Jane. – Confio e espero que eles sejam felizes. O fato de ele consentir em casar com ela é uma prova de que ganhou um pouco de juízo. A afeição que nutrem um pelo outro lhes dará estabilidade. E eu tenho a esperança de que eles em breve se estabeleçam em sua nova vida e procedam de forma tão ajuizada que, com o tempo, sua imprudência acabe por ser esquecida.

– O comportamento deles foi de tal ordem – replicou Elizabeth – que nem você, nem eu, nem ninguém, poderá jamais esquecer. É inútil falarmos nisso.

Nesse momento, ocorreu que talvez sua mãe permanecesse ainda na ignorância de tudo o que se passava. Dirigiram-se, pois, à biblioteca, e perguntaram ao pai se não desejava que elas lhe transmitissem a notícia. Ele encontrava-se escrevendo e, sem levantar a cabeça, respondeu friamente:

– Como queiram.

– Poderemos levar-lhe a carta do tio e ler?

– Levem o que quiserem e me deixem.

Elizabeth pegou a carta de cima da mesa e as irmãs subiram juntas. Mary e Kitty encontravam-se ambas junto da mãe. A mesma comunicação serviria, portanto, para todas. Após uma breve preparação para as notícias que traziam, a carta foi lida em voz alta. A Sra. Bennet não pôde conter seus sentimentos.

Assim que Jane leu o trecho em que o Sr. Gardiner falava na esperança de vê-los em breve casados, a Sra. Bennet deu livre curso a toda a sua alegria, e cada frase subsequente a tornava mais expansiva. Seu júbilo manifestou-se tão ruidoso e violento como anteriormente o fizeram suas apreensões e desespero. Bastava saber que sua filha se casaria; não a atormentava qualquer receio quanto à felicidade dela, nem tampouco a lembrança de sua falta.

– Oh, minha querida Lydia! – exclamou ela. – Isso é realmente maravilhoso! Ela vai se casar! E eu tornarei a vê-la! Ela se casa com dezesseis anos! Meu querido e generoso irmão! Eu sabia ele conseguiria resolver tudo! Que saudades tenho dela! E de meu querido Wickham também! Mas os vestidos, o enxoval! Vou já escrever para minha cunhada Gardiner para que trate de tudo isso. Lizzy, meu amor, corra lá embaixo e pergunte a seu pai de quanto ele dispõe para o enxoval de Lydia. Não, espere, eu mesma o farei! Toque a campainha, Kitty, para chamar a Hill. Vou me vestir e correr. Oh, minha querida Lydia! Que alegria sentiremos quando nos virmos todos juntos outra vez!

Jane procurou refrear a violência de tais expansões, lembrando sua mãe o que deviam ao Sr. Gardiner pelo que ele tinha feito.

– Devemos, em grande parte, atribuir a feliz conclusão desta história à bondade do nosso tio – acrescentou Jane. – Estamos convencidas de que ele se empenhou para auxiliar pecuniariamente o Sr. Wickham.

– Pois sim – exclamou a Sra. Bennet –, mas quem o havia de fazer, senão seu próprio tio? Se ele não tivesse família, todo o dinheiro dele viria para nós, bem sabe. É a primeira vez que recebemos alguma coisa dele, a não ser um presente ou outro, de vez em quando. Oh, como me sinto feliz! Em breve, terei uma filha casada! Sra. Wickham! Soa tão bem! E fez apenas dezesseis anos em junho passado. Minha querida Jane, estou tão nervosa que creio não conseguir escrever. Eu dito e você escreve por mim. Mais tarde combinaremos com seu pai a respeito do dinheiro. Mas é preciso encomendar as coisas imediatamente.

A Sra. Bennet começou logo a fazer uma lista de todas as peças de algodão, musselina e cambraia, e teria feito dentro em pouco uma grande encomenda se Jane não a tivesse convencido a aguardar até consultar o marido. Um dia de atraso, observou ela, não teria qualquer importância.

– Assim que me vestir, irei a Meryton dar as boas novas à minha irmã Philips. Na volta, passarei pela casa de Lady Lucas e da Sra. Long. Kitty, corra lá embaixo e peça a carruagem. Um pouco de ar me fará muito bem. Meninas, desejam que eu lhes traga alguma coisa de Meryton? Oh, aí vem a Hill! Minha querida Hill, já sabe da novidade? A Senhorita Lydia vai se casar.

A Sra. Hill exprimiu imediatamente sua alegria. Elizabeth, como todas, recebeu seus parabéns e, cansada de tanta loucura, foi se refugiar em seu quarto, para poder refletir em paz.

Pobre Lydia, sua situação seria bastante ruim, mas ainda teria de dar graças por não ser pior. E, embora assim pensasse, não via para a irmã grandes possibilidades de uma vida feliz e próspera, mas, recordando-se dos momentos de aflição e de todos os seus receios de há duas horas apenas, ela viu que deram um grande passo para frente.

≈ CAPÍTULO 50 ≈

O Sr. Bennet por várias vezes se arrependera de ter gasto todo o seu rendimento e não tomar as devidas precauções para garantir o futuro da mulher e das filhas. Agora, mais do que nunca, se arrependia de não o ter feito. Se tivesse cumprido com sua obrigação, Lydia agora não estaria em dívida com seu tio, por haver adquirido para ela não só honra como crédito. A satisfação de obrigar um dos piores rapazes da Grã-Bretanha a se tornar seu marido teria permanecido em seu devido lugar.

Preocupava-o seriamente que tudo tivesse se arranjado graças, unicamente, a seu cunhado. Resolveu, caso fosse possível, averiguar a importância exata de seu auxílio e arranjar maneira de saldar a dívida o mais breve que pudesse.

Quando se casou, o Sr. Bennet achava que não precisava economizar, pois teria naturalmente um filho. Esse filho seria herdeiro de seus bens, e desse modo veria garantido o futuro da viúva e dos filhos menores. Cinco filhas, sucessivamente, vieram ao mundo, mas nenhum filho. Muitos anos após o nascimento de Lydia, a Sra. Bennet acreditava ainda que ele viria. Por fim, teve de renunciar a tal esperança, mas nessa altura já era tarde demais para poupar. A Sra. Bennet não tinha feitio para economizar e só a moderação do marido os impedia de exceder seus rendimentos.

Segundo o contrato de casamento, cinco mil libras seriam deixadas para a Sra. Bennet e seus filhos. A partilha deveria ser feita de acordo com a vontade dos pais. Em vista do que acontecera a Lydia, tal ponto deveria agora ser definido, e o Sr. Bennet não hesitava em aceitar os termos da proposta que lhe tinha sido feita. Em termos precisos, mas cordiais, ele exprimiu sua gratidão pela bondade do cunhado. Em seguida, declarou sua plena aprovação a tudo o que tinha sido feito e sua aceitação dos compromissos que o Sr. Gardiner aceitara em seu nome. Nunca supusera que fosse possível convencer Wickham a casar com sua filha em termos tão convenientes. As cem libras que deveria pagar anualmente não representavam um déficit real de mais de dez libras. Além do mais, a mesada de que Lydia dispunha, assim como os belos presentes em dinheiro que continuamente lhe chegavam às mãos por intermédio da Sra. Bennet, cobririam grande parte das despesas que ela pudesse fazer.

A outra surpresa agradável, considerava ele, fora a facilidade com que tudo se resolvera sem lhe dar qualquer trabalho. Seu desejo era, agora, pensar o menos possível no assunto. O ímpeto com que se lançara na perseguição da filha fora apenas fruto momentâneo de sua cólera. Cessada essa, o Sr. Bennet recaiu em sua indolência habitual. A carta foi logo despachada, pois, embora lento na elaboração de seus projetos, ele era rápido na execução. Pedia ao Sr. Gardiner que lhe desse uma relação detalhada de suas despesas, mas nada mandava dizer a Lydia, pois ainda estava ressentido com ela.

As boas notícias em breve se propagaram. Teria sido mais interessante se a própria Senhorita Lydia tivesse regressado, ou a mandassem em reclusão para algum lugar distante, mas o casamento já era suficiente para mexericos. As velhas invejosas de Meryton continuaram a enviar seus votos de felicidade com o mesmo secreto contentamento com que antes exprimiam condolências, pois, embora a situação tivesse mudado, com tal marido, a desgraça de Lydia era certa.

A Sra. Bennet, que passara quinze dias sem sair do quarto, naquele grande dia tornou a ocupar seu lugar à cabeceira da mesa. Sua satisfação era extrema. Nenhum sentimento de vergonha atenuava seu triunfo. Desde que Jane completara quinze anos de idade, seu maior desejo fora ver uma das filhas casadas; e, agora, esse mesmo desejo estava a ponto de se realizar. Todos os seus pensamentos giravam em torno dos preparativos para um casamento no melhor estilo, tais como as musselinas finas, novas carruagens e criados. Procurava lembrar-se de uma casa nas redondezas que servisse para sua filha e, desconhecendo as possibilidades do casal, recusava muitas das que lhe sugeriam por considerá-las modestas e simples demais.

– Haye Park talvez servisse – dizia ela –, se os Gouldings consentirem em sair. E aquela casa grande em Stoke também daria. É pena que a sala de visitas seja um pouco pequena demais. Ashworth é muito distante. Quanto à casa de Pulvis, os telhados são horríveis.

O Sr. Bennet deixou-a falar sem interrupção, enquanto havia criados por perto, mas quando esses saíram, disse:

– Sra. Bennet, antes que tome alguma dessas casas, ou todas elas, para sua filha, considero indispensável chegarmos desde já a um acordo sobre tal assunto. Saiba que há, pelo menos, uma casa em que eles não serão admitidos. Não pretendo encorajar a imprudência de ambos ao recebê-los em Longbourn.

A tal declaração seguiu-se uma longa polêmica, mas o Sr. Bennet mostrou-se firme. O assunto em breve os conduziu a outro, e a Sra. Bennet descobriu, com espanto e horror, que seu marido não estava disposto a adiantar um só tostão para as despesas do enxoval. Declarou, intransigente, que não seria ele que, por ocasião do casamento da filha, lhe daria o menor sinal de sua estima. A Sra. Bennet recusava-se a compreender e a aceitar tal atitude. Achava impossível que ele levasse seu ressentimento a ponto de recusar à filha um dos privilégios sem o qual seu casamento pareceria quase inválido. A Sra. Bennet era muito mais sensível à vergonha de casar sua filha sem roupas novas do que à desonra causada por sua fuga e pelo fato de ter vivido quinze dias com Wickham sem ser casada.

Elizabeth mais do que nunca se arrependeu por ter se deixado levar pela aflição do momento e ter revelado ao Sr. Darcy os seus anseios quanto ao futuro da irmã. Com o casamento em breve realizado, talvez tivessem podido esconder tão vergonhoso fato de todos não diretamente relacionados com a família.

Ela não receava que o caso se espalhasse por intermédio dele. Havia, atualmente, poucas pessoas em cuja discrição ela tinha maior confiança, mas, em contrapartida, não havia ninguém cujo conhecimento da leviandade da irmã a mortificasse tanto. Não era que temesse qualquer desvantagem para si mesma, pois, de qualquer modo, parecia haver um abismo intransponível entre eles. Mesmo que o casamento de Lydia tivesse se realizado da forma mais respeitável, não era possível que o Sr. Darcy insistisse em se relacionar com uma família contra a qual tinha tantas objeções e às quais se vinha juntar uma outra: a de um parentesco íntimo com o homem que ele tão justamente desprezava.

Não era, pois, de estranhar que ele hesitasse. O desejo de obter a consideração de Elizabeth, desejo por ele tão declaradamente manifestado em Derbyshire, nunca sobreviveria a tal golpe. Elizabeth sentia-se humilhada e ferida. Tinha remorsos, mas não sabia bem de quê. Ansiava pela estima dele, quando acreditava não poder jamais gozar dela. Queria ter notícias suas, e não tinha a menor esperança de que ele lhe escrevesse. Agora, que não via possibilidade de encontrá-lo, acreditava que poderia ter sido feliz com ele.

Que triunfo seria para ele, pensava ela, se pudesse saber que as propostas que quatro meses atrás ela tão orgulhosamente recusara seriam recebidas agora com alegria e gratidão. Ele era generoso, disso Elizabeth não tinha a menor dúvida. Havia, mesmo, poucos homens mais generosos. Mas, para não sentir triunfo numa ocasião como essa, era preciso que não fosse humano.

Elizabeth começou a compreender, então, que o Sr. Darcy era o homem que mais lhe convinha, tanto por seu temperamento como por suas qualidades. Seu gênio, embora o oposto do seu próprio, vinha ao encontro de seus desejos. Tal união seria, com certeza, vantajosa para ambos. A espontaneidade e naturalidade de Elizabeth contribuiriam para suavizar o gênio dele e melhorar também suas maneiras. Ela, por sua vez, teria um benefício ainda maior a receber proveniente da segurança de julgamento e experiência do mundo que Darcy possuía.

Em breve o Sr. Gardiner tornou a escrever ao cunhado. Aos pedidos do Sr. Bennet, ele apenas respondeu que estava sempre disposto a dar seu melhor para o bem de qualquer membro da família e concluiu rogando que não se mencionasse mais o assunto. A principal finalidade de sua carta era anunciar que o Sr. Wickham decidira sair da milícia.

"Desejaria muito que ele o fizesse assim que o casamento fosse marcado", acrescentava ele. "E creio que concordará comigo em como esse passo é desejável, tanto para ele como para minha sobrinha. O Sr. Wickham tenciona entrar no exército regular; e alguns de seus antigos amigos estão dispostos a apoiá-lo. Prometeram-lhe um posto de tenente no regimento do general atualmente aquartelado no Norte. É uma grande vantagem que estejam tão longe daqui. Ele parece cheio de boas intenções, e espero que, entre pessoas estranhas, ambos se mostrem prudentes e procurem salvar as aparências. Escrevi ao coronel Forster, informando-o de nossa atual situação e pedindo-lhe que tranquilize os vários credores de Wickham em Brighton e arredores. Com promessas de rápido pagamento, assumi tal compromisso. Peço-lhe que faça o mesmo com os credores dele em Meryton, dos quais lhe envio a lista, de acordo com as informações do próprio Sr. Wickham. Ele confessou todas as suas dívidas, e espero que, ao menos, não nos tenha enganado. Haggerston já recebeu nossas instruções e tudo ficará pronto dentro de uma semana. Eles partirão logo para a sede do regimento, a não ser que o senhor os convide primeiro a ir a Longbourn. A Sra. Gardiner participou-me que a sobrinha ansiava por ver todos antes de partir para o Norte. Ela encontra-se bem e pede-me que envie ao pai e à mãe toda a sua afeição. Seu, etc. E. Gardiner."

O Sr. Bennet e as filhas compreenderam, tão bem como o Sr. Gardiner, quais as vantagens da saída do Sr. Wickham do regimento da milícia. A Sra. Bennet é que não se conformava com a ideia. Lydia iria morar no Norte, exatamente quando ela teria todo o prazer e orgulho de sua companhia, pois não desistira nem um só instante de seu plano de instalar a filha em Hertfordshire. Seu desapontamento foi grande. Além disso, era uma pena que Lydia fosse afastada de um local onde ela tinha tantas relações.

– Lydia simpatizava tanto com a Sra. Forster! – dizia ela. – É uma pena mandá-la para tão longe. Além disso, havia tantos rapazes que ela apreciava. Os oficiais do regimento do general podem não ser tão amáveis.

O pedido de Lydia de ser admitida entre os seus antes da partida para o Norte foi, a princípio, negado com veemência. Mas Jane e Elizabeth, que comungavam das mesmas ideias, eram da opinião de que, para o bem de sua irmã, não lhe deveria ser negado o apoio dos pais. Fizeram seu pedido de modo tão insistente, e ao mesmo tempo com tanta doçura, que conseguiram demover o pai e obter dele a permissão para que o casal visitasse Longbourn logo após o casamento. Quanto à Sra. Bennet, era com satisfação que encarava aquela oportunidade de exibir nas redondezas a sua filha casada antes de seu exílio no Norte. O Sr. Bennet escreveu, então, ao seu cunhado, participando-lhe sua anuência ao pedido. Elizabeth, contudo, não pôde deixar de se surpreender por Wickham ter concordado com o plano. Se ela tivesse consultado apenas o seu coração, um encontro com ele seria a última coisa no mundo que ela mesma desejaria.

≈ CAPÍTULO 51 ≈

O dia do casamento finalmente chegou, e Jane e Elizabeth sentiram-se mais comovidas do que a própria Lydia. A carruagem foi enviada ao encontro dos noivos, que eram esperados para jantar. Jane e Elizabeth viam com apreensão a chegada do casal. Especialmente Jane, que atribuía a Lydia os sentimentos que ela própria teria caso estivesse naquela situação e afligia-se com a ideia do que a irmã iria sofrer. Chegaram. A família encontrava-se reunida na saleta para recebê-los. A Sra. Bennet desfez-se em sorrisos assim que a carruagem parou à porta; o marido conservava uma expressão grave e impenetrável; as filhas estavam alarmadas, ansiosas e inquietas.

Ouviram a voz de Lydia na entrada da casa. A porta foi aberta com violência, e ela entrou correndo na sala. Sua mãe adiantou-se e abraçou-a com grandes demonstrações de alegria. Sorrindo afetuosamente, ela estendeu a mão a Wickham, desejando felicidades a ambos com um alarde que demonstrava bem que ela não duvidava nem um minuto da realização de seu desejo.

O Sr. Bennet recebeu-os muito menos cordialmente. Seu rosto tornou-se ainda mais grave e mal abriu a boca. A atitude despreocupada do jovem casal era realmente uma provocação. Elizabeth ficou irritada e a própria Jane ficou muito espantada. Lydia continuava a mesma: indomável, atrevida, desvairada, ruidosa e imprudente. Falou com cada uma das irmãs exigindo-lhes os parabéns, e, depois de todos se sentarem, pôs-se a olhar à sua volta com curiosidade, notando as pequenas alterações que tinham sido introduzidas naquela sala; depois observou, com uma risada, que há muito tempo que dali partira.

Wickham mostrava-se tão à vontade quanto ela, e seus modos eram sempre tão agradáveis que, se o seu caráter e seu casamento fossem como deviam ser, seus sorrisos e atitudes teriam conquistado toda a família. Elizabeth nunca imaginara que ele fosse capaz de tal cinismo, mas ela sentou-se, resolvendo no seu íntimo nunca mais estabelecer limites ao descaramento de um homem descarado. Ela corou e Jane também, mas os rostos daqueles que lhes causaram tal perturbação mantinham-se inalteráveis em sua cor.

A conversa era incessante. A noiva e a mãe competiam em exuberância; e Wickham, que se encontrava perto de Elizabeth, começou a perguntar pelos conhecidos na vizinhança com uma tranquilidade bem-humorada que ela sentiu jamais poder imprimir nas suas respostas. Tanto Wickham como a esposa apenas pareciam ter lembranças agradáveis na vida. Nenhum fato passado era lembrado com amargura.

– Imaginem, já fez três meses que fui embora – exclamou Lydia. – Não me parecem mais do que quinze dias. E, no entanto, tantas coisas aconteceram. Meu Deus! Quando daqui parti, quem diria que havia de voltar casada! Mas pensei que seria engraçado se o fizesse.

O Sr. Bennet ergueu os olhos, Jane ficou aflita e Elizabeth olhou significativamente para Lydia; ela, porém, continuou:

– Oh, mãe, as pessoas daqui dos arredores sabem que me casei hoje? Receei que eles não soubessem. No caminho cruzamos com William Goulding na sua charrete. Para que ficasse sabendo, baixei o vidro, tirei a luva e apoiei a mão no rebordo da janela, de forma que ele pudesse ver bem a minha aliança. Só então o cumprimentei, e não pude conter por mais tempo o meu riso.

Elizabeth achou que tudo aquilo passava dos limites. Levantou-se, saiu e só voltou quando os ouviu passarem para a sala de jantar. Chegou ainda a tempo de ver Lydia, que, com uma expressão de ansiedade, se aproximara do lugar à direita da mãe e, dirigindo-se à sua irmã mais velha, lhe dizia:

– Ah, Jane, esse lugar me pertence agora por direito. Sou a mais importante, dada a minha situação de mulher casada.

Não se podia esperar que o tempo desse à Lydia o constrangimento que até aquele instante não demonstrara. Pelo contrário, parecia cada vez mais à vontade. Ansiava por voltar a ver a Sra. Philips, a família Lucas e todos os outros vizinhos, e ouvi-los chamando-a de Sra. Wickham. Enquanto isso não acontecia, foi, logo após o jantar, mostrar a aliança à Sra. Hill e às criadas.

– Bem, mãezinha – disse ela, quando voltou à sala –, que acha do meu marido? Não é um homem encantador? Estou certa de que todas as minhas irmãs me invejam. Só lhes desejo tanta sorte como a minha. Precisam todas ir a Brighton. É o lugar ideal para se arranjar um marido. Que pena, mãe, não termos ido todas!

– É verdade, se me tivessem dado ouvidos, teríamos ido. Mas minha querida Lydia, não gosto nada que vá para tão longe. Será mesmo necessário?

– Oh, mas claro! Não vejo mal nenhum nisso. Até gosto muito da ideia. Você, papai e minhas irmãs terão de nos visitar. Passaremos todo o inverno em Newcastle. Bailes não faltarão e eu arranjarei par para todas.

– Adoraria poder ir! – disse a mãe.

– E depois, quando regressarem, podem deixar comigo uma ou duas de minhas irmãs. Garanto que arranjo maridos para todas antes do fim do inverno.

– Agradeço, pela parte que me toca – disse Elizabeth –, mas não aprecio sua maneira de arranjar maridos.

Os visitantes não poderiam demorar mais de dez dias. O Sr. Wickham fora nomeado antes de sair de Londres e apenas lhe haviam concedido quinze dias para se reunir ao seu regimento.

Exceto a Sra. Bennet, ninguém mais lamentou que eles se demorassem tão pouco. Esse tempo foi por ela aproveitado da melhor forma possível, fazendo visitas com a filha e recebendo frequentemente em sua casa. Tais reuniões vinham ao encontro do desejo de todos, pois escapar ao círculo da família era ainda mais desejável para aqueles que pensavam do que para aqueles que não o faziam.

A afeição de Wickham por Lydia era exatamente como Elizabeth supunha: inferior à que Lydia tinha por ele. Não era preciso observar muito para se concluir que a fuga se devera mais à paixão dela do que ao interesse dele. E, caso ela não tivesse certeza de que ele fugira por força das circunstâncias, Elizabeth se perguntaria por que razão Wickham decidira fugir com Lydia, já que não estava apaixonado por ela. Mas ele não era o tipo de homem que resistiria à oportunidade de ter uma companheira para a viagem.

Lydia gostava imensamente de Wickham. Ele continuava a ser o seu querido Wickham. Ninguém podia competir com ele no seu coração. Segundo ela, ele fazia tudo melhor do que todos. Certa manhã, pouco depois de sua chegada, Lydia disse para Elizabeth:

– Lizzy, ainda não lhe contei como foi nosso casamento. Você não estava presente quando descrevi tudo à mamãe e às outras. Não tem curiosidade em saber como tudo se passou?

– Para dizer a verdade, não – replicou Elizabeth –, e penso que quanto menos se falar no assunto, melhor.

– Você é tão esquisita! Vou contar como tudo aconteceu. Nos casamos na Igreja de São Clemente, pois Wickham pertence àquela paróquia. Combinamos de nos encontrarmos lá às onze horas. Meus tios e eu iríamos juntos, e os outros nos encontrariam na igreja. Eu estava numa ansiedade que nem imagina! Receava que acontecesse algo que viesse a adiar o casamento. Teria ficado desesperada! Enquanto me vestia, nossa tia não parava de falar, como se estivesse me pregando um sermão. Quase não entendi palavra, pois, como deve calcular, só pensava no meu querido Wickham. Estava louca para saber se ele poria a casaca azul. Tomamos o café da manhã às dez, como de costume. Pensei que nunca mais teria fim. A propósito, os tios foram horrivelmente severos comigo durante todo o tempo que estive com eles. Imagina que não me deixaram sair de casa uma só vez, durante os quinze dias que ali passei. Nem uma festa, nem uma reunião, nada! Bem, quando a carruagem chegou, meu tio foi detido ainda por alguns instantes para tratar de quaisquer negócios com aquele horrível Sr. Stone; e, como você deve saber, quando ele se põe a falar de negócios, nunca para. Eu estava tão assustada que não sabia o que fazer, pois era o tio quem me serviria de padrinho e, se não estivéssemos lá na hora certa, seríamos obrigados a deixar o casamento para o dia seguinte. Mas, felizmente, passados dez minutos, ele voltou e partimos todos. Nessa altura, porém, lembrei-me que, se acaso ele não pudesse ter ido, seria o Sr. Darcy quem o substituiria.

– O Sr. Darcy? – repetiu Elizabeth com um espanto ilimitado.

– Sim, ele tinha ficado de ir com Wickham. Oh, meu Deus, que estou eu falando? Esqueci completamente! Nunca deveria ter mencionado tal coisa! Prometi que não o faria! O que Wickham não vai dizer? Era segredo!

– Se era segredo – disse Jane –, então não diga mais nada.

– Decerto – disse Elizabeth, ardendo em curiosidade. – Nada lhe perguntaremos.

– Obrigada – disse Lydia –, pois se vocês me perguntassem, eu acabaria contando tudo. E depois Wickham ficaria muito zangado comigo.

Para resistir à tentação, Elizabeth foi obrigada a fugir. Mas era impossível viver na ignorância daquele detalhe ou, pelo menos, era impossível não tentar se informar. O Sr. Darcy assistir ao casamento de sua irmã parecia inacreditável. Não poderia suportar tal incerteza, e, tomando uma folha de papel, escreveu apressadamente uma curta missiva dirigida à tia, pedindo a explicação para o fato:

"Como deve compreender, tenho curiosidade em saber por que razão uma pessoa que não tem relações com qualquer uma de nós, e é quase um estranho à nossa família, se encontrava presente no casamento. Peço que me escreva sem demora e me explique tudo, a não ser que haja motivos muito fortes para guardar o segredo, como Lydia parece achar necessário. Nesse caso, terei de me resignar à minha ignorância."

"Jamais me resignarei" – pensou Elizabeth, enquanto terminava a carta. – "Mas, minha querida tia, se não me contar, serei obrigada a lançar mão de estratagemas para tentar descobrir."

≈ CAPÍTULO 52 ≈

Elizabeth teve a satisfação de receber resposta à sua carta tão depressa quanto ela poderia desejar. Assim que a carta chegou, correu para o pequeno bosque e, sentando-se num banco, preparou-se para lê-la tranquilamente, sentindo-se feliz, pois, pelo número de páginas, era fácil deduzir que não continha uma simples negativa.

"Rua Gracechurch, 6 de setembro

Minha querida sobrinha,

Acabo de receber sua carta e consagrarei a manhã toda a escrever minha resposta, pois prevejo que em poucas linhas não poderei transmitir tudo o que tenho para dizer. Devo confessar que seu interesse me surpreende. Não pense que estou zangada, pois o que quero dizer é que não imaginava que você, logo você, precisasse fazer tais investigações. Se prefere não compreender o que digo, me desculpe a impertinência. Seu tio está tão surpreso quanto eu – e somente a crença de que você estava a par de tudo permitiu que ele agisse como agiu. Mas se você realmente não sabe de nada, preciso ser mais explícita.

No próprio dia de minha chegada de Longbourn, seu tio recebeu uma visita inesperada. O Sr. Darcy veio à nossa casa e permaneceu em conferência com ele durante várias horas. Quando entrei, já tudo isso se tinha passado, e por essa razão minha curiosidade não foi tão intensamente despertada como a sua parece ter sido. Ele veio para dizer a seu tio que tinha descoberto o paradeiro do Sr. Wickham e de sua irmã e que já os tinha visto e conversado com ambos; com Wickham várias vezes e com Lydia apenas uma. Ao que parece, ele saiu de Derbyshire um dia após nossa partida, e veio para Londres, decidido a procurar os fugitivos. O motivo alegado era a convicção de que fora por causa dele que o caráter de Wickham não tinha sido convenientemente revelado, de modo a impedir que uma moça decente o amasse e confiasse nele. Generosamente, atribuiu tudo isso ao seu orgulho equivocado, e admitiu que havia considerado desnecessário, devido à sua posição, expor seus atos particulares à opinião pública. Seu caráter deveria bastar para responder por ele. Ele considerava, portanto, seu dever oferecer-se para tentar reparar o mal que ele julgava ter causado. Se tinha outro motivo, estou certa de que jamais seria algo que o desonraria. Passara alguns dias em Londres, antes que lograsse descobrir os fugitivos. Mas ele possuía um elemento para dirigir sua busca, e que a nós fazia falta: e este era o motivo que justificava sua vinda.

Existe uma senhora, ao que parece uma certa Sra. Younge, que foi durante algum tempo dama de companhia da Senhorita Darcy e que fora despedida por motivos que ele não nos revelou. Depois disso, ela alugou uma grande casa na Rua Edward e nela abriu uma pensão. O Sr. Darcy sabia que esta Sra. Younge era íntima de Wickham. E a procurou em busca de informações assim que chegou a Londres. Porém, levou dois dias para obter dela o que desejava. Suponho que essa mulher não estava disposta a trair o segredo que lhe fora confiado sem receber com isso uma compensação, pois ela sabia perfeitamente onde se encontrava seu amigo.

Wickham a tinha procurado mal chegara a Londres e, se ela tivesse vaga, seria em sua casa que ele se teria se instalado. Por fim, nosso bom amigo conseguiu obter o endereço desejado. O Sr. Darcy esteve com Wickham e posteriormente insistiu para ver Lydia. Seu primeiro objetivo ao falar com ela, reconheceu ele, fora persuadi-la a abandonar tão triste situação e voltar para junto de sua família assim que essa consentisse em recebê-la, e lhe ofereceu todo auxílio nesse sentido. Mas ele encontrou Lydia absolutamente decidida a conservar-se onde estava. Ela não queria saber da família, não precisava do auxílio dele e por coisa alguma desta vida abandonaria Wickham. Estava certa de que se casariam mais cedo ou mais tarde e que a data não tinha importância. Diante isso, pensou ele, restava-lhe apenas fazer com que se casassem o mais rapidamente possível. Logo na primeira conversa que tivera com Wickham, ele compreendera que nunca fora essa sua intenção. Ele confessou a Darcy que tinha deixado o regimento devido a algumas dívidas de honra muito urgentes, e não hesitou em atribuir unicamente à leviandade de Lydia todas as consequências da fuga dos dois. Tinha também a intenção de deixar seu cargo imediatamente. Quanto à sua futura situação, não sabia absolutamente o que fazer. Precisava ir para algum lugar, mas não sabia para onde. Sabia apenas que não tinha dinheiro para viver.

Darcy perguntou-lhe por que razão ele não tinha se casado imediatamente com sua irmã. Em resposta a essa pergunta, ele descobriu que Wickham acalentava ainda a esperança de fazer fortuna pelo casamento, em outro condado. Nessas circunstâncias, não seria prudente oferecer-lhe um auxílio imediato.

Encontraram-se várias vezes, pois havia muito o que discutir. Wickham, naturalmente, queria mais do que poderia obter. Mas, por fim, rendeu-se às evidências e tudo ficou combinado entre eles. Foi nessa altura que o Sr. Darcy procurou seu tio para lhe participar o que tinha feito e esteve em nossa casa na noite anterior à minha chegada. Contudo, ele não se avistou com meu marido, que se encontrava ausente, e foi então que descobriu que seu pai ainda aqui se encontrava e que só partiria de Londres no dia seguinte. Considerando que seria melhor entender-se com o tio do que com seu pai, resolveu adiar a entrevista para depois da partida deste. Não deixou o nome, e até voltar, no dia seguinte, sabia-se apenas que um cavalheiro tinha procurado o Sr. Gardiner por causa de uns negócios. No sábado tornou a aparecer. Seu pai não se encontrava mais aqui, seu tio estava em casa e, como disse antes, conversaram durante muito tempo. Voltaram a encontrar-se no domingo, e nesse dia também eu estive com ele. Só na segunda-feira é que tudo ficou definido; e imediatamente um expresso foi despachado para Longbourn. Mas nosso visitante mostrou-se muito obstinado. Creio, Lizzy, que, no fim das contas, a obstinação é o verdadeiro defeito de seu caráter. Já o acusaram de muita coisa, mas esta é a única que lhe diz realmente respeito. Insistia em ser ele a fazer tudo pessoalmente; embora eu esteja certa (e não falo isso para receber agradecimentos, portanto não diga a ninguém) de que seu tio trataria de tudo rapidamente.

Discutiram demoradamente, mais do que as duas pessoas em questão mereciam. Por fim, seu tio foi obrigado a ceder. Em vez de ser realmente útil à sobrinha, teve de se contentar com a fama, o que não lhe agradou de forma nenhuma. Creio que sua carta de hoje lhe deu um grande prazer, pois exigia uma explicação que o despojaria de falsos méritos, restituindo a glória a quem merece. Mas, Lizzy, isso deve ficar entre nós, ou, no máximo, Jane.

Suponho que saiba o que foi feito pelo jovem casal. As dívidas de Wickham, que montam, creio eu, para além de mil libras, necessitavam ser pagas. Outras mil eram necessárias para o dote de Lydia. E sua fiança para o cargo no exército teria de ser paga também. O motivo alegado para fazer tudo isso foi o que acima mencionei. Fora devido a ele, a seus escrúpulos excessivos, que todos tinham se iludido a respeito do caráter de Wickham, depositando nele a confiança que ele não merecia. Talvez haja uma certa verdade em tudo isso, embora duvide que seu silêncio ou o silêncio de qualquer outra pessoa possa ter sido a causa do sucedido. Mas, apesar de todo esse belo discurso, minha querida Lizzy, pode estar certa de que seu tio nunca teria cedido se não tivesse julgado que o Sr. Darcy tinha outro interesse no assunto.

Quando tudo se resolveu, ele voltou para junto dos amigos que o aguardavam em Pemberley, mas ficou combinado que voltaria a Londres no dia do casamento para finalizar os assuntos financeiros.

Creio que já a pus a par de toda a história. É um relato que, pelo que vejo em sua carta, a surpreenderá bastante. Espero, ao menos, que não lhe cause qualquer dissabor. Lydia veio para nossa casa e Wickham estava frequentemente aqui. Achei-o exatamente como quando o conheci em Hertfordshire. Mas eu não diria a você o quanto me desagradou a conduta de Lydia se não ficasse sabendo, pela carta que recebi de Jane na quarta-feira, que o comportamento dela em casa continua exatamente igual, e, dessa forma, o que conto agora lhe causará um novo desgosto. Tentei por várias vezes tocar o coração dela, mostrando-lhe o mal que tinha feito e toda a infelicidade que causara à família. Se ela me ouviu, foi por acaso. Estou certa de que não prestou qualquer atenção ao que lhe disse. Por várias vezes me senti irritada. Nessas alturas lembrava-me das minhas queridas Elizabeth e Jane, e por vocês me muni de toda paciência.

O Sr. Darcy voltou, como prometera, e, como Lydia lhe contou, assistiu ao casamento. Jantou conosco no dia seguinte e tencionava partir na quarta ou quinta-feira. Espero que não se zangue comigo, minha querida Lizzy, por aproveitar esta oportunidade para lhe dizer uma coisa que nunca antes tinha ousado dizer: é que eu simpatizo muito com ele. Sua atitude conosco foi tão amável como quando estivemos em Derbyshire. Sua maneira de encarar as coisas, suas opiniões, tudo me agrada e encontra eco em meu coração. Só lhe falta um pouco de vivacidade, mas, se ele se casar com acerto, sua mulher poderá ajudá-lo nesse sentido. Achei-o muito astuto. Quase nunca mencionou seu nome, mas a astúcia parece estar na moda.

Espero que me perdoe se me mostrei muito ousada, ou, pelo menos, não me castigue a ponto de me excluir de P. Nunca me sentirei inteiramente feliz enquanto não tiver percorrido todo aquele parque. Um faeton baixo e uma bonita parelha de pôneis completariam o programa. Não posso continuar, pois as crianças me esperam há meia hora. Sua tia muito afetuosa, etc., M. Gardiner."

O texto desta carta lançou o espírito de Elizabeth numa agitação tal que era difícil determinar qual predominava, se o prazer ou a dor. As vagas suspeitas acerca do que o Sr. Darcy poderia ter feito para auxiliar o casamento de sua irmã, suspeitas essas que ela receara encorajar pois demonstravam uma grandeza de alma que dificilmente encontraria em alguém, e ao mesmo tempo temia, pela obrigação que acarretariam, tinham se convertido em realidade para além de suas expectativas! Ele deliberadamente seguira-os até Londres. Assumira todos os incômodos e mortificações de tal investigação. Tivera de suplicar a uma mulher que ele naturalmente deveria abominar e desprezar. Fora obrigado a encontrar-se frequentemente, a discutir, persuadir e finalmente subornar o homem que mais do que ninguém desejava evitar e cujo simples nome detesta. E tudo isso ele tinha feito por uma moça que ele não podia nem admirar nem estimar. Seu coração lhe dizia que fora unicamente por sua causa. Mas essa esperança logo era sufocada por outras reflexões, e ela não se sentia vaidosa a ponto de julgar que Darcy nutriria qualquer afeição por uma mulher que o rejeitara, ou que ele fosse capaz de vencer um sentimento tão natural como a aversão em relacionar-se novamente com Wickham. Cunhado de Wickham! O orgulho mais elementar se voltaria contra isso. Certamente ele já tinha feito muito.

Elizabeth se envergonhava ao pensar em tudo o que lhe devia. Mas Darcy tinha apresentado um motivo para sua interferência, um motivo em que não era difícil acreditar. Era natural que ele se julgasse responsável. Era generoso e tinha meios de exercer sua generosidade. E, embora ela não se considerasse a causa principal de sua conduta, poderia talvez supor que um resto de afeição por ela tivesse contribuído para os seus esforços em um assunto do qual dependia diretamente a sua paz de espírito. Era doloroso, extremamente doloroso, saber que estavam em dívida com uma pessoa a quem nunca poderiam pagar. Deviam a reabilitação de Lydia e sua restituição ao seio da família unicamente ao Sr. Darcy. Elizabeth arrependeu-se amargamente de todos os dissabores que lhe causara, de todas as palavras duras que lhe dirigira. Sentia-se humilhada, mas tinha orgulho dele. Orgulho por, entre a compaixão e a honra, ele ter levado a melhor sobre si mesmo. Ela leu vezes sem conta os elogios que a tia lhe fazia. Não bastavam, mas traziam satisfação. Ela sentia até mesmo um certo prazer, embora misturado com mágoa, em descobrir como os tios tinham se convencido da existência de um amor entre o Sr. Darcy e ela.

Elizabeth foi arrancada de suas reflexões pela chegada de alguém. Levantou-se, mas antes de conseguir escapar, foi abordada por Wickham.

– Interrompo seu passeio solitário, minha querida cunhada? – perguntou ele, acercando-se dela. – Sempre fomos bons amigos. E agora mais do que nunca.

– É verdade. Os outros não vêm passear?

– Não sei. A Sra. Bennet e Lydia vão a Meryton. Soube pelos nossos tios que visitou Pemberley.

Elizabeth respondeu afirmativamente.

– Quase lhe invejo tal prazer. No entanto, acho que seria demasiado para mim, senão iria até lá no caminho para Newcastle. Naturalmente, esteve com a velha governanta. Pobre Sra. Reynolds, ela gostava muito de mim! Mas suponho que ela não tenha falado em mim.

– Falou, sim.

– E o que foi que ela disse?

– Que o senhor tinha entrado para o exército e que parecia não ter dado em grande coisa. Mas, compreende, a uma tal distância há sempre o perigo de as coisas serem deturpadas.

– Certamente – replicou ele, mordendo os lábios.

Elizabeth supôs que o silenciara, mas pouco depois ele tornou:

– Fiquei muito espantado por ver Darcy em Londres quando lá estive. Encontrei-o várias vezes por acaso, na rua. O que será que ele anda fazendo por lá?

– Talvez preparando o casamento dele com a Senhorita de Bourgh – disse Elizabeth. – Terá com certeza de ter um motivo especial para ir a Londres nesta época do ano.

– Sem dúvida. Viu Darcy alguma vez, enquanto esteve em Lambton? Se bem me lembro, os Gardiner me falaram nisso.

– Sim, ele me apresentou à irmã.

– E o que achou dela?

– Gostei muito.

– Ouvi dizer que ela melhorou bastante nestes últimos dois anos. Da última vez que a vi, não prometia muito. Espero que tudo dê certo para ela.

– Estou certa disso, pois já passou da idade mais perigosa.

– Visitaram a aldeia de Kympton?

– Não me lembro.

– Falei nisso apenas porque era essa a paróquia que me estava destinada. Um lugar encantador! E uma bela casa, também!

– Pensa que gostaria de fazer sermões?

– Muito. Consideraria parte do meu dever, e o esforço não seria tão grande. Teria sido um lugar esplêndido para mim! A tranquilidade daquela vida teria correspondido a todas as minhas ideias de felicidade! Mas o destino não quis. Darcy lhe falou alguma vez sobre o caso, enquanto esteve em Kent?

– Houve alguém, que eu considero tão bem informado como ele, que me disse que o presbitério lhe fora deixado apenas condicionalmente, ao arbítrio do atual proprietário.

– Ah, sim? Realmente, existe alguma verdade nisso. Aliás, foi o que eu lhe disse desde o princípio, não se lembra?

– Também me contaram que, numa certa época de sua vida, a necessidade de fazer sermões não lhe era tão agradável como atualmente parece ser. Disseram-me até que o senhor desistira de se ordenar, e que, nesse sentido, chegou a haver mesmo um acordo.

– Ah, ouviu dizer isso? E não foi sem fundamento. Deve lembrar-se que mencionei também esse ponto, quando falamos pela primeira vez no assunto.

Estavam quase à porta de casa, pois Elizabeth caminhara depressa para se ver livre dele.

Não querendo provocá-lo mais, em atenção à irmã, ela limitou-se a responder com o melhor dos sorrisos.

– Acabemos com isto, Sr. Wickham, agora somos irmãos. Não devemos brigar por causa do passado. No futuro, espero que estejamos sempre de acordo.

Elizabeth estendeu-lhe a mão e ele a beijou com galante cordialidade, embora não soubesse que expressão tomar ao entrar em casa.

≈ CAPÍTULO 53 ≈

O Sr. Wickham ficou tão satisfeito com a conversa que nunca mais mencionou aquele assunto na presença de Elizabeth; e ela ficou contente por ter dito o suficiente para silenciá-lo.

Logo chegou o dia da partida de Lydia e a Sra. Bennet viu-se obrigada a resignar-se com a separação que, provavelmente, duraria pelo menos um ano, pois o Sr. Bennet recusava-se terminantemente a aderir ao plano de irem todos a Newcastle.

– Oh, minha querida Lydia – exclamou ela –, quando nos tornaremos a ver?

– Não sei. Daqui a dois ou três anos, talvez.

– Não deixe de me escrever, meu amor.

– Escreverei sempre que puder, mas, como sabe, as mulheres casadas não têm muito tempo para escrever. Não é o caso das minhas irmãs, pois essas não têm mais nada que fazer.

As despedidas do Sr. Wickham foram muito mais afetuosas do que as de sua mulher. Ele sorria, cativava e exprimia-se agradavelmente.

– É um ótimo rapaz – disse o Sr. Bennet, assim que o viu fora de casa. – Distribui sorrisos, gracinhas e faz a corte a todos nós. Tenho grande orgulho dele. Desafio o próprio Sir William Lucas a apresentar um genro melhor que o meu.

A partida de sua filha tornou a Sra. Bennet melancólica durante vários dias. Mas sua tristeza foi logo aliviada por uma notícia que começou a circular. A governanta de Netherfield recebera ordens do patrão para aprontar a casa para recebê-lo dentro de um ou dois dias, pois ele tencionava ali ficar várias semanas caçando. A Sra. Bennet ficou muito agitada. Olhava constantemente para Jane, e sorria, ou abanava a cabeça.

Fora a Sra. Philips quem lhe trouxera a notícia.

– Então o Sr. Bingley está para chegar! Tanto melhor. Não é que isso me diga muito respeito. No entanto, acho que faz muito bem em vir para Netherfield. Quem sabe o que pode acontecer? Mas, você bem sabe, há muito tempo que resolvemos não falar mais no assunto. Então, é mesmo certa a chegada dele?

– A Sra. Nicholls ontem à tarde esteve em Meryton. Vi-a passar e lhe perguntei o que havia de certo em tudo o que ouvira. Ela confirmou que era verdade e disse que ele deve chegar na quinta-feira, o mais tardar, ou talvez mesmo na quarta. Ela estava indo encomendar carne para quarta-feira, e disse que tinha, além disso, três casais de patos prontos para matar.

Jane, ao ouvir a notícia, empalideceu. Fazia muitos meses desde a última vez que ela pronunciara o nome de Bingley na presença de Elizabeth. Estando as duas a sós, ela lhe disse:

– Reparei que olhou muito para mim, Lizzy, quando a tia nos participou a notícia. Fiquei perturbada, não pelo que parece pensar, mas porque senti que todas iam olhar para mim. Nada sinto com essa notícia, nem alegria nem outro sentimento qualquer. Ainda bem que ele não vem acompanhado, pois desse modo o veremos menos vezes. Não é que eu tenha medo de mim mesma, mas acima de tudo tenho horror às observações das outras pessoas.

Elizabeth não sabia o que pensar. Se ela não o tivesse visto em Derbyshire, poderia aceitar o motivo que alegavam para sua vinda. Porém achava que Bingley ainda gostava de Jane, e perguntava-se se era mais provável que ele estivesse vindo com a permissão de seu amigo ou se ousara tomar essa resolução sem levar em consideração a opinião de Darcy.

Por vezes, contudo, Elizabeth pensava: "Não vejo por que razão este pobre homem não haveria de visitar a casa que alugou, e que é dele, sem despertar tantas especulações. Não pensarei mais nele e o deixarei em paz".

Apesar do que a irmã lhe dissera, e que ela acreditava ter sido dito com toda sinceridade, Elizabeth percebia facilmente que a perspectiva da chegada de Bingley a tinha afetado de forma profunda. Jane andava perturbada e agitada, como poucas vezes vira.

O assunto que, um ano atrás, fora tão calorosamente discutido entre os pais voltava agora a apresentar-se.

– Logo que o Sr. Bingley chegar, meu caro – dizia a Sra. Bennet –, você irá visitá-lo, naturalmente.

– Não, não. A senhora me obrigou a visitá-lo no ano passado e me disse que se eu lá fosse, ele casaria com uma de minhas filhas. Ora, isso não aconteceu, e não quero tornar a fazer figura de tolo.

A esposa procurou convencê-lo de que era essa uma obrigação a que todos os cavalheiros da região deviam se submeter, uma vez que ele estava de volta.

– É uma etiqueta que eu desprezo – respondeu o Sr. Bennet –, se deseja a nossa companhia, ele que nos procure. Já sabe onde moramos. Não vou perder meu tempo correndo atrás dos vizinhos cada vez que eles vão e vêm.

– Pois bem, tudo que eu sei é que praticará uma abominável grosseria se não for visitá-lo. Isso não me impedirá de convidá-lo para jantar conosco. Como necessito convidar a Sra. Long e os Gouldings, contando a nossa família seremos treze à mesa, por isso haverá justamente um lugar para o Sr. Bingley.

Poucos dias antes de sua chegada, Jane disse para a irmã:

– Quase preferia que ele não viesse. Continuo indiferente, mas não suporto ouvir falar toda hora no assunto. A intenção da nossa mãe é boa, mas ela não sabe, ninguém sabe, como eu sofro com o que dizem.

O Sr. Bingley chegou. A Sra. Bennet, por intermédio dos criados, arranjou maneira de saber do fato o mais cedo possível. Ela contava os dias que deveriam decorrer antes de o convite ser enviado, pois durante esse período não poderia ter esperanças de vê-lo. Certa manhã, três dias após sua chegada, a Sra. Bennet, que estava à janela do seu quarto de vestir, viu o Sr. Bingley entrar a cavalo pelo portão e aproximar-se da casa.

As filhas foram imediatamente chamadas para participarem de sua alegria. Jane continuou sentada em seu lugar, mas Elizabeth, para contentar a mãe, foi até a janela. Ao ver que o Sr. Darcy vinha na companhia de Bingley, voltou a sentar-se ao lado da irmã.

– Vem outro senhor com ele, mãezinha – disse Kitty. – Quem será?

– Deve ser algum conhecido dele, meu amor, mas não sei quem é.

– Ora! – tornou Kitty. – Parece aquele senhor que já aqui esteve da outra vez. Aquele homem alto e muito orgulhoso.

– Meu Deus! O Sr. Darcy! Qualquer amigo do Sr. Bingley é sempre bem recebido nesta casa, mas devo confessar que detesto até ter de olhar para ele.

Jane olhou para Elizabeth, com surpresa e inquietação. Ela pouco sabia a respeito dos encontros que a irmã tivera com o Sr. Darcy em Derbyshire, e supunha, portanto, que ela se sentiria muito embaraçada em vê-lo depois da carta que recebera dele. Ambas as irmãs se sentiam pouco à vontade. Afligiam-se uma pela outra e, naturalmente, por si mesmas.

A Sra. Bennet continuava falando da antipatia que tinha pelo Sr. Darcy e repetia que estava disposta a tratá-lo educadamente apenas porque se tratava de um amigo do Sr. Bingley. Mas suas palavras não eram ouvidas por nenhuma das filhas. Jane não tinha como imaginar os motivos de Elizabeth para se sentir tão desconfortável, pois essa nunca tivera coragem de lhe mostrar a carta da Sra. Gardiner, nem de revelar a mudança radical de seus sentimentos com relação ao Sr. Darcy.

Para Jane, ele continuava a ser o homem cujas propostas a irmã recusara e cujas qualidades ela subestimara. Mas, para Elizabeth, que possuía outras informações, ele era a pessoa a quem toda a família devia os maiores favores e por quem ela própria dedicava uma afeição, senão tão terna como a de Jane por Bingley, pelo menos tão razoável e tão justa. A surpresa com a vinda dele a Netherfield e com sua visita a Longbourn para voltar a vê-la era tão forte como aquela que sentira ao perceber a transformação que nele se tinha operado em Derbyshire.

As cores, que tinham desaparecido do rosto de Elizabeth, tornaram a voltar com maior intensidade e um sorriso de prazer deu um brilho novo aos seus olhos durante alguns instantes; e pensou que provavelmente os sentimentos de Darcy continuavam inalterados. No entanto, não queria precipitar-se.

Continuou atenta ao seu trabalho, procurando acalmar-se sem ousar levantar os olhos, até que uma curiosidade ansiosa a levou a fitar o rosto da irmã enquanto o criado se aproximava da porta de entrada. Jane parecia um pouco mais pálida do que de costume, porém mais calma do que Elizabeth esperava. Quando os cavalheiros finalmente entraram, ela a viu enrubescer ligeiramente; no entanto, recebeu-os com tranquilidade.

Elizabeth, por sua vez, limitou-se a cumprimentá-los e a dizer o estritamente necessário, voltando ao seu trabalho com um afinco que ele nem sempre requeria. Arriscara apenas um olhar na direção de Darcy. A expressão dele mantinha-se grave, como de costume. A seu ver, mais do que em Hertfordshire ou em Pemberley. Mas talvez ele não conseguisse ser, na presença de sua mãe, o que fora na dos tios. Era uma conjectura bem dolorosa, embora nada improvável.

Para Bingley ela também só olhara de relance; e, naquele instante, sua expressão era ao mesmo tempo alegre e embaraçada. A Sra. Bennet recebeu-o com uma tal cortesia e amabilidade que as filhas se sentiram envergonhadas, sobretudo quando viram a fria polidez com que ela cumprimentou Darcy.

Elizabeth, em particular, que sabia quanto sua mãe devia a este último, cuja iniciativa salvara sua filha favorita de uma irremediável desonra, sentiu-se profundamente ferida e em agonia com aquela distinção tão mal aplicada.

Darcy, após perguntar pelo Sr. e Sra. Gardiner, pergunta a que Elizabeth não pôde responder sem um certo embaraço, praticamente não falou. Ele não estava sentado perto de Elizabeth e talvez fosse esse o motivo de seu silêncio.

Contudo, em Derbyshire, ele não procedera daquele modo. Conversou com os parentes de Elizabeth, quando não o podia fazer com ela própria. Agora, decorriam vários minutos sem que se ouvisse o som de sua voz. E quando, por vezes, incapaz de resistir a um impulso de curiosidade, Elizabeth levantava os olhos e procurava seu rosto, via que ele olhava tanto para Jane como para ela própria, e frequentemente olhava apenas para o chão. Tal atitude exprimia, evidentemente, maior despreocupação e menos ansiedade em agradar do que da última vez em que tinham estado juntos. Ela ficou desiludida e depois zangada consigo mesma por ter cedido àquele sentimento.

"Poderia eu esperar que fosse de outro modo? Mas, sendo assim, por que ele veio?" – ela se perguntava.

Ela não se sentia disposta a conversar com ninguém senão com ele; e com ele, ela mal tinha coragem para falar. Perguntou a ele pela irmã, mas não conseguiu ir mais longe.

– Passou uma eternidade, Sr. Bingley, desde que o senhor foi embora – disse a Sra. Bennet.

Ele concordou prontamente.

– Receava que o senhor não voltasse – continuou ela. – Correu por aí que tencionava abandonar Netherfield de vez, por ocasião da festa de São Miguel, mas espero que não seja verdade. Muitas coisas aconteceram nas imediações desde que o senhor partiu. A Senhorita Lucas está casada e uma de minhas filhas também. Creio que já terá ouvido falar nisso. Aliás, o senhor deve ter lido nos jornais. A notícia apareceu no Times e no Courier.

Não apareceu como devia, mas enfim... Dizia apenas: "Casamentos: George Wickham com a Senhorita Bennet", sem acrescentar nem uma sílaba a respeito do pai dela, do lugar onde vivia, nada. O contrato foi feito pelo meu irmão Gardiner e a notícia também foi dada por ele. Não entendi por que comunicar o casamento de forma tão destituída de graça. O senhor leu?

Bingley respondeu que não tinha lido e deu-lhe os parabéns. Elizabeth não ousou levantar os olhos e ficou sem saber qual a expressão no rosto de Darcy.

– É muito agradável ter uma filha bem casada – continuou a Sra. Bennet –, mas é tão duro, Sr. Bingley, separarmo-nos dela. Eles foram para Newcastle. Uma localidade lá para os confins do Norte, segundo parece. E eles terão de permanecer lá durante não sei quanto tempo. É a sede do atual regimento de meu genro. O senhor deve ter ouvido dizer que ele saiu da milícia e entrou no exército regular. Dou graças a Deus por ele ter alguns amigos, embora não tantos quanto merece.

Elizabeth, que percebeu que ela se dirigia indiretamente ao Sr. Darcy, sentiu uma tal vergonha e confusão que por pouco não se levantou e fugiu. Essas palavras, no entanto, conseguiram romper seu silêncio. Voltando-se para Bingley, perguntou-lhe se ele tencionava ficar algum tempo na região. Ele respondeu que ficaria algumas semanas.

– Depois de ter matado todos os seus pássaros, Sr. Bingley – continuou a Sra. Bennet –, venha caçar na nossa propriedade e matar tantos quanto tiver vontade. Estou certa de que o Sr. Bennet terá todo prazer nisso. E reservaremos os melhores postos para o senhor.

Todas essas atenções desnecessárias e exageradas faziam crescer o mal-estar de Elizabeth. Se agora surgissem para Jane as mesmas possibilidades do ano anterior, tudo se precipitaria para a mesma desastrosa confusão. Naquele instante ela sentiu que muitos anos de felicidade não poderiam compensar os momentos desagradáveis por que ela e Jane estavam passando.

"O meu maior desejo – disse ela para si – é não tornar a encontrar estes dois. Por mais simpáticos que eles se mostrem, nunca atenuarão a minha miséria neste instante! Deus permita que nunca mais os veja!"

Contudo, a miséria, que anos de felicidade não poderiam compensar, foi pouco depois atenuada de maneira muito sensível, ao observar quão rapidamente a beleza de sua irmã levava a melhor sobre a admiração de seu antigo apaixonado. A princípio ele quase não lhe dirigiu a palavra, mas a cada minuto que passava, multiplicava suas atenções para ela. Ele a achava tão bela como no ano anterior, tão amável e tão simples, embora menos comunicativa. Jane esforçava-se por não deixar transparecer qualquer diferença na sua atitude e estava realmente convencida de que conversava tão animadamente como sempre. Mas seus pensamentos absorviam-na tanto que ela nem percebia os momentos em que permanecia calada.

Quando os cavalheiros se levantaram para partir, a Sra. Bennet lembrou-se do convite que tencionava fazer e ficou acertado que voltariam para jantar em Longbourn daí a alguns dias.

≈ CAPÍTULO 54 ≈

Assim que as visitas partiram, Elizabeth saiu para tentar recuperar a serenidade; ou, em outras palavras, para refletir sem interrupção sobre esses assuntos que, na realidade, apenas a perturbariam ainda mais. A atitude do Sr. Darcy a surpreendera e incomodara.

"Ele continuou amável com meus tios, quando esteve em Londres, mas por que não comigo? Se me receia, por que veio aqui? Se já não gosta de mim por que permanece silencioso? Que homem misterioso! Não pensarei mais nele."

A resolução foi, durante algum tempo, cumprida involuntariamente, graças à aproximação de sua irmã, que se acercara dela com uma expressão animada no rosto, sinal evidente de que a visita lhe trouxera maior satisfação do que a Elizabeth.

– Agora que o primeiro encontro passou, sinto-me perfeitamente à vontade. Conheço minhas forças e não me sentirei embaraçada na presença dele. Alegra-me que ele venha jantar na terça-feira, pois, nessa altura, todos terão oportunidade de ver que nos damos apenas como bons amigos e somos indiferentes um ao outro – observou Jane.

– Oh, sim. Muito indiferentes mesmo – disse Elizabeth, sorrindo. – Ah, Jane, tome cuidado.

– Minha querida Lizzy, não me julgará tão fraca que me considere em perigo agora.

– Considero que você corre um grande risco de fazê-lo se apaixonar novamente por você.

Não tornaram a ver os cavalheiros senão na terça. Enquanto isso, a Sra. Bennet entregou-se a todos os planos felizes que o bom humor e a delicadeza habitual de Bingley haviam reavivado na meia hora de visita.

Na terça-feira, um numeroso grupo se reuniu em Longbourn, e as duas pessoas que mais eram esperadas apareceram pontualmente. Quando todos se dirigiram para a sala de jantar, Elizabeth observou ansiosamente se Bingley tomaria, como outrora, o lugar ao lado de sua irmã. Sua mãe, que era uma pessoa prudente e estava pensando a mesma coisa, não o convidou para se sentar a seu lado. Quando entrou na sala, ele pareceu hesitar, mas, como por acaso, Jane olhou à sua volta e, igualmente por acaso, sorriu; foi o suficiente para que ele se decidisse e avançasse para se sentar ao lado dela.

Elizabeth, triunfante, olhou para o Sr. Darcy. Este recebeu o fato com nobre indiferença e Elizabeth teria imaginado que Bingley tinha finalmente licença para ser feliz, se não tivesse visto que ele também olhava para o Sr. Darcy com uma expressão entre sorridente e alarmada.

Durante o jantar, a atitude de Bingley com sua irmã persuadiu Elizabeth de que sua admiração por Jane, embora mais reservada, em breve resultaria na felicidade de ambos, caso não houvesse interferências alheias. E, embora ela não confiasse cegamente nesse resultado, sentia enorme prazer em observar a atitude dele, o que despertava nela toda a animação que lhe era possível sentir, pois não estava muito alegre. O Sr. Darcy encontrava-se tão distante dela quanto o comprimento da mesa permitia. Estava ao lado de sua mãe. Ela sabia que essa situação daria muito pouco prazer a qualquer um dos dois. Não podia ouvir o que eles diziam, mas via que raramente se falavam, e quando isso acontecia, faziam-no muito cerimoniosa e friamente. A hostilidade de sua mãe lembrava dolorosamente a Elizabeth tudo o que deviam ao Sr. Darcy. Às vezes, ela se sentia capaz de tudo para ter o privilégio de lhe dizer que sua bondade não era nem ignorada nem desdenhada por todos da família.

Elizabeth tinha esperanças de que, no decorrer da noite, eles tivessem uma oportunidade de ficar perto um do outro e esperava trocar palavras mais significativas do que as simples saudações de cortesia.

Sentindo-se ansiosa e inquieta, o período decorrido na sala antes da entrada dos cavalheiros foi tão monótono e enfadonho que Elizabeth quase se tornou indelicada. Ela concentrara todas as suas esperanças de desfrutar da noite no momento em que eles entrariam na sala.

"Se nessa altura ele não se encaminhar para mim, – pensou ela – renunciarei a esse homem para sempre."

Os cavalheiros entraram. Por um momento Elizabeth acreditou que suas esperanças iriam se realizar, mas, infelizmente, todas as senhoras se tinham reunido em volta da mesa, onde Jane se encontrava fazendo o chá e Elizabeth servindo café, não havendo lugar a seu lado nem para uma cadeira. E, quando os cavalheiros se aproximaram, uma das moças acercou-se ainda mais dela e disse-lhe ao ouvido:

– Os homens não nos vão nos separar, estou determinada. Não queremos nenhum deles aqui, pois não?

Darcy tinha se afastado para o outro lado da sala. Elizabeth seguiu-o com os olhos, invejando todas as pessoas com quem ele falava e servindo o café com incontida impaciência. Ficou irritada consigo mesma por se portar de forma tão idiota!

"Um homem que foi recusado uma vez! Que tolice a minha, esperar que ele torne a se declarar! Haverá alguma pessoa do seu sexo que não se revolte contra uma tal fraqueza, como a de propor casamento duas vezes à mesma mulher? Nenhuma indignidade é tão avessa aos sentimentos dos homens!"

Elizabeth ficou, no entanto, um pouco mais animada quando o viu trazer pessoalmente sua xícara de café e aproveitou a oportunidade para lhe dizer:

– Sua irmã ainda está em Pemberley?

– Sim, ela ficará até o Natal.

– E está sozinha? Todos os amigos partiram?

– A Sra. Annesly está com ela. Os outros foram para Scarborough passar as próximas três semanas.

Elizabeth nada mais encontrou para dizer, mas, se ele desejasse conversar com ela, teria sido mais bem-sucedido. Contudo, ele conservou-se a seu lado, em silêncio, durante alguns minutos e, por fim, quando a jovem de novo sussurrou ao ouvido de Elizabeth, ele tornou a se afastar.

Quando o serviço de chá foi retirado e colocadas as mesas de jogo, todas as senhoras se levantaram, e Elizabeth teve de novo a esperança de vê-lo se aproximar, mas todos os seus planos desmoronaram ao vê-lo cair vítima da voracidade de sua mãe em obter parceiros para o uíste. Ela perdeu todas as esperanças de ter qualquer prazer. Seriam obrigados a passar o resto da noite sentados em mesas diferentes, e a única esperança que lhe restava era a de que Darcy voltasse frequentemente os olhos em sua direção e que, por isso, jogasse tão mal como ela.

A Sra. Bennet decidira convidar os dois cavalheiros de Netherfield para cear, mas, desafortunadamente, a carruagem deles foi a primeira a chegar e ela não encontrou maneira de os retardar.

– Então, Senhoritas – disse a Sra. Bennet, quando se viram sós –, que acharam da festa? Penso que tudo correu da melhor forma possível. O jantar estava excelente. O veado estava no ponto e todos foram unânimes em declarar que nunca tinham visto um lombo tão gordo. A sopa estava incomparavelmente melhor do que a que serviram na casa dos Lucas na semana passada. E o próprio Sr. Darcy reconheceu que as perdizes estavam especialmente boas, e creio que ele tem dois cozinheiros franceses, pelo menos.

A Sra. Bennet, em suma, estava de excelente humor. O que observara na atitude de Bingley com Jane fora suficiente para convencê-la de que ele estava praticamente conquistado. E quando a Sra. Bennet se encontrava de bom humor, suas expectativas matrimoniais eram tão ilimitadas que, no dia seguinte, ficaria desapontada se não visse o jovem aparecer para fazer o pedido.

– Foi um dia muito agradável – disse Jane para Elizabeth. – Os convidados foram muito bem escolhidos e pareciam se dar bem uns com os outros. Espero que nos tornemos a reunir com frequência.

Elizabeth sorriu.

– Lizzy, não fique assim. Não deve duvidar de mim. Aprendi a apreciar a conversa dele como a de um jovem simpático e inteligente, sem nada esperar além disso. Estou satisfeita com a presente atitude dele comigo e vejo agora que nunca desejou cativar minha afeição. É apenas dotado de uma grande simpatia e de um desejo de agradar muito mais forte do que qualquer outro homem.

– É muito cruel – disse a irmã. – Não me deixa sorrir e provoca-me o riso a cada palavra que fala.

– Como é difícil em certos casos uma pessoa se fazer acreditar!

– E como é impossível em outros!

– Mas por que insiste em me fazer crer que eu sinto mais do que aquilo que eu mesma reconheço?

– Essa é uma pergunta à qual não sei bem como responder. Todos nós gostamos de ensinar, contudo, apenas conseguimos ensinar aquilo que não vale a pena saber. Perdoe-me, mas se persiste em sua indiferença, não me tome para confidente.

≈ CAPÍTULO 55 ≈

Alguns dias após esta visita, o Sr. Bingley tornou a aparecer, mas veio só. O amigo partira naquela manhã para Londres, com a promessa de voltar dentro de dez dias. O Sr. Bingley demorou-se mais de uma hora e estava de excelente humor. A Sra. Bennet convidou-o para jantar, mas, desculpando-se amavelmente, declarou já estar comprometido para aquela tarde.

– Da próxima vez que nos visitar – disse a Sra. Bennet – espero que tenhamos mais sorte.

Ele respondeu que teria imenso prazer em vir em qualquer outra ocasião, etc. etc.; e que, se ela lhe desse licença, voltaria muito em breve.

– Poderá vir amanhã?

Disse que sim, que não tinha compromissos para o dia seguinte, e o convite foi aceito com entusiasmo.

Ele veio, e tão pontualmente que as senhoras ainda não estavam prontas quando ele chegou. A Sra. Bennet precipitou-se para o quarto das filhas, enrolada em seu roupão e o cabelo meio por pentear, exclamando:

– Minha querida Jane, corre lá embaixo. Ele chegou, o Sr. Bingley chegou. Ele já chegou. Vá, depressa! Sarah, venha ajudar a Senhorita Bennet a se vestir. Deixe o cabelo da Senhorita Lizzy para depois.

– Nós desceremos assim que pudermos – disse Jane –, mas Kitty é mais despachada que nós e já desceu há meia hora.

– Oh, que interessa Kitty? Que tem ela a ver com isto!? Vá, desce, desce! Onde está sua faixa, minha querida?

Mas, quando a mãe as deixou, Jane recusou-se a descer sem uma das irmãs.

Durante a visita, a Sra. Bennet mostrou a mesma ansiedade que de costume para deixar o Sr. Bingley e Jane a sós. Findo o chá, o Sr. Bennet retirou-se para a biblioteca, como sempre fazia, e Mary subiu para praticar no piano. Dos cinco obstáculos, dois haviam sido removidos. A Sra. Bennet pôs-se, então, a olhar fixamente e a fazer sinais na direção de Kitty e Elizabeth, que pareciam determinadas a não entender nada. Elizabeth fingiu que não via e Kitty, ingenuamente, disse:

– Que é, mãezinha? Por que me está piscando os olhos dessa maneira? Que quer de mim?

– Nada, minha filha, nada. Não pisquei os olhos.

Ela então permaneceu quieta durante mais cinco minutos. Mas, incapaz de ver desperdiçada ocasião tão preciosa, levantou-se subitamente e levou Kitty da sala dizendo para a filha:

– Venha, meu amor, preciso conversar com você.

Jane imediatamente lançou um olhar para Elizabeth, e nele exprimia sua contrariedade por tal manobra e lhe suplicava que, pelo menos ela, não se prestasse àquela comédia.

Poucos minutos depois, a Sra. Bennet entreabriu a porta e chamou:

– Lizzy, minha querida, preciso falar com você.

Elizabeth foi forçada a ir.

– É melhor deixá-los a sós – disse a mãe, assim que se encontrou no vestíbulo. – Kitty e eu vamos lá para cima, para o meu quarto de vestir.

Elizabeth decidiu não argumentar com a mãe, mas permaneceu tranquilamente no vestíbulo e, quando sua mãe e Kitty subiram, voltou para a sala.

As manobras da Sra. Bennet para aquele dia foram infrutíferas. Bingley era o encanto personificado, mas não o apaixonado de sua filha.

Ele quase não precisou de convite para ficar para jantar e, antes de ir embora, foi feito um convite para voltar na manhã seguinte para caçar com o Sr. Bennet.

A partir daquele dia, Jane não tornou a falar de sua indiferença. Nem uma palavra foi trocada entre as irmãs acerca de Bingley, mas Elizabeth foi para a cama contente, com a certeza de que tudo chegaria em breve a uma conclusão feliz, a menos que o Sr. Darcy voltasse antes da data prometida. Contudo, ela acreditava que tudo aquilo acontecia com a aquiescência dele.

No dia seguinte, Bingley chegou pontualmente e o Sr. Bennet e ele passaram a manhã juntos, conforme haviam combinado. O Sr. Bennet encontrou nele um companheiro muito mais agradável do que esperava. E o Sr. Bingley nunca o achara mais comunicativo e menos excêntrico do que naquele dia. Bingley, naturalmente, voltou com ele para jantar, e, à noite, a Sra. Bennet lançou mão de todos os recursos para deixá-lo a sós com a filha. Elizabeth, que tinha uma carta para escrever, retirou-se logo após o chá, pois, uma vez que todos iam jogar cartas, ela não seria necessária para contrariar as manobras de sua mãe.

Mas, ao voltar à sala, depois da carta acabada, ela viu, com infinita surpresa, razão para temer que sua mãe tivesse sido mais astuciosa do que ela poderia imaginar. Ao abrir a porta, deparou com sua irmã e Bingley perto um do outro, de pé, junto da lareira, como se conversassem sobre assunto de extrema gravidade. A situação deles era bastante embaraçosa, mas a sua era pior ainda. Nenhum dos dois pronunciou uma palavra, e Elizabeth preparava-se para sair novamente quando Bingley, que, imitando o exemplo de Jane, havia se sentado, subitamente se levantou e, sussurrando algumas palavras ao ouvido de Jane, saiu apressadamente da sala.

Jane não tinha reservas com Elizabeth quando o assunto da confidência era ocasião para regozijo. Abraçando a irmã, imediatamente lhe confessou, com viva emoção, que ela era a criatura mais feliz do mundo.

– É demasiado para mim – acrescentou ela. – Não mereço tanto.

Elizabeth deu-lhe os parabéns com uma sinceridade, um calor e um entusiasmo que as palavras não podiam exprimir. Cada uma de suas palavras era uma nova fonte de felicidade para Jane.

Mas esta não poderia demorar-se mais junto da irmã, nem tinha tempo para lhe dizer metade do que ainda lhe restava para contar.

– Preciso ir neste instante ver a mãe – exclamou ela. – Não quero deixá-la por mais tempo em suspense, depois de toda a sua carinhosa solicitude. Nem quero que ela saiba de tudo senão por meu intermédio. Ele já foi falar com o papai. Oh, Lizzy, que contentes que todos eles vão ficar com o que eu tenho para dizer! Como poderei suportar tamanha felicidade!

Jane correu, então, ao encontro de sua mãe, que propositadamente interrompera o jogo das cartas e se encontrava no andar de cima com Kitty.

Elizabeth, que ficara sozinha, sorriu da rapidez e facilidade com que se tinha resolvido o assunto que durante tantos meses lhes causara ansiedade e incerteza.

"E este", disse ela para si mesma, "é o fim de todos os cuidados e precauções do amigo e das mentiras e ardis da irmã; o fim mais feliz, mais justo e mais razoável!".

Poucos minutos depois, Bingley, cuja entrevista com o Sr. Bennet fora curta e decisiva, veio juntar-se a ela.

– Onde está sua irmã? – perguntou ele ansiosamente, ao abrir a porta.

– Lá em cima, com minha mãe. Ela vem já.

Bingley então fechou a porta e, aproximando-se, reivindicou os parabéns e sua afeição de irmã. Elizabeth, sincera e cordialmente, exprimiu-lhe toda a sua alegria, e apertaram-se as mãos. Em seguida, até sua irmã voltar, ela teve de ouvir tudo o que ele dizia sobre a sua própria felicidade e as perfeições de Jane; e, apesar de serem aquelas as expressões de uma pessoa apaixonada, Elizabeth acreditava de fato no bom fundamento das suas esperanças, pois elas tinham como base a excelente compreensão e o gênio incomparável de Jane e uma similaridade geral de sentimentos e gostos entre ambos.

Aquela foi uma noite de grande alegria para todos. A felicidade de Jane dava ao seu rosto um brilho e uma doçura que o tornava mais belo do que nunca. Kitty soltava risinhos e sorria, na esperança de que em breve chegaria sua vez. A Sra. Bennet não encontrava termos suficientemente calorosos que pudessem satisfazê-la para exprimir seu consentimento e sua aprovação, embora não tenha falado sobre outra coisa com Bingley durante meia hora. E quando o Sr. Bennet apareceu, à hora da ceia, sua voz e seus modos mostravam claramente o quanto ele estava feliz.

Porém, não aludiu uma só vez ao fato enquanto o convidado esteve presente. Assim que ele partiu, o Sr. Bennet voltou-se para a filha e disse-lhe:

– Jane, dou-lhe os meus parabéns. Será uma mulher muito feliz.

Jane correu para ele, beijou-o e agradeceu a sua bondade.

– É uma boa moça – disse ele – e tenho enorme prazer em vê-la bem casada. Vão se dar muito bem um com o outro. Têm temperamentos bastante semelhantes. Ambos são tão transigentes que nunca decidirão nada; tão fáceis de levar que todos os criados os enganarão. São tão generosos que vão sempre gastar mais do que têm.

– Espero que não. Imprudência ou imprevidência em matéria de dinheiro seriam imperdoáveis da minha parte.

– Gastar mais do que têm! Meu caro Sr. Bennet – exclamou a mulher –, que está o senhor a dizer? Ora, ele tem quatro ou cinco mil libras anuais, ou talvez mais ainda.

E, em seguida, voltando-se para a filha:

– Oh, minha querida e adorada Jane, sinto-me tão feliz que estou certa de não conseguir pregar o olho esta noite! Eu sabia que isto haveria de acontecer. Sempre disse que tudo acabaria bem. Tinha certeza que sua beleza acabaria por triunfar!

Wickham, Lydia e tudo o mais ficou esquecido. Jane era, de longe, sua filha favorita. Naquele instante, ela não pensava em nenhuma outra. Suas irmãs mais novas começaram logo a imaginar as vantagens que poderiam ter com o casamento de Jane.

Mary pediu para usar a biblioteca de Netherfield; e Kitty insistia para que ela desse vários bailes todos os invernos.

A partir daí, naturalmente, Bingley passou a vir todos os dias a Longbourn, chegando quase sempre antes do café da manhã e nunca partindo senão depois do jantar, exceto quando algum cruel, e consequentemente detestável, vizinho o convidava para sua casa, convites que ele sentia-se na obrigação de aceitar.

Elizabeth dispunha agora de muito pouco tempo para conversar com a irmã, pois, enquanto Bingley estava presente, Jane não podia dar atenção a mais ninguém. Contudo, viu-se de considerável utilidade para ambos durante aquelas pequenas separações que necessariamente ocorrem por vezes. Na ausência de Jane, ele procurava a companhia de Elizabeth, pelo prazer de conversar com ela; e, depois de Bingley partir, Jane procurava constantemente idêntico consolo.

– Ele deu-me uma grande felicidade – disse Jane, certa noite – ao dizer que ignorara totalmente que eu estava em Londres na primavera passada. Não acreditava que isso fosse possível.

– Eu já suspeitava disso – replicou Elizabeth. – Mas como ele explicou o fato?

– Deve ter sido por culpa das irmãs. Naturalmente, elas não viam com bons olhos as suas relações comigo, coisa, aliás, que eu acho aceitável, pois ele poderia ter feito uma escolha muito mais vantajosa sob vários aspectos. Mas quando elas virem a felicidade do irmão comigo, espero que se resignem e me aceitem, embora nunca mais possamos ter a mesma intimidade de antes.

– Suas palavras – exclamou Elizabeth – são as mais severas que eu jamais ouvi você pronunciar. Muito bem! Seria muito doloroso para mim vê-la de novo iludida com a falsa amizade da Senhorita Bingley.

– Imagine, Lizzy, que quando ele foi para Londres, em novembro, já gostava de mim, e só não voltou porque o convenceram de que eu lhe era totalmente indiferente.

– Ele cometeu um pequeno erro, mas isso só prova a sua modéstia.

Elizabeth ficou satisfeita por descobrir que ele não tinha revelado a interferência do amigo, pois, embora Jane tivesse o coração mais generoso do mundo, tal atitude seria considerada por ela imperdoável.

– Sou a criatura mais feliz que jamais existiu – exclamou Jane. – Oh! Lizzy, porque, entre todas, fui eu a escolhida para receber tão grande graça! Se ao menos pudesse ver você tão feliz como eu! Se existisse outro homem igual para você!

– Mesmo que me arranjassem quarenta desses homens, nunca seria tão feliz como você. Para ter a sua felicidade, teria de ter também o seu temperamento e a sua bondade.

A nova situação na família de Longbourn não poderia permanecer por muito mais tempo em segredo. A Sra. Bennet teve o privilégio de sussurrar a novidade ao ouvido da Sra. Philips, e esta ousou, sem autorização, fazer o mesmo a todas as suas vizinhas em Meryton.

Os Bennet em breve foram considerados por todos como a família mais afortunada do mundo, embora poucas semanas antes, quando Lydia fugira, tivessem sido apontados como pessoas marcadas pelo infortúnio.

≈ CAPÍTULO 56 ≈

Certa manhã, uma semana após o noivado de Bingley e Jane, encontravam-se todos reunidos na sala de jantar, quando sua atenção foi, de súbito, despertada pelo ruído de uma carruagem. Tratava-se de um coche puxado por quatro cavalos que se aproximava da casa. Era demasiado cedo para uma visita e, além disso, não era veículo de nenhum dos vizinhos. Tanto a carruagem, puxada por cavalos de posta, como a libré do criado que a precedia eram desconhecidos. Como não se punham dúvidas de que se tratava de alguém que chegava, Bingley imediatamente propôs à Senhorita Bennet que evitassem o intruso e fossem dar uma volta pelo bosque. Eles saíram e as três pessoas restantes continuaram conjecturando, mas sem grande êxito, até que a porta se abriu e a visita entrou. Era Lady Catherine de Bourgh.

Ela entrou na sala com um ar ainda menos afável do que de costume, respondeu à saudação de Elizabeth com uma ligeira inclinação da cabeça e sentou-se, sem dizer uma palavra. Elizabeth mencionara o nome da visitante à sua mãe, embora Lady Catherine não houvesse solicitado uma apresentação.

A Sra. Bennet, assombrada e ao mesmo tempo envaidecida por receber visita tão importante, acolheu-a com demonstrações de grande delicadeza.

Depois de permanecerem sentadas durante algum tempo em silêncio, Lady Catherine disse, muito secamente a Elizabeth:

– Espero que esteja gozando de perfeita saúde, Senhorita Bennet. Aquela senhora, suponho, é a sua mãe.

Elizabeth, concisamente, confirmou que sim.

– E aquela deve ser uma de suas irmãs.

– Sim, minha senhora – disse a Sra. Bennet, deliciando-se por falar com Lady Catherine em pessoa. – É a minha penúltima filha. A mais jovem casou-se ultimamente e a mais velha passeia neste momento pelo bosque com um jovem que em breve se tornará membro desta família.

– Seu jardim é muito pequeno – disse Lady Catherine, após um curto silêncio.

– Nada é em comparação com o de Rosings, estou certa, minha senhora, mas é muito maior do que o de Sir William Lucas.

– Esta sala de visitas deve ser muito inconveniente para passar as tardes durante o verão. As janelas estão todas viradas para o oeste.

A Sra. Bennet explicou que não costumava passar ali a tarde e acrescentou:

– Se Vossa Excelência me permite, tomarei a liberdade de lhe perguntar se o Sr. e a Sra. Collins se encontram bem de saúde.

– Sim, eles estão muito bem. Estive com eles a noite passada.

Elizabeth esperou então que ela lhe estendesse uma carta de Charlotte, pois tal lhe parecia o motivo mais provável de sua visita. Porém, a carta não apareceu, e Elizabeth ficou ainda mais intrigada.

A Sra. Bennet, com grande amabilidade, perguntou se Sua Excelência desejaria tomar alguma coisa, mas Lady Catherine, muito decidida e pouco delicadamente, recusou o oferecimento. Em seguida, levantando-se, disse para Elizabeth:

– Senhorita Bennet, segundo me pareceu, há um pequeno bosque bastante agradável de um dos lados da casa. Gostaria de dar uma volta por lá, se me quiser conceder o favor de sua companhia

– Vá, minha querida – exclamou sua mãe –, e mostre à Sua Excelência os vários passeios.

Elizabeth obedeceu e correu ao quarto para ir buscar sua sombrinha, acompanhando pouco depois a ilustre visitante. Ao atravessarem o vestíbulo, Lady Catherine abriu as portas que davam para a sala de jantar e para a sala de estar e declarou que se tratavam de cômodos satisfatórios, e continuou seu caminho.

A carruagem permanecia parada à porta da casa e Elizabeth viu que a dama de companhia ali se encontrava. Caminharam em silêncio pelo caminho de cascalho que levava ao bosque; Elizabeth estava decidida a não fazer qualquer esforço para conversar com uma pessoa que, naquele momento, se mostrava ainda mais insolente e desagradável do que de costume.

"Como pude alguma vez achá-la parecida com o sobrinho?" – disse Elizabeth para si, ao olhar de frente para o rosto de Lady Catherine.

Assim que entraram no bosque, Lady Catherine começou a falar do seguinte modo:

– Não terá dificuldade em compreender, Senhorita Bennet, a razão de minha viagem até aqui. Tanto seu coração como sua consciência lhe revelarão por que eu vim.

Elizabeth olhou para ela com um espanto sincero.

– Realmente, está enganada, minha senhora. Ainda não fui capaz de descobrir qual o motivo para nos honrar com uma visita sua.

– Senhorita Bennet – replicou Lady Catherine em um tom irritado –, deve compreender que não sou de brincadeiras. E, já que prefere ser pouco sincera, fique sabendo que o mesmo não farei eu. Meu caráter sempre foi célebre pela sinceridade e franqueza, e, em assunto de tamanha importância como o presente, não me mostrarei diferente do que sou. Chegou-me, há dois dias, aos ouvidos uma notícia de natureza muito alarmante. Disseram-me não só que sua irmã estava em vésperas de realizar um casamento muito vantajoso, como também você, Senhorita Elizabeth Bennet, estaria, provavelmente, muito em breve unida ao meu sobrinho, meu próprio sobrinho, o Sr. Darcy! Embora eu esteja certa de que se trata de uma escandalosa falsidade, embora eu nunca fizesse ao meu sobrinho a injúria de supor que esta notícia seja verdadeira, imediatamente resolvi partir para cá, a fim de lhe revelar claramente o que penso de tudo isso.

– Se a senhora considera impossível que seja verdade – disse Elizabeth, corando de espanto e de desdém –, não compreendo por que se deu o trabalho de vir até tão longe. Qual o verdadeiro intento de Vossa Excelência?

– Insistir desde logo para que tal boato seja universalmente desmentido.

– Sua vinda a Longbourn, para ver a mim e à minha família – disse Elizabeth friamente –, será antes a confirmação dele; se, de fato, existe tal boato.

– Se existe! Pretende, então, convencer-me de que ignora o boato? Acaso não foi ele artificiosamente posto a correr por sua própria família? Não sabe que não se fala de outra coisa por aí?

– Não sei nada sobre isso.

– E pode declarar, igualmente, que não existe fundamento para ele?

– Não tenho a pretensão de arvorar a mesma franqueza que Vossa Excelência. Poderá fazer-me todas as perguntas que quiser, mas reservo-me o direito de responder apenas àquelas que eu bem entender.

– Isso é inadmissível. Senhorita Bennet, exijo que me responda. Acaso meu sobrinho lhe fez alguma proposta de casamento?

– Vossa Excelência mesma declarou que isso era impossível.

– Deveria ser, deve ser, enquanto ele permanecer no uso da razão. Mas seus artifícios e astúcias podem tê-lo levado a esquecer, em um momento de fraqueza, qual o seu dever para com ele próprio e toda sua família. É possível que o tenha seduzido.

– Se o fiz, serei a última pessoa a confessar.

– Senhorita Bennet, acaso sabe quem sou? Não estou acostumada que me falem nesse tom. Sou praticamente o parente mais próximo que o Sr. Darcy tem no mundo e tenho o direito de saber de todos os seus assuntos mais íntimos.

– Mas não tem o direito de saber os meus; e nem um comportamento como esse de Vossa Excelência me induzirá a explicar.

– Vamos ver se me faço entender. Essa união, a que tem a pretensão de ambicionar, jamais se realizará. O Sr. Darcy está noivo de minha filha. E agora, o que vai dizer?

– Apenas isto: que, nesse caso, não terá de temer que ele me faça uma proposta.

Lady Catherine hesitou por um momento e em seguida replicou:

– O noivado entre eles é de natureza especial. Desde a infância, foram destinados um para o outro. Era esse o maior desejo da mãe dele, bem como o meu. Planejamos a união, estavam eles ainda no berço; e agora, quando o desejo de ambas as irmãs poderia ser realizado, uma garota de classe inferior, sem qualquer renome na sociedade e totalmente estranha à família, ousa interpor-se entre eles! Não tem qualquer consideração pelos anseios da família dele? Será que é totalmente destituída do sentimento de propriedade e delicadeza? Não me ouviu dizer que desde o seu nascimento ele foi destinado à prima?

– Sim, e já o tinha ouvido antes. Mas que tenho eu a ver com isso? Se não existe outra objeção ao meu casamento com o seu sobrinho, o simples fato de saber que sua mãe e sua tia desejavam que ele casasse com a Senhorita de Bourgh não me faria renunciar a ele. Ao planejar seu casamento, ambas fizeram o que lhes era dado fazer. Sua realização, porém, depende de outras pessoas. Se o Sr. Darcy não está comprometido com a prima nem pela honra nem pela inclinação, por que motivo não poderá ele escolher outra pessoa? E se essa escolha recair sobre mim, por que não hei de aceitar?

– Porque a honra, a decência, a prudência e também o interesse o impedem. Sim, Senhorita Bennet, o interesse, pois não espere ser recebida pela família e pelos amigos dele se agir propositadamente contra a vontade de todos. Será censurada, humilhada e desprezada pelos parentes do Sr. Darcy. Tal aliança será uma desonra; e o seu nome nunca será mencionado por qualquer um de nós.

– Esses infortúnios são mesmo graves – replicou Elizabeth –, mas a mulher do Sr. Darcy ocupará situação tão privilegiada e terá tantos motivos de felicidade que, no fim, não terá motivos para se arrepender.

– Teimosa e obstinada criatura! Envergonho-me de você! É esta a sua gratidão para as atenções que lhe dispensei quando esteve na casa do Sr. Collins? Acha que nada me deve por isso? Mas, sentemo-nos. Deve compreender, Senhorita Bennet, que vim decidida a levar adiante meu propósito. Nada poderá me dissuadir. Não fui habituada a submeter-me ao capricho dos outros. Não estou habituada a que resistam aos meus desejos.

– Isso apenas tornará sua situação presente mais lamentável, mas não terá qualquer efeito sobre mim.

– Não admito que me interrompam! Ouça-me em silêncio. Minha filha e meu sobrinho foram feitos um para o outro. Ambos descendem, pelo lado materno, de uma nobre linhagem e, do lado paterno, de famílias respeitáveis, honradas e antigas, embora sem título. As fortunas de ambos são esplêndidas. Eles estão destinados um ao outro por um unânime acordo de cada membro das respectivas famílias, e quem pretende separá-los? Uma garota ambiciosa, que não possui nem família, nem relações, nem fortuna. Pode-se tolerar tal coisa? Não se pode, nem o será! Se considerasse seus próprios interesses, não desejaria sair da esfera em que foi criada.

– Não acho que, casando com seu sobrinho, saia dessa mesma esfera. Ele é um *gentleman* e eu sou filha de um *gentleman*; portanto, somos iguais.

– Tem razão. Você é filha de um *gentleman*. Mas quem era sua mãe? Quem são seus tios? Não julgue que ignoro a situação deles.

– Quem quer que sejam os meus parentes – disse Elizabeth –, se seu sobrinho não faz objeções a eles, a senhora não tem com que se preocupar.

– Diga-me de uma vez por todas, está noiva dele?

Embora Elizabeth não se sentisse tentada a responder a esta pergunta, pelo simples fato de não querer fazer a vontade de Lady Catherine, ela não tinha outra solução senão dizer, após alguns instantes de deliberação:

– Não, não estou.

Lady Catherine pareceu ficar satisfeita.

– E promete-me nunca aceitar tal compromisso?

– Não farei nenhuma promessa dessa espécie.

– Senhorita Bennet, estou ofendida e atônita. Esperei encontrar em você uma pessoa mais sensata. Mas não se iluda pensando que desistirei tão facilmente. Não sairei daqui sem receber a garantia que exijo.

– E não serei eu quem lhe dará tal garantia. A senhora não pode me intimidar nem me obrigar a fazer uma coisa tão pouco razoável. Vossa Excelência deseja que o Sr. Darcy se case com sua filha, mas por acaso crê que minha promessa tornaria o casamento deles mais provável? Suponha que ele tenha afeição por mim. Seria a minha recusa suficiente para que ele transferisse essa afeição para sua filha? Permita-me dizer, Lady Catherine, que os argumentos com que procurou justificar esse extraordinário pedido foram tão frívolos quanto foi insensato o pedido em si. Enganou-se redondamente acerca de meu caráter se pensa que eu possa ser influenciada por persuasões dessa natureza. Não sei até que ponto seu sobrinho lhe permite imiscuir-se nos assuntos dele, mas Vossa Excelência não tem o menor direito de interferir nos meus. Peço-lhe, portanto, que não me importune mais sobre este assunto.

– Mais devagar, se não se importa. Ainda não acabei. A todas as objeções que até agora lhe apresentei, acrescentarei ainda uma outra. Sei tudo a respeito da infame conduta de sua irmã mais nova. Tudo: que o casamento apenas se realizou graças a seu tio e a seu pai, que tiveram de pagar para isso. E é uma garota dessas que será a irmã de meu sobrinho? E é o marido dela, filho de um antigo intendente da casa Pemberley, que será cunhado dele? Deus do Céu! Onde é que tem sua cabecinha! Serão as sombras de Pemberley a tal ponto poluídas?

– Creio que agora nada mais tem para me dizer – disse Elizabeth, ressentida. – Insultou-me de todas as maneiras possíveis. Com sua licença, voltarei para casa.

E, dizendo isto, ela levantou-se. Lady Catherine levantou-se também e regressaram juntas. Sua Excelência estava furibunda.

– Não tem, então, a menor consideração pela honra e bom nome de meu sobrinho?! Insensível e egoísta criatura! Não vê que seu casamento com ele o desonrará aos olhos do mundo?

– Lady Catherine, nada mais tenho a lhe dizer. Já sabe qual é minha opinião.

– Está, então, resolvida a me atender?

– Nunca disse tal coisa. Estou apenas resolvida a agir de maneira a conquistar aquilo que, segundo a minha opinião, eu considero a minha felicidade, sem que admita a sua interferência ou a de qualquer outra pessoa com quem não tenho nenhum tipo de relação.

– Muito bem, recusa-se então a atender meu pedido. Recusa-se a reconhecer os direitos do dever, da honra e da gratidão? Está decidida a arruiná-lo na boa opinião da família e dos amigos e fazer dele um objeto de troça e de desdém de todo o mundo.

– Nem o dever, nem a honra, nem a gratidão – replicou Elizabeth – têm quaisquer direitos sobre mim no presente caso. Nenhum desses princípios seria violado pelo meu casamento com o Sr. Darcy. E quanto ao ressentimento de sua família ou indignação do mundo, se, por acaso, o primeiro fosse provocado por meu casamento com ele, não lhe devotaria nem um minuto de atenção; e o mundo, em geral, é suficientemente sensato para não se unir no escárnio.

– É esta sua verdadeira opinião! Sua decisão final! Muito bem, saberei agora como agir. Não imagine, Senhorita Bennet, que sua ambição será satisfeita. Vim aqui para testá-la. Esperava que fosse mais sensata, mas verá como minha vontade acabará por prevalecer.

E Lady Catherine continuou falando do mesmo modo até chegarem perto da carruagem, quando de súbito ela se voltou e acrescentou:

– Não me despeço, Senhorita Bennet. Nem envio cumprimentos à sua mãe. Não merecem tal atenção. Estou seriamente ofendida.

Elizabeth não respondeu. Sem tentar persuadir Sua Excelência a entrar em casa, voltou as costas e afastou-se calmamente. Quando subia a escadaria, ouviu a carruagem partindo. Sua mãe, que se impacientava, veio ao encontro dela à porta da sala, para indagar se Lady Catherine não tornaria a entrar a fim de repousar um pouco.

– Ela não quis – respondeu Elizabeth. – Preferiu partir.

– É uma senhora muito elegante! E o fato de nos ter visitado diz muito de sua prodigiosa amabilidade, pois suponho que ela tenha vindo apenas para dizer que os Collins se encontram bem. Ela, decerto, veio de passagem e lembrou-se de nos fazer uma visita. Suponho que não tivesse nada de especial para dizer a você, Lizzy?

Elizabeth foi obrigada a inventar uma pequena história, pois seria impossível revelar o que realmente ocorrera.

≈ CAPÍTULO 57 ≈

A agitação que a inesperada visita provocou no espírito de Elizabeth não poderia ser facilmente dominada, e durante várias horas ela não pôde deixar de pensar no assunto. Lady Catherine, segundo parecia, tinha se dado o trabalho de sair de Rosings e empreender aquela viagem com o único objetivo de desmanchar seu suposto noivado com o Sr. Darcy. O plano era bom, sem dúvida! Mas de onde poderia originar a notícia de tal noivado, Elizabeth não sabia determinar. Por fim, lembrou-se que o fato de ele ser um íntimo amigo de Bingley e ela, irmã de Jane era suficiente, já que a expectativa de um casamento torna as pessoas ávidas por outro, para originar tal ideia.

Provavelmente seus vizinhos Lucas (pois fora, de certo, por seu intermédio que a notícia chegara, através dos Collins, aos ouvidos de Lady Catherine) tinham apresentado como coisa quase certa e imediata aquilo que ela mesma encarava como uma remota possibilidade em um futuro longínquo.

Refletindo sobre as expressões de Lady Catherine, Elizabeth não pôde evitar uma certa inquietude quanto às possíveis consequências de tal interferência. Ocorreu a Elizabeth que ela devia ter em mente uma entrevista com o sobrinho; e com relação à forma como ele reagiria ao retrato que ela faria das consequências funestas ligadas a tal união, ela não ousava pronunciar-se. Elizabeth não sabia qual a afeição do Sr. Darcy pela tia, nem a confiança que ele depositava em suas opiniões. Era natural que ele tivesse mais consideração por Sua Excelência do que ela própria e era certo que, ao enumerar as misérias de um casamento com uma pessoa cujos parentes eram tão inferiores aos seus, ela o atacaria pelo seu lado mais fraco. Com seus preconceitos de classe, ele provavelmente sentiria que os argumentos, que a Elizabeth tinham parecido fracos e ridículos, continham bastante bom-senso e um raciocínio sólido.

Se ele uma vez já hesitara quanto ao que devia fazer, o que frequentemente sua atitude dera a entender, os conselhos e as exortações de uma pessoa que lhe era tão chegada poderiam destruir todas as suas dúvidas e convencê-lo, de uma vez por todas, a procurar sua felicidade sem ofender seus brasões de família. Sendo assim, ele não voltaria mais. Lady Catherine o encontraria em Londres e a promessa dele a Bingley de voltar a Netherfield seria esquecida.

"Se ele enviar qualquer desculpa ao amigo nos próximos dias dizendo que está impossibilitado de vir, saberei então o que pensar", disse Elizabeth para si mesma. "Nessa altura desistirei de tudo. E se ele se limitar a lamentar minha perda, quando está em suas mãos obter meu afeto, renunciarei a ele, sem mágoa".

A surpresa dos outros membros da família quando souberam quem tinha sido a visitante foi ilimitada. Contentaram-se, no entanto, com as mesmas suposições que haviam aplacado a curiosidade da Sra. Bennet, e Elizabeth não foi mais incomodada com o assunto.

No dia seguinte, de manhã, Elizabeth descia as escadas quando seu pai, saindo da biblioteca, veio ao seu encontro com uma carta na mão:

– Lizzy – disse ele –, ia à sua procura. Venha à biblioteca.

Ela seguiu-o, e sua curiosidade em saber o que ele tinha para lhe dizer aumentava diante da suposição de que se relacionasse com a carta que ele tinha na mão. Ocorreu de súbito que ela proviesse de Lady Catherine e, com horror, anteviu todas as consequentes explicações. Ela seguiu o pai até a lareira, sentaram-se diante dela, e o Sr. Bennet então disse:

– Recebi esta manhã uma carta que me surpreendeu extraordinariamente. Como ela se refere principalmente à sua pessoa, é necessário que seja informada de seu conteúdo. Não sabia que tinha duas filhas à beira do matrimônio. Felicito-a por sua conquista de grande envergadura.

O sangue afluiu ao rosto de Elizabeth e por um instante ela supôs que a carta viesse do sobrinho, e não da tia, e hesitava se devia sentir-se contente por ele ter finalmente se explicado ou ofendida porque a carta não era dirigida a ela, quando seu pai prosseguiu:

– Parece compreender do que se trata. As jovens mostram grande penetração em assuntos desta natureza, no entanto, acho que posso desafiar até a sua sagacidade para descobrir qual o nome de seu admirador. A carta é do Sr. Collins.

– Do Sr. Collins! E que poderá ele dizer?

– Algo que vem muito a propósito. Começa congratulando-me pelo casamento próximo da minha filha mais velha, sobre o qual, segundo tudo leva a crer, foi informado por alguma das bem-intencionadas e mexeriqueiras Senhoritas Lucas. Não vou ler essa parte, para não atentar contra sua paciência. Aquela que lhe diz respeito, versa assim:

"Tendo lhe apresentado deste modo as sinceras congratulações da Sra. Collins, bem como as minhas, pelo feliz acontecimento, permita-me acrescentar uma ligeira alusão a outro assunto, sobre o qual fomos advertidos pela mesma autoridade. Sua filha Elizabeth, ao que parece, não usará por muito mais tempo o nome de Bennet, depois de sua irmã mais velha renunciar ao mesmo, e o eleito pode, com toda justiça, ser considerado uma das pessoas mais ilustres deste país."

– Imagina de quem se trata, Lizzy?

"Esse jovem foi aquinhoado com tudo o que um coração mortal pode desejar: esplêndidas propriedades, nobre linhagem e considerável influência. Contudo, apesar de todas essas vantagens, permita-me que eu previna minha prima Elizabeth, como a si próprio, dos males que poderão advir de um consentimento precipitado às propostas daquele cavalheiro, propostas das quais, naturalmente, se sentirão inclinados a tirar proveito imediato."

– Tem alguma ideia, Lizzy, de quem possa ser este cavalheiro? Mas agora surge a revelação:

"A razão por que a prevenimos é a seguinte: temos razões para acreditar que sua tia, Lady Catherine de Bourgh, não olha com bons olhos este casamento."

– Como vê, trata-se do Sr. Darcy! E agora, Lizzy, creio que a surpreendi. Poderiam o Sr. Collins ou os Lucas ter feito suposição mais absurda? O Sr. Darcy, que não olha para uma mulher senão para criticá-la e que provavelmente nunca olhou para você em toda a sua vida! É espantoso!

Elizabeth tentou fazer coro com o pai em sua jocosidade, mas pôde apenas sorrir com relutância. Nunca o espírito de seu pai fora dirigido de maneira tão pouco agradável para ela.

– Não achou divertido?

– Oh! Claro. Continue a ler.

"Tendo eu mencionado a possibilidade deste casamento a Lady Catherine ontem à noite, ela imediatamente exprimiu o que sentia acerca desse assunto, com a sua usual condescendência, proclamando que, devido a certas objeções de família, ela jamais daria o seu consentimento para o que, segundo sua própria expressão, era um péssimo casamento. Considerei ser meu dever comunicar tudo isto à minha prima, para que ela e o seu nobre admirador saibam o que estão fazendo e não se precipitem num casamento que nunca será convenientemente sancionado."

– O Sr. Collins, mais adiante, acrescenta:

"Causa-me muita alegria saber que o triste caso de minha prima Lydia foi rapidamente abafado, preocupando-me apenas que se tenha tornado do domínio público o fato de eles terem vivido juntos antes de se casarem. Não posso, contudo, esquecer os deveres do meu cargo, nem deixar de manifestar meu espanto ao saber que o senhor recebeu o jovem casal em sua casa, logo após o matrimônio. Considero tal atitude um encorajamento ao vício, e pode estar certo de que, se eu fosse o pastor de Longbourn, teria me oposto terminantemente a isso. É certo que, como cristão, os devia ter perdoado, porém, jamais deveria admiti-los na sua presença nem permitir que seus nomes fossem mencionados."

– Esta é a noção que ele tem do perdão cristão! O resto da carta trata apenas da situação da sua querida Charlotte e das suas esperanças de um rebento. Mas, Lizzy, parece que não gostou. Não irá se melindrar, espero eu, e fingir-se de ofendida por causa de um boato tão tolo. Para que vivemos nós, senão para nos tornarmos objeto de troça dos nossos vizinhos, e, por nossa vez, rirmos às custas deles?

– Oh! – exclamou Elizabeth. – É até muito divertido. Mas acho tudo isso tão estranho!

– Sim, mas é isso, precisamente, que lhe dá toda a graça. Se tivessem escolhido outro homem qualquer, não teria interesse nenhum, mas a perfeita indiferença do Sr. Darcy e sua manifesta antipatia tornam essa suposição deliciosamente absurda! Abomino escrever, mas por coisa nenhuma deste mundo abriria mão de minha correspondência com o Sr. Collins. Quando leio uma carta dele, não posso deixar até de preferi-lo a Wickham, por mais que eu preze a imprudência e a hipocrisia de meu genro. Conte-me agora, Lizzy, que disse Lady Catherine acerca desse boato? Ela veio visitá-la para lhe recusar seu consentimento?

A esta pergunta, a filha respondeu apenas com uma risada. Como ele lhe fizera a pergunta sem nada suspeitar, Elizabeth não ficou embaraçada, mesmo quando ele a repetiu. Jamais ela sentira tamanha dificuldade em esconder seus sentimentos. Era necessário rir, quando ela teria preferido chorar. Seu pai mortificara-a cruelmente com o que dissera a respeito da indiferença do Sr. Darcy e ela nada podia fazer senão admirar-se de sua falta de discernimento, ou recear que, talvez, em vez de ele enxergar pouco, fora ela que imaginara muito.

≈ CAPÍTULO 58 ≈

O Sr. Bingley não recebeu carta nenhuma de seu amigo, como Elizabeth receara, e, em vez disso, trouxe Darcy em visita a Longbourn, poucos dias depois da vinda de Lady Catherine. Os cavalheiros chegaram cedo e, antes que a Sra. Bennet tivesse tempo para lhe contar que tinham recebido a visita de sua tia, o que Elizabeth receava a todo o momento, Bingley, que queria ficar a sós com Jane, propôs um passeio. Todos concordaram. A Sra. Bennet não tinha o hábito de caminhar e Mary não tinha tempo a perder, mas os outros cinco partiram juntos. Bingley e Jane, contudo, em breve deixaram que os outros se distanciassem. Foram ficando para trás, enquanto Elizabeth, Kitty e Darcy deveriam entreter uns aos outros. Os três pouco conversavam; Kitty tinha medo de Darcy; Elizabeth estava tomando uma decisão desesperada em segredo; e ele talvez estivesse fazendo o mesmo.

Caminhavam em direção à casa dos Lucas, pois Kitty queria fazer uma visita à Maria; e, quando Kitty os deixou, Elizabeth continuou bravamente a caminhar com Darcy. Chegara agora o momento de pôr em prática sua resolução e, antes que sua coragem fraquejasse, disse:

– Sr. Darcy, sou uma criatura muito egoísta e, a fim de aliviar as incertezas dos meus sentimentos, vou talvez ferir os seus. Não posso adiar por mais tempo os agradecimentos que lhe devo por sua inestimável intervenção a favor de minha irmã. Desde que tomei conhecimento de tal atitude, tenho ansiado por uma ocasião para lhe manifestar toda a minha gratidão. E, se todas as outras pessoas da minha família o soubessem, não lhe falaria apenas em meu nome.

– Sinto imensamente – replicou Darcy, num tom de surpresa e emoção – que tenha sido informada de um fato que, mal interpretado, poderia tê-la contrariado. Julguei poder confiar na discrição da Sra. Gardiner.

– Não deve culpar a minha tia. Foi por um descuido de Lydia que eu soube que o senhor tinha se envolvido no caso. Naturalmente, não descansei enquanto não soube de tudo o que se passara. Deixe-me agradecer-lhe novamente, em meu nome e no da minha família, pela generosa compaixão que o levou a dar-se a todos os incômodos e a suportar tantas mortificações, na busca que fez.

– Se insiste em me agradecer – replicou ele –, faça-o apenas por você. Não nego que o desejo de lhe agradar tenha contribuído também para o que fiz. Mas sua família nada me deve. Respeito-a muito, mas creio que foi só em você que pensei.

Elizabeth ficou tão embaraçada que não soube o que responder. Após uma pequena pausa, ele acrescentou:

– Sei que é generosa demais para fazer pouco de mim. Se seus sentimentos são ainda os mesmos que manifestou em abril passado, diga imediatamente. Meu amor e meus desejos permanecem inalterados, mas basta uma única palavra sua para que nunca mais lhe fale no assunto.

Elizabeth, sentindo, sobretudo, a difícil e aflitiva situação em que Darcy se encontrava, esforçou-se então por falar, e imediatamente, embora de forma hesitante, lhe deu a entender que seus sentimentos tinham sofrido uma transformação tão substancial desde o período a que ele aludira que a levavam agora a aceitar suas declarações com prazer e gratidão. A felicidade que esta resposta causou em Darcy foi a maior que ele até então conhecera. Ele se expressou nos termos mais calorosos que seu coração de apaixonado conseguiu encontrar. Se Elizabeth tivesse podido erguer os olhos, teria visto toda a felicidade refletida no rosto dele, com uma animação que o tornava belo. Mas, se ela não podia olhar, podia ouvir, e ele falou de sentimentos que, comprovando a importância que ela tinha para ele, valorizavam a cada instante o seu amor aos olhos de Elizabeth.

Continuaram a caminhar ao acaso. Profundamente absorvidos em seus pensamentos, tinham muito o que sentir e muito para dizer. Elizabeth logo soube que deviam seu atual entendimento aos esforços da tia de Darcy, que fora visitá-lo no seu regresso e, de passagem por Londres, lhe relatara a sua viagem a Longbourn, sua causa e a conversa que tivera com Elizabeth, repetindo enfaticamente cada uma das expressões da jovem que, aos olhos de Lady Catherine denotavam a perversidade e o cinismo dela. Queria com isso obter do sobrinho a promessa que Elizabeth negara-se a fazer. Mas, infelizmente para Sua Excelência, o efeito tinha sido exatamente o oposto.

– Fez-me ter esperanças – disse ele – que nunca antes tinha ousado alimentar. Conhecia suficientemente o seu caráter para saber que, se estivesse absoluta e irrevogavelmente decidida a recusar-me, não hesitaria em dizer isso à Lady Catherine com toda a franqueza.

Elizabeth corou e sorriu ao replicar:

– Sim, conhecia suficientemente minha franqueza para saber-me capaz disso. Após tê-lo tratado de forma tão abominável pessoalmente, não teria escrúpulos em fazê-lo perante toda a sua família.

– Que me disse que eu não tivesse merecido? Pois, embora suas acusações assentassem sobre premissas falsas, minha atitude merecia as mais severas censuras. Era imperdoável. Não posso lembrar-me dela sem horror.

– Não discutiremos a quem cabe a maior culpa na desavença daquela noite – disse Elizabeth. – Se analisarmos bem, nenhum de nós se portou de forma irrepreensível, mas, desde então, espero que tenhamos progredido em delicadeza.

– Não poderei me reconciliar tão facilmente comigo mesmo. A recordação do que disse então, do meu comportamento, dos meus modos e minhas expressões, tem sido durante todos estes meses, e continua ainda a ser, indizivelmente dolorosa. Nunca esquecerei sua repreensão, tão bem colocada:

"Se tivesse agido de forma mais cavalheiresca". Foram essas as suas palavras. Não sabe, nem poderá imaginar, como elas me torturaram, embora, confesso, só algum tempo depois lhes tenha reconhecido a justiça.

– Estava muito longe de esperar que elas lhe produzissem uma impressão tão forte. E nunca pensei que pudessem ser sentidas dessa forma.

– Acredito perfeitamente. Naquela altura você me considerava destituído de todos os sentimentos humanos, tenho certeza. Nunca esquecerei a expressão em seu rosto ao me dizer que nada poderia convencê-la a aceitar a minha mão.

– Oh! Não repita o que eu disse! Tais coisas não devem ser lembradas. Acredite em mim, há muito tempo que me envergonho profundamente de tudo.

Darcy mencionou sua carta.

– Por acaso ela – disse ele – me reabilitou aos seus olhos? Por acaso acreditou no que nela eu lhe dizia?

Ela explicou os efeitos que sua carta tinha produzido e como, gradualmente, sua antipatia foi se dissipando.

– Eu sabia – disse ele – que o que tinha para lhe escrever iria feri-la, mas era necessário. Espero que tenha destruído a carta. Não descansarei enquanto não tiver a certeza de que não tornará a lê-la, sobretudo o começo. Lembro-me de certas expressões que poderiam justificadamente provocar o seu ódio contra mim.

– A carta será queimada, se acredita que isso seja essencial para a preservação de minha estima, mas, embora tenhamos ambos razões para pensar que minhas opiniões não são inteiramente inalteráveis, não são, espero, tão facilmente influenciáveis como parece supor.

– Quando escrevi aquela carta – replicou Darcy –, pensava me encontrar em um estado de espírito perfeitamente calmo e frio, mas desde então descobri que a escrevera profundamente amargurado e triste.

– Talvez no princípio a carta denotasse certa amargura, mas ela não persistiu assim até o final. A despedida era caridosa. Mas não pense mais na carta. Os sentimentos da pessoa que a recebeu e da pessoa que a escreveu são agora tão diferentes do que eram que todas as circunstâncias dolorosas relativas a ela devem ser esquecidas. É preciso que aprenda um pouco da minha filosofia. Lembre-se apenas daquilo que lhe causa prazer.

– Não creio que necessite de qualquer filosofia do gênero em sua vida. Suas retrospecções devem ser tão totalmente desprovidas de acusações que o contentamento que delas extrai se deve não a uma filosofia, mas à inocência, o que é muito melhor. Comigo, porém, não se passa o mesmo. Quando penso no passado, sou assaltado por dolorosas recordações que não podem, nem devem ser repelidas. Toda a minha vida fui uma criatura egoísta, se não na prática, pelo menos em meus princípios. Em criança, ensinaram-me o que era certo, mas não me ensinaram a corrigir o meu gênio. Deram-me bons princípios, mas deixaram-me segui-los baseado no meu orgulho e minha presunção. Desafortunadamente filho único (durante muitos anos fui o único filho), fui mimado por meus pais, que, embora fossem bons (meu pai, sobretudo, era a benevolência e a afabilidade em pessoa), permitiram, encorajaram e quase me ensinaram a ser egoísta e prepotente, a não me interessar por ninguém para além do círculo da família, a desprezar o resto do mundo, e a desvalorizar o bom-senso e o valor alheios quando comparados aos meus. Assim fui eu dos oito aos vinte e oito; e assim permaneceria ainda se não fosse você, minha querida e encantadora Elizabeth! Deu-me uma lição, dura a princípio, mas muito vantajosa. Fui devidamente humilhado. Fui até você sem duvidar que me aceitaria. Foi então que me revelou a insuficiência de todas as minhas pretensões para agradar uma mulher digna de ser amada.

– Estava realmente convicto de que eu me sentiria lisonjeada?

– Confesso que estava. O que acha da minha vaidade? Acreditei mesmo que desejava e esperava as minhas propostas.

– A culpa talvez seja dos meus modos, mas não agi intencionalmente, lhe asseguro. Nunca tencionei iludi-lo. Como deve ter me odiado a partir daquela noite!

– Odiá-la! Fiquei furioso, talvez, a princípio, mas minha fúria em breve tomou a direção acertada.

– Quase não ouso perguntar o que pensou de mim quando me encontrou em Pemberley. Censurou-me intimamente por ter ido lá?

– Não, de modo algum, fiquei apenas surpreso.

– Sua surpresa não foi menor que a minha ao ser vista por você. Minha consciência me dizia que eu não merecia nenhuma delicadeza extraordinária e confesso que não contava receber mais do aquilo o que me era devido.

– Meu objetivo naquela ocasião – replicou Darcy – era mostrar-lhe, por toda a delicadeza ao meu alcance, que não era tão mesquinho que guardasse rancor pelo passado; e esperava obter o seu perdão e apagar a má opinião que tinha de mim, dando-lhe a entender que tinha acatado as censuras que me fizera. A partir de que momento outros desejos se introduziram, não posso precisar, mas creio que meia hora depois de tê-la visto.

Darcy contou-lhe então o prazer que Georgiana tivera em conhecê-la e o desapontamento que sentira com a súbita interrupção de sua visita. Passou, naturalmente, a falar das causas dessa interrupção, e Elizabeth soube que a resolução dele em partir em busca de sua irmã fora tomada ainda na hospedaria, e que, se naquela ocasião se mostrava grave e pensativo, era porque debatia em seu espírito tal ideia e tudo o que ela acarretava. Ela tornou a exprimir sua gratidão, mas o assunto era demasiado penoso para ambos para que insistissem nele.

Após caminharem várias milhas sem destino e ocupados demais para se preocuparem com isso, descobriram finalmente, ao olharem para o relógio, que já tinha passado a hora de regressarem.

– O que será de Bingley e Jane? – foi a observação que os introduziu na discussão do assunto. Darcy estava encantado com o noivado; seu amigo lhe participara do fato sem demora.

– Devo lhe perguntar se ficou surpreso? – disse Elizabeth.

– Não, de modo algum. Quando parti, já sabia que isso ia acontecer.

– Isso quer dizer que deu-lhe o seu consentimento. Bem me queria parecer.

E, embora ele protestasse contra o termo, ela percebeu que sua suposição não estava muito longe da verdade.

– Na noite da minha partida para Londres – disse ele –, fiz a Bingley uma confissão que há muito tempo devia ter feito. Contei-lhe como tudo ocorrera, mostrando-lhe quão absurda e impertinente era minha interferência na vida dele. Ele ficou muito surpreso. Nunca suspeitara de nada. Disse-lhe, além disso, que tinha motivos para acreditar ter me enganado quando lhe dissera que sua irmã lhe era indiferente, e como, nessa altura, pude ver que sua afeição por ela continuava inalterada, não duvidei da sua felicidade juntos.

Elizabeth não pôde deixar de sorrir pela facilidade com que ele conduzia o amigo.

– Baseou-se na sua própria observação – disse ela – quando lhe disse que minha irmã gostava dele, ou apenas na minha informação da primavera passada?

– Na minha observação. Durante as duas últimas visitas que fiz aqui, observei-a atentamente e fiquei convencido de que ela o amava sinceramente.

– E a sua certeza disso, suponho eu, em breve convenceu Bingley também.

– Sim. Ele é extraordinariamente modesto. Foi isso que o impediu de confiar em seu próprio julgamento, mas a confiança que ele deposita em mim tornou tudo mais fácil. Fui obrigado a confessar-lhe uma coisa que durante vários dias o indispôs contra mim. Precisei lhe dizer que tinha sabido da presença de sua irmã em Londres durante aqueles meses de inverno e que propositadamente escondera o fato dele. Ele ficou furioso, mas acredito que sua fúria durou apenas o tempo da dúvida que ainda tinha com relação aos sentimentos de sua irmã. Já me perdoou.

Elizabeth sentiu-se tentada a observar que o Sr. Bingley tinha sido um amigo encantador, tão fácil de conduzir que o seu valor era incalculável, mas conteve-se. Lembrou-se que ele ainda teria que aprender a ser motivo de chacota, e era cedo demais para isso. Darcy, então, ao prever a felicidade que aguardava Bingley, que obviamente seria menor que a sua, continuou a conversa até chegarem à casa. No hall de entrada, se separaram.

≈ CAPÍTULO 59 ≈

Minha querida Lizzy, por onde andaram? – foi a pergunta que Elizabeth recebeu de Jane quando ela entrou no quarto e de todos os outros quando se sentaram à mesa. Ela limitou-se a responder que tinham se distraído e caminhado mais longe do que esperavam e, embora ela corasse, ninguém suspeitou da verdade.

A tarde passou calmamente, sem que nada de extraordinário ocorresse. Os noivos, cientes de tudo, falaram e riram; os que não estavam cientes de nada permaneceram calados. Darcy não era daquelas pessoas em quem a felicidade transborda em alegria; e Elizabeth, agitada e confusa, tinha consciência de sua felicidade, mas não a sentia propriamente, pois, para além dos obstáculos imediatos, ainda existiam outros à sua frente. Ela antecipava a reação da família quando tomassem conhecimento da sua situação; sabia que ninguém gostava dele a não ser Jane; e receava mesmo que a antipatia deles fosse de tal ordem que toda a fortuna e importância de Darcy não a pudessem dissipar.

À noite, ela se abriu com Jane. Embora a suspeita não fizesse parte dos hábitos da Senhorita Bennet, desta vez Elizabeth esbarrou com sua incredulidade.

– Está brincando, Lizzy. Não pode ser! Noiva do Sr. Darcy! Não, não pense que me engana. Sei que tal coisa é impossível.

– Este começo não é muito animador! Você era a única pessoa com quem eu contava e se você não acredita em mim, ninguém mais acreditará. Porém, é verdade o que digo. Ele ainda me ama e estamos noivos.

Jane olhou para ela, incrédula:

– Oh, Lizzy! Não pode ser. Sei bem como você o detesta.

– Não sabe absolutamente nada. Tudo isso é para esquecer. Talvez outrora eu não o soubesse apreciar como o aprecio agora, mas em casos como estes a boa memória é imperdoável. É esta a última vez que recordarei tais coisas.

Jane continuava atônita, e Elizabeth, de novo e com mais seriedade, assegurou-lhe que era tudo verdade.

– Deus do Céu! Será possível! Porém vejo-me obrigada a acreditar em você – exclamou Jane. – Minha querida, querida Lizzy! Eu gostaria... Lhe dou meus parabéns... Mas tem certeza? Desculpe a pergunta... Tem certeza absoluta de que poderá ser feliz com ele?

– Quanto a isso, não pode haver a menor dúvida. Ficou decidido entre nós que seremos o casal mais feliz do mundo. Mas está contente, Jane? Gostará dele para seu cunhado?

– Muitíssimo. Nada nos poderia causar maior prazer, a Bingley e a mim. Conversamos sobre isso, mas achávamos impossível. E você realmente o ama? Oh, Lizzy! Faça o que bem entender, exceto casar sem amor. Está certa da sinceridade e força do seu amor?

– Oh, sim! Quando eu lhe contar tudo, até achará que eu amo demais.

– Que quer dizer com isso?

– Quero dizer que, se disser que gosto mais dele do que você de Bingley, receio que se zangue.

– Minha querida irmã, não brinque e falemos a sério. Conte, sem demora, tudo o que acha que devo saber. Desde quando gosta dele?

– Isso aconteceu tão gradualmente que não sei bem quando começou. Contudo, devo situar esse meu amor naquela primeira vez em que vi o belo parque de Pemberley.

Seguiu-se outra súplica para que ela falasse seriamente, e Elizabeth acatou-a, dando à irmã as garantias mais solenes de sua afeição por Darcy. Tranquilizada sob esse aspecto, Jane nada mais tinha a desejar.

– Agora sinto-me duplamente feliz – disse ela –, pois será tão feliz como eu. Sempre o apreciei. Bastava, aliás, o amor dele por você para que eu o estimasse para sempre, mas agora, como amigo de Bingley e seu marido, só Bingley e você terão precedência na minha afeição. Mas, Lizzy, foi muito ardilosa e reservada comigo. Não me contou praticamente nada do que se passou em Pemberley e Lambton! Tudo o que sei devo a outro e não a você.

Elizabeth explicou a razão de seu segredo. Não quisera mencionar o nome de Bingley, e a incerteza de seus próprios sentimentos fazia com que ela ocultasse também o nome de Darcy. Mas agora Elizabeth não podia esconder por mais tempo de sua irmã a participação de Darcy no caso de Lydia. Colocou-a a par de tudo e passaram metade da noite conversando.

– É demais! – exclamou a Sra. Bennet –, quando se encontrava à janela, na manhã seguinte. – Então não é aquele desagradável do Sr. Darcy que volta na companhia do nosso querido Bingley? Que desejará ele com todas estas visitas? Não vê que nos importuna? Por que não vai ele caçar ou fazer qualquer outra coisa, em vez de nos impor sua presença? Que faremos com ele? Lizzy, será melhor levá-lo de novo a passear, para que ele não atrapalhe Bingley.

Elizabeth por pouco não conteve o riso perante proposta tão conveniente. Contudo, ficou contrariada por sua mãe insistir em tão desagradável qualificação.

Assim que entraram, Bingley olhou para Elizabeth tão significativamente e apertou-lhe as mãos com tanto calor que não deixava dúvidas de que estava bem informado. Pouco depois ele disse em voz alta:

– Sra. Bennet, não tem no seu parque outros caminhos por onde Lizzy se possa perder de novo hoje?

– Aconselho o Sr. Darcy, Lizzy e Kitty – disse a Sra. Bennet – a darem um passeio até Oakham Mount. É um belo e longo passeio e o Sr. Darcy nunca viu a vista de lá.

– Será perfeito para os outros – replicou o Sr. Bingley –, mas creio que demasiado distante para Kitty. Não acha, Kitty?

Kitty confessou que preferia ficar em casa. Darcy declarou que tinha toda a curiosidade em ver a vista e Elizabeth consentiu silenciosamente. Enquanto subia as escadas para ir se aprontar, a Sra. Bennet acompanhou-a, dizendo:

– Sinto muito, Lizzy, por obrigá-la a suportar a companhia daquele homem tão desagradável. Mas espero que não se importe muito, é tudo para o bem de Jane, como deve perceber, e depois, não precisará conversar muito com ele, apenas de vez em quando. Portanto, não se dê ao incômodo.

Durante o passeio, ficou decidido entre eles que o consentimento do Sr. Bennet seria solicitado naquela mesma noite. Elizabeth encarregou-se pessoalmente de fazer a comunicação à sua mãe. Não sabia como a Sra.

Bennet reagiria, e por vezes duvidava que toda a fortuna e importância de Darcy não fossem suficientes para vencer a antipatia que sua mãe tinha por ele. Porém, quer a Sra. Bennet se declarasse violentamente contra o casamento, ou violentamente a favor, a filha estava certa de que sua atitude seria pouco conveniente e sensata, e ela não estava disposta a tolerar que o Sr. Darcy assistisse às primeiras manifestações da sua alegria ou à veemência da sua desaprovação.

À noite, pouco depois de o Sr. Bennet se recolher à sua biblioteca, Elizabeth viu o Sr. Darcy levantar-se também e segui-lo, e ficou numa agitação extrema. Não receava a oposição do pai, mas sabia que iria desagradá-lo. A ideia de que ela, sua filha favorita, lhe causaria uma grande decepção com sua escolha, enchendo-o de preocupações quanto ao seu futuro, a fez aguardar, em profunda angústia e aflição, o momento em que o Sr. Darcy tornou a aparecer. Este sorriu e ela sentiu-se um pouco aliviada. Poucos minutos depois, ele aproximou-se da mesa onde Elizabeth estava sentada com Kitty e, fingindo admirar o trabalho que ela executava, sussurrou-lhe ao ouvido:

– Vá até a biblioteca. Seu pai quer lhe falar.

Elizabeth partiu imediatamente. Seu pai caminhava de um lado para o outro, com uma expressão grave e ansiosa.

– Lizzy – disse ele –, o que está fazendo? Estará no seu juízo perfeito aceitando esse homem? Não o odiava?

Naquele momento Elizabeth desejou ardentemente ter manifestado suas opiniões anteriores com menos ênfase! Teria poupado as explicações embaraçosas que agora se via obrigada a fazer. Era necessário. E, um tanto confusa, assegurou ao pai a sua afeição pelo Sr. Darcy.

– Ou, em outras palavras, está decidida a tê-lo para você. Ele é rico e poderá ter roupas e carruagens ainda mais belas do que as de Jane, mas tudo isso a fará feliz?

– Não tem outra objeção a fazer – disse Elizabeth – senão a sua suposição de que eu lhe seja indiferente?

– Nenhuma. Todos sabemos que ele é um homem orgulhoso e desagradável, mas nada disso terá importância se gostar realmente dele.

– Gosto, gosto muito dele – replicou ela, com lágrimas nos olhos. – Amo-o sinceramente. Seu orgulho não é injustificado e ele é um homem bom e generoso. Meu pai não o conhece bem, por isso não me magoe falando nesses termos a respeito dele.

– Lizzy – respondeu o Sr. Bennet –, já dei a ele meu consentimento. Ele é realmente um daqueles homens a quem eu nunca ousaria recusar nada que ele, condescendentemente, pedisse. E agora dou a você, se está de fato decidida a casar-se com ele. Mas deixe que eu a aconselhe a refletir mais sobre o assunto. Conheço seu gênio, Lizzy, e sei que jamais poderá ser feliz sem que estime verdadeiramente o seu marido, sem que o considere digno. Sua vivacidade e inteligência a colocariam numa situação de grande perigo em um casamento desigual.

Elizabeth, ainda mais emocionada, respondeu solene e gravemente. Após repetidas vezes afirmar que o Sr. Darcy era mesmo o homem da sua vida, explicar a mudança gradual por que tinha passado sua estima por ele, relatar a absoluta certeza que tinha da sua afeição por ele, que não era coisa de momento, mas que resistira à experiência de muitos meses de incerteza, e enumerar com energia todas as qualidades de seu futuro marido, acabou por vencer a incredulidade do pai e reconciliá-lo com a ideia do casamento.

– Pois bem, minha querida – disse ele, quando Elizabeth acabou de falar –, nada mais tenho a dizer. Se é esse o caso, ele a merece. Nunca poderia me separar de você, minha querida Lizzy, entregando-a a alguém menos digno da sua estima.

Para completar a impressão favorável de seu pai, ela então relatou a ele o que o Sr. Darcy voluntariamente fizera por Lydia. Ele ouviu-a com um espanto ilimitado.

– Realmente, esta é uma noite de surpresas! Então, Darcy tratou de tudo! Fez o casamento, deu dinheiro, pagou as dívidas do outro e arranjou-lhe um novo cargo? Tanto melhor. Poupa-me inúmeros incômodos e avultada soma em dinheiro. Se tudo tivesse sido feito por teu tio, me sentiria na obrigação de lhe pagar e pagaria, mas estes jovens violentamente apaixonados hão de querer tudo a seu modo. Amanhã me oferecerei para lhe pagar, mas ele protestará com veemência, alegando o seu amor por você, pondo um ponto final no assunto.

O Sr. Bennet lembrou-se, então, do embaraço de Elizabeth a propósito da carta do Sr. Collins, e, após brincar com ela sobre o assunto, deixou-a partir, dizendo, quando ela já estava perto da porta:

– Se chegarem alguns jovens para Mary e Kitty, mande-os entrar, pois estou à disposição.

Elizabeth sentia-se aliviada de um grande peso e, após refletir em seu quarto durante meia hora, voltou para junto dos outros com o rosto sereno. Tudo era ainda muito recente para que sua alegria transbordasse. A noite passou tranquilamente; nada mais havia a temer e a calma voltaria aos poucos.

Quando sua mãe subiu para o quarto, Elizabeth acompanhou-a e fez a importante comunicação. O efeito foi extraordinário, pois, ao ouvi-la, a Sra. Bennet permaneceu completamente imóvel, incapaz de pronunciar uma palavra sequer. Só passados longos minutos ela pôde compreender o que ouvira, embora estivesse sempre atenta a tudo que significasse proveito para a família, ou que se lhe apresentasse sob o aspecto de um noivo para qualquer uma de suas filhas. Finalmente, ela começou a voltar a si e a mexer-se na cadeira. Levantou-se, tornou a sentar-se, abriu a boca de espanto e persignou-se.

– Deus do Céu! Deus me abençoe! Imagine! Quem poderia supor!? O Sr. Darcy! É mesmo verdade? Oh, minha querida Lizzy! Como será rica e importante! Que mesadas, que joias e que carruagens não terá! O casamento de Jane nada é em comparação com o seu! Sinto-me tão feliz, tão contente! Que homem encantador! Tão belo! Tão alto! Oh, minha querida Lizzy, perdoa-me por ter antipatizado com ele no princípio! Estou certa de que ele me perdoará. Minha querida Lizzy... Uma casa em Londres! Tudo o que há de melhor! Três filhas casadas! Dez mil libras por ano! Meu Deus do Céu, que será de mim? Enlouqueço.

Tais exclamações foram suficientes para mostrar que não havia dúvidas quanto à sua aprovação, e Elizabeth, felicíssima por ser a única testemunha daquela efusão, logo se retirou.

Porém, ela ainda não se encontrava há nem três minutos em seu quarto, quando sua mãe de novo apareceu:

– Minha querida filha – exclamou ela –, não consigo pensar em outra coisa! Dez mil libras por ano, e talvez mais! É tão bom como se se tratasse de um lorde! É necessário obter uma licença especial! Mas, meu amor, diga qual o prato preferido do Sr. Darcy, para eu oferecer-lhe amanhã.

Era um triste prenúncio do que poderia ser o comportamento da mãe para com o próprio cavalheiro. Elizabeth descobriu que, embora certa do amor de Darcy e tranquila quanto ao consentimento dos pais, havia ainda algo a desejar. Mas o dia seguinte passou-se muito melhor do que ela esperara, pois a Sra. Bennet, afortunadamente, tinha tanto respeito pelo seu futuro genro que só se atreveu a dirigir-lhe a palavra para lhe dizer alguma amabilidade ou manifestar sua deferência pelas opiniões dele.

Elizabeth viu com satisfação seu pai se esforçar para conhecê-lo melhor; e o Sr. Bennet em breve a assegurou de que sua estima por ele crescia a todo momento.

– Tenho grande admiração pelos meus três genros – disse ele. – Wickham é talvez o meu preferido, mas creio que gostarei tanto de seu marido como do de Jane.

≈ CAPÍTULO 60 ≈

Readquirida a tranquilidade de espírito, e com ela o seu bom humor, Elizabeth exigiu do Sr. Darcy que ele lhe contasse como se apaixonara por ela.

– Como começou? – perguntou ela. – Compreendo que tenha progredido gradualmente, após o primeiro passo, mas o que foi que o impulsionou?

– Não posso determinar a hora ou o lugar, o olhar ou as palavras que formaram os alicerces do meu amor. Já estava no meio e ainda não havia me dado conta de que começara.

– Quanto à minha beleza, foi desde logo classificada por você, e, quanto aos meus modos, meu comportamento andou perto da má educação, e quando me dirigia a você era quase sempre com o intuito de feri-lo. Agora, seja sincero: foi pela minha impertinência que me admirou?

– Admirei-a pela vivacidade do seu espírito.

– Pode chamar de impertinência. Era muito pouco menos que isso. O que é certo é que você estava farto de amabilidades, deferências e atenções. Desdenhava todas aquelas mulheres que falavam, agiam e pensavam com o único intuito de conquistá-lo. Despertei sua atenção porque eu era diferente delas. Se você não fosse verdadeiramente amável, teria me odiado.

– E não havia bondade na afetuosa atitude que teve com Jane, quando ela esteve doente em Netherfield?

– Querida Jane! Quem não teria feito o mesmo por ela? Mas faça disso uma virtude, se quiser; minhas boas qualidades ficam ao seu cuidado, e pode exagerá-las como melhor lhe convier. Em troca, cabe-me o direito de provocá-lo e discutir com você todas as vezes que me apetecer, e, para começar, diga-me por que razão à última hora se mostrou tão indeciso.

– Porque também você se mantinha grave e silenciosa e não me deu qualquer encorajamento.

– Mas eu estava constrangida.

– E eu também.

– Podia ter procurado conversar mais comigo, quando veio jantar.

– Um homem menos apaixonado que eu talvez o tivesse feito.

– Pena que encontre para tudo uma resposta razoável e que eu tenha o bom-senso de aceitar! Mas pergunto a mim mesma quanto tempo levaria ainda para se declarar se eu não tivesse interferido! Minha decisão de lhe agradecer por sua generosidade com Lydia com certeza surtiu um grande efeito. Grande demais, receio eu, pois o que será da moral se nosso bem-estar provém da quebra de uma promessa? Visto que não era para eu mencionar o assunto. É inadmissível.

– Não se preocupe. A moral está a salvo. As injustificadas tentativas de Lady Catherine para nos separar foram um meio de remover todas as minhas dúvidas.

– Lady Catherine foi de imensa utilidade, e isso deverá torná-la feliz, pois ela gosta de ser útil. Mas, diga-me, por que veio a Netherfield? Foi apenas para passear até Longbourn e ficar constrangido? Ou terá pensado na possibilidade de consequências mais sérias?

– Meu verdadeiro objetivo foi vê-la e verificar se poderia algum dia fazer com que me amasse. O motivo declarado, ou pelo menos aquele que confessei a mim mesmo, foi verificar se sua irmã ainda gostava de Bingley e, acaso ainda gostasse, fazer ao meu amigo a confissão que mais tarde realmente lhe fiz.

– Terá coragem de participar nosso noivado à Lady Catherine?

– É mais fácil faltar-me o tempo do que a coragem. Mas, uma vez que tem de ser feito, dê-me uma folha de papel e escreverei neste mesmo instante.

– E se eu não tivesse também uma carta a escrever, sentaria a seu lado e admiraria a regularidade da sua caligrafia, como certa jovem, um dia, já o fez; mas acontece que também tenho uma tia e estou em falta com ela.

Elizabeth, que até então evitara ter de dizer aos tios que eles tinham exagerado a intimidade entre o Sr. Darcy e ela, ainda não respondera à carta da Sra. Gardiner, mas, agora, sabendo que eles receberiam da melhor maneira a comunicação que tinha a fazer, sentiu-se quase envergonhada ao refletir que seus tios já tinham perdido três dias de felicidade, e imediatamente respondeu o seguinte:

"Eu já lhe teria escrito, minha querida tia, para lhe agradecer, como devia, a sua longa e carinhosa carta, tão rica em pormenores, se, para dizer a verdade, não me sentisse aborrecida demais para fazê-lo. A tia supôs mais do que aquilo que realmente existia. Mas, agora, suponha tudo o que quiser; dê largas à fantasia e entregue-se à sua imaginação, para os voos mais arrojados, e, a menos que me imagine já casada, não errará por muito. Escreva-me o mais rápido que puder e elogie-o ainda mais do que o fez em sua última carta. Não me canso de agradecer a vocês por não termos ido aos Lagos. Não sei como pude ser tola a ponto de desejar tal passeio! Sua ideia dos pôneis é encantadora. Percorreremos o parque todos os dias. Sou a criatura mais feliz do mundo. Talvez outras pessoas já tenham dito o mesmo antes, mas nunca com tanta justiça. Sou mais feliz até do que Jane; ela apenas sorri, eu rio. O Sr. Darcy envia-lhe todo o seu amor, aquele que ainda lhe resta. Contamos com todos em Pemberley, para passar o Natal. A sua, etc."

A carta do Sr. Darcy para Lady Catherine foi escrita em estilo bem diferente. Diferente também de ambas foi a carta que o Sr. Bennet escreveu ao Sr. Collins, em resposta à última daquele cavalheiro.

"Caro Senhor,
Venho incomodá-lo mais uma vez para novas participações. Elizabeth será em breve a esposa do Sr. Darcy. Console Lady Catherine como puder. Mas, se fosse o senhor, tomaria o partido do sobrinho. Ele tem mais para dar. Sinceramente seu, etc."

Os parabéns que a Senhorita Bingley mandou ao irmão por seu casamento próximo foram tudo o que havia de mais afetuoso e menos sincero. Ela escreveu também a Jane, nessa ocasião, a fim de exprimir seu contentamento e repetir todas as suas anteriores declarações de estima. Jane não se deixou iludir, mas ficou enternecida e, embora não confiasse nela, não pôde deixar de lhe escrever uma carta muito mais amável e carinhosa do que ela sabia que a outra merecia.

A alegria que a Senhorita Darcy exprimiu ao receber informação semelhante foi tão sincera quanto a de seu irmão ao enviá-la. Quatro páginas foram insuficientes para exprimir todo o seu sentir e o seu sincero desejo de ser estimada por sua futura cunhada.

Antes de qualquer resposta do Sr. Collins ou parabéns de Charlotte para Elizabeth, a família de Longbourn soube que os Collins em pessoa tinham chegado a Hertfordshire. O motivo dessa súbita viagem tornou-se logo evidente. Lady Catherine ficara tão exasperada com a carta do sobrinho que

Charlotte, que na realidade se alegrava com o casamento, desejou ir embora até a tempestade passar.

Num momento como aquele, a chegada da amiga causou um sincero prazer a Elizabeth, muito embora esse prazer tivesse de ser pago a alto preço, quando via o Sr. Darcy exposto às delicadezas obsequiosas e fatigantes do Sr. Collins.

Darcy, no entanto, suportava tudo aquilo com uma calma admirável. Ouviu até com serenidade as palavras de Sir William Lucas, que o congratulou por ter conquistado a mais bela joia do país e exprimiu a esperança de todos eles se encontrarem frequentemente em St. James. Se ele deu de ombros, foi apenas quando Sir William se afastou.

A vulgaridade da Sra. Philips foi outra sobrecarga, talvez maior que a outra, para a paciência dele e, embora a Sra. Philips, tal como sua irmã, a Sra. Bennet, se sentisse atemorizada diante de Darcy, que não tinha o bom humor de Bingley, todas as vezes que abria a boca era para dizer coisas vulgares. Elizabeth fazia tudo o que podia para protegê-lo das frequentes atenções de ambas, atraindo-o constantemente para junto de si ou dos outros membros de sua família, com quem ele poderia conversar sem se torturar.

≈ CAPÍTULO 61 ≈

Com seus sentimentos maternais, a Sra. Bennet ficou imensamente feliz quando se viu livre de duas de suas filhas mais queridas. É fácil imaginar com que orgulho ela visitava a Sra. Bingley e falava da Sra. Darcy. Seria muito bom, para o bem da família, que a realização de seu maior desejo, o de ver suas filhas mais velhas casadas, tivesse o efeito de torná-la uma mulher sensata, afável e culta para o resto da vida. Embora, talvez, tenha sido bom para seu marido, que poderia não conseguir apreciar uma felicidade doméstica tão estranha a ele, que ela ainda ficasse nervosa de vez em quando e continuasse invariavelmente tola.

O Sr. Bennet sentiu muito a falta da sua segunda filha. Sua afeição por ela foi um dos motivos por que, daí por diante, passou a sair mais de casa. Adorava ir a Pemberley, sobretudo quando não era esperado. O Sr. Bingley e Jane ficaram em Netherfield apenas mais um ano.

Tamanha proximidade da Sra. Bennet e dos conhecidos de Meryton não era desejável, mesmo levando em conta o temperamento brando de Bingley e o coração afetuoso de Jane. O grande desejo das irmãs de Bingley foi finalmente satisfeito, e ele comprou uma propriedade nas proximidades de Derbyshire. Jane e Elizabeth residiam agora a trinta milhas uma da outra.

Kitty passava a maior parte do tempo com as duas irmãs mais velhas, o que constituiu verdadeira vantagem para ela. Numa sociedade tão superior à que ela conhecera, em breve fez grandes progressos. Kitty não tinha o gênio rebelde de Lydia. Longe da influência e do exemplo da irmã e graças a certos cuidados e atenções, ela tornou-se menos irritável, menos ignorante e menos insípida. Ela era cuidadosamente preservada de qualquer nova influência da parte de Lydia, e embora a Sra. Wickham frequentemente a convidasse a ir passar alguns tempos em sua casa, com promessas de bailes e rapazes, seu pai jamais consentia que ela fosse.

Mary era a única que permanecia em casa. Como a Sra. Bennet não suportava a solidão, ela viu-se necessariamente impedida de ir em busca de suas próprias conquistas. Obrigada a frequentar mais assiduamente a sociedade, continuou, no entanto, a tirar conclusões morais de cada visita que fazia. Como Mary já não sentia a mortificação da comparação da beleza de suas irmãs com a dela própria, seu pai desconfiou que ela aceitava sem muita relutância essa alteração dos seus hábitos.

Quanto a Wickham e Lydia, o casamento pouco os modificou. Wickham resignou-se filosoficamente à convicção de que Elizabeth estava agora a par de todas as suas ingratidões e mentiras. Apesar disso, continuava a alimentar a esperança de que ela um dia pudesse convencer Darcy a fazer sua fortuna. A carta que Elizabeth recebeu de Lydia por ocasião de seu casamento revelou que tal esperança era acalentada, se não por Wickham, ao menos o era por sua mulher. A carta dizia o seguinte:

"Minha querida Lizzy,

Desejo-lhe grande felicidade. Se o seu amor pelo Sr. Darcy é apenas metade do que eu sinto pelo meu marido Wickham, então é decerto muito feliz. É um consolo sabê-la tão rica, e, quando não tiver nada para fazer, espero que se lembre de nós. Wickham gostaria muito de enveredar pela carreira jurídica, mas não creio que tenhamos dinheiro suficiente para vivermos sem auxílio. Qualquer lugar de trezentas ou quatrocentas libras por ano serviria; mas, se prefere, não mencione o assunto ao Sr. Darcy. Sua, etc."

Elizabeth preferiu não mencionar o assunto, e procurou, em sua resposta, acabar com todos os pedidos dessa natureza. No entanto, ela passou a enviar à Lydia tudo o que economizava das suas despesas particulares. Sempre lhe parecera evidente que a renda de que eles gozavam, gerida por pessoas tão extravagantes em seus desejos e imprevidentes quanto ao futuro, seria insuficiente para o seu sustento. Sempre que o casal mudava de residência, Jane e Elizabeth podiam estar certas de receber um pedido de auxílio, pois havia sempre contas a pagar. Sua maneira de viver, mesmo quando tinham uma casa, era sempre muito irregular. Estavam constantemente de mudança, em busca de uma situação barata, e gastavam sempre mais do que possuíam. A afeição de Wickham por Lydia em breve se transformou em indiferença. A de Lydia resistiu por mais algum tempo. Apesar da sua mocidade e das suas maneiras, ela conservou intacta a reputação que o casamento lhe havia assegurado.

Embora Darcy não admitisse a ideia de receber Wickham em Pemberley, em consideração a Elizabeth, ajudou-o em sua carreira. Lydia visitava-os ocasionalmente, quando seu marido ia a Londres ou a Bath. Na casa dos Bingley, contudo, muitas vezes eles demoravam-se tanto que até o bom humor de Bingley se esgotou, e ele chegou a falar em dar a entender que os desejaria ver fora de sua casa.

A Senhorita Bingley ficou profundamente mortificada com o casamento do Sr. Darcy, mas, como achou melhor conservar o direito de frequentar Pemberley, sufocou todo o seu ressentimento. Continuou a gostar de Georgiana, mostrou-se quase tão atenciosa com Darcy como antigamente e pagou com juros todas as cortesias que devia a Elizabeth.

Georgiana foi residir em Pemberley. A afeição entre as duas cunhadas correspondeu a todas as expectativas de Darcy. Georgiana tinha uma grande admiração por Elizabeth. No começo estranhou os gracejos e brincadeiras de Elizabeth com o marido. O irmão sempre lhe inspirara um respeito que quase sufocava sua afeição. Começou, então, a saber coisas que ignorava. E Elizabeth lhe explicou que uma esposa pode ter com o marido liberdades que um irmão nem sempre poderia tolerar na irmã dez anos mais jovem que ele.

Lady Catherine ficou muito indignada com o casamento do sobrinho. À carta de participação, ela enviou uma resposta com termos tão violentos, especialmente contra Elizabeth, que durante algum tempo as relações foram totalmente cortadas. Contudo, Elizabeth convenceu o marido a perdoar a ofensa e fez com que ele procurasse a reconciliação. Após alguma resistência, o ressentimento de Lady Catherine cedeu, quer pela afeição que tinha pelo sobrinho, quer por sua curiosidade em ver como sua esposa se conduzia, e concordou em ir visitá-los em Pemberley.

Com os Gardiner, eles mantiveram sempre grande intimidade. Darcy, a exemplo de Elizabeth, tinha a maior afeição por eles, pois, além de tudo o mais, nunca se esqueceram da gratidão que deviam às pessoas por cujo intermédio eles tinham reatado suas relações, durante aquele passeio por Derbyshire.